問い直す
異文化理解

中央英米文学会 編

松柏社

まえがき

　中央英米文学会は、今から10年前の1996年に、創立30周年を記念して英語圏文化に関する論文集『読み解かれる異文化』(松柏社)を刊行した。そのとき会員に共有された執筆の意図は、文学作品を研究や教育の材料とするにしても、従来のような文学史的文脈における理解や評論で事足れりとせず、作品が置かれている、あるいは作品に織り込まれている、文化的特色の検証まで含めた社会史的文脈における理解にも、もっと比重を置くべきではないかという反省の上に立ってのことであった。

　文化的特色まで含めるとなると、われわれの研究対象は格段に広く大きいものとなる。その仕事はまさに、長期にわたる忍耐強い継続的共同作業を必要とし、しかも現在ではまだ研究行程の道筋さえ示しえない未知の巨大なスキームとなるだろう。われわれは、奥行きの知れぬ未開の地が確かにそこに存在するという認識だけで、10年前に敢えてその領域へ最初の一歩を踏み入れた。それから10年がたち、今回創立40周年を記念して出す本書は同じ志向を引継ぐその第二集である。

　ただし書名は『問い直す異文化理解』と少し変えた。われわれの英語圏文化についての研究は、その有り様を常に問い直しつつ、理解が僅かでも深化し続けるものでなければならないという自覚をよりシンプルに表明したのである。この地道で遠大な研究に今後さらに多くの若い人たちが加わり、継承されて、10年後の第三集へと続いていくことを願って止まない。

さて、学生時代に英文学を専攻し、いま大学で英語を教えることを生業とするわれわれが異文化を理解するという場合、対象となる文化が宗教であれ、文芸であれ、あるいは歴史や道徳であれ、何れであるにしても、その理解は基本的には英語という外国語を通して行われる。外国語を受け入れるとき、とくにそれが人間の精神的生活（すなわち文化）にかかわる抽象概念を表す語の場合は、必ずといってよいほど、母語である日本語がそこに介入する。日本語もまた固有の文化に根ざした言語であるのはいうまでもない。

　それぞれに異なった固有の文化を背負って存在する二つの言語が接触する場合、とりあえずは対応する語をもって了解する便宜は認めるにしても、その後にその語や言い回しを本来の異文化の精神風土に置き直して検証しなければ正当な理解には達しえないだろう。外国語学習は異文化研究の大前提となる課題であり、異文化研究そのものであると認識し、その検証を怠らないようにわれわれは常に反省しなければならない。

　たとえば、英語に"God"という語がある。日本語にも「神」という語はある。しかし、だからといって、「God＝神」という公式は成り立たない。英米人はGodを、日本人なら「あらっ！」「くそっ！」「ちきしょう！」といった文脈で、使うことがあるからである。God, I don't know.（あらっ、そんなこと知らないわよ!）/ God, I hate her.（くそっ、嫌な女だ）/ God, I will kill her.（ちきしょう、あの女ぶっ殺してやる）のように使う。となると、英米人がもっている"God"の概念と日本人が抱いている「神」の概念はかなり異質な文化を背負っていると考えなければならない。"Christ"や"Jesus"も、"God"と同様に、驚き・不快・苛立ちを表す間投詞として使われる。聖書には、

　　　Thou shalt not take the name of the Lord thy God in vain;

For the Lord will not hold him guiltless that taketh his name in vain.

あなたは、あなたの神、主の名をみだりに唱えてはならない。主はみ名をみだりに唱える者を、罰しないでは置かないであろう。(新約聖書「出エジプト記」(Exodus) 20章)

とある。この教えに従わない者はただではすまさぬ、というのであるからただごとではない。キリスト教と無縁なわれわれには聖書にこのようなことが書いてあるとはまさに仰天である。これは一体どう理解したらよいのだろうか。深く問い直さなければならない問題である。

英語圏社会で、驚き・不快・苛立ちを表す間投詞となるのは神とキリストだけではない。"by George" や "for Pete's sake" の George, Pete など、ありふれた人名の固有名詞、あるいは "Boy" や "Man" などの普通名詞までも、"Man, is this interesting."(へえー、こりゃ面白いや) / "Boy, did that annoy me.(くっそ、これには俺も癪にさわったなあ) のように、"God" や "Christ" と同様な間投詞として使われる。これも一体どういうことなのだろうか。

"hell"(地獄)や "damn"(堕地獄)という語にしても同じだ。AとBの会話で、Aが "You don't even know my sister."(あんた僕の姉さんのこと、知りもしないくせに) と言うと、Bは "The hell I don't."(知らないどころか) と言う。別の対話で、Aが "Basically, we're all animals."(基本的には人間はみな動物なんだ) と言ったのを受けて、Bが "Like hell we are."(動物だなんてとんでもない) と即座に反論する。この対話で、Bが言い返すとき、文頭の "The hell" と "Like hell" はどちらも強烈な否定辞として働いているのは疑いの余地がない。だが、これらは一体、文法的に、あるいは論理的に、どう説

明をつければよいのであろうか。また別の対話で、Aが "I'm gonna be a father."（俺もうじき父親になるんだぜ）と言うと、Bが "Well, I'll be damned …"（へえー、こりゃ驚いた）と言う。これは "I'll be damned if…" の下略であり、本来「そんなことがあってたまるか」の意で、後ろに続く文を強く否定する表現である。これも英語の "hell" や "damn" が日本語の「地獄」「堕地獄」とはかなり異質な文化に根差すものであることがよく分かる例である。

　英米に George Bush という人があり、日本にも「藪　譲治」という人はいる。そして英語圏社会では "George" だけで本人を呼ぶことがあり、日本語社会でも「譲治」だけで呼ぶことはある。しかし、だからといって、「ファースト・ネーム呼び＝呼び捨て」という公式は成り立たない。アメリカ社会では自分の父親や恩師や上司など目上の人を、ある時期からファースト・ネームで本人に直接呼びかけることがあるからである。そのような無礼は日本人には信じ難いことであり、到底受け入れがたい。驚くのは目上の人に対する場合だけではない。同僚の妻や顔見知りの近所の奥さんに対しても、夫のいる前でファースト・ネームで呼ぶのである。日本語社会では他人の女房を、いくら親しい間柄でも、亭主が同席する場で、「恵子」とか「幸枝」と呼ぶことは許されまい。いや、亭主はそこに居なくても、これが受け入れられることは日本語社会ではありえないだろう。この事から見ても、アメリカ社会のファースト・ネーム呼びは日本社会の「呼び捨て」とはまったく異なる文化に根差す社会慣習であることが分かる。

　日本語には敬語があるが「英語には敬語がない」とよくいわれる。なるほど、日本語の「ご」や「お」などの敬語接頭辞や、「行く」と区別する「参る」、「食べる」と区別する「召し上がる」など敬語動詞や「で

す、ます、ございます」などの敬語助詞などは英語にはない。だからといって、英語では「きみの両親に会ったよ」(I met your parents.)と区別して「あなたのご両親様にお目にかかりました」という敬語的な言い方はできないだろう、ということにはならない。英語には "I had the privilege of meeting your parents." という立派な敬意表現がある。「粗品ですが何とぞご笑納ください」でも、英語には日本語にまさるとも劣らぬ "You will honor me if you will accept my small present." あるいは "I will be honored if…" のような相手への敬意に満ちた表現がある。「特権」(privilege) や「名誉（に思う）」(honor) という語は日本語にもあるが、日本人はこのような発想の表現には馴染まない。ここにも、自己卑下をする表現が謙虚な態度として受けいれられる社会と、光栄に思うという表現が歓迎される社会の精神風土の違いがみられる。その文化の異質性も深く掘り下げて考察されなければならない。

　義務教育を終えた日本人なら、三人称代名詞の he・she という英単語は誰でも知っている。ところが、英語圏社会では本人が居合わせる所で人を he や she で言及するのは失礼になるという呼称習慣については、日本ではほとんど知られていない。あちらでは、母親がこの大切な礼儀を子供に躾けるときの決まり文句に、"Who's she? The cat's mother?" ("she" って誰のこと？　猫の母親のこと？) というのがある。つまり子猫には、母猫の聞こえるところで、"Don't bother me. Find her."（うるさいわね、自分の母親のところへ行きな）といってもよいが、人間の場合には、本人の聞こえる所で、he, she を用いてはいけないという意味である。したがって、買い物に来た客の前で、店員Ａは店員Ｂに "He wants a dozen navel oranges. Do we have any left?"（こちら、ネーブルを１ダースお求めだ。まだ残ってる？）とは言えない。お

客の聞こえるところで"he"を用いてお客を指すのは大変失礼となるからである。店員Aは店員Bに、"This customer would like a dozen navel oranges."(こちらのお客さまはネーブルを1ダースお求めです)と言わなければならない〔久野暲「英語圏における敬語」『敬語』岩波講座　日本語4、(岩波書店、1977), p.312〕。もちろん"this gentleman"でもいい。

　ところが、よく見るとheやsheが失礼になるのは本人が聞こえる範囲にいる場合だけではない。聞き手が身内や仲間である場合は、本人がその場にいなくても、その人をheやsheで言及するのは受け入れられないのである。そこではファースト・ネームで言及するのが常識である。では、いったいheやsheは本人が聞こえる所ではなぜ失礼であり、またなぜ場合によっては本人がその場にいなくても失礼になるのか。これも文化に深くかかわっている問題であろう。

　例を挙げればきりがないが、こうした身近にあるどのような例を見ても、英語の学習は日本語訳や文法の知識だけでは真の理解から遠いのは明らかである。外国語は、語であれ、文法であれ、言い回しであれ、その一つ一つが異文化であることをわれわれは忘れてはならない。「文法」や「文学」の枠組みを超えて、「文化」の枠組みへのアプローチがいま、日本の英語教育界で強く求められているゆえんである。

　2007年1月

藤井健三

目次

まえがき

〈英　国〉

『ダーバヴィル家のテス』における階級
　　——テス、エンジェル、アレクが抱える
　　　　　「二重性」について　　　　　　齋藤健太郎　　3

大地母神としてのテス
　　——宗教史と自然史の観点から　　　坂　　淳一　　27

『ダーバヴィル家のテス』とウェセックス
　　——ハーディ・カントリーの地誌学　　中林　良雄　　49

労働党政権誕生とT.S.エリオット　　　　滝澤　　博　　90

〈アイルランド〉

『ユリシーズ』の「テレマコスの旅立ち」
　　——スティーヴンの歴史と成長　　　桑原　俊明　　125

〈アメリカ〉

ジョン・ブラウンの遺骸は朽ち果てても　佐藤　晴雄　　153

ジャック・ロンドンと椋鳩十
　　——椋はロンドンの「戦争」も読んだ　森　　孝晴　　188

神よ　アメリカに祝福を
　　──アメリカのアーヴィング・バーリン、アーヴィング・
　　　バーリンのアメリカ　　　　　　　　　　　長尾　主税　*204*
若き日のフォークナーと《サッポー詩体》をめぐって
　　──サッポーとホラーティウスとA. C. スウィンバーン
　　　との聯関において　　　　　　　　　　　　齋藤　久　*229*
ハリウッドを襲う「マッカーシズム」
　　──エリア・カザンの場合　　　　　　　　齋藤　忠志　*276*
シーガル『ある愛の詩（うた）』の言葉と文化　　　藤井　健三　*299*
サイモン & ガーファンクルの "The Sound of Silence"
　　をめぐって──荒廃から再生を求めて　　　渡部　孝治　*325*
映画『ロッキー』とアメリカン・ドリーム　　　岡﨑　浩　*344*

〈その他〉

トポスの論理──レトリックの知の可能性　　　金谷　博之　*361*
視覚的芸術に内在する文化史的諸様相　　　　　石井　康夫　*379*
日本語接尾辞「-っぽい」と英語接尾辞「-ish」の類似
　　と相違について　　　　　　　　　　　　　梅原　敏弘　*403*

あとがき

〈英　　国〉

『ダーバヴィル家のテス』における階級
―― テス、エンジェル、アレクが抱える「二重性」について

齋 藤 健 太 郎

はじめに

　トマス・ハーディ（Thomas Hardy, 1840-1928）の代表作のひとつである『ダーバヴィル家のテス』（*Tess of the d'Urbervilles*, 1891）が、不適切とされる場面がゆえに、作品として発表されるまでに紆余曲折を経た話は有名である。[1]この作品は、農村に生まれた女主人公テスを中心とする物語であり、ダニエル・プール（Daniel Pool, 1948- ）は、「主要テーマの一つは、いうまでもなくイギリスの伝統的な田園世界の崩壊である」[2]と述べている。テスは、季節労働者として極寒の地、フリントコム・アッシュ農場でのつらい農作業へと駆り立てられる。また彼女の父が亡くなり、彼が終身借地人として借りていた土地を追われることになる。そういったテスや一家の姿から、直接的ではないにしても、当時の衰退する農村社会の一端が垣間見られるだろう。1870年代を境とした農業の没落が、田園風景までをも一変させてしまったという史実が、[3]この作品にも大きな影響を与えているのは間違いないであろう。
　ストーリーとしては、これほど単純な作品はないと言えよう。放蕩者のアレクに誘惑され捨てられた村娘テスの、試練や苦難の日々が描かれている。その後テスは、エンジェルという別の男性と恋に落ちるも、ア

4　〈英　国〉

レクとの過去が発覚することで破局へと追いやられる。彼女はアレクの情婦として暮らしながらも、最後には彼を殺害する。そして再会したエンジェルと逃避行を試みるが、テスは殺人の罪で処刑されるのである。こうした、ストーリーにおいてはごく単純なこの物語を、魅力的で興味深い作品へとしている要素が、ヒロインのテスをはじめ、エンジェル、アレクがそれぞれ抱える、階級の持つ価値観に対する二重性であると思われる。デイヴィッド・ロッジ（David Lodge, 1935- ）は、教育の恩恵によりテスが方言と標準語を使うことでの彼女の二重性を指摘しているが、[4]この作品が大きな意味を持つのは、まさに三人の登場人物が、階級的な二重性を示している点である。本論では、テス、エンジェル、そしてアレクという三人の主要人物に焦点を当て、彼らが抱える階級における「二重性」について考えてみたいと思う。

1．労働者階級とリスペクタビリティとの狭間で――テスの場合

　農村で暮らす労働者階級の娘であるにもかかわらず、テスが中産階級のエンジェルと交際できたのは、まさに彼女の受けた「教育」のおかげであると考えられる。教育の産物として、彼女の中に、労働者階級の女性として方言を話すテスと、リスペクタビリティを持った中産階級の女性という、二重のテスが生まれることになる。そしてこのことは、ヴィクトリア朝当時の新しい教育制度と大きな関連があると言えるのである。彼女は初等教育を受けた村娘として登場する。

> 娘（テス）の方は、ロンドン仕込みの女教師のもとで小学校（national school）の六年級を終えているので、二種類の言葉を話した。家では多少とも方言を使い、外で話す時や、身分の高い人には普通の英語を使った（。）（3章）

ここに、二つの言葉を使い分けるテスの二重性が認められると同時に、それはまた、彼女の母親との違いをも浮き彫りにしている。テスの母親と言えば、「迷信とか、民間説話とか、方言とか、口伝えの民謡（バラッド）とか、そういったどんどん滅んでゆくがらくたを」大切にし、「二人がいっしょにいると、ジェームズ王の時代とヴィクトリア女王の時代とが並んでいる形」となり、そこには「二百年の隔たりが」存在し、母と娘の差は歴然となるのである。教育制度について言えば、G.M.トレヴェリアン（George Macaulay Trevelyan, 1876-1962）が「1870年という年は、教育史上の、それゆえにまた社会史上のひとつの転換点であった」と指摘するように、ヴィクトリア朝後期は、教育を考える上での重要な地点であると言える。[5]エイザ・ブリッグズ（Asa Briggs, 1921- ）が、「1870年以前に存在していたありとあらゆる規模の労働者階級向け私立学校では、行動を統制することにはそれほど重点がおかれていなかったし、教師たちも公的な資格をもっているわけではなかった」と指摘していることからもわかるように、[6] 70年以前と以後とでは、教育のシステムに大きな隔たりがあったことが伺える。『ダーバヴィル家のテス』の時代背景が1880年代後半であるという事実を考えれば、作中におけるまさにこの70年以降の新しい教育制度の影響を無視できないのである。トレヴェリアンによると、「1870年のグラッドストーン内閣の法案は（……）W.E.フォースターの手になった。このフォースターの法案は（……）公の機関が管理する学校を各地に新設することによって、全国の学校分布図の中の大きな空白部分を埋めようとするものであった。「公立学校」（board school）と呼ばれたこれら新設の学校は地方税によって賄われ、」[7]ここに初等教育法が制定されるのである。70年のこの新しい制度を皮切りに、以後、義務教育制度、さらには初等教育の無償化が実現され、教育改革の第一歩が踏み出された。厳密に言えば、テスが受けた教育は、従来から存在した任意寄付制学校、すな

わち「国民学校」(national school)下によるものであり、先に触れた70年の初等教育法の下での「公立学校」によるものではない。しかしながら、トレヴェリアンが「1870年の教育法のお蔭で、その一世代後の農業労働者とその妻や娘たちからは、読み書きができるようになった」[8]と指摘していることから考慮しても、テスの受けた教育をヴィクトリア朝の新しい教育制度の恩恵であるとみなしても差し支えないように思われる。この教育改革は、近代化政策の一つであり、その目的は「国民」の創設という点に重点が置かれたと言えるのである。

　新しい教育の恩恵を受けた娘・テスとは対照的に、彼女の母親はバラッドの世界に生きる女性であると言えるだろう。『占い大全』のような古い迷信に傾倒し、子供の世話をする傍らで、自分の歌に夢中になる母親である。方言を使い、彼女の教育といえば、まさしくバラッドで、「知力は、苦労知らずの子供の程度だった」と評されるその母の姿は、教育の恩恵を受けた娘・テスとは鮮やかな対照をなす。母と同じ労働者階級に属するテスが中産階級のエジェルと交際ができるのは、まさに彼女が受けた新しい「教育」による恩恵のおかげである。それと同時に、テスの内面で、農村に暮らす労働者階級としての自己と、受けた教育がゆえにリスペクタビリティを持つ中産階級の女性としての自己という、矛盾する自己が混在することにもなるのである。

　アレクとの一件の後、トールボセーズの酪農場で搾乳婦として働くテスは、将来、裕福な酪農家となることを夢見て、そこに実習生として住み込みながら勉強する中産階級のエンジェルと知り合い、恋に落ちる。テスはエンジェルとの会話で、自らの歴史観について述べるが、これはまさに彼女が受けた教育による効用の表れとも言うべきものである。

　　「だって、自分が長い列のなかのただ一人にすぎないってことを知ったところで——何かの古い本のなかに誰かあたしそっくりの人のこ

とが書いてあるのを見つけて、あたしもこの人とおなじ役をするにすぎないんだということを知ったところで、何の役に立つんでしょう？　ただ、悲しくなるだけのことですわ。(……)」(19章)

　ここでテスは、過去に存在したその他大勢の中のちっぽけな一人にすぎないことに対し、自分が感じるみじめさを述べている。それと同時に、ここで彼女が、自己というものに対する認識に目覚めた一人の女性であることが分かるだろう。これは、明らかに、単なる労働者階級に属する女性の言葉にはとどまらない、彼女の受けた教育の賜物と言えるのではないだろうか。また、エンジェルと一緒に酪農場から牛乳を駅まで運ぶ場面で、彼女はそれを飲むであろうロンドンに住む貴族や上流の人々のことを考え、同様のためらいをみせる。

「その人たちは、あたしたちのことは何一つ知らないし、それに、牛乳がどこから来るのかも知らないし、また、あたしたち二人が、間に合って届くようにと思って、今晩、雨のなかを何マイルも荒野に馬車を走らせたことなど、すこしも考えないでしょうね？」(30章)

　歴史観を述べる場面同様に、自己というものを意識したテスの様子が垣間見られる。テスは、無数の名もなき人々の中に埋没することへの恐怖を感じているのだろう。同時にこれは、自分という存在を認めてもらいたいというテスの心の叫びでもある。農村の人々が都市へ出て行くことを余儀なくされ、変わりゆく風景の中で、押し寄せる近代化の波をテスは敏感に察知し、それが彼女を底知れぬ不安へと駆り立てている。
　物語の冒頭、テスの一家が、絶滅した名門ダーバヴィル家の子孫であることがほのめかされるのだが、それもまた彼女が属する階級を複雑なものにする要因のひとつとなっている。彼女が、アレクとの対面の折に、

彼からキスをされそうになると、無意識に体をそらし、そのキスをかわそうとする。アレクに無理やりにキスをされた後も彼女は、自分の頬を「無意識に」そして「本能的に」拭くのである。ここでは、ダーバヴィル家の由緒ある血筋を引き継ぎ、先祖のプライドを持ったテスの姿が、偽の家系を名乗るアレクとの対照の中で示されている。生まれ育ったマーロットの農村で働くテスが、農作業の休憩中に、周りの労働者たちとは一線を画し、彼らにとっての気付け薬である酒を決して口にしない姿からも、彼女が良家の血を引く女性であることが示唆されている。

　受けた教育の恩恵に加え、高貴なる祖先の血を受け継ぎ、中産階級のエンジェルと交際するテスは、ある種、労働者階級の特質とは一線を画す女性である。しかしながら彼女は、労働者階級としての母親に強く左右されることも否めないのである。それがまた、テスの階級の価値観に対する二重性を示していると思われる。テスは、「古い詩編を聴いたり、朝の賛美歌に加わる」ことを好み、「終始民謡を口ずさむ母親から受けついだ生来の歌好きのために、時として、きわめて素朴な音楽にさえ、(…)感動を覚える」(13章)のである。つまりは、彼女は母親から、歌を愛する気持ちを受け継いでいることが分かる。言いかえれば、テスはそれだけ母親の影響を強く受けていることになるだろう。またアレクとの過去を隠しながらエンジェルとの結婚を控えたある日、彼から贈られた花嫁衣裳を着たテスの心に突然、母がいつも歌って聴かせていたバラッドの一編がよみがえる。花嫁衣裳の色が変わり、自分が貞操を破ったことが露顕するというバラッドである。小さいときから母親と一緒に暮らし、その歌を聴いて育ったテスにとって、母親のバラッドに代表される古い迷信的なものに支配されている一面が少なからずあることは否めない。

　しかし、貞操観念をうたったこのバラッドに対して、母とテスとでは、受けとめ方が異なり、それが両者の間の階級的な差を示唆していること

も見逃してはいけない。母親にとっては、バラッドにあるような、貞操を失うエピソードは、それほど大きな意味を持たない。しかし、リスペクタビリティを備えたテスにとっては、このバラッドの意味が大きくのしかかってくる。母親の「たいがいの女は——この土地の大家の奥さんにしても——若い頃には、間違いを起こして」(31章) いるのだから、夫・エンジェルには決して過去の災難については言わぬようにとの、娘・テスへの忠告もまた、この母親に代表される労働者階級の貞操観を示しているのだ。テスにはその忠告を守ることはできないのは当然だろう。なぜなら、労働者階級の「たいがいの女」にはよくある過去の災難や過ちは、教育を受け中産階級の女性としてのリスペクタビリティを併せ持つテスには通用しないからである。普通の農村娘であったなら黙認できる事実も、彼女にとっては、もはや当てはまらないのだ。ここに母と子における階級的なギャップが示されると同時に、テスが抱える複雑な階級構造が見て取れるのである。

　過去の災難を夫のエンジェルに告白し、その結果、夫に捨てられた後も、テスがリスペクタビリティにこだわり、中産階級の夫にふさわしい女性としてふるまうのは、彼女が教育を身につけているからであろう。男性の視線を避け、ハンカチと帽子で顔を覆い、眉毛を大胆に切り落とすことで、テスは自分のセクシャリティーを消し、他の男性からの視線を避け、夫の名を汚さぬように配慮しながら、ブラジルへと一人で旅立った夫の帰りを待つ。そしてテスは、自分を誘惑しようと再びフリントコム・アッシュ農場に現れたアレクに「どうして、今じゃそんなに流暢に話せるようになったの？　そんないい英語をだれに習ったの？」(45章) と言わしめるに至るのである。アレクに対して堂々と筋道を立てて反論するテスの姿は、エンジェルとの交際はもちろん、彼女が元から受けていた教育という基盤を通じて勝ち得た賜物と言えるだろう。

　以上見てきたように、テスは、生まれながらに自分が属する労働者階

級としての自己と、教育を身につけたリスペクタブルな女性としての自己が、彼女の中で複雑に絡み合うのである。このように、彼女は労働者階級の母親からの影響と、教育を身につけた知的な女性としての特質との狭間で揺れる、階級的な二重性を示す存在と言えるのだ。

　テスの「歩行」もまた、この階級的な問題と関連がある。冒頭の『クラブの野外集会』とよばれるお祭りで、行列を作って練り歩く場面に始まり、[9] 極寒のフリントコム・アッシュ農場への徒歩での移動、それから借地権がきれ、農村を追い出されて家族と共にさまよう移動と、終盤のアレク殺害後の、エンジェルとの逃避行に至るまで、作中を通じてテスの「歩行」が物語の大きな位置を占めているように思われる。さらに細かい移動まで挙げれば、マーロットの自宅からトールボセーズ酪農場への徒歩による移動や、アレク邸での使用人時代の、トラントリッジの農民たちとの週末の市場への巡礼（この帰り道にテスは、アレクに森の中で貞操を奪われることになるのだが）、そしてフリントコム・アッシュ農場からエンジェルの両親が住むエミンスターの牧師館への移動に至るまで、彼女には「歩行」という行為がいつもついてまわるのだ。テスは、中産階級としての特質を享受する一方で、このように労働者階級の特質ともいうべき、「歩く」という行為と強いつながりがあり、この点でも階級的二重性を示す存在なのである。これは、次の章で論じる、中産階級に属するエンジェルについても通じる問題である。

2．ジェントルマンとしての憂鬱――エンジェル・クレアの場合

　エンジェルもまた、テスと同様に階級的な二重性を示す人物と言えよう。彼は教会と距離をおき、二人の兄とは違って、中産階級のエリートとしての人生を選択はしない。狭い価値観に縛られた家族に反発するも、結局は、彼はそこから抜け出すことが容易でないことを思い知らされる。エンジェルは、リスペクタビリティに支配された中流意識の強い家族と、

新しい道を切り開こうとする自己との間でさ迷うのである。酪農場での研修生活を送ることを通じて出会うテスとの交際や、彼の「歩行」に注目したとき、彼の階級的に曖昧な姿勢がよりはっきりと示される。

　エンジェルは二人の兄と共に、いわゆる「徒歩旅行者」として登場し、そこで初めて彼は、村娘たちと一緒にいるテスを目撃することになる。三兄弟はそれぞれ、次のように描かれている。

> 　一番上の兄は、白いネクタイに、詰襟(つめえり)のチョッキ、それにつばのせまい帽子という正規の副牧師の服装。二番目は普通の大学生。三番目の末の弟は、見かけだけではその人物を評することはできなかった。／　この三人の兄弟が途中で偶然会った人たちに話したところでは、彼らは、聖霊降臨祭(ウイットサン)（…）の休暇を利用して徒歩でブラックムア盆地の横断旅行を試みて（…）いるということだった。（2章）

　ここで注目すべきは、エンジェルが、兄たちと共に「徒歩旅行者」として登場することである。つまりは、旅行できる裕福な身分に彼がいるということである。テスがエンジェルと出会う直前まで、いわゆる『野外集会』でのお祭りで村を練り歩いていたことを考慮すれば、この冒頭ですでに、二人の「歩行」が意味する、身分的な差が示唆されていると言えよう。二人の兄とは違い、三男のエンジェルだけが、外見的に曖昧な要素を秘めているのは、彼がまだ自己としても階級的にも確立されていないことの暗示であると言えよう。

　そんなエンジェルが、将来、植民地で農園経営者として働くことを夢見てトールボセーズ酪農場での研修生として過ごす中で、しばしば強調されるのが、彼と「本」との関わりである。

> 　完全に会得しておきたいと思っていた数冊の農業の手引書には大し

て時間をとられなかったので、彼は近年はじめて、専門の知識を詰めこもうという考えもなしに、心のおもむくままに読書することができた。／彼はその気になりさえすればいつでも楽に本を読むことができた。／テスが来てから数日のあいだ、クレアは郵送されてきたばかりの本か、雑誌か、楽譜かを夢中に読みふけっていた（……。）(18章)

ここでは明らかに、エンジェルの読書量が強調されており、彼が読書に興じることのできる身分であることが示されているのは言うまでもない。読書量からして、彼はアカデミックなものに向いているにもかかわらず、教会と距離を置くがゆえに、兄たちのように大学を出て牧師になるという既存のエリートコースを断念するのである。そういった決められた道を結果として歩まぬことは、家族や既存の階級制度に対する彼の挑戦・反発を示唆しているのだろう。しかしながら、エンジェルにとって本が読める地位にいることは、明らかにテスをはじめ周りの労働者たちよりも彼が上の位置にいることを示している。彼は本を通じて得る知識を重んじるあまり、周りの現実に対し目を向ける能力がいささか欠如しているようにも思える。エンジェルが、勝手に理想化したテスのイメージを追い求めるあまり、彼女の意思に反するにもかかわらず、ギリシア神話に出てくる女神の名前で彼女に呼びかけるエピソードも、またそれ（彼の現実認識の甘さや偏狭な姿勢）を物語っていると言えるだろう。

現実認識に乏しく、視野の狭さが強調されるのは、エンジェルに限ったことではない。リスペクタビリティを重んじる典型的な中産階級の家庭に育ったエンジェルが、自分の家族から多大なる影響を受けていることは想像に難くない。エンジェルの中で、そういった家族の慣習が知らずのうちに染み付き、彼らの存在に左右され、そこから抜け出そうともがいても、なかなかうまくいかないのは、当然のことなのである。エン

ジェルの家族たちは、次のように諷刺されている。

> 父と母と、兄のフィーリックス師——隣の郡内のある町の牧師補（…）——と、長期の休暇でケンブリッジから帰省している、いま一人の兄のカスバート師で、この兄は、古典学者で、自分の出た学寮の評議員兼学生監をつとめていた。母親は、帽子(キャップ)をかぶり、銀ぶちのめがねをかけていた。父親の風貌は、いかにもその人らしく——真摯で、敬虔な人（。）／この二十年のあいだに、現代生活とほとんど縁を切ってしまったタイプの牧師であった。(25章)

エンジェルにとって、そんな兄「フィーリックスは、教会そのものであり、カスバートは大学そのものであるように」映り、そこからこの兄たちの偏狭な姿勢が想像できる。「福音主義者中の福音主義者」と称される彼らの父もまた、「同時代の、同じ考え方をしている人々からさえ、彼は極端と見られ」、極度の清教主義的な思想に凝り固まった頑固な人物として、兄たち同様に諷刺の対象ともなりえるのである。この家族においては、父親とエンジェルを除き、家族がみな、めがねをかけており、またそのことが強調されている。母親と同様にエンジェルの二人の兄もまためがねをかけている。

> 二人とも、いくぶん近視で、紐つきの片めがねをかけるのが世間のならわしになっているときには、紐つきの片めがねをかけ、両眼の鼻めがねがならわしだと、両眼の鼻めがねをかけ、普通のめがねがはやりだすと、自分たちの視力の特殊な欠陥には全くおかまいなしに、すぐさま普通のめがねをかけた。(25章)

二人の兄は、世間の流行に追随し、まわりの中産階級の人々と自分と

の間にずれを生じることを恐れた個性に欠ける人物である。わが道を模索しようともがくエンジェルとの違いがここに示唆されている。ふたりの兄たちは、尊敬を求め、「他人の目を意識」し「他人の目に自分がどのように見えるかを問題にする理念」[10]とも言うべきリスペクタビリティを、まさに地でいく兄弟と言える。母親をはじめ、エンジェルの二人の兄がめがねを使用することで、彼らの人間的な視野の狭さを諷刺する意味がこの小道具には込められているのである。

　このような典型的な中流家庭に属するエンジェルではあるが、実習生として農村での生活を送ることで、彼には、労働者階級的な側面も現れる。これが、エンジェルの階級的な二重性を作りだす一因となっているのだ。家族がエンジェルの態度に見て取る、「足をぶらぶらと動かし」たり「顔の筋肉もいっそう表情に富むようになり、目も舌がしゃべるほどに、あるいは、それ以上に、ものを言った」という、家族から「百姓のようになっていた」（25章）と称されるエンジェルの姿からもそれが分かる。「たくさんの卵やバタやパンや、その他のものがあったので、（エンジェル・）クレアはまもなく朝食の支度をととのえた」（36章）とあるように、通常のミドルクラスの男性ならできない食事の用意すら、彼には容易にできるのである。これらは、トールボセーズでの搾乳労働者たちとの交わりを通じて、彼が身につけた労働者階級的な特質と言えるだろう。親の勧める身分ある才女（ミス・マーシー・チャント）との結婚を拒絶し、彼女とはある種対照的な、村娘のテスと結婚しようとするエンジェルの姿勢に、従来の階級意識や慣習から抜け出そうともがく彼なりの努力の姿勢が見て取れるのだ。

　そうしたエンジェルの努力の一方で、「ここ二十五年間の見本的産物ともいうべき、この進歩した、良心的な若者は、その幼いころ受けた教えの中に不意に連れもどされると、いまだに慣習と因習の奴隷」（39章）となり、自己の自由な意思や判断が妨げられてしまうのである。テスと

の結婚方法を選択するエンジェルの姿にも、そのような「慣習と因習の奴隷」とも言うべき彼の姿を垣間見ることができる。エンジェルはテスとの結婚に際し、教会で3週続けて結婚の予告をする、安上がりないわゆる「バンズ」による方法ではなく、「結婚許可証」による方法を選択し、テスに次のように説明する。

　「(……) 許可証のほうが、ぼくらには面倒が少なくていいだろうから、きみには相談しないで、許可証のほうに決めておいたんだよ。だから、日曜に教会へ行って、たとえ自分の名を聞きたいと思っても、聞けやしないんだよ」(32章)

ここでは、エンジェルが教会と距離を置いていることで、「バンズ」を選択しないということも考慮せねばならぬだろう。しかし、ダニエル・プールが、結婚許可証による結婚について、「一般に『上流社会の慣習』に憧れる人たちが取得するものである」と19世紀半ばのエチケット教本に書いてある[11]と指摘していることも見逃せない。このことから判断するに、下層階級の人々に浸透していた安上がりな「バンズ」でなく、「結婚許可証」を選択するところにも、エンジェルの中流意識が、無意識であれ働いているのだろう。つまりは、テスとエンジェルの二人の間にギャップがあることも、このエピソードは暗に示唆しているように思われる。結婚という重大な決断の局面においても、エンジェルの意識は、中産階級としての自己のプライドに作用されていることが分かる。テスが、アレクに処女を奪われた過去を、結婚後に告白する以前から、もうすでに、二人の間には、ギャップが存在していたというわけだ。それはまた、「婚約中は戸外で遠慮なしに交際するという」テスにとっては当たり前の「田舎の習慣」が、エンジェルにとっては、そうではなかったというエピソードもまた、両者の間の溝を物語っている。

結婚後すぐに、妻のテスを置き去りにして、エンジェルが農業家としての道を模索すべくブラジルへと旅立つのは、その国が言語や宗教的にもイギリスの支配力が及ばぬ地であり、そこでなら彼女と暮らせるであろうと考えるからである。世間の習慣に染まり世間体を気にする、慣習から抜け出せないエンジェルには、本国イギリスでは、妻であるテスを許すことができない。ここには、イギリスという国において、すでに当たり前となっているばかげた制度や慣習、そして階級に対する作者自身の批判の意味も暗に込められているように思われる。

　エンジェルはブラジルから戻り、現地で試練としての病気を経験して死にかけたことで、ある種の目覚めを経験したと言えるかもしれない。また帰国後の彼に見られる大きな変化が、「歩行」であり、それが彼の階級観に大きな変化を生じさせていると言えるのだ。「歩く」という行為がジェントルマンにとっては、まれであることは言うまでもない。しかし彼は、ブラジルで初めて妻のテスの大切さに気がつき、帰国後、彼女を捜し求めながら、さ迷い続ける。エンジェルは病気によって、「以前の姿は跡形もなく、やせ衰え」、そして「身体の背後には骸骨が」見える程に弱りきったその容姿には、もはやジェントルマンとしての面影はないのである。妻のテスを求めて馬車もほとんど使わずにさ迷い、歩いて移動する彼の様子は、労働者そのものであり、彼の大きな「変化」として説明が可能であろう。冒頭に彼が、裕福な「徒歩旅行者」として登場したときの「歩行」と、ここでのそれとでは明らかに意味が変容しているのだ。妻のテスにアレク殺害を打ち明けられた後も、追手から逃れるために、彼はテスと共に森をさ迷い続けなければならない。鉄道も整備され、十九世紀後半には、多くの女性が利用した自転車が登場し、交通の利便性が増す時代の中で、移動手段として「歩く」ということは、最下層の人々の行為であった。しかしながら、エンジェルは最後まで、テスと森の中をさ迷い、歩き続けなければならない。ここで初めて、最

後に、「歩く」ことを通じて、エンジェルはテスと一体化しているように思える。テスが殺人の罪で処刑された後も、エンジェルは、彼女から託された妹ライザ・ルーの手をとり、処刑が執り行われたのを確認すると、「二人は立ち上がって、再び手をつないで、歩いて」静かにその場を去ってゆくのである。中産階級としてのリスペクタビリティの意識に苛まれ、その中でもがきながら、そして最後までさ迷い、歩き続けるエンジェルもまた、テス同様に階級的な二重性を示す人物と言えるだろう。

3．偽りの家系が示すもの──アレク・ダーバヴィルの場合

アレクもまた、テスやエンジェルと同様に、階級的な側面における二重性を示す人物と言えるだろう。彼は、ダンディの特質を備えたジェントルマンとして登場してくる。しかし、テスの処女を奪うという行為に及び、母の死を経験した後では、その最初のイメージとは全く逆ともいうべき、福音主義の牧師によって感化された原始メソディスト派の説教師（Ranter）として現れる。アレクには、後述する彼の持つ偽りの家柄の一件を考慮しても、たえず階級という問題がつきまとうように思われる。テスに対する森の中での侮辱的行為の一方で、彼は、性的魅力にあふれ、そして人を惹きつける魅力をも持ち合わせたキャラクターであるという意味でも、二重性を示す人物と言えるだろう。

先ごろ亡くなったアレクの父サイモン・ストークは、「イングランドの北部で律義な商人として（金貸しだったという説もあるが）一財産つくると、（…）過去に抜け目のない商人であったことがやすやす判明することのないような」名前を、大英博物館の書物の中から調べ上げ、「『ダーバヴィル』が見た目にも一番よく、また響きも他の名に劣らぬと考えた」あげく、元の名を捨てて、その良家の名を自分と子孫のために手に入れるのである。（5章）つまり、ここで、アレクの主張する古い「ダーバヴィル」の家柄が、全くの偽りであることが暴露される。そ

〈英　国〉

して彼自身もまた、偽りの紳士であると言えよう。テスが訪ねたアレクのトラントリッジの屋敷そのものが、その偽の家系を証明している。

　　（……）本邸がすっかり現われた。これは最近建てられたもの――実際、新築といってもいいほど――で、門番小舎の常盤木と著しい対照をなして（…）いた。／何エーカーもある温室がいくつか、斜面にそって麓の雑木林までのびていた。あらゆるものが金(かね)――造幣局から出たばかりの硬貨――のように見えた。／すべて最新式の器具をとりつけたいくつかの厩舎（…）。（5章）

　アレクの屋敷を訪ねたテスの、「この家は新しずくめだわ」という感想が示唆するように、まさにこの家の真新しさが、古い良家の家系が偽りであることを暴露している。隠そうとしても、家や外見にそれが現れているのである。この邸宅には、草花の温室をはじめ、果樹園と果樹の温室が備えられていることも注目に値する。アレクが、その温室で作られたいちごをテスに食べさせようとするエピソードが物語るように、ここでは温室という人工的な環境が強調されている。アレクの家系や身分も、いわば人工的に作られたものであることを考えれば、温室が意味するところも自然と理解できよう。アレクが暮らすこの環境は、テスがエンジェルと過ごす酪農場での自然の風景とは明らかに対照をなしている。
　たびたびアレクの登場に際して強調されるイメージが、「ダンディ」（dandy）であり、これが、彼の階級的なイメージに大きな影響を与えているように思われる。

　　馬車を駆(ぎょ)しているのは二十三、四の青年で、葉巻をくわえ、しゃれた鳥打帽に、薄茶の上衣、同じ色のズボン、白い襟飾、立て襟のカラー、茶色の乗馬手袋という身なり――要するに、（……）馬道楽

のしゃれ者であった。(7章)

　アレクが、しゃれた鳥打帽（dandy cap）をかぶり、服装にこだわり、しゃれたダンディのイメージと共にたびたび登場することは、注目すべきであろう。ここでダンディの系譜について少し説明すると、「男性の服装世界に革命的な変革をもたらしダンディ旋風を巻き起こした」のがジョージ・ブライアン・ブランメル（George Bryan Brummell, 1778-1840）である。[12]彼が旋風を起こしたダンディとは、身なりを調え、惜しみなく服装に時間と金をかけることに重きを置いた、いわゆる、働かずに何もしないことをよしとする貴族的有閑の象徴であった。ダンディは、勤労を重んずるセルフ・ヘルプが形成されつつあった時代には逆行するものであり、ヴィクトリア朝が始まった1837年の時点では、すでに衰退している。[13]これに加え、この作品の時代背景が80年代後半であることを考慮するならば、アレクはすでに廃れたもののイメージと共に登場してくると言える。しかしそれは別の言い方をするならば、ダンディズムの特質を備えたアレクが、時を経て、再び新しい男のイメージで現れたようにも思える。ブランメルが、成り上がりの男であり、ダンディを通じて「働かざる貴族を演じていた」という事実が、[14]アレク自身の成り上がりの家系と、彼が偽ジェントルマンを演じるという点で一致するのも興味深い。やや時代を飛び越えるが、ダンディを考える上では、それに再びスポットライトを浴びせ、花開かせたオスカー・ワイルド（Oscar Wilde, 1854-1900）も、重要な人物と言えよう。ワイルドが、ダンディとしての毒殺魔、トマス・グリフィス・ウェインライト（Thomas Griffiths Wainewright, 1794-1847）に傾倒する一方で、すでにディケンズ（Charles Dickens, 1812-70）やリットン（Edward Bulwer-Lytton 1803-73）によって、その毒殺魔の存在は、作中に取り入れられ、その存在が文学を通じて知れ渡っていた[15]ことも注目に値

する。ウェインライトに象徴される、このようなダンディが持つ負の概念を考えれば、おのずとアレクの持つイメージと重なる部分があるように思われる。

　有閑を象徴するダンディのイメージを備えた、ジェントルマンとしてのアレクと、彼が後に目指す、説教師（ランター）とは、明らかに相反するものであると言えよう。ここに、アレクの階級に対する二重性が示されていることがわかる。彼は、テスと別れ、母の死を経験した後、福音主義の牧師・クレアに感化された説教師として、テスの前に再び現れる。しかしながら、彼の改宗が偽りなのは言うまでもない。

　　しかし、いまや、あの黒い口髭はなくなっていて、きちんとした古めかしい頬ひげをはやし、服装は半ば牧師風になっていて、その変化のために顔の表情まで変わり、もとの伊達者風はすっかりなくなって、（…）信じがたいほどであった。（45章）

　伊達者風（dandyism）が消えたとはいえ、労働者階級の村人たちを相手に説教するランターとしてのアレクと、今までの彼のジェントルマンや、ダンディとしての華やかなイメージとでは、明らかにそこには大きなギャップが存在するのである。また彼の服装によっても、その二重性が示されている。「半ば牧師風」とたびたび称される彼の服は、今までのダンディとして着ていた華やかな服のイメージとも大きく異なることは言うまでもない。「半ば牧師風」であるのは、彼がまだ正式にはその職に就いていないことを示しているのだろう。しかし「半ば牧師風」であったり、後に「野良着」をつけてテスの前に現れるといった、彼の服装の違和感が意味するのは、自己が形成されていない、曖昧な立場に属していることの表れであると思われる。

　アレクのテスに対する姿勢からも、彼が人間的なある種のやさしさの

部分と、テスへの陵辱にみられるような残酷な部分とを混在して持ち合わせる、二重性を示す人物であることが読み取れる。アレクは、森でテスの処女を奪うという卑劣な行為に及ぶ一方で、D.H.ロレンス（David Herbert Lawrence, 1885-1930）が「アレク・ダーバヴィルは人にすかれない人物とはいえない」と指摘するように、[16]アレクが、憎みがたい、人を惹きつける魅力のようなものを備えているのも事実であろう。だからこそ、テスは森での屈辱的な出来事のあとでも、「数週間」ものあいだ、アレクの邸宅にとどまり、すぐには彼の元を立ち去れなかったのではないだろうか。もし、アレクによる森でのテスへの行いが、力による暴力的なものであったと仮定するなら、リスペクタビリティを備え、威厳を持ち合わせたテスが、彼の下を何週間も立ち去らずに彼と暮らしていたというのはいささか不自然に思われる。終盤での彼ら二人の別荘での同居生活を考慮しても、アレクが真の悪人であれば、テスがそこまで彼の言いなりになるのはおかしいであろう。このようにアレクは、森での行為に象徴される残忍な一面と、それとは相反する、ある種の魅力を備えた人物であり、これがまた、彼の人物構造を複雑なものとしていると言える。

　アレクがまた、女性を惹きつける魅力と風貌を兼ね備えていることも注目すべき点と言えよう。

　　　顔色は浅黒いと言ってもいいくらいで、厚い唇は、赤く滑らかではあるが、形が悪く、その上に、先のピンと尖った、手入れの行き届いた髭をはやしていた。（…）その輪郭にはどこか生硬なところがあるけれども、紳士の顔と、ぎょろぎょろした大胆な目には、異様な力があった。（5章）

　アレクは、肉体的人物として描かれ、彼には男性的な魅力があると言

えるだろう。それは、彼がたびたび、「好男子」(handsome) と形容され、「女泣かせ (heart-breaker) という評判が、トラントリッジ界隈の外まで広がりかけていた」(13章) ことからも推測できる。男性性にあふれ、女性にアピールする作用をアレクは兼ね備えているのだ。そんな彼の持つ性的作用が、少なからず、テスに対して何らかの影響を及ぼしていたのかもしれない。

　アレクは、テスの父には馬を、そして幼い兄弟には玩具を与えたりすることで、終始テスの一家の経済的な支えになっていたのも事実である。テスの父親が亡くなり、借地権が切れて一家が農村を追い出された折も、「子供たちをいい学校にやってあげよう。実際、ぼくは、何かきみのためにしなくちゃならないんだから！」(51章) とテスへの償いを申し出る。それがアレクの、再びテスを自分のものにするための口実であるにせよ、テスの母が夫の死後も、それなりに安楽な暮らしができるのも、アレクの経済的支援のおかげである。少なくとも、アレクはテスの一家に対して、経済的に重要な役割を果たしていると言える。テスに償いを申し出た彼のその言葉に嘘はないことは、テスの母親の裕福な暮らしぶりが証明している。「父が亡くなった後、あの人は、あたしにも、母にも、みんなにとても親切でした」(55章) と述べるテス自身の言葉もまた、それを裏づけていると言えよう。アレクが、自分の行い（テスへの陵辱）のせいで、彼女が村を追われるはめになったことを聞かされた直後に「顔がさっと赤くなった」のは、彼にも、自分の行いを恥じる気持ちがあったからこそである。ここでは、アレクにも恥じらいを感じる人間らしさがあることが示唆されている。彼が欲望に左右されているとはいえ、結婚許可証をテスに見せ、結婚をせまることは、彼なりの責任を果たそうとする表れでもあろう。アレクには、残酷さと、それと相反する感情とが、微妙に絡み合い、彼の人間性をより複雑なものにしているように思われる。

すでに見たように、アレクはダンディという特質を備えたジェントルマンとして登場し、気まぐれな改宗でランターになるも、結局またもとの偽ジェントルマンへと戻り、テスと共に遊楽地の別荘で過ごすことになる。アレクもまた、階級的な側面において二重性を示すことは、すでに指摘したとおりである。アレクの家系が階級をお金でもぎ取り、労働者階級であるはずのテスの母親は最後に、「賎しからぬ（respectable）未亡人の服装をして」、中産階級にふさわしい裕福な生活を送るのである。これらは、すべてお金の問題である。テスの母は、アレクのお金という物質的支援によって、人工的に作られたリスペクタビリティらしきものを手に入れたに過ぎないのである。テスが備えるリスペクタビリティとは、雲泥の差があることは言うまでもない。アレクとテスの母は、金によって階級や身分は手に入れうるという、階級の可動性の一端を示していると言えるだろう。最後にテスがアレクの情婦として暮らす別荘があるサンドボーンもまた、富や権力のイメージと結びつく場所と言える。

　　上流の人々が集まるこの海水浴場には、東と西の停車場、桟橋、松林、遊歩場、それに屋根つきの庭園、などがあって、（…）魔法の杖の一振りによってとつぜんに創り出され、少し埃っぽくなるがままに任された仙境のようなものであった。（…）それでも、あの黄褐色の古代の遺物のその一端に、この歓楽都市のような、輝くばかりの新奇なものが、よりによって生まれ出たのである。（55章）

まさにこの地は「魔法の杖」によって創りだされ、幻想的な雰囲気を醸し出し、現実とかけ離れた幻の場所といった感じさえする。この場所はまさに、この地に暮らすアレクの、作り上げられた偽りの身分や地位とリンクするだろう。それと同時に、サンドボーンは別荘を持つことをステイタスとする人々の野望の場所であり、まさに人工的に作り上げら

れた場所でもある。この地は、アレクのトラントリッジの、温室を備えた人工的な邸宅とも一致するように思える。このような人工的な遊楽地で、まさに人工的に作られた紳士・アレクがテスによって殺害されるのだ。ここに作者は、暗に、権力や階級といった人工的に創り出された幻想にうつつを抜かす人間への批判を込めていると言えるのではないだろうか。

むすび

　テスは近代化の進む農村で育ち、農村や田園風景の崩壊と時を同じくして、そこを追われる。その一方で労働者階級でありながら、新しい教育を受けた、リスペクタビリティを備えた女性として登場する。既存の枠にはおさまらない、新しい女性と言えよう。彼女の夫となるエンジェルは、教会信仰を失い、従来の中産階級としてのエリートコースを否定して、彼自身もいわば新しい男性として登場する。しかしその一方で社会や家族からの影響を受けるがゆえに、既存の慣習からなかなか脱することもできず、もがき苦しむ。そういった中で、彼は古いものに代わる新しい価値観を見出そうと努める。そしてテスの悲劇の原因をなしたアレクは、父の財と偽りの良家から生まれた、いわば偽のジェントルマンとして登場する。ダンディという特質を備えたジェントルマンからランターへと、安易な変貌をとげる彼の姿は、まさに階級のうすっぺらさや、その虚像の部分を反映していると言えよう。テスをはじめ、エンジェル、アレクもまた、階級の狭間に生き、それに翻弄されるのである。彼らは、まさに階級の二重性を示す人物なのだ。

　農村社会に代表される古い価値体系が廃れ、またそれに代わって農村の近代化がおこり、さらには新しい教育も始まる時代は、まさに変わりゆく社会を映し出している。そんな中で、いわば新しいタイプのテスやエンジェルが登場してくるのである。従来の階級の体系におさまりきら

ない彼らは、既存の階級制度のゆらぎを象徴しているのだ。階級や家名を金で手に入れたアレクの偽の家系は、彼自身と、その母の死をもって途絶える。階級という目に見えない人工的な創造物にうつつをぬかし、知らず知らずに振り回されているのは、それを金で手に入れたアレクに限ったことではない。テスもまた、労働者階級の母親からの強い影響と、リスペクタブルであることの狭間で揺れ、階級に翻弄される。エンジェルもまた、そんなテスを結婚相手として選ぶ自己と、彼の家族に象徴されるジェントルマンとしての自己とのギャップに苛まれる。階級制度が曖昧化し、境界がなくなりゆく社会の中で、既存の枠に当てはまらない新しい男と女、つまり、エンジェルとテスは、自分たちのそれに変わる居場所を見つけることができないのである。だからこそ、最後まで森の中を、自分たちのいるべき場所を探して、さ迷わなければならないのだろう。彼らがさ迷うことは、彼らが実体のない、階級という名の、入り組んだ迷路ともいうべきものに出口を探して迷い込んでいることを象徴しているのではないだろうか。

註

テキストには、Thomas Hardy, *Tess of the d'Urbervilles*, ed. John Paul Riquelme (Case Studies in Contemporary Criticism, 1998) を用い、本論でのテキストの日本語訳は、井上宗次・石田英二訳『テス』上・下巻（岩波書店、1960 年）を用い、引用部に続けて括弧内に章のみを示した。

(1) 深澤俊編『ハーディ小事典』（研究社出版、1993 年）、110-12 頁。テスの処女喪失と私生児洗礼の場面が問題となり、出版が遅れた事情が解説されている。
(2) ダニエル・プール『19 世紀のロンドンはどんな匂いがしたのだろう』片岡信訳（青土社、1997 年）、253 頁。
(3) エイザ・ブリッグズ『イングランド社会史』今井宏他訳（筑摩書房、2004 年）、370 頁。
(4) デイヴィッド・ロッジ『フィクションの言語』笹江修他訳（松柏社、1999

年)、250-51頁。ロッジは、テスに加え、作者ハーディ自身の二重性についても指摘している。またこの点については、参考文献にあげた鮎沢乗光の『トマス・ハーディの小説の世界』の中で詳しく論じられている。
（5）G.M.トレヴェリアン『イギリス社会史』（2）松浦高嶺、今井宏共訳（みすず書房、1983年)、477頁。
（6）エイザ・ブリッグズ、391頁。
（7）G.M.トレヴェリアン、477頁。
（8）前掲書、474頁。
（9）中林良雄『「ダーバヴィル家のテス」を読む』（松柏社、1995年)、10頁。中林説によると、この、テスたちの行列を作って練り歩く祭りは、「下界にいる春の女神プロセルピアに春になったので早く出て来てほしいと願い、神話を模倣することによってその願いを表現した祭事」を意味している。
（10）井野瀬久美惠編『イギリス文化史入門』（昭和堂、1994年)、137頁。
（11）ダニエル・プール、263頁。
（12）松村昌家『十九世紀ロンドン生活の光と影――リージェンシーからディケンズの時代へ――』（世界思想社、2003年)、37頁。
（13）山田勝『イギリス紳士の幕末』（日本放送出版協会、2004年)、232頁。
（14）松村昌家、46頁。
（15）前掲書、61頁。
（16）D.H.ロレンス『トマス・ハーディ研究 ／ 王冠』（D.H.ロレンス紀行・評論選集3）倉持三郎訳（南雲堂、1987年)、89頁。

参考文献

Page, Norman.ed. *Oxford Reader's Companion to Hardy*. Oxford : Oxford University Press, 2000.

アーノルド・ケトル『イギリス小説序説』小池滋他訳、研究社出版、1974年
鮎沢乗光『トマス・ハーディの小説の世界』開文社、1984年
川邉武芳『失われた〈故郷〉――D.H.ロレンスとトマス・ハーディの研究――』英宝社、2001年
那須雅吾他編『「テス」についての13章』英宝社、1995年
深澤俊『イギリス小説研究序説』中央大学出版部、1981年
深澤俊『慰めの文学――イギリス小説の愉しみ――』中央大学出版部、2002年
森松健介『テクストたちの交響詩――トマス・ハーディ14の長篇小説――』中央大学出版部、2006年

大地母神としてのテス
―― 宗教史と自然史の観点から

坂　淳　一

序

　『ダーバヴィル家のテス』(原題 Tess of the d'Urbervilles、以下『テス』と略す)は、イングランドの小説家・詩人トマス・ハーディ(Thomas Hardy, 1840-1928)の、小説における代表作である。最初は雑誌の連載として発表されたが、単行本としては1891年に出版されている。『テス』の主人公はテス・ダービフィールドという農家に生まれた若い女性で、彼女の人生に起きた悲劇から死に至るまでの一連の出来事を描いた物語だが、そこには様々な主題や文化的要素が盛り込まれている。読者が一読して惹きつけられるのは、主人公テスの瑞々しい感情や情熱、さらには生命感あふれる田園地帯の描写などであろう。しかし二読三読するうちに、主旋律の陰に響く通奏低音のように、この作品の生命感を生み出している別の要素が響いてくる。それは、その「異教性」である。[1]

　『テス』の具体的な異教性については、すでに中林良雄の詳細な研究があり、[2] 私が付け加え得るものはほとんどないのだが、西洋文化における「異教」というものの意味を特に「自然」との関連で論じながら、ハーディが『テス』において「異教的なもの」によって何をどのように

表現しようとしているのか、私なりに考察してみたい。

1. 英国における二系統の異教

　異教徒を表す英単語には"pagan""heathen""heretic"などがあるが、"heretic"は、カトリックなどの「正統」とされる宗教と対立する宗旨の信奉者を指す語であり、主として「異端者」の意味で用いられる。そこで他の二語について検証すると、たとえば『プログレッシブ英和辞典』(第4版)の"heathen"の項の解説には、「heathen はキリスト教に改宗しない未開人・野蛮人を表すのに対し、pagan は異教徒一般に用い、特に古代ギリシア人・ローマ人をさす」[3]とある。しかし、COD の "pagan" の項には "formally regarded by Christians as unenlightened or heathen"[4]ともあるので、"pagan"には"heathen"の持つ軽蔑的なニュアンスも含まれると言ってよいであろう。そもそも"pagan"はラテン語の"pāgānus"を語源とするが、これは「田舎者、農民」という意味である。[5]

　英国における「異教」にも大別して二つの系譜があると考えられる。一つは英和辞典の解説にもあった pagan の信仰、すなわち「古代ギリシア人・ローマ人」の信仰であり、これは英国に限らずヨーロッパ全体の文化的土台とも言えるものである。ローマ帝国は、政治的にはギリシアを倒して成立したが、文化的にはギリシア文化を引き継ぐ形で成立している。後にローマの国教はキリスト教となり、ギリシア・ローマの多神教信仰は「異教」として退けられ、紀元381年から392年にはテシオドス帝による異教的習俗の禁止と神殿破壊が行われた。やがてローマ帝国も分裂、滅亡の道をたどったが、教会用語として、また学問用語としてのラテン語の権威はゆらぐことはなかった。ギリシア哲学者たちの思想もローマ帝国の時代を経由してヨーロッパ人の世界観の中に脈々と受

け継がれており、ギリシア哲学を抜きにしては西洋の哲学も学問も教育もあり得ない。ギリシア・ローマの多神教信仰は次第にその宗教性を失っていったが、特にルネサンス期以降は文学的神話としての魅力の方が見直され、今では、英語読みされたアポロやヴィーナス、キューピッドなどの神々の名は、ヨーロッパはおろか、日本でさえごく普通に知られているほどに一般化している。

 2005年度長野県短期大学「市民カレッジ」の第5講「ホメロス『オデュッセイア』——ヨーロッパ精神の起源」で、ギリシア文学研究者の野津寛は、「ヨーロッパ」を文化的に定義して、「(…) ギリシア・ラテン文学を、古典文学の伝統として継承し、学び続けて来た人々のいる場所が『ヨーロッパ』ということになるでしょう。古代ギリシア・ラテン文学を古典文学とする地域、それが『ヨーロッパ』であると考えることが出来るのです。」[6] と述べている。英国を含むヨーロッパは、ギリシア・ローマの古典文学を共通の伝統として継承しながら、その多神教を偶像崇拝として否定するキリスト教を奉じているという、危険を孕んだ文化の二重性を抱えているのである。『テス』、あるいは次作にあたる小説『日陰者ジュード』(*Jude the Obscure*, 1895) は、その両者が衝突する物語でもある。

 そしてもう一つ、先ほどの英和辞典の解説で言えば "heathen" の信仰に当たる、英国特有の土着信仰の系譜がある。その系譜を確認するために、英国、特にハーディの作品の舞台となっているイングランドの民族史と宗教史を簡略にまとめておきたい。

 紀元前2500年頃、イベリア人と呼ばれる人々がブリテン島に渡来したあたりから、ハーディの作品世界との関わりが生じてくる。テスが逮捕される場所はストーンヘンジであるが、このストーンヘンジの基本部分を築いたのが、おそらくはこのイベリア人だからである。彼らは東地中海地方からイベリア半島やジブラルタル海峡を経由して、ブリテン島

にも渡来したものと考えられている。死者に関してエジプト人と同様の信仰を有していたことから、ピラミッドとも相通じる巨石文化をもたらしたのだという。[7] ただし、ハーディの時代には、ストーンヘンジをブリトン人が造ったドルイド教の神殿とする考え方が広まっていたので、ハーディにもそういう誤解はあったものと思われる。[8]

このブリトン人と呼ばれるケルト民族がヨーロッパ大陸から渡来し、先住のイベリア人、ビーカー人などを駆逐して現在のイングランドに住み着いたのは、紀元前75年頃からである。ブリトン人を含むケルト民族は「ドルイド教」と呼ばれる宗教を持っていた。ドルイド教時代のケルト民族は文字による文献を残していないので、この宗教がどのようなものであったのかは、はっきりしていない。魂の輪廻を信じていたとか、人身御供を行っていたとか、オークの樹を神聖視していたとか、様々なことがユリウス・カエサルや歴史家のタキトゥスらのローマ人によって半ば伝説のように伝えられている。ストーンヘンジに関しても、ここでドルイド僧たちが生贄を捧げたのだとか、夏至祭を行ったのだとかいう類の伝説がある。残存するケルト文化で、もっとも有名なものはハロウィーンであろう。ハロウィーンの10月31日は、ケルト民族の暦では大晦日に当たり、この日には死者の霊や、様々な精霊が彷徨すると考えられており、かがり火を焚いたりかぼちゃをくりぬいた提灯（ジャコランタン）を作って魔除けとしたりする。テスが最初に登場するのは「『クラブの野外集会』("club-walking" p.49)」（上19頁）と呼ばれる祭りの場面であるが、これは原作にもある通り「五月祭(メイ・デイ)の踊り（"The May-Day dance" p.49)」（上19頁）として知られるケルト民族の豊穣祭の名残である。[9]

このブリトン人は、現在のイングランド一帯に住んでいたが、紀元43年から410年までは、渡来したローマ人の支配を受けた。ローマ人はここをブリトン人が住む土地、ブリタニアと呼んでいた。そしてカス

トラ（castra）と呼ばれる沢山の軍事拠点を造り、それらを街道で結び合わせて軍事統治を行ったのである。現在の地名で、-caster、-chester、-cester で終わるものはこのカストラのあった場所であると考えられている。[10]多くのハーディ作品の舞台となっているいわゆるウェセックス地方にも、カスターブリッジ（Casterbridge、実名 Dorchester）[11]やウィントンセスター（Wintoncester、実名 Winchester）といった、ローマ統治時代を連想させる地名がある。『テス』に出てくるサンドボーン（Sandbourne、実名 Bournemouth）についても、その周囲に溶け合わない新興ぶりを描いて、「その外縁から一マイルと離れていないところでは、もう、土地の起伏はすべて有史以前のものであり、通路はことごとく昔のままのブリトン族の交通路であった。一塊の土壌といえども、ローマ皇帝の時代このかた、掘り返されたことがなかった。」(p.463、下255頁)というような描写が行われている。

　410年にローマが祖国分裂の危機に瀕して撤退すると、今度はアングロ・サクソンが大挙浸入してくる。アングロ・サクソンとは、ゲルマン民族のうち、アングル人、サクソン人、ジュート人、フリジア人という4種族の総称である。彼らは、英語を話す人間の祖先であるが、ブリトン人をウェイルズやコーンウォール半島に追いやり、ブリタニアを占拠してしまった。ここからブリタニアは、イングランド（アングル人の土地の意）へと名称が変わってゆく。この時期のアングロ・サクソンは、まだキリスト教徒ではなかった。ゲルマン民族の原始信仰もまた多神教である。イングランドのアングロ・サクソンは紀元500年代にようやくキリスト教化してゆくのであるが、キリスト教以前のゲルマン民族や、それ以前のケルト民族の文化や習俗の様々な名残りが、英国文化の中にはある。これが英国における「異教」のもう一つの系譜である。[12]

II. 大地母神崇拝

またこれらとは別に、はるか紀元前から、女性を「命を生み出すもの」として大地と結びつけてとらえる女性観・自然観というものが存在していた。それが慈母神崇拝、あるいは大地母神崇拝というものである。これはおそらく洋の東西を問わずに存在していた女性観であり、日本においても、埴輪の中に妊婦を象ったものが見られる。また、ネイティヴ・アメリカン（人種はモンゴロイドで、紀元前に中央アジアからベーリング海峡を渡ってアメリカ大陸に入った）の言葉にも以下のようなものが見られる。

　　わたしたちは、次のことを信じている。
　　わたしたちすべての母は大地だ。
　　父は太陽だ。[13]

このように、「命を生み出すもの」としての女性は、慈母のイメージとして、また大地のイメージとして、崇拝の対象となった。こうして女性と自然はイメージの上で一体となっていったのである。
　ヨーロッパの慈母神、ないし大地母神崇拝もその起源は大変に古く、ギリシア文明よりも以前にまで遡る。この豊穣多産の女神は、ヨーロッパからパレスチナまでの各地に様々な名で存在していたようである。古代セム人の間ではアスタルテ、バビロニアではイシュタル、ギリシア先住民族の間ではアルテミスなどと呼ばれる豊穣の女神がいた。これらが、ギリシア文明の中にも入り、様々な女神となるのだが、最も有名なものはアフロディーテであろう。アフロディーテは、ローマ時代にはヴェヌス（英語読みではヴィーナス）となり、次第に豊穣の女神から愛と美の女神へとその性質を変えてゆく。『テス』においても、母親に死なれて

一時的に宗教心に目覚めていたアレクが、説教中にテスの姿を見かけた場面で「彼女のサイプラスのような（"Cyprian" p.384）姿が、とつぜん彼の祭壇に現れれると、そのために司祭の信仰の火はほとんど消えてしまうという結末になったのである。」（下138頁）とある。サイプラス［キプロス］とは、アフロディーテが泡から生まれた後に上陸した場所であり、"Cyprian" は「アフロディーテのような」の意である。名詞としては「売春婦」の意味にさえなる。つまり、アレクから見たテスには、この異教の愛の女神のような官能的魅力があったわけである。

やがてローマでキリスト教が公認されると、これらの女神たちは、キリスト教と対立する異教の神々として退けられてしまう。そして中世の間、異教の女神たちは文化史の表舞台から姿を消していたのであるが、ルネサンス期にはギリシア・ローマへの関心が高まり、ボッティチェルリの「ヴィーナス誕生」のような絵画も数多く現れ、宗教においてと言うよりは、芸術のジャンルで復権を果たした。母なる大地を豊穣の女神へと昇華させたこの自然信仰は、紆余曲折の末に「女性＝自然」という結びつきをヨーロッパ文化の伝統の中に残したのである。『テス』にも、テス自身を含めて、女性たちを自然と一体化した存在としてとらえている場面がいくつかある。例えば次のような描写がある。

　しかし、この一団の束ね手たちのうちで一番興味をそそるのは、女たちだった。それは、女性が平常のように、単に戸外の自然の中におかれた一つの物ではなくて、その中の重要な一部分となるときには、魅力をおびてくるからである。野良の男は野良の人物であるが、野良の女は野良の一部である。彼女は、どういうものか、自らの輪郭を失い、周囲の要素を吸収して、それと同化してしまうのである。(pp.137-38、上146-47頁)

戸外の『自然』の形や力を主な伴侶(はんりょ)とする女というものは、後世になって彼女らに教えられた組織だった宗教よりも、遠い祖先の異教的な空想[14]("the Pagan fantasy")の方をはるかに多くその魂の中にとどめているものだ。(p.158、上171頁)

テスもまさにそのような存在であり、「後世になって彼女らに教えられた組織だった」キリスト教よりも、大地母神崇拝の方と馴染みが良い存在として描かれている。テスに恋をしたエンジェルは、テスを「すがすがしい清純な『自然』の娘("a fresh and virginal daughter of Nature" p.176)」(上198頁)と捉え、たわむれにアルテミスとかデメターなど大地母神の系譜にある女神の名で呼び、その意味がわからないテスに嫌がられたりしている(p.187、上214頁)。アルテミスは処女神であり、デメター(デーメテール)は豊穣の女神である。エンジェルが両親にテスのことを話した時は、「ヴェスタ神の巫女のように貞節」(p.224、上267頁)であると紹介している。エンジェルがテスに抱いたこれらの貞潔なイメージと、テスの暗い過去とのギャップが結婚後の悲劇の予兆であることは、中林良雄も指摘する通りである。[15]アレクにとってのテスが愛と美の女神サイプラス(アフロディーテ)であったこととイメージのずれを伴いながらも、この二人の男性にとってテスが異教の女神のような魅力を帯びた女性として描かれていることは、ハーディの意図として見逃すことが出来ない。

III. キリスト教の男性原理

こうした異教が多神教であるのに対して、キリスト教は言うまでもなく一神教であり、神を頂点とする階層的な世界観がはっきりとしている。頂点に位置する神、その神の似姿である男、そのあばら骨から造られた

女、そして人が支配すべき自然、と万物の序列は定められている。例えば、旧約聖書の『創世記』には次のように書かれている。(16)

　　神はまた言われた、「われわれのかたちに、われわれにかたどって人を造り、これに海の魚と、空の鳥と、家畜と、地のすべての獣と、地のすべての這うものとを治めさせよう」。(第1章26節)

このようにして、人間は自然の上に立ち、これを治めるべき存在と規定された。また、男と女については、次のように説明されている。

　　人［アダム］にはふさわしい助け手が見つからなかった。そこで主なる神は人を深く眠らせ、眠った時に、そのあばら骨の一つを取って、その所を肉でふさがれた。主なる神は人から取ったあばら骨でひとりの女を造り、人のところへ連れてこられた。(第2章20-22節)

また、この後、へびにそそのかされてアダムに禁断の木の実を食べさせたイヴに向かって、神はこう告げる。

　　「わたしはあなたの産みの苦しみを大いに増す。
　　あなたは苦しんで子を産む。
　　それでもなお、あなたは夫を慕い、
　　彼はあなたを治めるであろう」。(第3章16節)

こうして男は、女を治め、自然を治めるべき存在と定められたわけである。そして女は、男よりは低く、自然よりは高い位置に定められた。つまり男の方が神に近く、女はここでもより自然に近いのである。いわゆるエコフェミニズム（女性学と環境学とを融合させようとする1980年

頃に現れた学派の学問領域)[17]の先駆的研究者であるアメリカのキャロリン・マーチャント（Carolyn Merchant, 1936- ）は、ジョン・ノックス（John Knox, 1513?-72）やジャン・カルヴァン（Jean Calvin, 1509-64）らのプロテスタント神学者たちが、社会の中で女性が男性の上に立つことは、自然の秩序、神の摂理に反すると言って、忌み嫌っていたことを例証している。[18]

　また、ルネサンス期の女性観について「女の暗い面は自然の御しがたさを象徴していると考えられた。（……）女は男より自然に近く、社会的には同じ階級の男よりも地位が低く、はるかに強い性欲にとらえられやすいと考えられていた。」[19]と述べている。自然は人間にとって、豊かな恵みをもたらすものであると同時に、災害や干ばつ、疫病などを引き起こす恐ろしい存在でもあった。自然と女性に関するこの負のイメージから生じた社会現象が、中世からルネサンス期における魔女狩りである。女性たちの中には、薬草などを煎じて民間伝承の治療法で医療を行ない、産婆も務めていた民間医療家がいたが、これが大学で医療を学んだ男性医師の社会進出の妨げとなっていた。また、女性は男性を惑わすものであり、男性中心の社会秩序を乱す存在であるとして、教会からも嫌われていた。そのようなことから、これらの女性たちが、妖術を使う「魔女」として、社会から排斥されたという背景もあるという。[20]

　テスと再会し、福音主義のにわか説教師であることをやめてしまったアレクは、テスに言う。「ぼくは山上で神を礼拝していると思っていたのに、まだ森の中で偶像に奉仕していることがわかったよ！（……）きみは、いわゆる、ぼくの『堕落』の仲立ち——罪のない仲立ち——になっているんだよ。（……）きみは、誘惑者だよ、テス。かわいらしく、呪われた、バビロンの魔女だ—きみに再会したとたん、ぼくはきみに抵抗できなくなったんだ！」（p.402、下166頁）この言いがかりのような非難には、イヴがアダムを堕落させて以来の、男を堕落させるもの、あるい

は魔女としての女性のイメージが見え隠れしている。

　自然と結びついた女性が、ヴィクトリア朝キリスト教社会の偏狭な倫理の中で、もはや慈母とは見なされず、一種の魔女として圧殺されてゆく。これが『テス』の一つの大きなテーマである。

IV. 異教と神秘思想

　ハーディが、異教という原理を用いて、自然と一体の存在である女性を擁護していることを見てきたが、それはロマン主義者たちが自然を礼賛したのとは異なる態度であることに注意しておく必要がある。それをはっきりと示すのは、『テス』における次のワーズワス批判の一節である。ダービフィールド家の6人の子どもたちがいかに頼りない存在で、頼みもしないのにこの家に産み落とされたことがいかに不条理であるかを述べたあとで、「当今、その詩がさわやかで清らかであるとともに、その哲理は深遠で信頼するにたると考えられている、かの詩人が、いかなる根拠があって、『自然の聖なる計画』について語るのか、知りたいと思う人もあるであろう。」(pp.61-62、上36-37頁) というところである。これは訳書の註にもある通り、代表的ロマン主義詩人ワーズワスのことを述べているのだが、ワーズワスの自然神秘主義、すなわち自然を真実の世界への扉と見る思想が、ハーディには受け入れられないのである。ここで、ワーズワスの自然神秘主義とハーディの異教主義の違いがどこにあるのか、宗教史的観点から考えてみたい。

　神秘思想、ないし神秘主義というものは、ロマン主義について考える場合に避けては通れないものであるが、『岩波新・哲学講義2――神と実在へのまなざし』では、「神秘主義とは端的に言えば、哲学的思想を形成する上で、言葉や概念を超絶した神的なものとの直接的な合一や接触、ひいては直知という神秘的な体験に最も重要な意義を認める立場で

ある」[21]と定義されている。では、そのような仲立ちを必要としない宗教思想はどのようにして生まれるのか。ユダヤ教神秘思想（カッバーラー）の研究家、ゲルショム・ショーレムの『ユダヤ神秘主義』における解説を要約すると、およそ次のようになる。[22]

　宗教史の第一期は、「まだ世界そのものが神的であり、神々にみちているあいだのことである。人はいたるところで神々に逢い、神々をとらえることができ、忘我を必要とせずに神と自己を混同している」（15頁）時期である。このように、神と人間とが未分化の段階では、神秘主義というものは成立しない。ギリシア・ローマの多神教や、ケルト人のドルイド教、古代のゲルマン信仰などは、この時代に属すると言ってよいだろう。

　第二期は、「宗教が人間をあの神、人、世界一体の夢想的段階からひきずり出す」（16頁）時期であり、ここに至って、宗教は「無限の人格にして先験的存在なる神が有限の被造物にして有限なる人格に向きあうところの、絶対的にして途方もない割れ目の深淵を引き裂きひらく」（16頁）のである。そして、「偉大な一神教的宗教はこの両極性とこの永遠に越えることのできない深遠という意識の中に生きている。これらの宗教は、宗教の舞台を大自然から人間および宗教的共同体の倫理的・宗教的行為へと移しさってしまった。」（16頁）これで神秘主義が生じる前提が出来上がった。キリスト教化してからの英国は、この段階に入ったと考えられる。

　そして第三期は、何らかの形で、人々がこの神と人との間の深淵を乗り越えようとする時期であり、「宗教が一定の信仰生活と共同生活において歴史のなかにその古典的表現を維持してきたばあいにこそ、神秘主義は可能となり、おそらくその宗教のロマン主義時代とよびうるもののなかに現れてくる。その宗教は大いなる深淵を見て、（…）この割れ目を完全に意識しつつ割れ目を閉じてくれる道となる秘密を求める。宗教

から絶たれてしまった統一を再び、神話の世界と啓示の世界が人間の魂において出会う新しい次元にうちたてようとする。(…) つまり神秘主義はある程度において神話的経験の再受容なので」(16頁) ある。

以上のようにショーレムは説明する。ここから、既成の宗教的手続きなしに神と合一しようとする、秘儀的な新しい方法を見出そうとする、汎神論的にそこかしこに神を見出そうとするといった、神秘主義的宗教に共通するいくつかの特徴が現れてくるのである。そしてワーズワス (および多くのロマン主義時代の文学者) は、神聖なるものへの仲立ちとして自然を選んだ。

だが、進化論の思想の洗礼を受け、不可知論に傾倒していたハーディには、自然をネオ・プラトニズム的な「一者」へと導く扉、神聖なる世界への鍵であると「信じる」ことはもはや出来なかった。不可知論とは、高橋和子によれば、「一口でいうならば、神とか、実在者、創造主と称されるものが実在するか否か、そうしたことは、有限な人間の能力、知識や認識ではそれを知ることはできないという理論」[23]であり、不可知論 (Agnosticism) という名称は、ダーウィンの進化論を支持した生物学者トマス・ヘンリー・ハクスリー (Thomas Henry Huxley, 1825-95、小説家オルダス・ハクスリーの祖父) が作り出した用語である。[24]このハクスリーの名は、『テス』の作品中にも出て来る (p.401、下 164頁)。

同じ頃、ニーチェは「神は死んだ」と言っていたわけであるが、19世紀後半の英国においても、神は人間に認識し得ない不可知な存在として宇宙の彼方に隠れてしまったと感じる人々がいたわけである。ハーディもその一人であった。そこで彼は、キリスト教以前の世界、ショーレムの宗教史区分で言えば、第1期の「まだ世界そのものが神的であり (…) 人はいたるところで神々に逢い (…) 忘我を必要とせずに神と自己を混同している」世界を憧憬したのではないだろうか。だからこそ「異教」、すなわちキリスト教以前なのである。それによって第2期のキリスト教

支配を打ち破り、人と自然とが調和した世界を取り戻そうとしたのである。彼には自然をことさらに神聖視するロマン主義者のやり方はもはやとれなかった。神は不可知だからである。そこで神秘主義的汎神論の代わりに、異教時代の古代信仰を持ち出したのである。神々が人と共にあり、世界に命が満ち満ちていた時代への郷愁の念と言ってもよい。

　宗教学者の保坂幸博は、

　　そもそも、キリスト教と、そのキリスト教を背景にして成立している西洋の哲学は、世界の多宗教に対して、ピラミッド型の三角形構造で価値的な序列を与える習慣になっている、ということを私たちは見ました。ヘーゲルの宗教観は、その典型と言ってよいものでした。

　　この価値序列型の構造は、キリスト教自身にとっては、まことに自然な理解でしかありません。キリスト教は、発生以来の自分自身の歩みの中で、自然的なあり方の宗教を否定し、これを攻撃することで自身を確立してきました。また、肉の自然的な欲求に打ち負かされないで、霊的なものに拠る、人間的な努力を追及してきました。自然は、自身の内部において、攻撃し、克服すべき対象だったのです。[25]

と述べている。精神と、肉体と、そして自然との調和、ないし一体感といったものを求める者にとって、これがどのような手かせ足かせとなるかを描いたのが『テス』であり、また『テス』に続く作品『日陰者ジュード』なのである。テスの生き方に、そしてジュードの生き方に、ヴィクトリア朝キリスト教社会は、「爾(なんじ)、犯す、なかれ──」(上135頁) ("THOU, SHALT, NOT, COMMIT──" p.129) と言った。彼らに"YES"と言える原理を求めて、ハーディは異教主義へとたどり着いたのである。

精神と肉体とが、そして自然と人間の暮らしとが一元的に調和する真に牧歌的な世界、新しいアルカディアを求めての異教主義なのである。

V. フリントコム・アッシュの自然

しかし、西洋史における自然と同様、『テス』における自然もいつまでも恵み深い母ではない。エンジェルに捨てられたテスが、生き残りを賭けて最後の戦いをする不毛の農場、フリントコム・アッシュの存在を考えねばならない。自然史的に見れば、異教時代の母なる自然という概念にダメージを与えたのはキリスト教だけではない。次なる打撃は、ルネサンス末期になって現れた機械論的宇宙論である。宇宙は一旦創造されたあとは、ある機械的物理的な力や法則によって運動しているだけであり、宇宙それ自身に生命などないとする考え方であるが、これはもちろん、母なる自然という考え方に真っ向から対立するものであった。宇宙も自然もただの機械だというのである。この考え方を生み出し、推し進めていったのは、フランシス・ベイコン、ルネ・デカルト、アイザック・ニュートンら、ルネサンス時代から啓蒙主義時代にかけての自然科学者たちであった。

人々が地球を母なる生命体と考えていた時代には、環境破壊に対しても一定の歯止めがかかっていた。たとえば、鉱物や金属は母なる大地の子宮の中で成熟するものと考えられ、炭鉱夫が炭鉱に入るのは母の胎内に入るのに等しい行為と見なされ、禁欲をしたり身を清めたりしてから入るというようなことを行っていたのである。[26]

機械論的宇宙論が支配的な時代となって、自然はその生命を失い、女性も寄って立つ基盤を失い、環境破壊には歯止めがかからなくなった。そこへ産業革命が起こり、自然破壊は際限なく進んでゆく。ハーディもこうして失われゆくウェセックスの自然と田園を惜しんだわけであるが、

〈英　国〉

　ヴィクトリア朝の時代になり、全く違う学問分野から、さらに厳しく冷たい自然観をもたらす思想が現れた。進化論である。「ダーウィンのブルドッグ」と自称したハクスリーの不可知論が、それに拍車をかけた。
　チャールズ・ダーウィンが『種の起源』を書いたのは1859年であり、ハーディはまだ若い頃にこの問題の書を読み、大きな衝撃を受けている。J.O.ベイリィはこう述べている。

　　ハーディは、彼の思想を非正統的な考察から引き離すように方向づける大学教育をまったく受けていなかった．おそらくこの理由のため，彼はさまざまな未研究の知識の分野にさらに一層の好奇心をもって注意を向けたのだろう．彼は青春期の終りに，ギリシャ劇の宿命論（fatalism）をいくらか知るようになった．やがて彼はダーウィン（Charles Darwin）を読んでショックを受け，不可知論（agnosticism）への転向は　彼の伝記や初期の短詩『偶然』（Hap）にも明白である．[27]

　『テス』の中で、ハーディが『種の起源』から受けた衝撃を最もストレートに反映している部分が、フリントコム・アッシュの場面である。
　『テス』が書かれたのは1891年であるから、進化論の考え方もすっかり知れ渡った頃である。進化論がもたらした考え方は、「適者生存」であり「自然淘汰」である。自然は生命を育み慈しむ存在ではなくなり、生存競争の戦場となった。テスが過酷な労働に苦しめられる不毛な農場フリントコム・アッシュは、まさにそのような戦いの場であり、自力で生きてゆくための最後の戦いをテスは挑んでいる。そこにアレクが再び現れ、強者として、まるで草食動物に襲い掛かる肉食動物のように、テスを屈服させようとする。テスは弱い身ながらも懸命な抵抗を試みる。しかし家長である父親がなくなり、家族全員がマーロットを追い出され

て路頭に迷う事態となり、彼女は敗北してしまう。それは女性の社会的敗北であり、母なる自然の終焉でもあった。

VI. サンドボーンからストーンヘンジへ

再びアレクの情婦にされたテスは、「その肉体を精神的には自分のものと認めなくなっている——流れに浮かぶ屍体のように、その生きている意志とは無関係な方角へ漂うままに任せている」(p.467、下261頁)という状態で、物質文明の象徴のような町サンドボーンにいた。「精神上の運命をあの人［＝エンジェル（引用者註）］と共にした」(p.401、下164頁)はずのテスが肉体上の運命を再びアレクに握られ、彼女の精神と肉体は決定的に引き裂かれてしまった。こうして「『自然』の娘」は死んだのである。だが、帰国したエンジェルが現れて、テスの精神は再び動き出す。エンジェルを思う気持ちが甦り、自分のつまずきの根本原因であるアレクを殺し、いわば精神が肉体を取り戻すのである。しかし、なぜ殺さねばならなかったのか。

テスの過去を聞いたエンジェルは、かつてこう言っていた。「その男が生きているのに、どうしてぼくらがいっしょに暮らせるだろうか？——自然の意味では、その男がきみの夫なので、ぼくじゃないんだ。その男が死んでたら、話はちがってくるかもしれないが……」(p.313、下35頁)この運命的な一言を、「その精神を彼女が理解しなかったときですら、エンジェル・クレアの言ったことを一字一句残らず覚えていた彼女の鋭い記憶力」(p.400、下163頁)が心のどこかに留めていたと考えることは、決して作者の意図に反する読みではないだろう。意味の分からないエンジェルの無神論や不可知論まで覚えていたテスである（pp.400-1、下164頁）。まして「自然の意味」なら分からないはずがない。彼女はこの言葉を、「そうしなければ、あなたに対しても、あたし自身に対して

も、義理が立たなかった」(p.474、下269頁) という意識として持ち続け、そのためにアレクを殺したのである。そして「あなたに対するあたしの罪を許してくださいません？　走りながら、あたし考えたんです。もうあの人を殺してしまったのだから、あなたはきっとあたしを許してくださるだろうって。」(p.474、下270頁) と考える。彼女は、エンジェルに対してだけ罪の意識を抱き、アレクを殺すことが贖罪になると考え、二人の間の障害を取り除いたことで義理を果たしたと感じている。「彼女にとって、彼は、昔どおり、肉体も精神もまったく完全そのものであったのだ。彼は、いまだに、アンティノースであり、アポロでさえあった。」(p.475、下272頁) とある通り、彼女にとってエンジェルは神である。しかも異教の神である。彼女の態度は偶像崇拝と言うべきものであり、キリスト教道徳ではない何かが彼女を支配している。「自然の法則」とでも言うべき、異教的な、女性の愛の本能が彼女を突き動かしているのだ。

　エンジェルはこの「明らかに彼女の道徳観念を消してしまったその愛情のふしぎな性質」(p.475、下271頁) に驚いているが、彼女は自分に正直になっただけである。アレクを殺したとき、テスは二つのものを同時に消し去っている。一つは物質文明の呪縛、もう一つはキリスト教道徳である。物質的な繁栄の力で彼女を支配してきたアレクを殺し、「爾、犯す、なかれ――」(p.129、上135頁) というキリスト教道徳を、彼女はついに乗り越えた。キリスト教的な愛ではなく、エロースという、異教時代の自然な愛の法則に従った結果である。自らに内在する規範に従って行動することで、やっと彼女は「『自然』の娘」に戻ることが出来たのである。ストーンヘンジにたどり着いたテスは、エンジェルに向かって言う、「あなたは、トールボセーズでよくあたしが異教徒（"heathen"）だって言ってらしたわ。だから、あたし、いま故郷へ帰ってきてるんですの」(p.484、下284頁)。そしてここでテスはライザ・ルーのことを思い出し、自分の死後にはライザ・ルーと結婚して欲しいとエンジェルに

頼む。

　その後、殺人者としてのテスにはキリスト教社会によって「『正当な処置』がとられ」(p.489、下292頁)、社会的な存在として処刑される。しかし「『自然』の娘」としてのテス、すなわち作品の副題にもある"A Pure Woman"としての彼女の魂は、ようやく訪れた幸福の中で、肉体と精神の矛盾を解消し、ストーンヘンジで、異教の神々の元へ、あるいは自然の中へとすでに帰ってしまっているのだ。「『自然』の娘」テスの物語はストーンヘンジで終わった。だからその後、テスはもはや登場しない。キリスト教社会がテスを処刑したことはエピローグに過ぎない。テスの代わりに、同じ「『自然』の娘」としてのライザ・ルーがいる。そしておそらく、エンジェルと共に生きてゆく。このエンディングは、女性と自然の不滅性と連続性を訴えているのではないだろうか。テスが死んでも、自然と一体である女性、異教的な、天然自然の女性の歴史は終わらないのだ。ライザ・ルーも、テスと同様、"Sir Pagan d'Urberville"(pp.43-44、上10頁)の末裔であることを、最後に指摘しておきたい。

　結　び

　以上、「異教」と「自然」をキーワードとして、宗教史と自然史という観点から、ハーディの『テス』を読み解いてみた。もとより『テス』には「異教性」以外の様々なテーマや要素もふんだんに盛り込まれているわけで、「異教」という視点だけでこの作品が語り尽くせるわけではない。しかし、この視点を抜きにして『テス』を、あるいはハーディを語ることも、もはやあり得ないであろう。大沢衛が先鞭を付け、宇野秀夫や中林良雄が大きく発展させたこの視点を、本論によって多少なりと後押しすることが出来ればと願っている。

註

原文のテキストには Thomas Hardy, *Tess of the d'Urbervilles : A Pure Woman*, The Penguin English Library (Middlesex : Penguin Books, 1983) を、引用のための翻訳書としては、トマス・ハーディ『テス』上・下巻、井上宗次、石田英二訳（岩波文庫、1983年）を用いた。読者の便宜のため、作品からの引用には、すべてこれらの頁数を併記した。

（1）この点については、宇野秀夫「*Tess of the D'Urbervilles* 再考（その一）──ハーディの異教精神──」『弘前大学教育学部紀要』第三十一号（1974年）という、『テス』の異教性とハーディの「生命主義」（宇野の用語）との関連を論じた注目すべき論考がある。

（2）中林良雄『「ダーバヴィル家のテス」を読む』（松柏社、1995年）。

（3）國廣哲爾ほか編『プログレッシブ英和中辞典』第四版（小学館、2003年）。

（4）*The Concise Oxford Dictionary*, 8th ed., (Oxford : Clarendon Press, 1990).

（5）フレデリック・ドルーシュ総合編集、木村尚三郎監修、花上克巳訳『ヨーロッパの歴史──欧州共通教科書』（東京書籍、1998年）にも、キリスト教の拡大に関して、「キリスト教は、まず都市で広く普及した。ラテン語で農民を意味する『パガヌス』が、異教徒をも意味するという事実をみても、このことは明らかである。」（89頁）と書かれている。ハーディと同時代の英国の小説家ウォルター・ペイター（Walter Pater, 1839-94）の『享楽主義者マリウス』（*Marius the Epicurean*, 1885）の冒頭にも、

> 　キリスト教が勝利を得たとき、古い宗教はもっともおそくまで田舎に残り、おしよせるキリスト教会の勢におされて、ついにそこで単なる異教として──村人たちの宗教として滅んだ。それゆえ、世紀をさかのぼって、もっと早いころ、異教そのもののより古い純粋な形態がもっとも長く生きのこったのは、都の生活から遠く距たった草深い地方であった。〔ウォルター・ペイター『享楽主義者マリウス』工藤好美訳（南雲堂、1985年）、13頁〕

と、同様のことが述べられている。異教についてのこの認識、つまり「古い宗教はもっともおそくまで田舎に残」っているものだという事実認識がハーディのウェセックス小説の一つの基本認識であり、『テス』においては、テスの故郷マーロットや、つい先ごろまで魔術師がいたというトールボセーズがそうした異教的な田舎という設定なのである。14世紀には、ペトラルカがギリシア・ローマ古典文献を収集したことがルネサンス運動の原動力となったが、ハーディやペイターの時代には、ドイツの考古学者ハインリッヒ・シュ

リーマンによるトロイア王国遺跡の発掘という 1870 年代の大事件があり、ヨーロッパで古代宗教の復興運動も起きていたことは注意すべき事実であろう（保坂幸博『日本の自然崇拝、西洋のアニミズム』（新評論、2004 年）の第 4 章「歴史上の宗教の『発見』」を参照されたい）。
（6）野津寛「第 5 講 ホメロス『オデュッセイア』――ヨーロッパ精神の起源」『2005 年度市民カレッジ報告書 文化を読み解く――文学作品に見る東洋と西洋――』（長野県短期大学、2006 年）、26 頁。
（7）大野真弓編『イギリス史』（新版）、世界各国史 1（山川出版、1993 年）、15 頁。
（8）中林良雄、上掲書の第一部Ⅱ（二）に、当時のストーンヘンジをめぐる状況が詳細に述べられている。
（9）チャールズ・カイトリー『イギリス祭事・民俗事典』澁谷勉訳（大修館、1992 年）の "May Day" の項目によれば、五月祭は、夏の到来を祝う祭りで、元来ケルト人によって始められ、全く異教徒の祭儀であったが、やがてキリスト教布教時代に入ると、徐々にキリスト教の制度や儀式を導入しながら、今日まで続いてきた風習である。この日の朝、娘が草の露で顔を洗うと、1 年以内に夫になる男性と巡り会うという言い伝えもあり、テスとエンジェルの出会いとの関連で興味深い。
（10）大野真弓、上掲書、26-27 頁。
（11）いわゆる "Hardy's Wessex" における地名と、その実名との対照関係は、深澤俊編『ハーディ小事典』（研究社、1993 年）による。
（12）安東伸介ほか編『イギリスの生活と文化事典』（研究社、1982 年）の第 9 章 3「異教信仰」（船戸英夫）を参照されたい。
（13）ナンシー・ウッド『今日は死ぬのにもってこいの日』金関寿夫訳（めるくまーる、1995 年）、22 頁。
（14）英文テキストの註（p.505）には、この "fantasy" は "instincts" のことだとある。
　　これに従えば、「異教的な空想」は「異教的な本能」となり、この方が女性の中に本質的に異教性が宿っていることになる。私としてはこの解釈をとりたい。
（15）中林良雄、上掲書、537 頁。
（16）聖書の引用は、『聖書』（日本聖書教会、1986 年）による。
（17）エコフェミニズムの変遷については、森岡正博「エコロジーと女性――エコフェミニズム」（小原秀雄監修『環境思想の系譜・3』（東海大学出版会、1995）、152-62 頁）を参照されたい。（同論文は、2006 年 8 月現在、ウェブ・ページの「エコロジーと女性――エコフェミニズム」（森岡正博）"http://www.lifestudies.org/jp/ecofeminism.htm" においても読むことが出来る。）

(18) キャロリン・マーチャント『自然の死――科学革命と女・エコロジー』団まりな他訳（工作舎、1985年）、273-78頁を参照されたい。
(19) 同上書、254頁。
(20) B.エーレンライク、D.イングリシュ『魔女・産婆・看護婦――女性医療家の歴史』長瀬久子訳、りぶらりあ選書（法政大学出版局、1996年）の、「中世の魔術と医学」の項（7-29頁）を参照されたい。
(21) 河野一典「神秘主義」『岩波 新・哲学講義2――神と実在へのまなざし』（岩波書店、1999年）、210頁。
(22) ゲルショム・ショーレム『ユダヤ神秘主義』山下肇他訳（法政大学出版局、1985年）。本文中の頁数は同書のもの。
(23) 高橋和子『不可知論の世界――T.ハーディをめぐって』（創元社、1993年）、14頁。
(24) 同上書、48-49頁に、"agnosticism" の語源に関する三つの説（「グノーシス主義（gnosticism）」に否定の接頭辞 "a" を付けた、ギリシア語で「分からない」を意味する "agnostikos" から取った、パウロの使徒行伝にある「知られざる神（Agnosto-Agnostotheo）」から取った、の三説）が紹介されている。
(25) 保坂幸博、上掲書、214頁。
(26) C.マーチャント、上掲書、24頁。
(27) J.O.ベイリィ『トマス・ハーディと宇宙精神』山本文之助、関口博共訳（千城、1978年）、4頁。

『ダーバヴィル家のテス』とウェセックス
―― ハーディ・カントリーの地誌学

中 林 良 雄

1. はじめに

　文学作品は、それが優れたものであるならば、それに最もふさわしい研究方法を自ずと研究者に求めるものであるように思われる。トマス・ハーディの『ダーバヴィル家のテス』(以下、『テス』と省略) の研究方法には、理論上では、研究者の数と同数の方法があるに相違ない。研究者それぞれの関心の所在はそれこそ千差万別であるからだ。が、作品の声に耳を傾けるときに明らかとなる、作品自体が要求している研究方法はそれほど多いわけではなく、二、三の重要な研究方法があるとすれば、そのうちの一つに入ると思われるのは、おそらく「文学における地誌学的研究」(a topographic study in Literature) なのではあるまいか。
　ハーディ自身が《ウェセックス小説》(the Wessex Novels) と名付けた小説群の地誌学的研究は、バートラム・ウィンドルの『トマス・ハーディのウェセックス』(Bertram Windle, *The Wessex of Thomas Hardy*, 1902) をもって嚆矢とする。この著作は、第一に作者ハーディがまだ生存中に出版されていること、第二にウィンドルがハーディと交友関係にあったこと、そして第三にこの著書には貴重なペン画が含まれていたこと、この三つの点から特異な価値を有するものであった。けれ

ども登場人物と場面との結びつき、あるいは場面のもつ象徴的意味合いにたとえ気付いていたとしても、主眼はハーディがいかに現実の土地に基づいて自分の小説を書いていたかを示すことにあった。(もっともすべてが現実に忠実に基づいていたということではない、とウィンドルは註記してはいるのだが。) 小説の中の地名や固有名詞 (実名で登場するものもいくらかあるが、ほとんどは仮名になっている) が実際にはなにに基づいているのか、つまりそのモデルになったものはなにか、それを解明すること、そしてその土地なり、建物なり、事柄なりについての知識を伝えることに重点が置かれ、精力が費されていて、作品とモデルの土地とのかかわりのもつ本質的な意味合いまで、つまりハーディの小説と「ウェセックス」と総称される土地との結びつきが意味するものについてまで、言及することはまずもってなかったのである。その後、この分野の研究は、作品に対していつも第二義的な意味しか持たない、好事家のモデル探しか、せいぜいのところ、舞台探査に了りかねない研究として定着することになるのだが、その責任の一半はウィンドルに帰してもよいのかもしれない。とは言え、このような調査の仕事は労力を要する作業で、それだけでも意味がないわけではないが、この種の基礎的研究は本来的には作家・作品研究のうちに位置づけられ、それが作品なり作家なりの本質の究明にどれだけ役立ち得るものであるかによって、その意義が決定されるものなのである。作品あるいは作家の本質を解明するための接近方法(アプローチ)の一つとして、そういう研究は本来存在しているのであって、その関係は決して逆ではない。このことを私たち研究者はもとよりのこと、読者も見誤ってはならないであろう。

なお、ここで「文学における地誌学的研究」と言っているものを定義しておくと、次のようなことになろうか。ある土地の地理的状況を記述するばかりでなく (地誌学は地理学の一部門である)、その土地の文化的、社会的、そして歴史的様相が作家によって作品の中でどのように把

握され、描写され、表現されているか、換言すれば、作品の舞台のモデルとしてある土地が選ばれた理由を空間と時間の両面において探ること、これが「文学における地誌学的研究」である。おおまかな定義としてはこれで十分とも言えようが、現代的な視点に立つならば、小説における空間的位相を問題とする、いわゆる「位相学的研究」（a topological study）もこの地誌学的研究に、それも極めて重要な一部門として、含ませなければならないであろう。そうすることにより、従来の地誌学的研究は初めて有機的構造をとり始め、活性化すると考えるからである。すでに、近代日本文学研究において、前田愛がその手法を取り入れて、かなりの成果をあげているので、私たちにとってそれはよい参考例となるはずである。（「**参考文献**」参照）

　文学における地誌学的研究で注意すべきことは、創作と事実とを混同する過誤を犯してはならないということであろう。創作が事実に基づいてなされたとしても、そこでは事実からの選択や新らたな意味付けなどの操作がなされていて、ある事柄（人物や出来事や思想など）が、それが優れた作品においてであれば、一つの典型として描写され、表現されているからだ。その場合でも、単一のモデルに基づく場合と複数のモデルに基づく場合とがある。たとえば、作品中の場面とそのモデルの場所とではかならずしも同一と見なされなければならないということはなくて、むしろ原則的には別個のものと見なすべきである。そのモデルが作品でどのように扱われているかがむしろ問われてしかるべきなのである。それゆえに、この「文学における地誌学的研究」での最終目的は、ハーディにとって「ウェセックス」（『はるか群衆を離れて』（1874年）のなかで初めて使われた。ちなみにハーディの愛犬はウェセックスと呼ばれた──**図1**）とはなにであったか明らかにすることでなければならない。小説『テス』の研究においてということであるのなら、『テス』で「ウェセックス」はどのように描かれているかがその結論において問われなけ

図1 ハーディの愛犬ウェセックスの墓
（マックス・ゲイト）

ればならない。そこで、地誌学的研究に従事する場合には、自分の今、現在の研究がその段階のどこに位置づけられるのか、そのことをつねに念頭に置きつつ進められなければならないのである。ところで、ここで言う研究段階とは、次の三つの発展的段階の区分として示めせるのではないかと考える。

（1）舞台となっている場所のモデル探し——登場人物のモデル探しの場合と同様に、場面の設定と造形において、㋐ 事実に基づいているかどうかの確定、およびその事実が確定されるとすれば、㋑ 作者はそれをどの程度知り、理解していたか（つまり知識の深浅度の確定）、いうなれば、事実本位の立場からなされる基礎的研究段階

（2）同一作家の個個の作品において、地誌学的事実はどのように生かされているかを見極め、確定する。そしてまた、作品間での比較を行なうような、作品本位の立場からなされる本格的研究段階

（3）作者にとって全作品の舞台となる土地（場所）はどのような意味を持っていたかを分析し、解釈して確定するような、作家本位の立場からなされる最終段階

個々の作品についてだけ言うのであれば、（1）と（2）の段階で一応完結するとしてもよいが、作品相互における関係、ならびに全作品中で個々の作品が占める位置を確定することによって初めて一人の作家の全貌が理解されて来るような作家論的観点に立つのであるならば、作品の地誌学的研究もこの（3）の最終段階に到達することが望ましいであろう。要は、研究者が自分の行なっている研究が上記の三段階のどこに現在、位置しているかを正しく認識しているかどうかなのである。そしてまた、おのおのの段階は他の二つの段階を無視しては存在しえない（あるいは、不完全をまぬがれえない）ということも、その際、忘れてはならないであろう。

II. ウェセックス──その名称と地理範囲

ウェセックス（Wessex）は紀元5世紀にブリテン島に侵入して来たアングロ・サクソン諸族（ゲルマン民族の一部）のなかの西サクソン人（West Saxons）を主体とする集団が定住した、ブリテン島南部の地域を指す。6世紀の半ばに都がドーチェスター（Dorchester）に定められ、ここにウェセックス王国（王国名 Wessex は West Saxons の意味の古英語 West Seaxe が訛った語である）が誕生した。6世紀の末までには、イングランド中に勢力を拡大したアングロ・サクソン諸族はウェセックスのほかにも六つの王国を打ち樹て、アングロ・サクソン七王国（ヘプターキー）（ノーサンブリア、マーシャ、東アングリア、エセックス、ケント、サセックス、ウェセックス）[the Heptarchy : Northumbria, Mercia, East Anglia, Essex, Kent, Sussex, Wessex] の時代がここに現出した。そして9世紀に、ヴァイキングの襲撃を受けるなかで、他の王国は崩壊の憂き目を見るが、ただ一国、ウェセックスのみは、優れた国王を輩出したため、崩壊をまぬがれ、またその国王によってイングランド最

初の統一を成し遂げている。その国王こそ英国の歴代の国王のなかでも最大の人気を得ているとされるアルフレッド大王（Alfred the Great, 849-899）である。

　歴史上のウェセックスとハーディ文学に言う「ウェセックス」は、ほぼ同一の地域を指すとしてよいのであるが、次の対応表によって明らかなように、周辺部を取り込むというか、周辺部まで広がるというか、要するに周辺との関係を持った開かれた地域、すなわち「ウェセックス」として考えられている。

《歴史上の Wessex》	《ハーディの Wessex》
Berkshire	North Wessex
Hampshire	Upper Wessex
Witshire	Mid-Wessex
Dorsetshire	South Wessex
(Somersetshire)	Outer Wessex
(Devonshire)	Lower Wessex
(Cornwall)	Off-Wessex

　＊カッコ内の地域は「歴史上の Wessex」には含まれていない。
＊＊上記の対応表は A Thomas Hardy Dictionary（Meicho-Fukyu-Kai, 1984）と The New Century Cyclopedia of Names（Appleton-Century Crofts, 1954）に拠る。

空間的に見た場合には以上の通りであるが、時間的には、「ウェセックス」は、ウェスト・サクソン人がハンプシャーの海岸に上陸した年の西暦495年よりもさらにさかのぼる、有史以前の歴史を有する土地だと見なければならない。では、なぜハーディはそのような有史以前にまでさかのぼる歴史意識を持っていたのであろうか。その理由としてはおおよそ次の四つのことが考えられると思う。

（１）父親が石工であったばかりか、ハーディ自身も教会建築の修復作業にかかわったことから、自ずと歴史意識が身に着いていたこと。
（２）ハーディが生まれ育った土地や成人してから移り住んだ土地には、有史以前の遺跡（塚や城塞）やローマ人の遺跡（ローマン・ロードなど）を始めとして、数多くの古代遺跡や遺物が存在していたために、日常的に親しいものとなっていたこと。
（３）ハーディの生まれ育った村から３マイル（約4.8キロ）ほど離れた所には、ドーチェスター（Dorchester）という中世以来の町があったこと。
（４）地誌学・民族学（考古学）・民俗学(フォークロア)・方言学などの新しい学問が盛んになる時代にハーディ自身がめぐり合っていたこと。また身近にその種の分野で活躍する恩師や友人たちを持っていたこと——㋐ J.ハッチンズ『ドーセット州の歴史と古物』(John Hutchins, *History and Antiquities of the County of Dorset*, 1774 ; Third Edition 1861)の刊行 ㋑「ドーセット博物学ならびに野外調査クラブ」(Dorset Natural History and Antiquarian Field Club)の結成 ㋒ドーセット方言で詩を書いたW.バーンズ（William Barns, 1801-86）といった人物の存在が指摘できること。

「ドーセット博物学ならびに野外調査クラブ」や「ドーセット博物館」とハーディとの関わりについては、英米のハーディ研究家がほとんど注目していない現状にあるために不明の点が多いが、知られるかぎりのことを総合すると、次のようなことになるだろうか。

　ハーディは、ドーチェスターの町の中心部からおおよそ１マイル離れた、町を出てすぐの所、ウェアラム・ロード沿いの家、マックス・ゲイト（Max Gate）に移る前の年の1882年か前々年の1881年かに、上記の「クラブ」に加入したと思われる。そして、1884年には、ドーチェ

〈英　国〉

図2　マックス・ゲイト（ハーディ設計）

スターにおける「クラブ」の大会で、マックス・ゲイトを新築したときに敷地内から発掘された古代の遺物について報告を行なっている（1890年の『会報』にこの報告は掲載された）。(図2)「ドーセット博物館」は1883年に現在の建物が完成し、84年1月7日に開館されている。（ただし、これより前、1846年に設立された初期の博物館は別の場所にあったらしい。それが現在地に移されて、84年に二度目の開館式をこの新館で行なった模様である）。現在「ドーセット博物館」は「ドーセット博物学・考古学協会」の所有・運営する機関として公開されている。この「協会」は民間の会員によって組織された歴史的遺物の保存を目的とする団体で、「博物館」の二階に事務所を持ち、図書室を備え、研究活動も行なっている。ハーディの時代の「クラブ」はこの「協会」の前身ではなかったかと思われる。（ちなみに、館内にハーディのマックス・

ゲイトの書斎が復元されている。)

　さて、ハーディが「ウェセックス」の語を用いるようになったのはいつかと言えば、『狂乱の群をはなれて』(*Far from the Madding Crowds*, 1874)の第39章で《サウス・ウェセックスの丘陵地帯》と記した時からである。この小説は、ドーチェスター付近の農民の生活を生き生きと描き、またロマンスとして見ても変化に富んだ筋立てが仕組まれてあり、全体的によく出来た文句なしに面白い小説で、この一作でも小説家ハーディの名は残るかもしれないと思わせるような初期の代表作である。しかしながら、作者自身が、後年、新しい版に寄せた序文で言っているように、この小説は所詮は《地方小説》なのであり、風俗小説の域を一歩も脱するものではない。とは言え、大方の好評をもって迎えられたこの作によって自己の小説家的資質に目覚めるとともに、自己の小説の舞台を総称する言葉の必要を次第に感じるようになってきたという点から言えば、この作は画期的な一作であったのである。アングロ・サクソン時代の王国名に由来するウェセックスの語を得ることによって、その後のハーディ小説が取るべき方向が決定し、明確になったと言っても過言ではない。

　小説家が自らの小説の舞台を限定し、そこを舞台とする小説群を総称的に呼ぶ例は少なくない。しかし、ハーディのように歴史的名称を復活した例はほかにはないのではあるまいか。いずれにせよ、自己の小説の舞台を限定することによって、特殊性が加わる代償として、作品世界の独自性と奥行きを獲得したのである。最初期の段階ではどうであれ、この種の特殊性あるいは個別性に徹することが、結果的には、ハーディ文学の発展において有効な働きをすることになったのである。文学においては、普遍性は、一般性から始まるわけでなく、個別性、特殊性から始まるからである。

　20世紀における英語圏の文学で場所(トポス)へのこだわりを示した文学とし

て最大のものはジェイムズ・ジョイス（James Joyce, 1882-1941）の文学であろう。『ユリシーズ』（*Ulysses*, 1922）一作を取り上げるならば、それは都市小説と言ってよいのだが、そこで描かれる都市ダブリンはつねにアイルランドのダブリンであったはずであり、ヨーロッパの西の果ての一小国、アイルランドの一地域であったはずである。

　ハーディ以前の例としてはウォルター・スコット（Sir Walter Scott, 1771-1832）があげられよう。スコットはイングランドに対立する土地としてのスコットランドを背景・舞台とする一群の小説に対して《ウェイヴァリー小説》(ノヴェルズ)（the Waverley Novels）の名称を与えているが、これはスコットの最初の歴史小説の題名（主人公の名前）に由来している。また、アンソニー・トロロープ（Anthony Trollope, 1815-82）は架空の州名を取って「バーセットシャー小説(ノヴェルズ)（the Barsetshire Novels）と称していた。ハーディの一世代前の作家であるので、彼の影響を幾分かは受けているかもしれない。そうであるとしたら、《ウェセックス小説》(ノヴェルズ)と言わないで、《サウス・ウェセックス小説》(ノヴェルズ)と呼んだかもしれない。ジョイス以降の小説家では、米国南部の作家ウィリアム・フォークナー（William Faulkner, 1897-1962）の場合が考えられる。フォークナーは、ある地域にインディアンが付けた名称を転用して、自分の一連の小説を《ヨクナパトーファ・サーガ》（Yoknapatawpha Saga）と呼んだ。ジェファスン（フォークナーが生まれ育った町 Jefferson をモデルにしている）を中心とし、その周辺部一帯を取り込んだ地域を指す仮空の名称（Yoknapatawpha County）から来ている。

　これらの複数例との比較において言うならば、ハーディの場合は、一つの町や州（あるいは郡）にのみ限定するということはしたくなかったであろう（フォークナーの場合には非ヨクナパトーファ物がほかにあった）。またトロロープのように、モデルのない架空の町や州（少なくともトロロープ本人はモデルの存在を否定しているという）とするよりも、現

実の町や州を舞台背景として、実名は仮名に変えることを原則にしていた。そこでハーディの小説は、一面では純粋な《地方小説》と言ってよく、また現実に密着することから生まれた想像的世界として創作の世界が構想されている点で、リアリズムに基づく小説（すなわちリアリズム小説）といってよかった。したがって、そこの所を見誤らないかぎりは、舞台背景に与えた名称として、また一群の小説に与えた総体的名称として、「ウェセックス」ほど適切な名はなかったのではあるまいか。このことが認められるとしたら、英米における従来のハーディ研究では、その命名法がハーディ小説（あるいは文学）において持つ意味についての言及がほとんどないというのはどうしたことなのであろう。日本の場合を例にとっても事情は同じで、次の三つの代表的な入門書の解説（伝記や作品研究を含む）においてさえ、「ウェセックス」の名称が持つ意味に触れているものはただの一冊もないのが現在の（そしてまた、過去の）状況なのである。

高畠文夫「作品研究『俗塵の狂いをよそに』」『ハーディ研究』大澤衛編（英宝社、1956年6月）

森松健介「『狂乱の群れをはなれて』」『ハーディ』20世紀英米文学案内4（研究社、1969年3月）

前川哲郎「ハーディの生涯とウェセックス」／土屋倭子「『狂乱の群れをはなれて』――初期代表作にみる人間像――」『20世紀文学の先駆者 トマス・ハーディ』大澤 衛・吉川道夫・藤田 繁編（篠崎書林、1975年10月）

では、このような状況がなぜ生まれたのだろうか。この問いに対する答えはおそらく次の二つであろう。① 英米の研究家の作品論で地誌学的なアプローチをする者が今までにない（あるいは、ほとんどない、と

いうべきか）ことによる。言い換えるならば、作品論と地誌学的研究とが結合されることが今までになかったためである。② つまり、地誌学的研究の意味を当の地誌学的研究者も作品論的研究者も正しく認識していなかったためである。そのために、二つの領域の研究は個個別別に行なわれ、平行線のままに放っておかれたのである。

　このような状況の下で故大澤衛が行なった研究——例えば、①「文学と歴史の底にあるもの——Wessex 的霊感についての報告——」『金沢大学法文学部論集』文学篇第 14 号（昭和 41・(?)）　②「ハーディ・カントリ紀行——テスの足跡を辿って」『清水勇教授記念論文集』（愛知県立大学、昭和 43・6）などがある——は貴重である。が、大澤自身も『テス』について上記の②で、いくらか試みているだけである。では、なぜ、このように土場口だけのことで了ってしまったのだろうか。一つには、ハーディの小説が変化する現実に深く根ざしていること（空間的・時間的限定の下に作品が成立していること）に対する研究者の認識がまだ根本的に浅いためである。二つには、自然主義的リアリズムを基本としながら、ハーディは独自の人生観、世界観を作品で展開したということ、この二面性が総体的に捉えられることがほとんどないためである。

　しかし、このように言ったからといって、大澤の仕事の意味が半減してしまうわけのものではない。むしろ、日本におけるハーディ研究から見るならば、大澤の仕事はいぜんとして画期的な意味を失ってはいない。大澤が先の論文「文学と歴史の底にあるもの——Wessex 的霊感についての報告——」で指摘したことは、約言すれば、ハーディ文学は「Wessex 的霊感」とでも言うべき「ウェセックスの地霊のいぶき」を浴びることで創造されたものであるということだ。そういった結論に大澤が到達したのは、ハーディの作品（小説と詩）の舞台とされる地域で作品に登場する先史時代や古代や中世の遺跡を見、一大荒野地域を巡遊してみて、「ウェセックスの根の深さと文化的地層構造の複雑さを反省させる」

(同上）ものとして、それらが存在することに、ようやくのこと、思い到ったためにほかならなかった。

III. 地誌学的研究から見た『テス』

（１）地理的概観

　州都ドーチェスター（Dorchester）を中心とするドーセット州（Dorset）の土地から受ける印象をどう表現したらよいか、説明に窮していたとき、私が出会ったのは高橋弥生の「ハーディと Dorset 地方」の一文であった。高橋はこの文章——『英語研究』トマス・ハーディ号（研究社、1968 年 7 月）——を書く二年前に、一年間、サウザンプトン大学に留学していた。その折、足繁くドーセットの地を訪れ、自らの眼と足で確かめた上でものしただけに、その文章には聞くべき点が多いように思われたのである。

　　　Dorset の地形の特色のひとつは、今のべた（ハーディのよく用いる "undulation" という表現が適切なような——引用者註）低い平坦な陸陵地の連続があげられる。（……）たしかに Dorset は大きくも、小さくも見える。つまり視点をほんの少し変えるだけで、視野の範囲が極度に変化する。一般に英国は平坦な国土であるため、島国とは思えぬ大陸的光景を呈する場所もあり、Dorset も、丘の上に立てば、四方何マイルにも渡って視野が開け、雄大そのものであるが、ひとたび低地に下れば、まわりをぐるりと丘に囲まれ、全く孤立してしまう。この広大さと、閉鎖的狭小さとが共存しているところに Dorset の地形の面白味はあり、それは Hardy 文学の持つ地方性と、広大な宇宙をとりあつかう普遍性とも無縁ではないと思われる。

図3　フルーム谷のウォーター・メドウ（冠水する牧草地）

　　上の高橋の指摘は実に的確で、過不足ない。また今までの日本のハーディ研究家が誰一人言わなかったことだ、と言ってよいであろう。
　　ドーセットの地形は、おおまかに言えば、東西にのびる二つの草丘（ダウンズ）と北西から南東にかけて流れる三つの川によって説明できよう。北部地域の中ほど、やや西寄りに連なる丘陵地がノース・ドーセット・ダウンズ（North Dorset Downs）である。南部地域の海浜の町、ウェイマスとドーチェスターの間に横たわる丘陵地がサウス・ドーセット・ダウンズ（South Dorset Downs）である。この二つのダウンズにはさまれた地域には、それらを水源とし、またいくつもの支流が流れ込んでいる川が二つあり、南寄りのフルーム川（Frome）が長くて大きく、これに支流のサーン川（Cerne）が合流している。これとほぼ平行しながら、次第にフルーム川に接近して来る形でピドル／トレント川（Piddle or Trent）が流れている。が、こちらの方はやや短かい。この二つの流れ

には姉妹河川といった趣がある。もう一つの川は、ドーセット北部のブラックムアー（Blackmoor）を水源とし、スターミンスター・ニュートン（Sturminster Newton）やブランドフォード・フォーラム（Blandford Forum）などの町を貫流する、ドーセット最長の川、スタウアー川（Stour）である。

　ドーチェスターの町をかすめるようにして流れているフルーム川の沿岸は、牧草地が川の氾濫によって一部が水に没する、いわゆるウォーター・メドウ（water meadows）の現象が見られる地帯で、その様は『テス』でも活写されている。（図3）ハーディはこの辺りの肥沃な酪農地帯の総称としてヴァリー・オブ・グレート・デアリーズ（the Valley of Great Dairies）の名を与えている。また、ここと対をなす、やや小型の地域である、スタウアー川の上流地域のブラックムアーの谷間は、ヴェイル・オブ・リトル・デアリーズ（the Vale of Little Dairies）と命名されている。後者は、言うまでもなく、テスの故郷とされている地方である。

　ドーセット州の右肩の地域はハンプシャーと相接しているが、内側には森林地帯が広がっている。ボーンマスにまで迫るニュー・フォーレスト（New Forest）ほどは大きくなく、また縮小されてしまっているとしても、ここドーセット州では一番の、古くからの森で、『テス』の中では、古名を利用して「チェイスの森」（the Chase）と呼ばれている。

　土地の風土性を決定づける地理的要素として、丘陵地、河川、森林の三つを取り上げたが、ドーセット州は南部で英国海峡に面していることも忘れてはならないことであろう。テスの先祖はこの海峡を越えて来たノルマン人の末裔とされていたのである。しかし、話をドーセットに限って言うのであれば、ドーセットを特徴づけるもののうちで最大のものは、なんと言っても、ヒースの生茂る荒蕪地、ハーディが名付けた名前で知られるエグドン・ヒース（Egdon Heath）でなければならないであろ

64 〈英　国〉

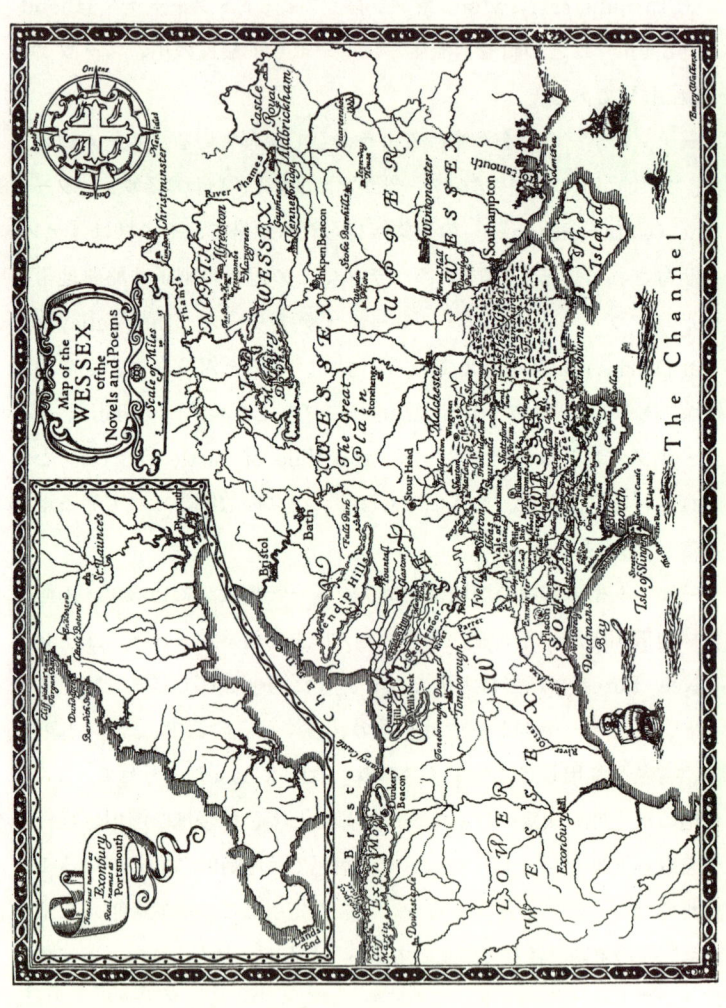

仮名表記による「ウェセックス全図」(ハーマン・リー「トマス・ハーディのウェセックス」より)

う。もっともこのイングランド南部のヒース地帯は、北部の例の「嵐が丘」のような小山の連なる斜面をヒースがおおう地帯とは異なり、下にチョーク質の地層のあるなだらかな丘陵地帯で、開発の手が伸びて来ればすぐにでも市街地化されてしまいそうな立地条件の下にあるが、今なおほとんど人の手が加えられていない地区なのである。もっとも、残念なことに、その一部は英国陸軍の戦車部隊の駐留地、ボヴィントン・キャンプ（Bovington Camp——ここ

図4　アラビアのロレンス
　　　（T. E. Lawrence）の墓

にはハーディ文学の愛読者であった T.E. ロレンスが所属していた。基地は彼の住居クラウズ・ヒル（Clauds Hill）の近くにある）（**図4**）の練習場にされていたり、植林により姿を変えてしまったりしているが、そんな例はそれほど多くはなくて、変貌の様子の一端は「ハーディの生家」（Hardy's Cottage）の後方に広がる植林地域で観察できる。（もっとも生家の周囲の林は自然林である。）

　次に、「ウェセックス」の地が『テス』の舞台としてどのように利用されているか、その点を見てみよう。（カッコ内は実名を示す。）

⑦ヴェイル・オブ・リトル・デアリーのマーロット村（Marnhull「マーンハル」）

〈英　国〉

　㋑チェイスの森（Cranborne Chase「クランボーン・チェイス」）
　　スロープ邸／トラントリッジ（Pentridge「ペントリッジ」）
　㋒ヴァリー・オブ・グレート・デアリーのタルボセイズ（ウェスト・
　　スタッフォード［West Stafford］附近）
　㋓ウェルブリッジ（Wool「ウル」）　ビンドン僧院（廃墟）、
　　　　　　　　　　　　　　　　　　　　　アビー
　㋔フリントコム＝アッシュ（オールトン・パンクラス［Alton Pan-
　　cras］の北東、チャーチ・ヒル［Church Hill］附近）
　㋕アボッツ＝サーネル（Cerne Abbas「サーン・アバス」）　エミン
　　スター（Beaminster「ビーミンスター」）の教会附属牧師館
　㋖キングズビア（Bere Regis「ベア・レジス」）
　㋗サンドボーン（Bournemouth「ボーンマス」）
　㋘ニュー・フォーレスト（実名も New Forest）　ブラムズハースト・
　　マナー（Moyles Court「モイルズ・コート」）
　㋙メルチェスター（Salisbury「ソールズベリー」）　ストーンヘンジ
　　（実名も Stonehenge）
　㋚ウィントンチェスター（Winchester「ウィンチェスター」）
　㋛圏外　ロンドン　ブラジル帝国

　上の表は、㋛を除くと、小説に登場する順に並べてある。これで明らかなように、『テス』は、他のハーディ作品とは異なり、小説の舞台を一地域に限定するということがなく、季節に応じて、女主人公の境涯に応じて、遠近の地域に移動するように計られていることが分かる。ドーセットの東西南北、ほぼ全域にわたっていると言っても誇張にならないであろう。女主人公テスは　㋑　より　㋚　までのすべてを放浪することになる。この事実を取り上げて、アーヴィング・ハウやマイケル・ミルゲートといった文芸批評家はそこにバニヤン（John Bunyan, 1628-88）の描いた「天路歴程」（"pilgrim's progress"）を見ようとしている。が、そ

の終着点は全く相異なっている。テスは自己同一性(アイデンティティ)を求めて放浪し、最後にそれを知ることになるが、それは、古い「ウェセックス」に殉ずる、旧家の末裔としての「テス」の自己確認にほかならず、先祖の血を引いているということでは、避けることの出来ない悲劇的な終末、古代世界の終末を象徴するようなことであったのである。(詳しくは拙著『「ダーバヴィル家のテス」を読む』[松柏社、1995年]を参照願いたい。)

(2) 歴史的背景

　小説『テス』の歴史的背景は、過去と現在の二側面から見るのがよいであろう。(1) 過去はノルマン時代の先祖にまでさかのぼる。没落した自由土地保有者(フリーホルダー)の一家がかつては栄えた一族の末裔であることが分かるとともに、一族の名を名乗る、イングランド北部から来たニセの富裕な母子が州内に住んでいることが明らかにされる。また、この土地がノルマン時代よりもさらに古い歴史を有することも森 (the Chase) や塚古墳 (mounds) や巨人像 (the Giant) などによって語られている。(2) 同時代としての現在は、社会的変動の大きな時代である産業革命期以降の19世紀半ばより80年代にかけてのドーセットの社会をハーディがよく観察していたことは、なん人ものハーディ研究家によってつとに確認されていることである。ハーディ自身も論文「ドーセット州の労働者」 ("The Dorsetshire Labourer," 1883) を書いているが、自由土地保有者の衰亡と農場労働者への転落の様子は、テス一家の衰退過程において一典型として刻明に描かれている。

　しかしながら、この二つのいわば客観的側面に対して、主観的側面の方が実はこの小説では重要なことなのかもしれない。とは言え、正確な観察に基づく正しい社会認識があったればこそ女主人公の歴史意識も明確な発展を取りえたのだと見なければならない。テスが零%皆無の意識から百%自覚の意識に至るまでの、その歴史意識の自覚過程は、自己同

一性に到達するための彷徨の旅にほかならなかった。この点は従来の『テス』評ではまったく問題とされないか、されたとしてもハーディ自身の貴族意識としてマイナス評価しか与えられなかったように見える。つまり貴族の末裔意識として民衆的観点から批判的にしか見られることがなかったようだ。この小説が自然主義的文学の側面を有していることは事実で、一方では地方色(性)〔ローカル・カラー〕が、他方では遺伝〔ハレディティ〕のことが取り上げられている。遺伝は先祖の貴婦人の一人についての伝説(「馬車伝説」)によって語られ、テスがアレックを殺害するという形で繰り返されることになる。しかし、この小説の最も大きな主題を成す、古代的世界観である宿命論が一人の人物によって全的に表現されるためには、テスが最後に行き着いた先がソールズベリー平原に立つ先史時代の太陽神崇拝に基づくと考えられている環状列石、ストーンヘンジであり、そこで始めて安らぎを得るというのは、単なる思い付きといった程度のことではなく、作品の本質にかかわりのあることがらで、「異教徒テス」の物語はストーンヘンジで完結を見るとしなければならないからである。ここに私たちは「ウェセックス小説〔ノヴェルズ〕」の究極の主題を見ることが出来る。この小説の発表された当時から言われていたことではあるが、神ならぬ世間に抵抗するテスの一生は作者ハーディによってギリシア悲劇的な悲劇として造型され、描出されていたのであって、そのことを読者は敏感に感受していたためであろう、かよわい女性を主人公とするこの小説を多くの読者が悲劇作品と見て誤ることはなかったのである。

IV. ドーセットのハーディ

　ここでは『テス』を生んだ小説家ハーディの文化的背景を検討し、『テス』のような(あるいは、「ウェセックス小説〔ノヴェルズ〕」のような、と言い換えるべきかもしれない)作品群が生まれ出た理由がかならずしも小説家

ハーディのみに帰せられるものでなく、土地の歴史とともにその文化的背景にもあることを明らかにしておきたい。そのように考えるとき、まずひとつ、心に浮かび上がって来る人物はウィリアム・バーンズであろう。そして次には両親のことが来るであろう。三番目には「ドーセット博物学ならびに野外調査クラブ」あるいは「ドーセット州博物館」での会員や関係者との交友ということがあるであろう。この三番目については、先に触れてもいるが、一つ、二つ補っておくと、ハーディがドーセット時代に親しくしていた年上の友人で、『テス』の登場人物、クレアのモデルと目されるホレース・モウル（Horace Moule）の一番上の兄ヘンリーは、「博物館」の館長であり、ハーディの「ウェセックス小説」の舞台の地勢を水彩画で描いてもいる。また『テス』と同年に刊行された短篇集『貴婦人の群れ』（*A Group of Noble Dames*）は、「ドーセット博物学ならびに野外調査クラブ」の会員がつぎつぎに語るドーセット州の旧家にまつわる話ということになっている。そこで使われている知識は、ジョン・ハッチンズの『ドーセット州の歴史と古物』（John Hutchins, [*The*] *History and Antiquities of the County Dorset*, 1774 ; Third Edition, 1861）に拠るもので、この 4 巻本の大部な歴史書については、オサリヴァン（1975 年）が「事実と空想の宝庫」と言っている。ハーディが一族の系図に関心を寄せるようになったのも、このハッチンズの著作中にハーディ家の名前をいくつか発見したことに拠ると言ってもよいであろう。

　ウィリアム・バーンズの名はハーディの伝記を覗いたことのある者には記憶の隅に残っている名前であろう。また、ドーチェスターの町を訪れたことのある者には、「博物館」の隣の教会の塔の前に、台座に乗った等身大の黒いブロンズ像を見ているはずである。（彼が「博物館」の創設者の一人であった縁によるのであろう。）（図 5）あるいはバーンズが学校を開いていた場所を町中に発見したことがあるかもしれない。

図5　詩人ウィリアム・バーンズの銅像

（筆者は、サウス・ストリートの郵便局の前に並んで9時に開くのを待っている間に、町の中年の男性から通りの向いの家を指さされ、バーンズの学校がそこにあったことを知っているか、と言われたことを思い出す。その区域は小さなアーケイド街になっていて、裏道にまで通り抜けが出来るようになっているのだが、入口は普通の建物となんら変わらないのでちょっと面喰うかも知れない。アーケードを抜けた裏手の方に小さな古書店が新らたに出来ていたが、今はどうなっているだろうか。）

　バーンズについては、筆者も小冊子程度の知識しか持ち合わしていないのだが、『オックスフォード英文学案内』（Margaret Drabble ed., *The Oxford Companion to English Literature*, Fifth Edition, 1985）に比較的まとまりのよい記事が載っているので、それを主な財源にして、以下で簡単な紹介をしてみることにする。（この記事はひょっとするとハーディの書いた死亡記事「ウィリアム・バーンズ牧師——伝記的覚書」（"The Rev. William Barnes, B.D.," 1886）に基づいているのかもしれない。）

バーンズはテスの故郷の村に近いスターミンスター・ニュートン (Sturminster Newton) の近くの農業にたずさわる一家に生まれている。ドーチェスターに出て来てから、地方新聞に詩を寄稿するとともにギリシア語やラテン語や音楽を学んでいる。木彫については独学のようだ。22歳の時、メアー（Mere）で学校教師となり、26歳で結婚。生徒数が増えたためか、12年後の1835年にはドーチェスターに学校を移している。文法や言語に関心があったことからフランス語やイタリア語、ウェイルズ語やヘブライ語、ヒンドゥスターニー語その他を研究したらしい。バーンズは一般にドーセットの方言詩人として知られるが、生涯にわたって英語から外国語（古典語その他）の影響を一掃する運動を展開しているところを見ると、英語の純化（あるいは「アングロ・サクソン化」"Saxonized"）を計るために方言で詩を書いたもののようだ。例えば、photograph や autumn といった単語は避けて、"sun-print" や "fall-time" を使うべし、といった主張がなされている。ハーディ自身は、ドーセットでは方言で話しても、ロンドンでは普通の英語を話すのを好んだということである。もっともバーンズの「詩集」にも方言版のほかに標準英語版もあるようだ。それは一般読者の要望に応えたということだろうか。（「**補遺**」参照）

バーンズは、その一方で、ケンブリッジ大学のセント・ジョンズ・カレッジで聖職者の資格を得て、聖職に就いている。

ハーディがバーンズから受けた恩恵はいろいろあるが、私たちにとっても意味深いことは、バーンズが復活させた「ウェセックス」の語をハーディが受け継いだことであろう。また方言を愛好するようになったことであろう。それに勝るとも劣らない一事は、ハーディがギリシア語などについて質問したとき（それはハーディがドーチェスターの建築家の事務所で修業していたときのことである）、バーンズは事務所の近くで学校を開いていたので、いつでも彼のする質問に答えてくれたことであろ

う。ハーディが1885年にドーチェスターの町のはずれに家(『マックス・ゲイト』"Max Gate")を建ててからは、近くの教区教会でバーンズがする説教を聴きに行っている。バーンズは1886年には死去しているので、その期間は1年ほどと短かったとはいえ、バーンズとの親交は、16歳の時から46歳の時まで、30年間にわたっていたのである。

　バーンズの著作は以下の通りである——

　　　Orra, a Lapland Tale, 1822.
　　　Poems of Rural Life in the Dorset Dialect, 1844.［第二集が
　　　　'59年に、第三集が'62年に出ている］
　　　Hwomely Rhymes, 1859.
　　　Poems of Rural Life, 1868.［標準英語版］
　　　Poems of Rural Life in the Dorset Dialect, 1879.［上記の同
　　　　題詩集全三集を1巻にまとめた版本］
　　　Philological Grammar, 1854
　　　Grammar ... of the Dorset Dialect, 1863

　ハーディの両親については、研究者もそれなりに注目しているところであるので、二、三のことに触れるに止めよう。父親トマス(1811年〜92年)は石工職人であったが小自作農でもあった。(ハーディの生家のある土地は父親一代限りの借地であったようである。)また、父親トマスは、『緑樹の陰で』(1873年)の教区聖歌隊の隊員としてその面影が写されていると言われるように、音楽好きで、ハーディ家が三代にわたって聖歌隊をつとめていた家の誇りは父親から息子に伝えられていた。彼らは、オルガンが村むらの教会に出現するまでは、頼まれると、無料で遠くまで出かけて行って演奏を行なっていたと言われている。母親ジェマイマ(1813年〜1904年)の一族、ハンド家も、父親の一族と同様に、

18世紀半ばぐらいまでは正確にたどれるようで、自作農(ヨーマン)であったかもしれない。ジェマイマは、父親を9歳の年に失っているため、相当の苦労をしていたようだ。大の読書家で、息子のトマスが国教会系の国民学校(ナショナル・スクール)に上がる頃にはドライデン訳の『ウェルギリウス全集』(*The Works of Vergil*) とジョンスンの『ラセラス』(Samuel Johnson, *The History of Rasselas, Prince Abyssinia*) を与えていたというから、文学的才能は母親の血を引いているのかもしれない。

　ハーディを取りまく文化的背景は、要約すると、一方に大地主の貴族たちの生活があり(その一端とは、隣村の学校の資金提供者であるマーティン夫妻を通じて、少しぐらいは接触があったかもしれない)、知識人たちとしては詩人・牧師のウィリアム・バーンズや同じく国教会系の牧師モウルの息子たちとの交流があった。また父親の石工の仕事との関係でドーチェスターに事務所を持つ建築家ジョン・ヒックス (John Hicks, ?-1869) との関係が生まれている。また、父親の音楽好きということから言えば、音楽を通じて村むらの農民たちとの交流があり、土着の人間の生活に深くひたっていたことが推測されるのである。

　ハーディの歴史意識に大きな影響を与えたのはなんといってもハッチンズの著作である。ハーディの系図好きということがなくては、名作『テス』も生まれえなかったと言ってよい。たしかにハーディの故郷は古代以来の歴史の宝庫なのである。ハーディ研究家で翻訳家の大澤衛がドーセットの地に足を踏み入れ、白亜系泥灰質の地層、チョーク (Chalk) の丘に刻まれた異教徒による「サーンの巨人像」(the Cerne Giant) に震撼させられ、ハーディ文学の神髄を覚った時の記念的文章「文学と歴史の底にあるもの——Wessex 的霊感についての報告——」は日本人が書いたハーディ研究論文のうちでおそらく白眉と言える紀行的報告文だが、宗教上、あるいは社会的慣習上からか、英国人(米国人も同じか)の誰もが書かなかった(書けなかった、と言うべきか)論文と言えよう。

〈英　国〉

図6　古いコッテッジ（サーン・アバス）

　ドーチェスターを訪れたときはぜひサーン・アバス（Cerne Abbas）まで足を伸ばして欲しいものだ。（図6）『テス』でちょっと言及されるくらいであるため、見過ごされそうだが、ドーセットの土地と歴史を体得するためには、最も重要なスポットなのだ。その意味で言うならば、もう一つの場所、「メイドン・カースル」（Maiden Castle）などもぜひ上げておきたい場所だ。短篇小説（"A Tryst at an Ancient Earthwork", 1885 ; 1893）で描かれているだけであるため、よほど考古学好きでないとそこまで出かけて行く気にならないであろうが、ドーチェスター南駅のそばにあるローマ時代の遺跡、「モーンベリ・リング」（Mounbury Ring）を見るだけで満足してはならない。ドーチェスターの町から西へ1マイル（約1.6キロ）、自然のままの丘陵に手を加えたような巨大な土塁状の要塞があり、楕円の崩れた形の上部は平らにならされ、一区画に神殿跡を残し、この巨大な卓状要塞の周囲には二つない

しは三つの外輪状の同じ高さの土盛の胸壁が取り巻き、V字型の深い谷を作っている。筆者が訪れたのは夏の日の午後6時頃のことで、ウェイルズ出身の若いタクシー運転手は、彼の故郷の詩人ディラン・トマスの体型にそっくりの、丸い顔・丸い体で案内の先に立ってくれたのであった。まだ日没には間があるとはいえ、西に傾いた太陽の前に雲がなん層にも重なり、半面の空をかげらせていたためか、大自然の時の歩みが感じられるだけの高さと広さの眺望が得られ、悠久の太古の昔を偲ぶことができた。これは今でもなかなか得がたい体験だったと思っている。

*

　「ウェセックス小説(ノヴェルズ)」を楽しみたい読者のための地誌学的観点から書かれた案内書としては、デズモンド・ホーキンズの『ハーディのウェセックス』(1983年)とデニス・ケイ＝ロビンスンの『トマス・ハーディの風景』(1984年)が圧巻である。ともに専門の写真家のカラーと白黒の写真をふんだんに挿入した、200頁から250頁の大型版の案内書は、見るだけでも（読めばなおさらなのは言うまでもない）楽しいし、従来の研究を踏まえ、よく検討してあるので信頼もおける。また実地踏査がよくゆきわたっているため、臨場感があり、著者とともに散策をしている趣があるのがよい。ホーキンズは努めて作品からの引用を心がけていて、作品と実際の風景の不即不離な関係を示そうとしているらしい。それに対してケイ＝ロビンスンの方がより探求的態度を取っているので、その記述は精細かつ厳密を極めている。

　伝記では、これもふんだんに新旧の写真を挿入するティモジー・オサリヴァンの『トマス・ハーディ――写真で見る伝記』(1975年；1981年)が尽きせぬ読書の喜びを与えてくれるであろう。地誌学的興味が古い写真の発掘によって一段と深められているのがよい。ただこの本に難点があるとしたら、ハーディ88年間の生涯にいくつかの時代区分をもうけるということがなく、まるで読者に一気に全巻を読むことを要求してい

るような記述の進め方が取られている点、ということになりそうだ。ハーディについての知識がそれなりにあっても、そこに使われている一枚一枚の写真が珍しくもまた興味深いものであるため、写真だけを追ってもあきることがないが、その記述もハーディのことをよく知る伝記作者の物するものだけに、読み始めるとあきることがないのは見事というほかはない。どこから読んでも、そして見ても興味をそそられる、それだけの深い内容がこの本にはあるということに違いない。1975年の刊行以来、なんども刷を重ねているのも理由のないことではないのだ。

付記

本研究は勤務校での1995年度の短期研修の報告書を基にして訂正・増補したものである。ちょうど小著『「ダーバビル家のテス」を読む』(松柏社)を上梓したところで、書物だけで進められた研究を実地に自分の足で歩き・見て確認することができ、有益な調査旅行であった。そのような機会を与えられた当時の外国語学科主任、故田中祥弘先生に感謝するとともに、記してこの拙い論考を献げたいと思う。

[補遺]

「バーンズ詩抄」と「ハーディ・カントリー写真集」

　ハーディがバーンズの死亡記事のために書いた「ウィリアム・バーンズ牧師──伝記的覚書」のなかで、バーンズの詩が三篇取り上げられ、次のような評価を与えられている──《予言できるわけはないが、英国文学の多くがかならず忘れ去られようとも、バーンズの「ウォークの丘」(「オークの茂げる丘」) はその心に染み入る哀感のゆえに、「ブラックウォアの娘たち」はその快活さのゆえに、そして「春の季節に」はそのアルカディア風歓喜のゆえに依然として読まれることであろう。》今まで日本で紹介されることがなかったバーンズ詩のなかから、上記の三篇を紹介するのは、ハーディ文学の理解のためばかりか、バーンズ詩の存在を知ってもらうためにも意味があるのではないかと思う。三篇とも「1905年版合本詩集」から採った。「ブラックウォアの娘たち」は第二集より、「ウォークの丘」と「春の季節に」は第三集に収められている。(末尾に載せた写真11葉は、本文中の写真6葉とともに、筆者が1995年夏に現地で撮影したものである。)

BLACKMWORE MAIDENS.

The primrwose in the sheäde do blow,
The cowslip in the zun,
The thyme upon the down do grow,
The clote where streams do run ;
An' where do pretty maïdens grow
An' blow, but where the tow'r
Do rise among the bricken tuns,
In Blackmwore by the Stour.

If you could zee their comely gaït,
An' prettÿ feäces' smiles,
A-trippèn on so light o'waïght,
An' steppèn off the stiles ;
A-gwaïn to church, as bells do swing
An'ring 'ithin the tow'r,
You'd own the pretty maïdens' pleäce
Is Blackmwore by the Stour.

If you vrom Wimborne took your road,
To Stower or Paladore,
An' all the farmers' housen show'd
Their daughters at the door ;
You'd cry to bachelors at hwome—
"Here, come : 'ithin an hour
You'll vind ten maïdens to your mind,
In Blackmwore by the Stour."

An' if you look'd 'ithin their door,
To zee em in their pleäce,
A-doèn housework up avore
Their smilèn mother's feäce ;
You'd cry—"Why, if a man would wive
An' thrive, 'ithout a dow'r,
Then let en look en out a wife
In Blackmwore by the Stour."

As I upon my road did pass
A school-house back in Maÿ,
There out upon the beäten grass
Wer maïdens at their plaÿ;
An' as the pretty souls did tweil
An' smile, I cried,"The flow'r
O' beauty, then, is still in bud
In Blackmwore by the Stour."

WOAK HILL.

WHEN sycamore leaves wer a-spreadèn,
  Green-ruddy, in hedges,
Bezide the red doust o' the redges,
  A-dried at Wark Hill ;

 I packed up my goods all a-sheenèn
  Wi' long years o' handlèn,

On dousty red wheels ov a waggon,
  To ride at Woak Hill.

The brown thatchen ruf o' the dwellèn,
  I then wer a-leävèn,
Had shelter'd the sleek head o' Meäry,
  My bride at Woak Hill.

But now vor zome years, her light voot-vall
  'S a-lost vrom the vloorèn.
Too soon vor my jaÿ an' my childern,
  She died at Woak Hill.

But still I do think that, in soul,
  She do hover about us;
To ho vor her motherless childern,
  Her pride at Woak Hill.

Zoo—lest she should tell me hereafter
  I stole off'ithout her,
An' left her, uncall'd at house-riddèn,
  To bide at Woak Hill—

I call'd her so fondly, wi' lippèns
  All soundless to others,
An' took her wi' aïr-reachèn hand,
  To my zide at Woak Hill.

On the road I did look round, a-talkèn
> To light at my shoulder,
An' then led her in at the door-way,
> Miles wide vrom Woak Hill.

An' that's why vo'k thought, vor a season,
> My mind wer a-wandrèn
Wi' sorrow, when I wer so sorely
> A-tried at Woak Hill.

But no ; that my Meäry mid never
> Behold herzelf slighted,
I wanted to think that I guided
> My guide vrom Woak Hill.

IN THE SPRING.

My love is the maïd ov all maïdens,
  Though all mid be comely,
Her skin's lik' the jessamy blossom
  A-spread in the Spring.

Her smile is so sweet as a beäby's
  Young smile on his mother,
Her eyes be as bright as the dew drop
  A-shed in the Spring.

O grey-leafy pinks o' the geärden,
   Now bear her sweet blossoms ;
Now deck wi' a rwose-bud, O briar,
   Her head in the Spring.

O light-rollèn wind blow me hither,
   The väice ov her talkèn,
Or bring vrom her veet the light doust,
   She do tread in the Spring.

O zun, meäke the gil'cups all glitter,
   In goold all around her ;
An' meäke o' the deäisys, white flowers
   A bed in the Spring.

O whissle gäy birds, up bezide her,
   In drong-waÿ, an' woodlands,
O zing, swingèn lark, now the clouds,
   Be a-vled in the Spring.

An' who, you mid ax, be my praïses
   A-meäkèn so much o',
An' oh! 'tis the maïd I'm a-hopèn
   To wed in the Spring.

マーンハル村（仮名マーロット村）近傍

マーンハル村の「テス・コッテッジ」

84 〈英 国〉

ウル・ブリッジ荘（仮名ウェルブリッジ）

ビンドン僧院の廃墟

ビンドン・アビー廃墟周辺の高木オーク

オークの小枝

ターバヴィル家礼拝堂の窓（ベア・レジス教区教会）

ターバヴィル家礼拝堂の窓(教会内部)

夏のニュー・ホーレスト

ニュー・ホーレストのモイルズ・コート（仮名ブラムズハースト荘）

夏のメイドン・カースル

参考文献

Barnes, William. *Poems of Rural Life in the Dorset Dialect*. London : Kegan Paul, Trench, Trübner & Co., Ltd., 1905.
Edwrds, Anne-Marie. *Discovering Hardy's Wessex*. 1978 ; Second Edition, Southampton : Arcady Books, 1982.
Hardy, Thomas. *Life and Art*. New York : Books for Libraries Press, 1925. Hinchy, F.S. *The Dorset William Barnes*. Blandford, Dorset : The Dorset Bookshop, 1966.
Howe, Irving, *Thomas Hardy*. London : Macmillan, 1967.
Knott, Olive. *Dorset with Hardy*. Dorchester : Longmans. <no date>
Lea, Hermman. *Thomas Hardy's Wessex*. London : Macmillan, 1913 ; First Pocket Edition 1925.
Millgate, Michael. *Thomas Hardy : A Biography*. Oxford : Oxford University Press, 1982.
O'Sullivan, Timothy. *Thomas Hardy : An Illustrated Biography*. 1975 ; London : Papermac (Macmillam), 1981.
Pinion, F.B.A. *A Thomas Hardy Companion : A Guide to the Works of Thomas Hardy and Their Background*. London : The Macmillan Press Ltd., 1968.
Pitfield, Fred P. *Hardy's Wessex Locations*. Wincanton, Somerset : Dorset Publishing Company, 1992.
Wheeler, Sir Mortimer. *Maiden Castle, Dorset*. London : Her Majesty's Stationery Office, 1972.

内田能嗣・大榎茂行編『トマス・ハーディのふるさと——写真と作品』京都修学社、1995 年 11 月
深澤俊編『ハーディ小事典』研究社出版、1993 年 10 月
前田愛『都市空間のなかの文学』筑摩書房、1982 年 12 月

労働党政権誕生と T. S. エリオット

滝澤　博

序

　T. S. エリオット（T. S. Eliot, 1888-1965）は 1922 年に発表された代表作『荒地』(*The Waste Land,* 1922) によって知られるモダニスト詩人である。しかし『荒地』発表から 5 年後、彼は英国国教会に改宗している。前衛詩人として 1920 年代を迎えたエリオットだが、20 年代を終えたときには、『灰の水曜日』(*Ash-Wednesday,* 1930) という宗教詩の作者になっていた。

　20 年代半ばにエリオットに現れた変化は宗教への志向に止まらない。ファシズムや共産主義に対する関心の高まり、形而上詩人ジョン・ダン（John Donne, 1572-1631）に対する評価の 180 度の変更。主として 1917 年から 1922 年の活動をもとに作られたモダニストとしてのエリオット像は、事実上 20 年代半ばに覆されてしまったと言ってもいい。そんな中で『荒地』に続く大作となるはずだった詩劇「闘士スウィーニー」("Sweeney Agonistes") が行き詰まる。いったいこの時期のエリオットに何が起こったのだろうか。

　『荒地』を発表した 22 年から国教会に改宗する 27 年にかけてのエリオットの発言を辿ってみると、途中にいくつかの「断層」が走っていることに気づく。前後で発言内容が大きく変化したり、ある活動が途切れたりする瞬間がいくつか見られるのである。とくに 24 年の「断層」が

大きい。1924年という年自体が、エリオットの経歴の中で大きな「断層」を形作っているのである。[1]

この年はイギリスの政治史上、画期的な年だった。史上初の労働党政権が誕生しているのである。従来の保守党と自由党による二大政党体制が終わり、かわって現在に至る保守党と労働党による体制がこの時生まれた。つまりエリオットの個人史の巨大な「断層」と、イギリス政治史の巨大な「断層」が一致していることになる。これは偶然だろうか。

本稿の目的は、労働党政権誕生という事件がT.S.エリオットにもたらした衝撃を確認すること、そしてこの衝撃とエリオットに生じた変化との関連を探ることである。政治上の事件は文学者の活動をいかに浸食したか、個人の思想は時代の流れの中でいかに揉まれていったか、それを辿ってみたい。

1. イギリスの政治史とエリオットの個人史

はじめにイギリスの政治史とエリオットの個人史がどのような関係にあるかを、少しくわしく見ておこう。イギリスの政党政治は、その起源を17世紀の王権支持派「トーリー」（Tory）と、その反対派「ホイッグ」（Whig）が相対した時代まで遡ることができる。この両派がその後「保守党」と「自由党」に発展し、イギリスの二大政党制が確立することはよく知られていよう。両党は19世紀後半、それぞれディズレイリ（Benjamin Disraeli, 1804-81）、グラッドストーン（William Ewart Gladstone, 1809-98）という大政治家を生んでいるが、このグラッドストーン内閣末期の1886年、自由党はアイルランド自治法案をめぐって分裂、これ以降、20世紀初頭、1905年までの20年間は保守党の時代である。

保守党バルフォア（Arthur James Balfour, 1848-1930）内閣の1905年、保護貿易政策の是非をめぐって、こんどは保守党内で意見が割れる

と、翌06年の総選挙では自由党が400議席を獲得して圧勝、一方保守党は157議席と壊滅的な敗北を喫し、以降、政権は自由党に移る。8年後、第一次世界大戦勃発時の首相は自由党のアスキス（Herbert Henry Asquith, 1852-1928）であった。

　大戦中は政党の垣根を超えた戦時内閣が成立した。ここには保守党はもちろん、労働党からも閣僚が出ている。大戦中の1916年、首相はアスキスから同じ自由党のロイド・ジョージ（David Lloyd George, 1863-1945）に交代、18年の停戦を迎える。ロイド・ジョージは、戦後も多数派の保守党に支えられて政権を維持するが、自由党自体はそれに反発するアスキス一派が分裂してしまう。この連立内閣には労働党も参加していない。こうして自由党と保守党の連立という異例の事態が進む一方で、いわば健全野党である労働党が勢力を伸ばしてゆく。22年10月、保守党がそれまでの支持を撤回すると、ロイド・ジョージは政権を投げ出す。11月の総選挙は、保守党が単独で過半数の議席を獲得して圧勝、そして労働党がついに野党第1党に躍り出る。これ以降、自由党がふたたび浮上することはなく、この時に保守党と自由党による二大政党制は終焉を迎えたのである。そして翌23年12月の総選挙で保守党が過半数を割ると、早くも労働党に政権が回ってくることになる。

　総選挙は12月6日に実施された。争点は保護貿易政策の是非である。結果はバルフォア内閣の悪夢を繰り返す保守党の惨敗で、前年11月の総選挙で獲得した344議席から86減らし、過半数を割ってしまう。しかも今回は労働党政権誕生の可能性という、もう一つの「悪夢」が控えていた。その労働党は191議席を獲得し、前回の総選挙に続いて野党第1党の地位を得る。だがキャスティングボートは158議席で3番手につけた自由党の手にあった。自由党は、保守党との連立という選択肢を退け、労働党を支持する。こうして1924年1月22日、党首マクドナルド（James Ramsay MacDonald, 1866-1937）を首班とする史上初の労働

党政権が誕生するのである。

　ここにエリオットの個人史を重ね合わせてみよう。T. S. エリオットは1888年生まれのアメリカ人なので、イギリスと直接かかわるのは1914年の渡英以後である。当時エリオットはハーヴァード大学大学院で哲学を学んでおり、その研究をオックスフォード大学で継続するのが渡英の目的であった。しかし15年6月、最初の妻と結婚すると、博士論文は書き上げたものの帰米は断念、イギリスに残って文学者としての活動を始める。

　1916年から雑誌の書評の仕事を始めたエリオットは、17年6月に処女詩集『プルフロックとその他の観察』(*Prufrock and Other Observations*, 1917) を出版、また同月から雑誌『エゴイスト』(*Egoist*) の編集に携わり、この雑誌を舞台に『ジョージ朝詩集』(*Georgian Poetry*, 1912-22) 批判を展開する。19年からは活動の中心をJ. M. マリー (John Middleton Murry, 1889-1957) が編集していた雑誌『アシニーアム』(*Athenaeum*) に移し、同時に『タイムズ文芸付録』(*Times Literary Supplement*) やアメリカの『ダイアル』(*Dial*) などにも寄稿するようになる。また同年、第二詩集を出版。翌20年11月には最初の評論集『聖なる森』(*The Sacred Wood*, 1920) を出版、そして22年10月には自ら編集する雑誌『クライテリオン』(*Criterion*) を創刊、そこに代表作『荒地』を発表する。

　エリオットが見たイギリスは、1906年以来続く、自由党政権下のイギリスであったことがわかる。渡英時の首相は自由党のアスキスであり、処女詩集を出版したときの首相はロイド・ジョージである。そのロイド・ジョージが政権を投げ出す22年10月は、奇しくも『荒地』が発表された月であった。この「自由党時代」という時代背景は、エリオットがロマン主義批判を展開する中で、時に背景から前景に躍り出て、この文学運動に政治的色彩を添えることになる。

2. ロマン主義批判の政治的性格

　1917年から雑誌『エゴイスト』を舞台に展開した『ジョージ朝詩集』批判は、ロマン主義批判という性格を持っていた。この詩集に収録された詩人たちは、題材を詩的なものに限定し、感傷的で、他国の作品から学ぶ姿勢を持たない自己満足的な人々に見えた。そういう彼らをエリオットはロマン派の末裔と捉えたのである。一方それと対置する形で、エリオットが17世紀の形而上詩を高く評価したことはよく知られている。形而上詩は奇抜な隠喩、いわゆる「奇想」(conceit) を多用した知的な要素の強い詩で、絵画や彫刻にならって「マニエリスム」(Mannerism) と言われることがある。引用の織物のようなエリオット自身の作風もマニエリスムだが、これは自発性を重んじたロマン主義とは対照的である。[2]

　このようにロマン主義批判は、詩的表現をテーマとした純然たる文学運動のように見える。だがそれを背後で支えていたのは、自由党の支持階級である中産階級に対する批判意識なのである。このことは当時のエリオットの批評家としての立場が、のちの「ニュークリティシズム」(New Criticism) につながる作品中心主義であったことを考えると、さらに意外に思えるかもしれない。エリオットは批評対象を作者から作品へ移すことを強く訴えたが、これを受けて、作者の意図や思想、時代背景を捨象し、作品を純粋に言語表現として読むという姿勢をドグマにまで高めたのがニュークリティシズムだったからである。しかし1921年4月、『ダイアル』に掲載された「ロンドン便り」("London Letter") は、この『ジョージ朝詩集』批判の背景を雄弁に語ってくれる。

　　中産階級が今まさに滅びようかというその時に——連立内閣、3つの労働組合、そして所得税に包囲された——まさにその時に、中産階級は知的な問題について、ただ自分たちの基準だけを尊重すれば

よいという勝利を享受しているのである。実際、砦は倒壊しそうに見えるが、連中はせっせと土台を補強している。年が変わるごとに、国王の誕生日がやってくるごとに、連中は貴族院の席を増やしてゆく。その一方で、自立した人間や自由人、大量生産の世界に適合しないすべての個人を傲慢にも拒絶しようものなら、下の方ではどんどん、かつて下層階級と呼ばれていたものと一体化してゆくことに気付くのである。中産階級も下層階級も、決まった労働時間、決まった賃金、決まった年金額、そして決まった思想で安全だと思っている。つまり、もうすぐ1つの階級しかなくなるのである。第2のノアの洪水である。

　この社会進化はもちろんとくにイギリスに特徴的とは言えない。ほかのところではもっとひどい形をとっている可能性があることを認めるにやぶさかではない。私はこの話題にこだわろうとは思わない。単に「ジョージ朝詩人選集」の背景としてこの話題を持ち出しただけである。[3]

文学論の背後から、「階級」を中心とした政治・社会情勢がはっきりと顔を出している。一方では保守党との連立、他方では労働者階級の台頭に直面して、間にはさまれた中産階級は滅びるように見えるが、実際には上下2つの階級を吸収して、社会全体を中産階級化しようとしている——これがエリオットの認識である。この認識は22年暮れの「ロンドン便り」ではもっとはっきり示されている。

　中産階級は道徳的に退廃している。（…）中産階級は、イギリスでもどこでも、民主主義の下では道徳的に貴族階級に依存しており、貴族階級は、しだいに自分たちを吸収し破壊しつつある中産階級を、道徳的に恐れている。下層階級はまだ存在している。だがおそらく

長くは存在しないだろう。(4)

　エリオットにとって階級とは社会秩序として肯定されるべきものであり、中産階級とは平準化によってこの秩序を破壊するものだったのである。こういった階級観を背景にしたロマン主義批判は、容易に政治的性格を帯びることができた。ロマン主義批判の政治的性格は、J. M. マリーとの論争に露骨に現れている。

　一世を風靡した『ジョージ朝詩集』も、エリオットが『荒地』を発表した1922年、第5集をもって終わる。モダニスト・エリオットの勝利といってよいが、ロマン主義批判自体は批評家 J. M. マリーとの論争に引き継がれた。論争は23年秋以降、マリーの主宰する雑誌『アデルフィ』(*Adelphi*) とエリオットの『クライテリオン』を舞台に展開した。(5) エリオット側の文章は、10月の『クライテリオン』に掲載された「批評の機能」("The Function of Criticism") である。ここでエリオットは、マリーのロマン主義に対抗して古典主義の立場を取る。古典主義のエッセンスは「外なる基準」に従うという態度である。

> 芸術家には、自分独自の地位を獲得するために自身を捧げ犠牲にすべき、何らかの服従の対象が、自己の外にあるのである。(II. 32)(6)

これに対して、自分自身の「内なる声」に従うというのがロマン主義の立場である。両者は文学という枠を越えた一般性を持つ原理と言えるだろう。エリオットの創作原理であるマニエリスムは、実際には古典主義と正反対の立場だが、それにもかかわらず古典主義を主張できたのは、一つにはエリオットのいう古典主義がせまく創作手法の問題に限定されていなかったからである。実際「批評の機能」でエリオットは、この議論を政治に当てはめて、自由党のロイド・ジョージを、ロマン主義を体

現した政治家として批判しているのである。

> 「イギリスの作家、イギリスの聖職者、イギリスの政治家は、祖先からいかなるルールも継承してはいない。彼らが継承したのはこれだけ、すなわち、最後の手段としては、内なる声に頼らねばならないという感覚だけである。」この意見が、実際いくつかのケースに当てはまるであろうことは、私も認める。それはロイド・ジョージ氏の理解に溢れるほどの光を投げかけてくれる。(II. 35)

そもそも「批評の機能」の中でエリオットは、「内なる声」に頼るロマン主義を「ホイッグ的」(Whiggery) と呼んでいた。中産階級＝ロマン主義＝自由党という関係が成り立っていることになる。一方、1924年1月、雑誌『トランスアトランティック・レヴュー』(*Transatlantic Review*) の創刊号に寄せた書簡で、エリオットは自分のことを「昔気質のトーリー」(old-fashioned Tory) と言っている。古典主義とロマン主義の対立は、トーリー＝保守党とホイッグ＝自由党の二大政党対立と重なり合うのである。政治情勢の変化が文学者エリオットの活動に影響を及ぼすゆえんである。しかも自由党と労働党の交替は、せまく政党政治の領域に限られた問題ではなく、階級という問題がからんでくる。

3．労働者階級と演劇論

中産階級に対しては批判的な立場をとったエリオットであるが、労働者階級に対しては驚くほど好意的な態度を示している。しかもそれは演劇論と密接な関係を持っているのである。ここにも階級と文学の繋がりが見出される。

エリオットは演劇に強い関心を持っていた。詩劇がもっぱら読まれるものになっていたことに、大きな不満を抱いており、詩を舞台にのせる

ことを目指した。『荒地』に続く大作が「闘士スウィーニー」という詩劇となるはずであったことは、すでに述べたとおりである。この作品は文化人類学者 F. M. コーンフォード（Francis Macdonald Cornford, 1874-1943）の著書『アッティカ喜劇の起源』（*The Origin of Attic Comedy*, 1914）に記された、古代ギリシャ喜劇の構造を忠実に踏襲したもので、『荒地』同様、文化人類学の影響を受けたモダニスト・エリオットの作品である。[7]演劇に対する関心は批評面にも現れており、20年の『聖なる森』には「詩劇の可能性」（"The Possibility of Poetic Drama"）という重要な詩劇論が収められているほか、エリザベス朝、ジェイムズ朝の劇作家を扱った論考も複数収められている。実際『聖なる森』では、詩論や詩人論よりも演劇論と劇作家論のほうが断然多いのである。

　エリオットの演劇論の特徴は型の重視である。型に従うという態度は古典主義であるが、詩を舞台にのせるという趣旨からも、型の重視は理解できるだろう。エリザベス朝に対する関心も、「ブランク・ヴァース」という融通無碍な型を生み出した時代に注目したことから来ている。エリオットは現代を表現するための型を模索していた。これが多方面への関心を生む。エリオットはディアギレフ（Sergey Diaghilev, 1872-1929）率いるロシア・バレー団に大変注目していたが、これもバレーの型に注目したのであり、カトリックのミサなどの儀式に対する関心も、当然この型の重視から生まれている。ギリシア喜劇の構造を現代劇で再現しようとする試みも、型の模索の一環である。このように高度に知的で多様なエリオットの演劇論であるが、一方ではミュージックホールに対する関心を通して、娯楽という要素も視野に収めており、これが階級論につながってゆく。

　ミュージックホールは19世紀にイギリスで生まれた労働者階級向けの娯楽施設で、酒類を提供しながら演芸を見せるというものである。イ

ギリスに来てわずか数年しか経たないエリオットは、さっそくこの施設に目を付け、自らの演劇論に組み込んでいる。エリオットは「詩劇の可能性」で次のように言う。

> エリザベス朝演劇は、粗野なたぐいの娯楽を求めながらも大量の詩にも我慢できるといった人々を対象としていた。我々の課題は、まず娯楽の形をとること、そしてそれを芸術の形にするような加工を施すこと、となるはずである。おそらくミュージックホールの芸人が最良の素材であろう。[8]

エリオットはミュージックホールを大変愛していた。詩人はせめてミュージックホールの芸人程度にでも世のためになるべきだ、という言葉にこの気持ちがよく現れていよう。[9]同時代の代表的な芸人であるマリー・ロイド（Marie Lloyd, 1870-1922）の死に際しては、『クライテリオン』に追悼文を書いているうえ、その文章は現在に至るまで『批評選』（Selected Essays）に収録され続けている。これは「昔気質のトーリー」を自認する者の態度としては意外かもしれないが、エリオットの評価点は、労働者階級が階級としてのアイデンティティを失っていないところにあるので矛盾しない。前章で見たとおり、エリオットにとって階級とは社会秩序なのである。

しかしエリオットのミュージックホールに対する関心は、単なる娯楽という以上の意味を持っていた。エリオットによれば、マリー・ロイドの芸が優れていたのは彼女が型を持っていたからである。つまり型の重視という観点から見ると、ミュージックホールはロシア・バレーやカトリックのミサと同列に並ぶのである。またエリオットは、ミュージックホールが観客参加型の施設である点に注目している。ミュージックホールでは観客が舞台の芸人と一緒に歌い、客席と舞台の一体感を生み出し

ていた。エリオットは当時普及し始めていた映画を嫌ったが、それは観客が受動的な態度しか求められないからである。こうした受動的な芸術は「退屈」であり、その退屈さは文明の衰退を招くとさえ言う。時代と型の関係に注目しながら、古代演劇にまで遡るエリオットの演劇論は、独自の文明論に支えられているのである。そしてその文明論の中でミュージックホールは、労働者階級が実現した観客参加型芸術として、文明の衰退に歯止めをかける役割さえ担っていたことになる。現実離れの感は否めないが、注意したいのは、エリオットの演劇論が自身の詩作品同様、借り物をつぎはぎにしたマニエリスムになっていることである。実際「闘士スウィーニー」という作品も、古代ギリシャ劇の型を利用しながらも、その一方でジャズのリズムを取り入れるなど、マニエリスム的な作品になる予定であった。エリオットはこのマニエリスムを通して型を追い求めていた。ここにマニエリスムと古典主義の微妙な関係が現れている。エリオットの戦略は、多様な現実をマニエリスムによって捉え、その作業の中から型を生み出し、その型に従うことによって古典主義を実践する、というものだったように思われる。理想としての古典主義に対する、現実としてのマニエリスムという位置づけである。だがこのマニエリスムという方法論が、労働党政権誕生という事件の洗礼を受けて行き詰まるように見えるのである。この点はのちに触れる。

4．断層（24年2月）

ここまでエリオットのロマン主義批判や演劇論を検討しながら、それを背後で支える階級観や政治意識、そしてマニエリスムと古典主義との間の微妙な関係といった問題を見てきた。それでは、このような考えを持ったエリオットが労働党政権誕生という事件に直面したとき、どのような反応を示したか。次にいよいよ政権誕生の年である1924年から翌25年にかけてのエリオットの発言を具体的に見てゆくことにする。だ

がその前に、この年がエリオットの個人史における「断層」であることを確認しておきたい。これはまず、24年最初の『クライテリオン』に見られる、以下の3つの事実に現れている。

1）雑誌の発行ペースが乱れている。
2）この前後で論説欄に大幅な変更が見られる。
3）連載予定だった「四人のエリザベス朝劇作家」("Four Elizabethan Dramatists")が、約1年間の休止ののち放棄された。

第1の点から見てゆこう。エリオット自身が編集する『クライテリオン』は、1922年10月に創刊、39年1月に最終号が出るまで、足かけ18年にわたって刊行された。季刊誌である『クライテリオン』の発行ペースは年4回、1月、4月、7月、10月発行が原則である。これが18年にわたる歴史の中で、4回だけ乱れている。すべて20年代半ばであるが、その最初のものが24年の初頭に現れているのである。[10] 24年最初の『クライテリオン』は、ひと月遅れの2月発行であった。すでに述べたとおり、総選挙が前年の12月6日、マクドナルド内閣誕生は1月22日であるから、発行の遅れと労働党政権誕生はタイミングがピッタリ合っている。しかも今回の総選挙は、前号が発行された23年10月の時点ではまったく予定されていない、唐突なものだった。それがこのような大事件を生んだのである。発行ペースの乱れは重大な事件に時期を合わせて生じる傾向があるので、このタイミングは無視できない。[11] ただし、前号まで編集を手伝っていたリチャード・オールディントン（Richard Aldington, 1892-1962）が辞めたことなど、ほかにも考慮しなければならない事情はある。

次に第2点を見ると、『クライテリオン』は創刊当初、論説欄を持た

なかった。巻末に「覚え書き」("Notes")の名でそれらしきものが現れるのは、1923年7月の第4号になってからである。これが24年4月号からは「論評」("A Commentary")の名で巻頭を飾るようになり、39年の最終号まで続く。つまりエリオットが巻頭言を通して積極的に時流に棹さすようになるのは、労働党政権誕生の年からなのである。[12] ちなみに発行ペースが乱れた24年2月号には論説欄がなく、この空白をはさんだ前後で、名称の変更、巻末から巻頭への移動、分量の大幅な増加などの変更がなされている。[13] この変更が早くから予定されていたのか、それとも労働党政権誕生の何らかの影響なのか、十分な判断材料がない。しかしこれが「断層」を形成していることは確かである。

　第3点はとくに重要である。「四人のエリザベス朝劇作家」は、現在『批評選』に収められ「書かれざる一冊の本のための序」の副題が付いているが、『クライテリオン』初出時の副題は「1. 序」で、あきらかに連載が意図されていた。再三にわたって言及したとおり、『荒地』発表後のエリオットは続く大作として詩劇「闘士スウィーニー」を執筆しており、創作活動の中心が詩作から劇作に移っていた。よく知られているように、エリオットの活動はしばしば創作と批評が二人三脚で進む。2年後には「闘士スウィーニー」自体の執筆が断念されることを考えると、この時期の演劇論の途絶は無視できない事件である。しかもこの評論が取り上げる予定だった4人の劇作家とは、有名な次の一節の5人から詩人ジョン・ダンを除いた4人なのである。

　　そして事実、チャップマン、ミドルトン、ウェブスター、ターナー、ダンの終わりと共に、我々は知性が五官のすぐ先端にあった時期を終えるのである。[14]

　ダンについては1921年の有名な評論「形而上詩人」("Metaphysical

Poets"）で扱っていることを考えるなら、この「四人のエリザベス朝劇作家」という文章は、事実上「形而上詩人」の続編、劇作家版という位置づけになる。エリオットはこの評論の中で「演劇は原理における革命が起こるべき地点に達したと私は信じている」とさえ書いているのである。それが途絶したのであるから、ことの重大さは計り知れない。

エリオットはこの評論を休止ののち再開しようとした形跡がある。1925年4月号には次のような断り書きがあるのである。

> 遺憾ながら、重病のため、T.S.エリオット氏は「ジョージ・チャップマンの閑却された一側面」に関する論考を、本号のために用意できなかった。(III. 341)

ここで言及されているチャップマン（George Chapman, 1559?-1634）論は、「四人のエリザベス朝劇作家」の一部と考えるのが自然であろう。そうだとするならば、この断り書きの掲載はちょうど1年遅れていることになる。24年2月号の連載開始であるから、第2回は25年ではなく、24年の4月号掲載でなければならない。1年間、エリオットの意識は別の方を向いていたと考えざるを得ないだろう。そしてそれがまさに労働党が政権を執っていた時期なのである。1924年という年が文字通り「断層」を成していることがわかる。それでは、演劇論を中断し、論説欄を刷新した24年4月号で、エリオットはどのような発言をしているだろうか。巻頭言「論評」を検討してみよう。

5. 反民主主義と演劇（24年4月）

「論評」は毎回様々な話題を取り上げ、それを文字通り「論評」するもので、話題ごとに小見出しが付けられている。この最初の「論評」の小見出しは7つで、内容は古典主義論、出版界の状況、哲学者ラッセル

(Bertrand Russell, 1872-1970) の文化論とイング司祭 (William Ralph Inge, 1860-1954) の詩人論に対する批判、そして演劇論である。

　冒頭に置かれたのは「T. E. ヒュームの作品」('The Work of T. E. Hulme') で、これに「ヒュームと古典主義」('Hulme and Classicism') が続く。ヒューム (Thomas Ernest Hulme, 1883-1917) の『省察録』(*Speculations*, 1924) 出版をきっかけに取り上げられている。エリオットはヒュームについて次のように言う。

　　ヒュームは古典主義的、反動的、そして革命的である。彼は前世紀末の、折衷的、寛容、そして民主的な心の対極にいる。(II. 231)

これはそのままエリオット自身に当てはまる、いわばエリオットの自己規定と言っていい。「革命的」であり、「折衷的」でも「寛容」でもないということは、要するにエリオットは過激派だということである。過激派としての主張は、この先何度か繰り返されている。ここで古典主義と対比された「前世紀末の…心」とは、当然ロマン主義を指すと考えられるが、重点が民主主義批判に移っていることに注意しなければならない。反民主的発言は4番目の「バートランド・ラッセル閣下と文化」('The Honourable Bertrand Russell and Culture') にも現れる。

　　民主主義は人民の統治者たちが統治する権利に対する確信を失うときに、かならず現れる。(II. 233)

このあと7番目の「リア王」('King Lear') にも反民主的発言がある。この「論評」の基調は「反民主主義」なのである。ちなみにエリオットは「論評」の「始め」と「中」と「終わり」に反民主的発言を置いているが、この配置は意図的なものかもしれない。

6番目の「アシーン・セイラー嬢」('Miss Athene Seyler')から最後の「リア王」にかけては、演劇集団フェニックス・ソサエティー（Phoenix Society）の公演評に始まる演劇論である。劇を読む人間に対する批判やマリー・ロイドの演技への言及など、おなじみの話題を含むので、ここに「四人のエリザベス朝劇作家」の連載中断の理由を探すことができよう。エリオットはこの議論を、次のような驚くべき発言で結んでいる。

> この芸術作品に対する嫌悪、この派生的、周縁的なものに対する贔屓は、文化の現代民主主義の一側面である。我々はあえて民主主義と言うのだ。あの精神の卑しさ、あの動機の独善性、自己の外にあるものに身を捧げたり服従したりする能力のなさ、これは民主主義のもとで人間の魂が頻繁に示す兆候である。演劇の将来は、それゆえ有望ではない。(II. 235)

批判というより、罵倒という言葉がふさわしい激越な調子に驚かされるが、これが刷新後、最初の論説欄を締めくくる言葉なのである。あるいは民主主義に対するこの激しい憤りが、論説欄変更を促した原動力だったのかもしれない。そして激発した反民主主義感情は演劇論と結びつき、わずか2ヵ月前には「革命」を説いていたにもかかわらず、今や「民主主義」のおかげで将来は暗いという。何かが起こったのである。そしてその何かが24年の「断層」を生んだ可能性が考えられる。

　この時期に民主主義がもたらした大事件といえば、総選挙とその結果としての労働党政権誕生以外に考えられない。イギリスでは1918年2月の第四次選挙法改正により、はじめて成人男子全員と30歳以上の女子が選挙権を獲得した。しかし同年12月の総選挙は停戦の翌月だったため、選挙権拡大の影響は小さかった。22年と23年の総選挙は、その

影響がはじめて本格的に現れた選挙なのである。「昔気質のトーリー」を自称するエリオットにとって、保守党が勝利した22年の総選挙はともかく、史上初の労働党政権を生んだ23年の総選挙は心中穏やかならぬものがあったはずである。

　ここでエリオットの怒りの具体的な対象を考えてみよう。引用中に「自己の外にあるものに身を捧げたり服従したりする能力のなさ」という一節があるが、これはあきらかに「外なる基準」に従わないというロマン主義の特徴である。エリオットはこれを「ホイッグ的」と呼び、政治家の例としてロイド・ジョージを引き合いに出したのだった。したがってこの箇所は自由党について語っていると考えてよいだろう。引用中の「あの動機の独善性」という言葉もそれを示唆している。自由党は、わずか1年前まで保守党と連立していた、というよりも実質的には多数派の保守党を利用して政権を取っていた。ところが今度は、労働党と組んで保守党政権を倒したのである。「動機の独善性」という批判が当てはまるのではないだろうか。ちなみに前号には、保守派のF. W. ベイン（Francis William Bain, 1863–1940）が「ディズレイリ」("Disraeli")の題で激烈なホイッグ批判の文章を書いており、今回の総選挙の争点となった貿易政策についても、自由貿易批判を展開している。前号には論説欄こそなかったものの、エリオットは編集者として布石は打ってあったことになる。

　4月号の「論評」から読みとれるのは、労働党政権誕生を許した自由党に対する怒りであり、その背景である民主主義の進展、すなわち中産階級化の加速に対する苛立ちである。そしてこの政治上の事件が、演劇という、文学者エリオットの活動を直撃している。すでに見たように、エリオットの文学論が階級論と密接な関係を持っていたことを考えれば、これは当然だろう。エリオットの労働者階級評価は、労働者階級が階級としてのアイデンティティを持っているという点にあった。そのことが

「型」を生み出し、「観客参加型芸術」を実現する力を生んでいるのである。したがって、民主化により中産階級化が促進されることは、労働者階級のアイデンティティ喪失を意味した。演劇の未来を悲観するゆえんである。

6．ソ連に対する警戒感（24年7月）

　7月の「論評」は6つの小見出しがあり、内容は前号に続き、出版界の状況、演劇集団フェニックス・ソサエティーの公演などを含むが、中心となるのは、モダニスト・エリオットを特徴づける作品中心主義の主張である。そしてこの主張とからめて、ソ連に対する警戒感を示す文章が現れる。新たな展開である。

　最初はH.W.ギャロッド（Heathcote William Garrod, 1878-1960）のオックスフォード大学詩学教授就任講演をめぐるもので、ギャロッドの「我々の時代には、他のどの時代にも増して、詩と詩の研究は、政治的、道徳的自由に対する新しい、大きな要求を形成することに関わるのである」という発言に異議を唱えている。そしてこの政治という点を枕にして、次の「英ソ文化交流協会」（S.C.R.）に進む。これはコミンテルンが知識人を組織するために作った団体のようである。エリオットは、会員募集の回覧状が回ってきたことに触れ、次のように言う。

> この協会は現在のロシア政府の援助のもとに設立されたのか？　もしそうなら、政府の支持はどういった形を取るのか？　外国政府の支援を受けている場合には、この種の協会はかならず避けるべきだというわけではない。ただ、もし政府の支援があるのなら、便益を受けるとされる公衆は、事実を知る資格があると言いたいだけである。なぜなら、外国文化の知識をイギリスに紹介するにあたって、このような協会がいかに公平であろうとしても、政府というものに

は、外国人に提供する材料を選択するにあたって、完全に公平無私であることは期待できないからである。問題の回覧状は、無知な大衆の一員から見ると、政府の利害がかすかに感じられる。(II. 372)

これはエリオットが共産主義を正面から見据えて書いた最初の文章かもしれない。ここで共産主義は、単なる本の中の思想でもなければ、一部の熱心な活動家のものでもなく、また東の果ての後進国で起こった騒ぎでもない、非常に身近で、かつ「文化」というエリオット自身の重大な関心領域への闖入者として現れている。4月の段階では、労働党政権の背後に自由党の存在を見ていたエリオットだが、この頃からその背後に共産主義を意識し始めるようである。ちなみに「共産主義と文化」という論点は、翌25年1月の「論評」で、こんどはトロッキー (Leon Trotsky, 1879-1940) 批判という形で再度取り上げられる。

マクドナルド内閣は成立直後の2月、いち早くソ連を承認すると、それまでの通商協定をさらに進めた英ソ条約締結を目指して交渉を進めていた。イギリスのソ連承認は、敗戦国ドイツを別格とすれば、欧米列強の中では最も早い。エリオットのように右側から見るものにとって、マクドナルド内閣とソ連との距離がどのように受け止められたか、想像するのは容易である。マクドナルド内閣は、7月から8月にかけて、共産党の機関誌に掲載された記事の扱いをめぐって追求されてもいる。「キャンベル事件」といわれるものであるが、これがきっかけになって議会は解散、10月の総選挙になるのである。労働党は共産主義を標榜したわけでもなければ共産党と結託したわけでもないが、労働党政権を通してソ連と共産主義が身近なものになったのは確かであろう。ただエリオットにとって共産主義が、ロマン主義と並ぶ新たな敵であるか、それとも同じ敵と戦うライバルであるか、判断が難しいところがある。過激派エリオットから見るならば、暴力革命を成し遂げた勢力は、「前世紀末の、

折衷的、寛容、そして民主的な心」という同じ敵と戦うライバルとも位置づけられるからである。

この号にはエリオットによる書評がはじめて掲載されている。これは文化人類学者 W. J. ペリー（William James Perry, 1889-1949）の著書を取り上げたものであるが、その末尾に注目すべき発言がある。芸術は元来、魔よけのお守り探しから偶然に発達したという説を紹介したのち、次のように述べるのである。

> どの時点で、美しさのために物を創造するということが意識されるようになったのか？ 文明のどの段階で、実践的・魔術的有用性と審美性との意識的区別が生じたのか？（……）芸術、すなわち美しい物や文学の創作が、その原始時代の目的を無視して、いつまでも存続することは、可能かつ正当化出来るものであるか？ 芸術的対象は、直接的な注意の対象になりうるであろうか？（II. 490-91）

「論評」では、批評はその対象である「作品」から目をそらすべきではないという、従来の作品中心主義を繰り返しているが、ここではその作品中心主義に対して、別の角度から疑問が表明されている。共産主義の勢力伸張に合わせるように、重大な変化が起こっているのがわかる。

7．総選挙と方針転換（24年10月）

総選挙の月である。この選挙期間中にも共産主義の脅威を印象づける「ジノヴィエフ書簡事件」が起こっている。この選挙で保守党は、労働党はボルシェヴィキの影響下にあると宣伝していた。投票日4日前の10月25日、突然『タイムズ』（Times）にコミンテルン議長ジノヴィエフ（Grigory Yevseyevich Zinovyev, 1883-1936）からイギリス共産党に宛てた、大衆扇動を指示する書簡が掲載される。手紙は偽造である

といわれているが、労働党にとって不利な事件であるのは確かである。実際、選挙は労働党の敗北、保守党が単独で過半数の議席を獲得して大勝するという結果に終わっている。

　10月号「論評」の小見出しは6つ、内容は小説家ジョゼフ・コンラッド（Joseph Conrad, 1857-1924）と哲学者F. H. ブラッドレー（Francis Herbert Bradley, 1846-1924）を追悼する文章、「英国学術協会」の報告と『若者』という雑誌について、バーナード・ショー（George Bernard Shaw, 1856-1950）の『聖ジョーン』（*St. Joan*, 1923）に対する批判、そしてディアギレフのロシア・バレー団の公演予告である。「英国学術協会」（'The British Association'）では、協会の動物学に関する報告を紹介しているが、エリオットが言いたかったのは次の部分だけのようである。

　　他の動物学者がこれに対してどう言うか、我々は知らないが、一人の卓越した権威は、同じ映画が世界中のすべての映画館で上映されるような均質な文明は、望ましい未来であるとは到底言い難いと考えているようである。(III. 3)

「観客参加型芸術」を目指すエリオットが映画を嫌ったことは、すでに触れたとおりである。また中産階級批判が、平準化に対する危惧に基づいていることもすでに指摘した。この一節で注意したいのは、一見すると単なる現代文明批判に見えながら、実は共産主義批判につながっていることである。それは次号のトロツキー批判を見れば分かる。

　『若者』（'"Youth"'）には過激派エリオットの主張がふたたび現れている。

　　そして馬鹿げたものをすべて取り去った後には、認めざるを得ない

ものが残る。どんなに騒がしい嵐の中でも、熟練した水夫の耳は、驚くほど遠くで、暗礁に打ち寄せる波特有の音を聞き分けることができる。この音は「偉大な中産階級の自由主義」でもなければ、偉大な下層中産階級の社会主義でもない。それは民主主義ではなく権威の、寛容ではなく教条主義の、中庸では決してなく極端の音なのである。(III. 4)

この『若者』というのは、独特なコスチュームを作り、キャンプファイヤーをやって、フォークダンスを踊る（引用中の「ばかばかしいもの」）という団体の機関誌らしい。エリオットはここに「権威」「教条主義」「極端」が底流として流れていることを読みとり、それが時代の流れであると言いたいのである。総選挙の月であることを考えれば、この一節は自由党、労働党を否定して保守党を支持したものとも取れるが、保守党がかならずしも「極端」とは思えないので、自分が共感していたフランスの右翼団体アクション・フランセーズ（Action Française）あたりを念頭に置いているのかもしれない。また『聖ジョーン』に関しては、主人公のジャンヌ・ダルクを「中産階級の改革者」に貶めてしまったと述べ、中産階級批判を繰り返している。

　この号には2月号でホイッグ批判を書いたベインによる、「1789年」（"1789"）と題したフランス革命批判も掲載されている。この中でベインは、革命の本質は恐怖政治であるとするが、これがロシア革命を当て擦っていないはずはない。掲載記事の内容がホイッグ批判から革命批判に席を譲ったところに、編集者であるエリオットの認識の変化を読みとることも出来よう。

　24年10月は『ジョン・ドライデン讃』（*Homage to John Dryden*, 1924）が出版された月でもある。これは「形而上詩人」を含む3つの文章からなる小冊子だが、その序文にはエリオットの方針転換が記録され

ている。

> 長い間、17, 18 世紀の詩というのは、劣った作品でさえも、ロマン派の詩人とその後継者たちの、大衆的で気取った詩には欠けた、ある優美さと威厳を持っていると感じてきた。この主張を説得力を持って押し進めたならば、間接的に政治、教育、神学の検討をすることになったであろうが、私はもはやこういった問題をこのやり方で扱おうとは思わないのである。[15]

「政治」や「神学」といった、「後期」エリオットを特徴づけるテーマが現れていることに注意したい。この一節を『聖なる森』28 年版の序文の一節と比較してみる。

> 他方、詩は同じくらい確かに、道徳と、宗教と、そしておそらくは政治とさえ、何らかの関係があるのである。それがどんな関係とは言えないにしても。[16]

28 年版の序文は 20 年当時の作品中心主義の乗り越えを宣言したものだが、これが『ジョン・ドライデン讃』の序文の延長線上に位置づけられるのはあきらかだろう。前号の書評には、作品中心主義への疑問が見られたが、ここではもはや疑問形を取っていないことに注意すべきである。この変化の流れは、次号の「論評」で明確な形をとることになる。

8．反共産主義と文化（25 年 1 月）

1 月の「論評」は労働党が政権をとった 24 年の総括になっている。取り上げられている話題が 3 つと少ないのも特徴だが、各話題が有機的な繋がりを持ち、全体が一つのまとまりになっているところにも、エリ

オットの力の入れ具合がうかがえる。ここでエリオットは共産主義を正面から取り上げて批判している。

最初の「セルジュ・ディアギレフのバレー」('The Ballet of Serge Diaghileff')では、前号の最後で予告されたディアギレフのバレー団のロンドン公演に触れながら、バレーの重要性を説いている。エリオットにとってバレーは演劇の問題につながっていることは、すでに触れたとおりである。

2番目の「マシュー・アーノルドの帰還」('The Return of Matthew Arnold')では、アーノルド（Matthew Arnold, 1822-88）再評価の動きと、新しく出たアーノルドの散文選集について触れ、良く出来た選集だが、次の一節が収録されなかったのは残念だと言って『文化と無秩序』(*Culture and Anarchy*, 1869)の第1章から引用している。

> しかし外された一節は、アーノルドが現代に持つ重要性につき、さらにいっそう雄弁である。「我々は政治闘争に勝利していない、我々は主たる主張を推進できていない、我々は敵の前進をくい止めていない、我々は現代世界と共に勝利の行進をしてはいない。だが我々はこの国の心に静かに語りかけた、我々は敵が陣地を築いたと見えたときに、それを掘り崩すような感情の流れを準備した、我々は未来とのコミュニケーションを維持した。」(III. 162)

エリオットはアーノルドに仮託して「政治闘争」(our political battles)と言い切っている。これは『聖なる森』で、アーノルドが文学から政治の領域に踏み出したことを批判していた事実を考えるなら、決定的な変化と言えるだろう。『ジョン・ドライデン讃』の序文に記された方針転換は、ここでさらにあきらかになった。そしてエリオットは、このアーノルドに反対の立場の人間が東にいると言い、最後の話題「光は東方よ

り」('Light from the East')でトロツキーの文化論を取り上げる。「文化」をキーワードにして、アーノルドとトロツキーを対決させるのである。これまでは方針転換と共産主義の台頭は並行して現れたにすぎなかったが、ここに至って両者が結びつく。このことは共産主義の台頭が方針転換の原因となった可能性を示唆していよう。

「光は東方より」はトロツキーの著書『生活をめぐる諸問題』(*Problems of Life*, 1924) にコメントしたものである。この本は、革命後、いかに文化を創り上げてゆくかという課題を論じたもので、読み書き能力や男女平等、公共機関による家事や教育、教養ある話し方といった論点を扱っている。つまり労働者たちをいかに「中産階級化」するかということである。とくに重要なのは、教会の儀式と映画について論じている箇所で、トロツキーは教会の儀式を、民衆に娯楽を提供して彼らを教会に繋ぎ止める制度と捉えている。教会を支えているのは信仰ではなく惰性であるが、儀式は習慣として残っており、それに替わるものとして映画が役に立つとする。映画の良い点は観客が、読み書きなどの積極的な能力を求められないところにある。トロツキーは、エリオットと同じエリートの立場で、大衆向け娯楽を重視し、同じように儀式と映画に着目しながら、正反対の結論を出している。エリオットは当然これを意識したはずである。

エリオットのコメントは、暴力革命は否定しないが、それが正当化されるためには、結果として本当に新しいものを生み出さねばならないというものである。しかしトロツキーの革命が生むものは平凡である。そして平凡さの具体例を列挙した後で次のように言う。「論評」全体の締めくくりの部分である。

　　しかしながらこういった現象が、革命の成果としてトロツキー氏が誇らしげに示すものなのである。これが氏の言うところの「文化

なのだ。以下は、東方の新時代の予言者が、新興ブルジョアの満足しきった調子で語っているところである。

「映画は楽しませ、教育し、画像によって想像力を刺激し、人を教会の扉をくぐる必要から解放する。」

　言い残したことは、トロッキー氏の文化の手引き書にはバレーのような制度はないということ、そして彼の肖像がシドニー・ウェッブ氏の顔とのかすかな類似を示していることだけである。(Ⅲ. 163)

エリオットとトロッキーの対立が、バレーと映画の対立と重ね合わされている。その背後にはキリスト教と共産主義の対立も垣間見える。エリオットはトロッキーを「新興ブルジョア」と呼び、中産階級化の流れを体現するものと見る。そして最後に、トロッキーを、フェビアン協会 (Fabian Society) のメンバーであり、マクドナルド内閣の閣僚でもあったシドニー・ウェッブ (Sidney Webb, 1859-1947) と重ね合わせている。エリオットが労働党政権誕生という事件の背後に共産主義の台頭を見ていること、それは同時に中産階級化の運動であり、自分の考える芸術の敵であると考えていることがわかる。階級、演劇、共産主義の台頭とキリスト教といった問題が、労働党政権誕生という事件を中心に凝縮された一節で、この時期のエリオットの心を読み解く上で第１級の資料と言っていいだろう。

　この号には、男女数人による政治談義を描いた「夕暮れに」("On the Eve") という、エリオットには珍しいタイプの文章も掲載されている。こんな文章を載せたところにも、労働党政権誕生の衝撃と、24年という年を総括しようというエリオットの意図が感じられるのである。

9. マニエリスムの行き詰まり（25年4月）

　すでに触れたとおり、続く1925年4月号には「四人のエリザベス朝劇作家」の一部と考えられるチャップマン論への言及がある。労働党が政権をとった1年間を総括したあと、執筆を再開しようとしたことがわかる。結局このチャップマン論は書かれなかった。『ジョン・ドライデン讃』の序文に記された計画の挫折を考えれば、「四人のエリザベス朝劇作家」も放棄される運命にあったと言えるだろう。エリオットはすでに前年に、文学プロパーの領域から政治や宗教へと一歩踏み出すという方針転換をしたのである。

　この4月号には、演劇論の途絶という問題を考えるときに非常に興味深い内容をもった、「バレー」（"The Ballet"）という文章が掲載されている。これは民謡や民族舞踊の研究家として有名なセシル・シャープ（Cecil James Sharp, 1859-1924）の著書の書評であるが、その末尾でエリオットは次のように言っているのである。

　　　しかし［借りるならともかく――訳者注］創設する――死んだ儀
　　式の上に新しいバレーを創設する――ということになると、別問題
　　である。剣の舞を「復活させる」ことにどんな価値があるというの
　　か？　せいぜい、郊外の活動的な若者たちに、土曜日の午後、テニ
　　スやバドミントンの代わりを提供する程度ではないか。というのも、
　　儀式を復活させるには、信仰を復活させなければならないからであ
　　る。信仰が死んでしまったあとで、儀式を続けることはできる。
　　（……）しかしそれを復活させることはできないのだ。（III. 443）

　文中の「新しいバレー」という言葉に、エリオットの目指した演劇を見るのは難しいことではない。すでに見たように、エリオットの演劇論はエリザベス朝論から、文化人類学、バレー、そしてミュージックホール

まで含むマニエリスム的なものだった。この文章でもシャープの議論の狭さを批判して、踊りを研究するためには、振り付けの技術、文化人類学、キリスト教の礼拝、神経学などを知る必要があると言う。だが「信仰」という問題、とくにその「死」と「復活」という問題は、ここで初めて現れている。前章で見たとおり、エリオットは信仰に支えられない儀式が辿る運命をトロツキーの著書で読んでいた。エリオットはトロツキーと自分の類似を理解すればするほど、相違をも痛感したはずである。そしておそらく最大の相違は、儀式と映画に対する評価以上に、信仰の有無にあったのではないだろうか。革命を実現させた強い信念＝信仰に相当するものを、エリオットは持っていなかった。エリオットは、信仰抜きの儀式の上に「新しいバレー」を作ることは出来ないと言っているが、これは演劇論の、そしてそれ以上にマニエリスムという手法の行き詰まりを告白した言葉と読める。借り物の断片をつなぎ合わせながら、危うい統一を模索するというやり方では、強力な「信仰」を核に持つ思想体系と、それに支えられた暴力革命には到底太刀打ちできない、エリオットはこう感じたのではないか。もしそうだとすると、この時点で改宗は避けられない問題になっていたはずである。[17]

結

　労働党政権誕生という事件とT.S.エリオットとの関係について、我々は何が言えるだろうか。まず、エリオットがこの事件に注目していたこと。次に、彼がこの事件を共産主義の台頭として受け止めたこと。さらに、この事件を中産階級化の流れの加速と考えたこと。そして、この事件を自己の演劇理念への挑戦と感じたこと。この４点は資料の直接的な解釈から導き出せたと思う。作品中心主義からの方針転換も、この４点の延長上に現れるものであるから、当然この事件の影響が考えられる。そしてさらにその先に、この事件によって信仰の重要性を認識させられ

た可能性があった。27年の国教会改宗の遠因となった可能性である。

　個人の信仰の問題を、このような仕方で説明することに反発を感じる向きもあろう。筆者もこれだけで説明できるとは言わない。しかし30年代に入ると、エリオットのキリスト教は、共産主義との対決姿勢をあからさまに示すようになる。そこから振り返ったとき、20年代半ばの国教会改宗が、共産主義の台頭という時代の大きな変化に対応するための、思想家エリオットの決断であった可能性は排除できないだろう。エリオットと共産主義は、過激派という立場から近代の超克を目指すという点で、ライバル関係にあったからである。こうして見ると、1924年の労働党政権誕生という事件は、これ以降のエリオットを論ずる上で、計り知れないほどの重要性を持つと考えられるのである。労働党政権誕生の衝撃がモダニスト・エリオットを殺した——これを本稿の結論としたい。

註

　本稿は日本T. S. エリオット協会第16回大会（2003年11月9日　於駒沢大学）における口頭発表の内容を発展させたものである。

（1）詳細は本稿第4章を参照。
（2）エリオット自身がマニエリストを自称したわけではない。しかし引喩や言葉遊びを多用した知的で難解なエリオットの作風は、あきらかにマニエリスムの特徴を示している。
（3）*Dial*, LXX. 4 (Apr. 1921), p.451. 中産階級没落の根拠としてあげている3項目について説明すると、第1の「連立内閣」は、ロイド・ジョージ一派と保守党によるもので、すでに述べたとおり、この内閣は多数派の保守党に支えられており、自由党自身は分裂していた。次に挙がっている3つの労働組合は、炭坑、鉄道、運輸の3つの組合からなる三者同盟のことで、この文章が掲載される前月にゼネストを計画していた。この時は不発に終わっているが、労働者階級の台頭を示す事件であるのはあきらかである。3つ目の所得税は、戦前には6％であった税率が、戦後のこの時期には30％にまで上がっていたことを指しているのであろう。

(4) *Dial*, LXXIII. 6 (Dec. 1922), p.662.
(5) マリーとの論争については参考文献中の Margolis、ch.2、および Goldie、ch.2を参照。
(6) *Criterion*, II. 5 (Oct. 1923), p.32. 以下『クライテリオン』からの引用は、巻数とページ数のみを、引用末尾のカッコ内に記す。
(7) 「闘士スウィーニー」の詳細については参考文献中の Crawford、ch.5を参照。
(8) *The Sacred Wood* (1920, 1928 ; Methuen, 1966), p.70.
(9) *The Use of Poetry and the Use of Criticism* (1933 ; Faber and Faber, 1980), p.154.
(10) 他の3回は以下の通り。25年10月号は発行されなかった。26年7月号は発行が1ヵ月早まって6月号になっている。27年5月号からは月刊になっている。月刊から従来の季刊に戻すときに生じたズレは含めていない。
(11) 26年6月号は、5月のイギリス史上初のゼネスト直後である。「闘士スウィーニー」が「断片」として発表されるのが、この次の号になる。月刊になる前には、26年12月のシャルル・モーラスのバチカンによる破門という事件があった。モーラスはフランスの右翼作家で、右翼団体「アクション・フランセーズ」を率いており、エリオットはその活動に共鳴していた。破門は12月26日なので、直後の1月号には影響が現れていない。また月刊化の翌月に、エリオットは国教会に改宗している。ちなみに25年10月号が出なかったのは、雑誌が廃刊の危機にあったためで、『ニュー・クライテリオン』として再出発した26年1月に行なわれた「クラーク講演」(Clark Lectures)で、ジョン・ダンに対する評価変更があきらかになった。
(12) 31年1月号からは、巻頭から雑誌の中程に位置を移している。また話題ごとに小見出しを付けるというスタイルも、この号から止めている。
(13) 「覚え書き」はオールディントンも執筆していたので、エリオット1人の執筆になったのも変更点の一つである。
(14) "Philip Massinger," *The Sacred Wood*, p.129.
(15) "Preface," *Homage to John Dryden* (1924 ; The Hogarth Press, 1927), p.9.
(16) "Preface to the 1928 edition," *The Sacred Wood* p.vii.
(17) マニエリスムの行き詰まりと信仰の関係が、ちょうどこの時期に書かれていた詩「うつろな人々」に象徴的に現れている。その第5部は、過剰なまでに意識的にこの手法を使っているが、そこには断片化された「主の祈り」が書き込まれているのである。マニエリスムでは祈れないということである。エリオットはこの詩を失敗作と考えていた。拙稿「活字にするにはひどすぎる詩？ ——「うつろな人々」研究——」(*T.S.Eliot Review*, No.11, 日本

T. S. エリオット協会、2000年）参照。またジョン・ダンに対する評価変更後、エリオットは、ダンは何も信じていなかったという発言を繰り返している。拙稿「T. S. エリオットのダン評価をめぐって——20年代のエリオット——」（『中央英米文学』第35号、中央英米文学会、2001年）参照。ただし、キリスト教という「既製品」を活用するという点では、相変わらずマニエリストであるとも言える。

参考文献

Clarke, Peter. *Hope and Glory ; Britain 1900-2000,* Second Edition. Penguin, 2004.
Crawford, Robert. *The Savage and the City in the Work of T. S. Eliot.* 1987 ; Oxford University Press, 1990.
Curtius, E. R. *European Literature and the Latin Middle Ages.* Trans. Willard R. Trask. Prinston University Press, 1990.
Dangerfield, George. *The Strange Death of Liberal England.* 1935 ; Stanford University Press, 1997.
Goldie, David. *A Critical Difference; T.S.Eliot and John Middleton Murry in English Literary Criticism, 1919-1928.* Oxford University Press, 1998.
Graves, Robert and Alan Hodge. *The Long Week-End; A Social History of Great Britain 1918-1939.* 1940 ; Norton, 1994.
Lyman, Richard W. *The First Labour Government 1924.* Chapman and Hall, 1957.
Margolis, John D. *T.S.Eliot's Intellectual Development 1922-1939.* University of Chicago Press, 1972.
Marwick, Arthur. *The Deluge: British Society and the First World War.* Norton, 1965.
Sharp, Cecil and A.P.Oppé. *The Dance; An Historical Survey of Dancing in Europe.* 1924 ; EP Publishing, 1972.
Somervell, D.C. *British Politics Since 1900.* Oxford, 1950.
Taylor, A.J.P. *English History 1914-1945.* 1965 ; Oxford University Press, 1970. 〔A. J. P. テイラー『イギリス現代史　1914-1945』都築忠七訳、みすず書房、1987年〕
Trotsky, Leon. *Problems of Life.* Methuen, 1924.
Wood, Neil. *Communism and British Intellectuals.* Columbia University Press, 1959.

アーツ、フレデリック『ルネサンスからロマン主義へ』望月雄二訳、音楽之友社、1983年
井野瀬久美恵『大英帝国はミュージック・ホールから』朝日新聞社、1990年
カー、E. H.『両大戦間における国際関係史』衛藤瀋吉、斎藤孝訳、清水弘文堂、1968年
木村英亮『ソ連の歴史』〔増補版〕山川出版社、1996年
関嘉彦『イギリス労働党史』社会思想社、1969年
松浦高嶺『イギリス現代史』山川出版社、1992年
水谷三公『王室・貴族・大衆』中央公論社、1991年
村岡健次、木畑洋一編『イギリス史』3 近現代、山川出版社、1991年
若桑みどり『マニエリスム芸術論』筑摩書房、1994年

〈アイルランド〉

『ユリシーズ』の「テレマコスの旅立ち」
―― スティーヴンの歴史と成長

桑原俊明

はじめに――ジョイスと歴史

　本論は、ジョイス（James Joyce, 1882-1941）の『ユリシーズ』の第1挿話「テレマコス」、第2挿話「ネストル」、第3挿話「プロテウス」から成る第Ⅰ部を「テレマコスの旅立ち」[1]と通称して、歴史の観点から解読を試みるものである。

　第Ⅰ部の呼称については、ジョイス自身が手紙の中で述べている。[2] ホメロス（Homer, c8 B.C.）の『オデュッセイア』において、テレマコスは、トロイ戦役に出征したまま帰還しない父オデュッセウスの消息を求めて父の戦友ネストルのもとへ旅立つ。次に、テレマコスは、同じく父の戦友であったメネラオスのもとへ赴き、そこで、変幻自在の予知能力をもつ海神プロテウスについての話を聞かされる。

　ジョイスの『ユリシーズ』の第Ⅰ部は、その枠組みとなった『オデュッセイア』の第1巻から第3巻までの物語をほぼ踏襲する形で、スティーヴンの精神的な父を探求する旅立ちを描いた。『リトル・レヴュー』誌の3月号から5月号にかけて初めて連載されたのは、『ユリシーズ』の構想が浮かんでから数年後の1918年であった。[3]

　最初の3挿話は、同じ意識の流れの手法を採用しながらも、『ユリシー

ズ』後半の複雑な文体と異なり、比較的読みやすいものとなっている。ただし、「プロテウス」は、スティーヴンの意識の流れが神学思想や哲学思考に基づいており、必ずしも読みやすくはない。テクストには、「目に見える世界という避けようのない様態」(*U* 3. 1) や「ぼくの魂はぼくと一緒に歩いているぞ。形相の形相が」(*U* 3. 279-80)[4]というようなスティーヴンの観念的独白が多く点在する。

　最近の海外のジョイス批評においては、「ジョイス・インダストリー」とかつて揶揄された隆盛の波が、『ユリシーズ』から『フィネガンズ・ウェイク』に移り変わったようだ。新しい文学批評の登場と共に、ジョイスの作品は格好の批評理論の適用対象として、頻繁に取り上げられる実情を目にすることができる。新歴史主義と呼ばれる批評理論もその例に漏れない。スティーヴン・グリーンブラット（Stephen Greenblatt, 1943- ）が『ルネサンスの自己成型』を出版して、その後「新歴史主義」と名づけられることになる批評の出発点を画したのは 1980 年である。その影響は、当然ジョイス研究者にも及んだ。

　「ジョイスと歴史」の観点からの研究書・論文は、1980 年代以降、新歴史主義の普及と軌を一にするかのように生産され続けた。それは、マルクス主義批評、歴史修正主義、ポストコロニアリズム（あるいはセミコロニアリズム）、フェミニズムなどの思潮とあいまって、微細な実証論からナショナリズムの思想論議に至るまで、ジョイシアンの関心を今も引き続けている。

　したがって、さしあたり新歴史主義の批評に多少の目配りをしながら、主人公スティーヴン・ディーダラスの歴史観を検討して、「テレマコスの旅立ち」の考察を深めてみたい。

1．「テレマコス」――スティーヴンとマリガン

王位を奪うやつ

「テレマコス」の最後を飾る一語「王位を奪うやつ」（U 1. 744）は、この挿話が背負う象徴を一手に引き受けている。[5]スティーヴンとマリガンおよびヘインズとの関係は、基本的に『オデュッセイア』におけるテレマコスと求婚者たちとの戦いを暗示する。ほかに、『ハムレット』におけるハムレットとクローディアスとの王位継承の争いをほのめかす。また、歴史上の実在の王とその王位を奪う者たちとの関係をも呼び起こす。[6]

スティーヴンの「奪われ、追い出される者」としての被害者意識は、マーテロ塔の鍵の所有権は誰に帰属するのかという問題意識から生ずるものだ。それは、若きジョイス自身の実体験の反映、つまり、マリガンのモデル、オリヴァー・セント・ジョン・ゴガティ（Oliver St. John Gogarty, 1878-1957）との微妙な反目し合う交友関係と共同生活の表れでもあった。[7]

マリガンが体現するのは「簒奪者」「略奪者」だけではなく、「裏切り者」「異端者」「圧制者」「偽預言者」「偽司祭」などである。スタンリー・サルタンは、「マリガンは自己中心的で、冷笑的で、貪欲で、裏切り者であり、破壊的なまでに誠実な物質主義者である。スティーヴンに対して、彼は不実であり、結局、裏切ることになる」と評した。[8]「テレマコス」の冒頭で、マリガンは黒ミサまがいの儀式を執り行う。マリガンによって亡母と自分が侮辱され、傷つけられたと思うスティーヴンは、心の中でマリガンを異端者の一人に仕立てて反撃を企てる。[9]「司教冠をあみだにかぶって逃げてゆく異端の群。フォティウスと嘲笑者たちの一族。マリガンもその一人だ」（U 1. 656-57）。「テレマコス」でマリガンが体現するものはすべて『ユリシーズ』全体の主題と関わり、スティーヴン

が解決すべき問題、たとえば、「歴史」「異端」「支配」「裏切り」などを予告している。

メルクリウスみたいなマラカイ

スティーヴンの意識の中で、マリガンはヘルメスに喩えられる。ヘルメスは、ギリシア神話の中で、ゼウスとマイアの子としてオリンポスの12神に数えられる。ラテン語で「メルクリウス」、英語で「マーキュリー」と呼ばれる。

では、なぜマラカイは、スティーヴンによって「ヘルメスのようだ」とみなされるのか。マリガンの本名であるマラカイ・ローランド・セント・ジョン・マリガンにおける「マラカイ」は、ヘブライ語で「使者」を意味する「マラーキー」に由来する。マラキは、旧約聖書最後の「マラキ書」を書いた預言者であり、救世主（イエス・キリスト）到来の前に預言者エリヤが現れることを伝える使命をもっていた。ヘルメスは、商業の神や通信の神として崇められただけでなく、ゼウス神の伝令としての役目を持たされた。[10] また、死者の霊魂を冥界に導く案内人として広く信仰された。そのいでたちは、天翔ける神の使者にふさわしく、翼のついた帽子と同じく翼のついたサンダルを身につけ、手には黄金のケリューケイオンの杖を携えている。

伝記的事実として、スタニスロース・ジョイスによると、ゴガティとジョイスとは、神秘主義者の詩人 AE ことジョージ・ラッセル（George Russell, 1867-1935）を探しに、「神秘主義者志望の青年たちが（…）集い、秘教的詩を読み、父と子と聖霊の説教を聞き、宇宙の謎の解明に至る夢想と幻想の近道を論じる場所」である「錬金術協会」（Hermetic Society）に出かけたことがあった。[11] "Hermetic" という英語は、「錬金術の」という意味のほかに「秘密の」と「ヘルメス・トリスメギストスの」という意味があり、ジョイスは偽魔術師マリガンのあだ名に「ヘ

ルメスみたいな」という形容辞を使った。

　『オデュッセイア』に出てくるヘルメスは、ゼウスの伝令役として、帰国途上で苦難に出会うオデュッセウスを、カリュプソやキルケから救い、守る任務を遂行する。「神の伝令役の使者にして預言者」、それはスティーヴンがマリガンに与えたアイロニカルな役柄であった。[12] スティーヴンは、アイルランドをギリシア的精神の国に変えようと呼びかけるマリガンの「まったく、キンチよ、おれとおまえが組みさえすりゃ、この島のために一働きできようってもんだ。ギリシアふうに変えるとかさ」(U 1. 157-58)という宣言を逆手に取って、「メルクリウスみたいに陽気なマラカイ」(U 1. 518)と心中で茶化したのである。

ヘルメス思想

　ヘルメスの象徴と連想は、「プロテウス」において、スティーヴンの意識下でふたたび甦る。「ぼくの帆立貝帽と杖と、やつのぼくのサンダル靴と」(U 3. 487-88)、「AE、ポイマンドレス、人々のよき牧者について」(U 3. 227-78)。「キルケ」では、ジョージ・ラッセルを表わす「ひげを生やしたマナナーン・マックリア」(U 15. 2262)が、「ヘルメス・トリスメギストスの神秘なるポイマンドロスよ」(U 15. 2269)と叫ぶ。

　ヘルメスの思想は、ルネサンスの時代に「ヘルメス・トリスメギストス」と称されて、神秘思想の源泉となった。その思想はヘルメス・トリスメギストスが書いたとされる「ヘルメス文書（もんじょ）」と呼ばれる著作群に説かれた。エジプトのトート神とギリシアのヘルメス神が融合して、「3倍偉大なるヘルメス」を意味する「ヘルメス・トリスメギストス」となって、神秘思想や霊界思想を説いた。

　「ヘルメス文書」と総称される著作群の中で、宗教的・哲学的な内容として重要なものは『ヘルメス選集』と呼ばれ、その第1冊子は、「ヘルメス・トリスメギストスなるポイマンドレース」と題されている。[13]

(…)「ヘルメス文書」とは、ギリシアの神々の一人であるヘルメスを作者と仮託する著作群のことである。古代エジプトの神トートは、神々の人間への使者であり、また知恵（言葉と学問）の神であった。この神を古代ギリシア人は自らのヘルメス神と同一視し、またローマ人はメルクリウス神として受容した。そして、前三世紀から後三世紀にかけて、「ヘルメス・トリスメギストス」（三倍偉大なるヘルメス）の名を冠した多数の著作が現れた。これらを総称して「ヘルメス文書」と呼んでおり、その中には占星術、錬金術、魔術、博物誌、歴史など多様な領域に関するものが見いだされる。(……)そこにはプラトン主義、ピュタゴラス主義、ストア主義などのギリシア哲学に加えて、ユダヤ教的要素やエジプトの宗教的要素、そしてグノーシス主義的要素も見いだされ、ヘレニズム期に特有な〈シンクレティズム〉（諸説混淆）が示されている。[14]

　神秘思想の核心は、「肉体から魂、魂から肉体へ」という循環思想にある。本来は霊界の存在である人間が物質界に下降し、ふたたび霊界へ上昇するという反復運動、すなわち転生輪廻に、循環思想の価値が置かれた。この循環思想は古代エジプト独特の霊界思想に流入し、復活の思想が広まった。この復活思想は、キリスト教に流れてイエスの復活の奇跡となって再現したと言われる。
　この点から、「夢のなかで、黙って、母は彼（スティーヴン——引用者註）のそばに来た。ゆるい死衣にくるまれた痩せ細った体が蠟と紫檀の匂いをただよわせていた。おし黙ったまま、秘密の言葉を語りながら吐きかける息は、かすかに濡れた灰の匂いがした」（U 1. 270-72）という描写の中で、スティーヴンの亡母が彼の夢想の中で甦るとき、これは天国に上がれずに地上を徘徊する哀れな亡霊の姿というより、復活の思想に基づく魂の蘇りではないかと解釈することもできる。

フランセス・イエイツによると、「モーゼに由来するとされるヘブライ型の霊知と、エジプトでの創始者ヘルメス・トリスメギストスに由来するとされるヘルメス主義的霊知との間には、基本的な類似があった。」つまり、「ヘブライのグノーシス主義の体系と〈ヘルメス・トリスメギストス〉のキリスト教的に解釈された教えとの間の結びつきと対応が多く見えた。」[15] しかし、霊的な知恵を特徴とするグノーシス主義は、正統派による圧迫と異端告発によって葬られてしまった。グノーシス主義キリスト教徒の重要な一派の開祖と言われるヴァレンティノスは、スティーヴンの意識の中で、「キリストの現世肉体説をはねつけたヴァレンティヌス」(*U* 1. 658-59) として異端者マリガンと同列に並べられる。

　きわめて唯物的な医学生のマリガンは、スティーヴンの母の死を即物的に表現して、スティーヴンの悲嘆を逆撫でする。「――それに、死とはなんだ、と彼（マリガン――引用者註）はたずねた。おまえのおふくろの死でも、おまえのでも、おれ自身のでもさ？　おまえはおふくろさんが死ぬのを見ただけだ。おれは毎日毎日、マーテルでもリッチモンドでも、患者がぽっくりいって、解剖室で切り刻まれて屑になるのを見てるんだぜ。それこそ、ひでえもんだ。要するに、当り前のことなんだよ。」(*U* 1. 204-07) マリガンの当たり前の常識とは、人の死を「ぽっくりいって、解剖室で切り刻まれて屑になる」ことだという唯物思想の投影である。

　「メルクリウスみたいに陽気なマラカイ」は、あたかもヘレニズムとヘブライズムのアイロニカルな語呂合わせのように響く。それに加えて、霊知を説いたヘルメスの名前を唯物的マリガンに形容辞として冠すると、一層アイロニカルな響きを奏でる。

2．「ネストル」——スティーヴンとディージー

ステーヴンの歴史悪夢論

　「ネストル」論の中核をなすのは、絶えず議論されるスティーヴンの悪夢としての歴史観であった。その歴史観は、通時的、時系列的な歴史的出来事の配列を拒絶する。スティーヴンは、歴史の教科書に記載されるような歴史記述を拒絶しつつ、臨時教員としてドーキーにある私立学校で歴史を教えなければならない。歴史を拒絶しつつ、受容しなければならないジレンマと違和感がつねにスティーヴンにつきまとう。「歴史というのは、ぼくがなんとか目を覚ましたいと思っている悪夢なんです」（U 2. 377）というあまりにも有名なスティーヴンの宣言は、アイルランドという国が抱える侵略と迫害の歴史に絶えず思いを向けさせる。「北欧民族のガレー船が獲物を求めてこの浜にやって来た」遠い昔から、延々と続く「飢饉と、疫病と、殺戮」（U 3. 300, 306）を、スティーヴンは思い出す。

　『ユリシーズ』の枠組みにホメロスの神話を使って、永遠の相のもとに20世紀の神話世界を再提示しようとしたように、ジョイスは『フィネガンズ・ウェイク』を著したとき、ヴィーコ（Giambattista Vico, 1668-1744）の歴史循環論を作品の構造に用いて、人類の歴史を再現しようとした。[16]それは、循環し回帰する歴史に仮託して、あたかもアイルランドの悲劇的歴史からの脱却と解放を成し遂げようとするジョイスの周到な企てのように見える。「ネストル」に出てくる「ドーキーのヴィーコ道路」は実在の道路の名前に過ぎないけれども、『フィネガンズ・ウェイク』が出版されることにより、「ヴィーコ」という一語は、偶然の符合の一致となって、いや、周到な予見的言辞となって、その後の広範な歴史論の展開を招来した。ジョイスの作品には偶然を匂わせつつ、けっして偶然ではない必然の細部へのこだわりが存在する。[17]

「テレマコス」の最後に配置された「王位を奪うやつ」は、歴史上の「篡奪者」を喚起させつつ、「ネストル」冒頭の歴史の授業の現実場面へと回帰し、連結される。『ユリシーズ』の構成を一覧にしたリナティ計画表の「学芸」で言えば、神学から歴史への移行を意味する。

神の摂理としての歴史

スティーヴンの歴史悪夢論に対して、ディージーは「創造主の道はわれわれの道とは違う（…）。すべての歴史は一つの大いなる目的に向って動いているのです、神の顕示に向って」（U 2. 380-82）と応じる。これも有名な言葉で、ヴィクトリア朝の歴史観やヘーゲル的歴史哲学の表明であるとの解釈が提起されてきた。(18)

そのような正統的・伝統的な歴史観を拒絶することが、スティーヴンに課せられた人生の課題である。ディージーの大英帝国的歴史観に対するスティーヴンの反発は、「大野蛮帝国」（"brutish empire"）（U 15. 4569-70）という侮蔑的言説に集約される。スティーヴンが拒絶する歴史観がディージーの目的論的な神の摂理に基づく歴史観であるなら、スティーヴンの目覚めるべき悪夢の対象は、アルスター出身の親英的プロテスタントのディージーに向けられなければならない。スティーヴンは悪夢的ディージーの説く「神の摂理」からの逃亡を企てなければならない。しかし、その企ては謎めいている。

> スティーヴンは拇指をぐいと窓に向けて言った。
> ——あれが神です。
> いいぞう！　わあい！　ピリピリィ！
> ——何が？　とミスタ・ディージーが聞いた。
> ——通りの叫びがです、とスティーヴンは肩をすくめて答えた。
> （U 2. 382-86）

ヘーゲルは、(Georg Wilhelm Friedrich Hegel, 1770-1831)『歴史哲学講義』の中で、世界精神という理性が世界の歴史を司っているという思想を主張した。世界は合目的的に、神の摂理のもとに動く。たとえ、それが一時的に不幸な戦争や災難をもたらすとしても、大局的な見地から、歴史は神の理想世界の実現のために進む。世界中で発生し続ける民族同士の争い、国と国との戦いは、それぞれの民族神が覇権を競い合う紛争のように見えるとしても、根源なる神の目から見るとき、悠久の時代から繰り返される地上界の人間のエゴイズムの強制に過ぎない。かくて、「歴史は繰り返しながらも確実に変化している」(U 16. 1525-26)。すべては、それぞれの時代において最高度の文明を完成させるために、神から人間に課せられた宿題なのだ。

　ヘーゲルは言う。「世界が偶然や外的原因にゆだねられるのではなく、神の摂理によって支配される」のであり、「神の一なる摂理が世界のできごとを統轄している。」なぜなら、「神の摂理とは、世界の絶対的かつ理性的な究極目的を実現する全能の知恵だから」である。[19]

　ヘーゲルの歴史観は人間知を超えた神の領域にまで及ぶ叡智を前提とするものであったため、ヘーゲルの哲学的に高度な認識を理解できなかった「青年ヘーゲル派」の学者たちが、ヘーゲル批判を始めたのは無理からぬ歴史の綾であった。「歴史は摂理の計画したものだといわれる。が、この計画たるや、わたしたちの目のとどかないところにあって、それを認識しようとするのは、僭越きわまるこころみだとされる」[20]と、ヘーゲルでさえ諦観していた。歴史は、人間の心では計り知れぬ神秘的で深遠な謎と秘密を内蔵している。

ディージーのアイロニカルな真理

　ギャレット・ディージーの人物描写についての批評家の見方は、おおむね辛辣である。[21]老いた頑固者、高圧的な校長、歴史の偏見と誤解に

満ちた帝国主義的反ユダヤ主義者。アルスターの勝利を信じるオレンジ党員。妻と別居中の、反フェミニストの孤独者。スティーヴンとディージーの関係はアイルランド対イギリスという二項対立に置き換えられるが、しょせん、ディージーは懐疑的なスティーヴンによって否定され、唾棄される存在でしかない。表面的には、スティーヴンの代理の父としての役柄を与えられているものの、結局、スティーヴンというヒーローの引き立て役に過ぎない。ディージーは、「ネストルの下劣版」であり、「ポローニアス的人物の十分な高みにさえ達していない。」[22] 彼はヴィクトリア朝の虚飾に満ちた老残兵である。ディージーには、いわゆる悪玉として半面教師の役柄が似合うかのようだ。

　ディージーの目的論的・弁証法的歴史観は、イギリスから見た「勝者の歴史」である。スティーヴンの歴史観には、歴史が見過ごしてきた可能性、歴史の本流からこぼれた事実、歴史から消え去った人物などへの配慮と気配りが見え隠れする。つまり、「敗者の歴史」への共感と愛着がある。だから、スティーヴンは、イギリスの歴史とアイルランドの歴史は「勝者」と「敗者」の違いに等しいのではないかと考える。アイルランドは「血みどろの歴史をそっくりそのまま」(*U* 7. 676-77) 背負ってきた。アイルランドは、「決して目を覚ますことのない悪夢」(*U* 7. 678) から目覚めることはできない。すくなくとも、スティーヴンはそう考えざるを得ない。したがって、「連中（イギリス人──引用者註）にとっても歴史なんて聞き飽きたお話みたいなもの、自分たちの国は質屋みたいなもの」(*U* 2. 46-47) と、諦めざるを得ない。

　ディージーの歴史観は、使い古された決まり文句で展開される。「われわれはたくさんの過ちやたくさんの罪を犯しましたよ。」(*U* 2. 389-90) そして、「学ぶには謙虚でなけりゃあ。でも、人生ってやつは偉大な教師だから」(*U* 2. 406-07) と、古色蒼然たる教師の教訓を垂れる。一方、オックスフォードの学生で、ケルトの習俗や言語を勉強するためにアイル

ランドに来ているイギリス人ヘインズの歴史観は、明らかに責任転嫁であり、そこに自己反省はない。それは、歴史の痛みに無縁な、傲慢な圧制者の見解である。「われわれイギリスの人間は、きみたちを不当にあしらってきたと思っている。悪いのは歴史らしいな。」(*U* 1. 648-49)

　歴史は見る者の視点によって変わる。ディージーの歴史観は、スティーヴンの目から見るとき反発と嫌悪を催させる。それは、人間ディージーに対する侮蔑的感情と相対的な関係にある。大英帝国とローマ・カトリック教会の「召使」であることを自己卑下するスティーヴンにとって、マリガンもヘインズもディージーも抑えがたい憤怒と屈辱を感じさせる「主人」なのだ。彼らは、すくなくとも、スティーヴンが召使として仕えるべき、尊敬できる「主人」ではない。いや、むしろ、歴史を鵜呑みにして、歴史の痛みに無頓着な、軽蔑すべき「簒奪者」なのだ。

　ところが、スティーヴンの視点を離れて、ディージーの視点に立つとき、彼の言説はある面で歴史の真理をついている。19世紀的楽観主義者、ヘーゲル的弁証法的歴史論者、あるいは「老いぼれの時代遅れの保守主義者」(*U* 2. 268)と呼ばれようが、マクロの観点で歴史はディージーの言う動きで推移してきたのではないか。「わたし（ディージー——引用者註）はオコネルの時から三世代の変転を見てきた。四六年の飢饉も覚えている。オレンジ会員らが連合の撤廃を叫んで騒乱を起こしたのを知ってるかな？　オコネルが撤廃運動をやって、きみらの教会のお偉方に煽動政治家呼ばわりされる、その二十年も前の話なんだよ。」(*U* 2. 268-72)

　ディージーが人生の辛酸を嘗めてきた経験知に長ける人間であることは間違いない。だから、「ポローニアスのように、ディージーは、おびただしい常套語句に溺れてはいるが、真実を述べるときがある。」[23] スティーヴンが目覚めるべき悪夢的な歴史をディージーは体現している。一方で、ディージーは神の摂理の歴史観を述べる。「ディージーによる

と、歴史の悪夢は、単に神御自身の夢の諸相に過ぎないのである。」[24]し
かし、悪夢の歴史が神の摂理に従うものであることを、スティーヴンは
とうてい是認することができない。なぜ、悪夢のような歴史を神は許す
のか、その本当の理由と原因は、神のみぞ知るであって、人間には分か
らない。ディージーは、ジョイスによって、スティーヴンが目覚めるべ
き悪夢の体現者にして、神の摂理の歴史の信奉者というアイロニカルな
役目を負わされている。スティーヴンにとっての歴史は、悪夢と神の摂
理という二重の相矛盾する束縛を受けざるを得ない運命を背負っている
のである。

3．「プロテウス」──スティーヴンと外部世界

自己との対話
「プロテウス」の主要な論点は、スティーヴンの絶えず変化する多様
な哲学的思索の暗示と象徴にある。アリストテレス（Aristotle, 384-
322 B.C.）、アクィナス（Thomas Aquinas, 1225-74）、バークレー（George
Berkeley, 1685-1753）、レッシング（Gotthold Ephraim Lessing, 1729
-81）といった哲学者・宗教者にその思索の出典を辿ることができるス
ティーヴンの内的独白の問題点は、ひとつには、自己と外界との認識は
どうあるべきかという問いかけにある。「テレマコス」における簒奪者
マリガンとの対峙、「ネストル」における支配者ディージーとの対話は、
いわば他者との対決となって、ひとつの自己認識へと至る道を切り拓い
た。しかし、「プロテウス」において、他者との対決は、めぐりめぐっ
て、自己との対話に帰着する。言い換えるなら、自己とそれを取り巻く
世界や歴史との関係をどう解釈するべきかという孤独な戦いに回帰する。
「キルケ」で、リンチがスティーヴンを評して「彼（スティーヴン
──引用者註）は弁証法が好きなんだ、世界の言語ってやつがね」（*U* 15.

4726）と言うように、「プロテウス」で、スティーヴンは、他者との衝突を経たあと、より高度な次元で深い自己省察に入ることを通して、新たな歴史認識の端緒を切り拓こうとするのである。

神の顕現

「ネストル」で、歴史の授業中、生徒に質問するスティーヴンの心の中を一瞬、駆けぬける想像力は、ロマン派の詩人のごとくその翼を駆けめぐらせて、黙示録的な崩壊と瓦解のヴィジョンを垣間見させる。そして、「プロテウス」で、スティーヴンの想像力は、サンディマウントの浜辺をひとり歩くとき、自己と外部世界との対話となって続く。

　　記憶の娘たちの作り話かな。でも、記憶が作りあげた通りではなくとも、ともかく実在してはいたのだ。だから、いらだちの言葉が、ブレイクの放逸の翼の重い羽ばたきが。ぼくは全空間が廃墟となり、鏡が砕け、石の建築が崩れ落ち、時がついに一つの青白い炎となって燃えるのを聞く。じゃあ、あとには何が残る？（U 2. 7-10）

　　さあ目をあけろ。あけるさ。でもちょっと待った。あれから全部消えてなくなったのかな？　目をあけても永遠に暗い不透明のなかにいるんじゃあ。《もういい！》見えるかどうか見てみよう。
　　さあ、見ろ。おまえがいなくてもずっとそこにあったのさ。いつも、世々にいたるまで。（U 3. 25-28）

スティーヴンの意志に関わりなく世界は存在し続ける。見えざる神の意志に従わざるを得ない人間は無力なのだろうか、変化し続ける目に見える世界の中で人間は永遠を垣間見ることができるのだろうか、とスティーヴンは疑問を抱く。スティーヴンの自己と外界との関係を追求する瞑想

はまだ続く。

　「テレマコス」で、ディージーとの対話の際、スティーヴンは、謎めかして、「通りの叫び」に神の顕現を見出した。では、ディージーの言うように、歴史も「神の顕現」であると考えるなら、スティーヴンがかつて『スティーヴン・ヒアロー』の中でエピファニーの定義に使った「ある霊的な顕現」を思い浮かべるのは不思議ではない。「彼（スティーヴン——引用者註）のいうエピファニーとは、通俗な会話や身ぶり、また精神それ自体の忘れがたい一局面において、突然ある霊的な顕現が起ることであった。このようなエピファニーはきわめて微妙ではかない瞬間なのだから、細心の注意を払ってそれらを記録することが文学者の役目だと、彼は信じた。」(25) エピファニーの記録が文学者の務めなら、歴史という神の顕現を読み解き、言語化するのは歴史家の任務である。歴史記述とは、神の叡智をひもとき、人間知として再現する営みを意味することになる。

　「プロテウス」に現れるスティーヴンは、かつてエピファニーを書き留めた霊的顕現の記録者としての自分の姿を自己冷笑的に空想する。「おまえが緑いろの楕円の葉っぱに書きつけた、深遠極まりないエピファニーのことを覚えているかい？　おまえが死んだら世界中の大図書館に、アレクサンドリアのを含めてだよ、写しを送る手筈がついてるんだってねえ。」(*U* 3. 141-43) エピファニーの定義にある霊的な顕現とは、いわば神の顕現の一部である。もっと正確に言うなら、それは各人の守護霊からのメッセージである。エピファニーを書き残すスティーヴンは、神の顕現の部分的再現者として生きる存在である自分に気づかざるを得ない。神の摂理のもとで、歴史叙述の務めを果たすのが人間ではないか。たとえそれが真実だとしても、スティーヴンはその真実に対して抵抗し、その真実を認めたくない。だが、神の摂理によって動く歴史を誰も止めることはできない。「神は大昔からぼくを存在させようと思っていたの

だ。そしていまはもう、ぼくを消すことはできない。《永遠法》が神とともにあるからな。」(*U* 3. 47-49)

　スティーヴンの自己と世界の認識への道のりは長く、遠く、険しい。その問題意識は「キルケ」の幻想世界まで続く。

　　　自分自身に出会うのを避けて世界の果てまで行った者、神、太陽、シェイクスピア、セールスマン、これは実際には、自分自身に出会ってもらうことによって、自分自身がその自分になる。ちょっと待てよ。ほんのちょっと。通りであん畜生がわめくものだから。それ自身が、避けようもなく、かくなることを予定されている自分だ。《そら見ろ！》(*U* 15. 2117-21)

もうひとつの歴史観

　ジョイスが親しんだ20世紀の歴史学者の中に、イタリア人のベネデット・クローチェ (Benedetto Croce, 1866-1952) がいる。[26] クローチェの歴史論を覗くとき、歴史家の目的とは何かが分る。クローチェの歴史観は、端的に言うと、人間精神が歴史を創造するという考え方である。過去を包み込む人間の精神が歴史を創造し、その歴史を生かすことによって人間は未来を構築することができる。クローチェによれば、「人間は、(…) 歴史的な意味において、一個小宇宙(ミクロコスモス)であり、普遍史の縮約版である」。[27] また、クローチェの「外見的な諸事実の底層に、(…) 或る一つの計画ないしはもくろみが存在しており、歴史はこの計画に従って開始され展開し終焉するのであり、したがって歴史家の任務もまたこの計画を明らかにすることにある」[28] という歴史観は、ヘーゲル史観との共通性を感じさせる。したがって、歴史家は、自己の人生を超越して、限りなく神に近い認識を追い求めながら、歴史の記述に努めなければならない。クローチェにとって、「歴史叙述は、(…) 生きられた生を超克して

それを認識の形式において呈示し直さなければならない」[29]ものなのである。

　スティーヴンの歴史認識は、自己の生の意味の問い直しから始めなければならない。霊知を伴う歴史認識をつかむために、スティーヴンは格闘する。「固い音がするぞ。《造物主ロス》の木槌の響きさ。ぼくはいま、サンディマウントを歩いて永遠のなかへはいって行くのかしら？」(*U* 3. 17-19) 造物主と呼ばれるデミウルゴスは「製作者」を意味するギリシア語に由来し、グノーシス派によって物質世界を創造した神として崇められた。

　歴史とは、基本的に実現した出来事だけを扱うものである。しかし、実現しなかった出来事を歴史の仮説として考えることはできないのか。スティーヴンは、歴史の可能性について思惟を巡らす。「可能性はつまりは実現しなかったのだから、可能だったと言えるのかな？　それとも、実現したものだけが可能だったのかしら？　織るがいい、風の織り手よ。」(*U* 2. 51-53)「可能なものとしての可能態が現実態になることは、一つの運動でなければならない。」(*U* 2. 67) 過去の出来事だけでなく、未来をも予見して、構築していくのが歴史家の任務なら、歴史家とは、いわば「風の織り手」であって、「この現実未来過去の瞬間」(*FW* 143. 7-8) を読み解き、提示することを使命とするのだ。なぜなら、「現在であるすべての過去の中に未来がある」(*FW* 496. 35-36) からだ。

新歴史主義的批評

　歴史とは、結局、言語化されたテクストにほかならないとするなら、言語化する人間の生きた時代と思想を反映せざるを得ない。新歴史主義は、もともとグリーンブラットが「文化の詩学」と称したことから出発したが、従来の歴史批評に対する限界から派生した非常に動的で、刺激的な理論と考えていいだろう。テクストを歴史的脈絡のもとで読むとい

う実証的研究は従来から行われている批評の方法である。しかし、新歴史主義の背後にあるのは、「歴史とは何かという概念についての根本的な変化」である。そして、その変化とは、高田茂樹の解説を引用するなら、「客観的な評価の対象となりうる実体視された単一の歴史から、微細な出来事や人々の日常の生活や言動が織りなす多層で多岐にわたる歴史、目に見えることなく人々の意識や現実感覚を規定する——階層や集団によって微妙かつ多様に変わる——文化的規範の変容としての歴史への関心の移行である」[30]（傍点引用者）ということになる。したがって、これまで見過ごされてきた歴史の細部へのこだわり、変容する文化としての歴史への関心、各時代を生き抜いた生身の人間への共感、そのようなものが新歴史主義の特徴と考えることができる。いわば、今を生きる一人の人間として、過去および過去の人間との歴史記述的な霊的対話を試みるところに新歴史主義の特徴がある。

英文学者の富山太佳夫は、歴史家の福井憲彦との対談で、ニュー・ヒストリシズムについて、「露骨な言い方」だと言って、単純化した見方であることを断りつつ次のように要点を述べている。

> 構造主義以降の批評は共時的な問題のみに関わってたという解釈がありますが、ニュー・ヒストリシズムはテクストにもういちど通時性を取りもどそうとする運動だと考えていいと思います。（…）共時的な分析をいかしながら、それに通時的なレヴェルの問題を取り込もうとする考え方だと言ってもいいでしょう。（……）あるテクストをそのテクストの共時的な構造のレヴェルにおいて読む。それから、社会の中での意味づけを読む、と同時に、歴史的な出自の系譜的な分析もするということです（…）。[31]

ディコンストラクションの影響を受けてテクストの共時的分析に偏り

がちであった批評を、通時的な分析に戻しながら、インターテクスチュアルな歴史分析を試みる。それが、新歴史主義のもうひとつの特徴である。新歴史主義における共時的分析と通時的な分析の緊張した平衡感覚という特徴のほかに、大橋洋一は、新歴史批評の「提喩的」「換喩的」手法という特徴を指摘する。

> 新歴史主義は細部を愛する。伝統的な歴史記述、大文字の人物と大文字の事件の連なりからなる歴史の連続からはずれる瑣末な周辺的な事象を配慮する。これは、単純化していえば、(…) 周辺こそにこそ権力の操作の中心が存在すること、すべてが周辺であること、いやもっと正確にいえば、中心も周辺もない、ただ細部しかないような世界を、部分が即全体であるような《提喩》(シネクドキ)の世界を新歴史主義が前提としているということである。(32)

> さまざまな分野の研究を結集した、あるいは、統一理論を示さず折衷的な、異種混質的理論の〈換喩〉的なゆるやかな結合体という、まさに中心なき、〈組み合わせ術〉(アルス・コンビナトワール)としての新歴史主義の方法そのものが、彼ら(新歴史主義者——引用者註)の立場ならざる立場なのだ。(33)

新歴史主義批評が対象とする時代は、まずルネサンスにあった。歴史的に中世から近代へと移り変わる時代にスポットライトが当てられたことは注目に値する。この観点から、さらに、新歴史主義の特徴を挙げるなら、高田康成は、「新歴史主義」という呼称に「唯一利点があるとすれば」と断りながら、次のように述べる。

> それ(新歴史主義という呼称の利点——引用者註)は「歴史」が

「歴史」として認識された時点へ、言い換えれば「永遠の延長・展開」としての「聖史」から訣別した「人々の活動」としての「歴史」が初めて認識された時点へ、更にいえば「自己」が「絶対的実在」と対峙する時点へ、と目を向けさせてくれることであろう。言うまでもなく、この時点を西欧では従来「近代」の始まり（ルネサンス）とする。

カトリシズムとプロテスタンティズムの各々が、それぞれの絶対的神聖を主張し、結果として双方ともその正統性の基盤を崩してしまう、というシナリオのもとに宗教改革を捉え、虚と絶対が同居する演劇性のなかにモアとティンダルの自己成型をダイナミックにグリーンブラットは検証してゆく。[34]

新歴史主義批評の出発点を画した時代がイギリス・ルネサンスにあったことを改めて考えるとき、ヘルメスの神秘思想がエリザベス朝の劇作家たちに影響を与えたことは興味深い。「オカルト」とは本来、「隠されたもの」を意味するが、ルネサンスの芸術家や思想家は、隠されたものの発見という営み——その代表が錬金術である——に飽くなき情熱と探究心を向けたのである。ルネサンスの神秘思想は、ヘルメス・トリスメギストスの説く円環的時間概念の影響を受けていた。歴史の循環思想の淵源は、ヘルメス思想にあったと言えるのである。とするなら、ルネサンス期の自己成型とは、神秘思想の発見と解明に意義があり、発見と解明のためのプロセスにこそ芸術家の自己成型の目的が見出せるのである。

むすび——スティーヴンの自己成型

グリーンブラットが扱う自己成型は、イギリス・ルネサンスの時代に生きた文学者、モア（Thomas More, 1478-1535）、シェイクスピア

(William Shakespeare, 1564-1616)、マーロウ（Christopher Marlowe, 1564-93) などを対象としている。歴史と文学者の間の生き生きとした緊張関係を読み解くところに「新歴史主義」の意図があるとするなら、「テレマコスの旅立ち」に描かれるスティーヴンは、ジョイスの代理人として、「自己」と「絶対的実在」との対峙、「虚」と「絶対」の同居に悩み、葛藤するルネサンス的気質を帯びた人間像を想起させる。

　グリーンブラットが説く自己成型の定義のひとつに、「自己成型は、異質なもの、奇異なもの、敵意あるものとして認識されたものとの関係において達成される。この脅威的な他者——異端者、野蛮人、魔女、姦婦、謀反人、反キリスト——は、攻撃され破壊されるために、発見され、あるいは、創作されねばならない」というのがある。(35)「テレマコスの旅立ち」で描かれたテーマと奇妙に一致している気がするのである。グリーンブラットの原著のタイトルに用いられている「セルフ＝ファッショニング」は「自己粉飾とも、自己形成とも、自己創造とも、自己捏造とも、いろいろと訳すことができる。」(36)

　つまり、「自己発見へと至る成長の階梯」が、「セルフ＝ファッショニング」のひとつの究極的な意味であると考えてみることができる。そうであるなら、スティーヴンの自己成型への旅立ちは、自己発見の旅立ちと等価である。そして、そこには、当然、成功や失敗、挫折、失望が含まれる。「テレマコスの旅立ち」には父権的秩序の探求という精神的な通過儀礼の側面があるけれども、父の探求は、また自己の内面との徹底的な、妥協を許さない対決を伴うものでもあり、自己の内面と真正面から向き合う必要がある。逃げることなく、自分という人間の存在理由を明らかにして、その存在証明を企てなければならない。自己探求という旅立ちは、外部との接触を経てこそ意義深い旅路の計画を組むことができる。外部とは自分と正反対の異質なものや不快なものであり、それらとの接触・交渉・対決をへて、本当の意味での自己成型への第一歩が踏

み出される。

　この意味で、「テレマコスの旅立ち」で描かれた自己成型のドラマは、異質、不快、嫌悪、裏切りなどを体現するマリガンやディージーを通過することによって、自分に課せられた歴史の意味づけと自己発見という成長の旅路を開始して、自己との格闘に挑戦する若きスティーヴンの姿であった、と言えるのである。

註

（1）小田基編、米本義孝注釈『読解「ユリシーズ」―Understanding *Ulysses*―』（研究社、1996年）において、編者・注釈者は、第Ⅰ部の第1挿話から第3挿話までを「テレマコスの旅立ち」と称しているが、本論でもそれに倣った。
（2）"To John Quinn," 3 September 1920, of *Letters of James Joyce*, Vol. I, ed. Stuart Gilbert (New York : The Viking Press, 1957), p.145. ジョイスは、第Ⅰ部の第1挿話から第3挿話までを「テレマコスの旅立ち」("Telemachia")、第Ⅱ部の第4挿話から第15挿話までを「オデュッセウスの放浪」("Odyssey")、第Ⅲ部の第16挿話から第18挿話を「帰還の歌」("Nostos")と名づけた。
（3）A. Walton Litz, *The Art of James Joyce : Method and Design in Ulysses and Finnegans Wake* (London : Oxford University Press, 1964), p.142.
（4）『ユリシーズ』からの引用は、James Joyce, *Ulysses*, Penguin Student's Edition (Harmondsworth : Penguin Books, 1986) による。日本語訳は、ジェイムズ・ジョイス『ユリシーズ』Ⅰ・Ⅱ・Ⅲ、丸谷才一・永川玲二・高松雄一訳（集英社、1996年）による。
（5）「王位を奪うやつ」は、旧訳の『ユリシーズ』（河出書房新社、1964年）では「簒奪者（さんだつしゃ）」となっている。"Usurper" という三つの母音からなる単語の響きは、新訳の「王位を奪うやつ」より、「簒奪者」の方が相応しい気がする。
（6）「プロテウス」のスティーヴンの意識の中で、マリガンは、歴史上の実在人物の中に組み込まれて「王位をねらう者」として突き放される。「王位をねらう者よ、生きたいように生きるがいいさ。ブルースの弟。トマス・フィッツジェラルド、絹の騎士。パーキン・ウォーベック、白薔薇象牙いろの絹のズボンをはいたヨーク家の偽世継ぎ、たった一日だけの驚異。ランバート・シムネル、女中や下僕をぞろぞろ引きつれて王位についた皿洗い。みんなが

王たちの子さ。むかしもいまも王位をねらうやつらの天国だよ。」(*U* 3. 313 -17)
(7) Richard Ellmann, *James Joyce*, rev. ed. (Oxford : Oxford University Press, 1982), pp.171-75.〔リチャード・エルマン『ジェイムズ・ジョイス伝』1、宮田恭子訳 (みすず書房、1996 年)、197 - 201 頁。〕
(8) Stanley Sultan, *The Argument of Ulysses* (1964 ; Middletown : Wesleyan University Press, 1987), p.42. 反面、マリガンの性格の魅力についても、サルタンは言及している。「彼(マリガン——引用者註)は、陽気で、強壮で、知的である。彼は、溺れている人々を救い、スティーヴンでさえ彼は勇敢だと認めている。何よりもまず、彼には生まれつきの才能の機知がある。」(Sultan, p.41.)
(9)「テレマコス」におけるスティーヴンと異端との関係については、拙論「スティーヴンはなぜ異端に引かれるのか」〔*Joycean Japan*, No.11 (2000), 90 - 99 頁〕を参照。
(10) ジョイスは、フランク・バジェン宛の手紙の中で「ヘルメスは道標の神である」と述べている。〔"To Frank Budgen," Michaelmas 1920, of *Letters of James Joyce*, Vol.Ⅰ, ed. Stuart Gilbert (New York : The Viking Press, 1957), p.147.〕
(11) Stanislaus Joyce, *My Brother's Keeper* (London: Faber and Faber, 1958; 1982), pp.248-49.〔スタニスロース・ジョイス『兄の番人——若き日のジェイムズ・ジョイス』宮田恭子訳 (みすず書房、1993 年)、297 頁。〕
(12)「テレマコス」では、マリガンのほかに、アイロニカルな「使者」がもう一人登場する。ミルク売りの老婆で、彼女は、イギリスの圧制に苦しむアイルランドの化身である。「牝牛のなかの絹物、貧しい老婆。これがむかし彼女に贈られた名前だ。さまよい歩く皺くちゃ婆あ。いやしい姿に身をやつした不死の女神が征服者と気ままな謀叛人に仕える。両方になぶられる寝取られ女。不思議な朝のなかから現れた使者。」(*U* 1. 403-06)
(13) 伊藤博明『神々の再生——ルネサンスの神秘思想』(東京書籍、1996 年)、11 頁。
(14) 同書、174 - 75 頁。
(15) フランセス・イエイツ『魔術的ルネサンス　エリザベス朝のオカルト哲学』内藤健二訳 (晶文社、1984 年)、18 頁、54 頁。
(16) 1927 年頃、ジョイスは、『トランジション』に連載中の「進行中の作品」について「ヴィーコの思索を文字通り取り入れたわけでないが、循環論を格子細工として使った」と述べた。〔Mary and Padraic Colum, *Our Friend James Joyce* (1958; Gloucester: Peter Smith, 1968), p.82〕また、1936 年頃、「『新科学』を本当に信じていらっしゃるのですか？」と聞かれたジョ

イスは、「私はどんな学問も信じません。ただ、ヴィーコを読んでいると想像力が広がります。フロイトやユングを読んでいてもこんなことはありません」と答えた。(Richard Ellmann, *James Joyce*, p. 693.)〔リチャード・エルマン『ジェイムズ・ジョイス伝』2、宮田恭子訳（みすず書房、1996年）、844頁。〕

(17) ヴィーコの歴史循環論に刺激されたジョイスは、『フィネガンズ・ウェイク』の至るところにヴィーコの暗示的言辞を忍び込ませた。「再循環する心地よいヴィーコ・ロード」(*FW* 3. 2)、「ヴィーコの秩序か男 気か」(*FW* 215. 23)。引用は、James Joyce, *Finnegans Wake* (1939; London : Penguin Books, 1992) による。邦訳は、ジェイムズ・ジョイス『抄訳フィネガンズ・ウェイク』宮田恭子編訳（集英社、2004年）を使用した。

(18) ジョイスと歴史を論じ、その中でヘーゲル史観に言及した研究書・論文として、以下のものを挙げておく。

    Jean-Michel Rabaté, "A Portrait of the Artist as a Bogeyman," in Bernard Benstock, ed. *James Joyce : The Augmented Ninth*. Syracuse : Syracuse University Press, 1988.

    Robert Spoo, *James Joyce and the Language of History : Dedalus's Nightmare*. New York : Oxford University Press, 1994.

    Margot Norris, "Joyce, History, and the Philosophy of History," in Jean-Michel Rabaté, ed. *James Joyce Studies*. Basingstoke : Palgrave Macmillan, 2004.

    ジョイス自身がヘーゲルに言及した記録として、ハリエット・ショー・ウィーヴァー宛の手紙が残っている。『ユリシーズ』出版直後の1923年、『フィネガンズ・ウェイク』の初期原稿を書き始めていたジョイスは、その原稿を送った手紙の中で次のように書いた。「その構造は『ユリシーズ』とはまったく異なる。(…) その答えは、おそらくパディ・ディグナムの亡霊、つまり転生輪廻によって与えられる。あるいは、(ヘーゲルとジャンバッティスタ・ヴィーコに倣って) (…) 4人の高名な年代記編者が展開する歴史論が私の意図を説明してくれるだろう」と。「4人の高名な年代記編者」とは、「ママルージョ」、すなわち「マタイ、マルコ、ルカ、ヨハネ」を意味する。〔"To Harriet Shaw Weaver," 9 October 1923, of *Letters of James Joyce*, Vol. I, ed. Stuart Gilbert (New York : The Viking Press, 1957), p.204.〕

(19) Georg Willhelm Friedrich Hegel, trans., J. Sibree, *The Philosophy of History* (Mineola : Dover Publications, Inc., 1956 ; 2004), p.13.〔ヘーゲル『歴史哲学講義』（上）長谷川宏訳、岩波文庫（岩波書店）、1994年）、30頁。〕

(20) Georg Willhelm Friedrich Hegel, p.13.〔ヘーゲル『歴史哲学講義』（上）、

31頁。〕
(21)「うぬぼれが強く、狭量で、強欲で、無慈悲な男」〔Stanley Sultan, *The Argument of Ulysses* (1964 ; Middletown : Wesleyan University Press, 1987), 50-51〕、「頑固な反ユダヤ主義者」〔Daniel R. Schwarz, *Reading Joyce's Ulysses* (1987; Basingstoke : Palgrave Macmillan, 2004), p. 22.〕など。
(22) Daniel R. Schwarz, p.21-22.
(23) James H. Maddox, Jr., *Joyce's Ulysses and the Assault upon Character* (Hassocks: The Harvester Press, 1978), p.27.
(24) Robert Spoo, *James Joyce and the Language of History : Dedalus's Nightmare* (New York : Oxford University Press, 1994), p.69.
(25) James Joyce, *Stephen Hero* (New York: New Directions, 1963), p.211.〔ジェイムズ・ジョイス『スティーヴン・ヒアロー』海老根宏訳、『ジョイス Ⅱ／オブライエン』筑摩世界文学体系68（筑摩書房、1998年）、102頁。〕
(26) Richard Ellmann, *James Joyce*, rev. ed. (Oxford : Oxford University Press, 1982), pp.340-42. エルマンによると、ジョイスは「このナポリ人の哲学者に情熱的な関心を抱いて」いた。（リチャード・エルマン『ジェイムズ・ジョイス伝』1、390頁。）

　ジョイスが、ヴィーコの『新しい学』を読むきっかけとなったのは、ヴィーコを評価したクローチェの書物に刺激を受けたことにあると考えられている。また、『フィネガンズ・ウェイク』の中で、引喩としてクローチェの著作を使用したと言われている。〔Margot Norris, "Joyce, History, and the Philosophy of History," in Jean-Michel Rabaté, ed. *James Joyce Studies* (Basingstoke : Palgrave Macmillan, 2004), pp.210, 216〕
(27) ベネディット・クローチェ『思考としての歴史と行動としての歴史』上村忠男訳（未來社、1988年）、14-15頁。
(28) 同書、35頁。
(29) 同書、17頁。
(30) 髙田茂樹「訳者あとがき」『ルネサンスの自己成型——モアからシェイクスピアまで』髙田茂樹訳（みすず書房、1992年）、395頁。
(31) 富山太佳夫、福井憲彦「ディコンストラクション以降」、『現代思想』「特集　ニュー・ヒストリシズム」（青土社、1989年2月）、48-49頁。
(32) 大橋洋一「新歴史主義の権力／知　グリーンブラットをめぐって」『現代思想』「特集　ニュー・ヒストリシズム」（青土社、1989年2月）、93頁。
(33) 同論文、96頁。
(34) 高田康成「解説」　スティーヴン・グリーンブラット、「ルネサンスの自己成型」髙田茂樹訳『現代思想』「特集　ニュー・ヒストリシズム」（青土社、

1989年2月)、130頁。
(35) Stephen Greenblatt, *Renaissance Self-Fashioning : From More to Shakespeare* (Chicago : The University of Chicago Press, 1980), p.9. 〔スティーヴン・グリーンブラット『ルネサンスの自己成型――モアからシェイクスピアまで』髙田茂樹訳(みすず書房、1992年)、11頁。〕
(36) 大橋洋一、上掲論文、94頁。

〈アメリカ〉

ジョン・ブラウンの遺骸は朽ち果てても

佐 藤 晴 雄

♪ジョン・ブラウンズ・ボディ♪

「権兵衛さんの赤ちゃんは……」に始まって、「お〜たまじゃくしは……」とか、「ま〜るい緑の山の……」に至るまで、日本でも古くから今日まで親しまれているこの歌の、いちおうの元歌「リパブリック讃歌」("The Battle Hymn of the Republic") は、南北戦争時の北軍の軍歌に歌われた、たしかに格調高い歌詞だ。ベトナム戦争反戦歌にも歌われた。

> Mine eyes have seen the glory of the coming of Lord, / He is trampling out the vintage where the grapes of wrath are stored, / He has loosed the fateful lightening of His terrible swift sword, / His truth is marching on.

「主は収穫した葡萄を踏みつぶし／怒りの葡萄が蓄えられて」とある「怒りの葡萄」は、ジョン・スタインベックの『怒りの葡萄』(1939年)よりも当然、この歌の方が先行している。「怒りの葡萄」とは「ヨハネの黙示録」(14:9,19:15)、「イザヤ書」(63:3) からの隠喩で、前者14章では、「そこで、その天使は、地の鎌を投げ入れて地上のぶどうを取り入れ、

これを神の大きな搾り桶に投げ入れた」（新共同訳）。すると搾り桶（winepress）から赤い血が流れ出て、あたり一面に広がってゆく。聖書には「怒りのぶどう」という表現そのものこそないが、南北戦争と重ねた最後の審判のイメージが「リパブリック讃歌」に巧みに取り入れられている。

作詞者ジュリア・ウォード・ハウ（Julia Ward Howe, 1819-1910）小伝に拠ると、ハウ夫妻がワシントンDC郊外、ポトマック河近くの閲兵式に出席したとき、南部連盟軍と連邦軍のあいだで小競り合いが起きた。やがて「警報解除」になったが、（たぶん行進の）交通が渋滞してしまう。そこでジュリアが慰みに、当時愛唱されていた「ジョン・ブラウンズ・ボディ」（"John Brown's Body"）を兵士たちに歌ってあげると、喜んだ兵士らが、「やるね！」（Good for you）と叫びを発して、自分らも歌い出す（Story, p.51）。傍らのジュリアの友人曰く、「曲はとても美しいのに、歌詞が下品だね。あなたがもっと素敵な歌詞を作ったらいいのに。」

その晩宿泊したDCのホテルの一室で、ジュリアは夜中にひらめいた詩（歌詞）をエンピツでなぐり書きした。それをボストンに戻ってから清書したものを『アトランティック・マンスリ』誌に投稿したところ、編者が"The Battle Hymn of the Republic"と題を付けて、1862年2月号の巻頭ページに掲載された。原稿料はわずか5ドル。だがこの一篇で、ジュリアは一躍著名詩人・作家になり、南北戦争後は女性参政権運動に力を入れる。1868年、ニューイングランド女性参政権協会会長、翌69年には、ボストンを地盤にしたアメリカ女性参政権協会（AWSA）のリーダーをルーシー・ストーンと共に務めている。後者の場合、会員に男性も参加していることと、黒人参政権を支持している点が著しい特徴だ。

ところで、「歌詞が下品だね」と言ったのは、奴隷制廃止論者のジェ

イムズ・フリーマン・クラーク牧師らしいが、ジュリアの「リパブリック讃歌」がこの人物の一言にヒントを得てのもの、とは考えにくい気がする。ほんとうに「ジョン・ブラウンズ・ボディ」の方は「歌詞が下品」なのか、立場によって違うだろうが、検証に値する。

　歌い継ぎ歌い継ぎされた歌詞なので、さまざまなヴァリエーションがある。Songs of the Civil War 収録の楽譜よりも優れているので、今は以下の URL に拠る。(http://www.pbs.org/wgbh/amex/brown/sfeature/song.html) この URL も二通りのヴァージョンを示しており、ここではその一つ目。

> Old John Brown's body lies a-mouldering in the grave, / While weep the son of bondage whom he ventured all to save; / But though he lost his life in struggling for the slave, / His truth is marching on. / (Chorus:) / Glory, Glory, Hallelujah! / His truth is marching on!
> (ジョン・ブラウンの遺骸は墓の中で朽ち果てて［カビ生えて］/ 救出に死力を尽くした捕囚の民は泣いている / 奴隷のための死闘で落命したけれど / その真実は進軍を続ける)

> John Brown was a hero, undaunted, true and brave; / Kansas knew his valor when he fought her rights to save; / And now though the grass grows green above his grave, / His truth is marching on. / (Chorus:)
> (ジョン・ブラウンは英雄、ひるまぬまことの勇敢 / カンザスは、救われる権利を勝ち取った彼の武勇を知っていた / 墓はもはや草生(む)しても / その真実は進軍を続ける)

He captured Harpers Ferry with his nineteen men so few, / And he frightened "Old Virginny" till she trembled through and through, / They hung him for a traitor, themselves a traitor crew, / But his truth is marching on.
(ハーパーズ・フェリーをわずか19の手勢で占拠して、/ "懐しのヴァージニー"をおどかしたら震えあがり、/ 謀反だと言って首吊りに、やつらが謀反人のくせに、/ でも真実は進軍を続ける)

John Brown was John the Baptist for the Christ we are to see, / Christ who of the bondsman shall the Liberator be; / And soon throughout the sunny South the slaves shall all be free. / For his truth is marching on.
(ジョン・ブラウンは、私たちの出会うキリストのためのバプテスマのヨハネ、/ 解放者は奴隷のキリストになる / やがて陽の当たる南部中で、奴隷がすべて自由になる / 真実は進軍を続ける)

The conflict that he heralded, he looks from heaven to view, / On the army of the Union with its flag, red, white, and blue, / And heaven shall ring with anthems o'er the deeds they mean to do, / For his truth is marching on.
(自分が先駆けした衝突を天から眺め、/ 赤白青の軍旗ひるがえす連邦軍に見入る / すると天には戦を讃える讃歌がひびく / 真実は進軍を続ける)

Oh, soldiers of freedom, then strike while strike you may, / The death blow of oppression in a better time and way; / For the dawn of old John Brown was brightened into

day, / And his truth is marching on.
（自由の戦士よ、さあ思い切りに、／ 良い頃合に、抑圧者に死の鉄槌をくらわせよ ／ ジョン・ブラウンの夜明けは明るみ昼となった。／ 真実は進軍を続ける）

　たしかに「リパブリック讃歌」は格調高い。けれども「ジョン・ブラウン・ボディ」は「下品」か。どちらの歌の出所にも諸説ある。クラーク牧師とやらの勧めにジュリアはこう答える。

　　今まで何度そうしたいと思ったか知れません。昼間は興奮しましたが、夜はいつものように休みました。けれども夜も白まないうちに目が覚めてみると、望んでいたとおりの歌詞が頭の中に並んでいるのです。じっとしていると最後の行が完成したので、さっと起き上がりました。「すぐに書かないと逃げてしまう。」紙切れとちびたペンを見つけると、脇目もふらずなぐり書きしたのは、子供たちが眠るくらい部屋でのことで、それが習慣になっていたからです。書き終えると、再び眠りましたが、なにかとてつもない事をやったという気持ちでした。(*Songs of the Civil War*, p.10)

　今日、ジュリア・ウォード・ハウが著名なのは、もっぱら「リパブリック讃歌」の作詞者ということでだ。けれども一瞥（いちべつ）しただけでも、その生い立ちには非凡なものがある。1819年5月27日、ニューヨークのサミュエル・ウォードという、裕福な銀行家の家に生まれた。人生が急旋回するのは、1843年に結婚してからのようで、夫と共に奴隷制廃止論を奉じている。*The Story of the Battle Hymn of the Republic*（1916）を書いた娘のフロレンス・ハウ・ホールの記憶するボストンのハウ家〈グリーン・ピース邸〉は、地下鉄道の「停車駅」だったのかも知れないと

いう。地下鉄道とは、南部の奴隷を米北部やカナダに逃がすための秘密地下組織で、有名な「車掌」、すなわち逃亡奴隷の先導人にはハリエット・ダブマンらがいる。ジュリアがジョン・ブラウンに会ったのは、南北戦争勃発数年前のこの頃のことで、夫は妻にこの人物を、「命を賭して黒人を奴隷制から救おうとする意気の鋭さは、キリストが人間の救済に命を捧げた心意気に通じる」と紹介している。また夫妻は協力して『ザ・コモンウェルス』という奴隷制廃止宣伝紙を刊行。さらにジョン・ブラウンのハーパーズ・フェリー襲撃の資金援助も密かにしていることは、あまり知られていない。

ボストンの〈グリーン・ピース邸〉を訪問した頃のジョン・ブラウンは準州カンザスを舞台に血で血を争う「流血のカンザス」(Bleeding Kansas) で奴隷制推進の暴徒〈ボーダー・ラフィアン〉とわたりあう戦闘的廃止論者の首領で、「オールド・オサワトミー・ブラウン」として知れわたっていた。これは、南北戦争の前哨戦とも言うべき、カンザスを自由州にするための血の戦いで、ジョン・ブラウンは奴隷所有者と戦う、容赦なしのゲリラの首領として恐れられた。そこから、「カンザスの救世主」とも「奴隷解放者」とも呼ばれた。ジュリアの記憶するジョン・ブラウンは、「予定の時刻に玄関の呼び鈴が鳴って出てみると、中年の中肉中背の男で、髪とあごひげは白髪混じりの琥珀色。ピューリタン中のピュ

図1　絞首台

ーリタンといった風貌で、勢いよくもあり控え目でもあった。」(*Story*, pp.35-36)

　話は一足飛びになるが、1859年12月2日、ヴァージニア州（現在ウェスト・ヴァージニア州）チャールズタウンという変哲もない田舎町で、ジョン・ブラウンは絞首台から吊り下がって晒されていた。[図1　絞首台] 刑の執行に当たったヴァージニア民兵隊のプレストン大佐は、見物の群衆にむかって、

　　ヴァージニアの敵はすべて滅び失せよ！　連邦の敵はすべてだ！
　　人類の仇敵はすべてだ！

と宣した。この時まだ南部は連邦から離脱（シセッション）していない。ハーパーズ・フェリー襲撃から六週間もたたぬうちに、59歳の老アボリショニストの裁判を行い、刑を宣告し、執行した慌しさは、南部中が、いや合衆国中が、いかにこの老テロリストの営為に震撼したかを如実に物語るものだ。「テロリスト」ということを聞いて、今日のイラク情勢を思い眉を顰める方は、「奴隷制は悪の総和だ」というジョン・ブラウンの信念を視界に置いて頂きたい。

　かくしてジョン・ブラウンは遺骸（ボディ）になり、「墓の中で朽ちてゆくが、彼の真実は進軍を続ける」と、南北戦争中、何百万もの兵士が歌うようになったのは、歴史の悪戯（いたずら）か。

　再び話は急旋回する。当該者には日米ともに多少迷惑なことを言うようだけれど、山田太郎さんと同じぐらい、ジョン・ブラウンさんほど平凡な名前はないという。「襲撃氏」と同姓同名なのは、マサチューセッツ義勇民兵隊ボストン軽歩兵師団第二大隊のジョン・ブラウン軍曹で、この男、大隊グリークラブのテノールであった。彼らが好んで歌った曲の中にメソジストの讃美歌があって、「ジョン・ブラウン軍曹合唱団」

はその曲の替え歌を即興で作った。これを聴いた人たちがどうしてもハーパーズ・フェリーの殉教者の歌だと思い込んでしまうのが、兵士らにはたまらなく愉快であったらしい。やがてこの歌が爆発的な人気を博したのは、まさしく「オールド・オサワトミー」とかぶるからだ。南北戦争が深まりゆき、奴隷制反対の気運が昂まるにつれて、ジョン・ブラウンの（遺骸と営為の）存在は、北部の大義の輝くシンボルとなる。"His Soul's Marching On."（彼の亡霊は進軍を続ける）というような一節は、ぴんぴんしているジョン・ブラウン軍曹をからかったことから始まって、愉快な歌詞だものだから他所の連隊まで伝わってゆく。やがては一人歩きして、「襲撃氏」のジョン・ブラウンの歌になってしまったようだ。

曲はと言えば、メソジスト教会の聖歌隊が歌っていた曲という説（*Songs of the Civil War*, p.11）もあれば、キャンプ・ミーティングの賛美歌という説（*Story*, p.49）もある。ともあれ、

　　懐かしきジョン・ブラウンの遺骸は土中で朽ち、
　　懐かしきジョン・ブラウンのライフルは血痕で赤く錆び、
　　懐かしきジョン・ブラウンの槍は鋭く突き出され、
　　彼の亡霊は進軍を続ける！

ハーパーズ・フェリー、そしてストーラ・カレッジ

2004年初秋と2005年初秋と、私は二度ハーパーズ・フェリーを訪れた。ヴァージニア州都リッチモンドからのＩ64Ｗは、両側を山脈に挟まれ、上下に大波のようにゆるやかにうねり、しだいに標高を増してゆく。リッチモンド周辺のフリーウェイに比べると、交通量は格段に少なくなる。あと一ヵ月もすると左右にうねる山並みの紅葉はさぞかし美しかろう。

山がなかったら、ウェスト・ヴァージニアは独立した州にはなっていなかっただろう、と言われる。「マウンテン・ステイト」「ボーダー・ステイト」「アパラチアン・ステイト」とか、呼び名もさまざま。美しい山々ゆえに「アメリカのスイス」とも言われる。「独立した州には……」というのには、いささか訳がある。ウェスト・ヴァージニアを構成する55の郡は、元々はヴァージニアに含まれていたのだが、南北戦争勃発でヴァージニアが1861年、連邦から離脱したとき、それらヴァージニア西部の郡は、プランテーション中心のヴァージニアに同情的・愛着的ではなく、離脱を拒絶した。別の言い方をすれば、離脱したヴァージニアからさらに「離脱」して、それで1863年に連邦35番目の州ウェスト・ヴァージニアが誕生した。元はと言えば、ヴァージニア西部の高地の開拓者らと、ヴァージニア東部海側の裕福な人びととの間に亀裂が生じたらしい。

　ウェスト・ヴァージニアのオハイオ河流域およびカナワ渓谷には、現在もマウンド・ビルダーズと呼ばれる、塚を築いた北米インディアンの住居跡がある。だが、17世紀末に毛皮商人や開拓者が入植して来た頃には、ほとんど姿を消している。18世紀初頭にはペンシルヴェニアからドイツ系の農民が入植。インディアンを捲き込んだ「フレンチ・インディアン戦争」(the French and Indian War, 1754-63) は英仏植民地戦争で、その舞台は主としてこのオハイオ河流域であった。"Montani Semper Liberi" ――すなわち「山男はいつも自由」――という州のモットーは、州史のさまざまな局面を思うにつけて頷ける。

　私は、レンタカーで、リッチモンドからI 64 W→ハイウェイ51 N→ハイウェイ340 Nと進んだ。2005年秋、前年は抜かしてしまった、ジョン・ブラウン処刑の地チャールズタウンにまず立ち寄った。ジェファソン郡郡庁で入手した"Walking Tour of Historic Charles Town WV"を頼りに、人口わずか3,000あまりの町に（ほんとは2時間もい

なかったけれど)、地図上で、空想の旅をしてみよう。

パンフレットには「チャールズタウンはDCから1.5時間、ボルティモアから1.5時間の手軽なドライブで……」とあるが、私のような好事家ででもなければ、変哲もないこの田舎町に気軽に来る者などまずいまい。

チャールズタウンは、「今日、絵のような家、教会、公共施設が」とあるけれど、どう見ても、ほこりをかぶった、時間の停滞している田舎町にしか見えない。ともあれ、1768年にヴァージニア州法によって、ジョージ・ワシントンの弟チャールズ・ワシントンの提供した土地に創設されたのがこの町の始まりだ。

イースト・ワシントン通り200番の図書館の中にあるジェファソン郡ミュージアムに立ち寄れば、展示品の中で目を引くのが、ジョン・ブラウンが裁判の間(重症のため)横になっていた寝台と刑場に引かれていった時の荷馬車がある。チャールズタウンが一躍全米の脚光を浴びることになるハーパーズ・フェリー襲撃は、南北戦争の主因あるいは引き金と考えられている。ジョン・ブラウンがこの町の留置場に拘置され、殺人、叛逆、共謀の容疑で裁判にかけられたのは、ワシントン通りとジョージ通りの北東の角に立つジェファソン郡裁判所だ。絞首刑になったのは、4ブロックほど南の野原で、現在はギブソン=トッド・ハウスになっている。1859年12月2日、ジョン・ブラウンを乗せた荷馬車がジョージ通りから、レベッカ・ハンター農場にしつらえた絞首台に向かったという。ギブソン大佐指揮下の800人の大隊が治安維持に務めたが、その中にいたトマス・ジャクソン少佐、すなわち「ストーンウォール・ジャクソン」は、すでにメキシコ戦争で勇名を轟かせ、南北戦争では南部連盟軍准将になる。「ストーンウォール」のニックネームが付いたのは、ヴァージニア北東部ブル・ラン河の戦いで、苦杯を嘗めさせられながらも連邦軍の前に「ストーンウォール」のごとく立ちはだかった。その「ストー

図2　ストーラ・カレッジ

ンウォール」ジャクソン将軍率いる 17,000 の南部連盟軍が、36,000 の連邦軍を根こそぎにした舞台がチャールズタウンだ。

　翌 8 月 26 日（2005 年）、モテルで朝食をすませてから、前年はスキップしたハーパーズ・フェリー歴史公園（Harpers Ferry Nathional Historical Park）を訪れた。公園内のシャトルバスに乗る前にインフォメイション・センターで、合衆国内務省国立公園局発行の "Harpers Ferry: Official Map and Guide" をもらった。今日のハーパーズ・フェリーは、19 世紀初頭の町を保存（あるいは再現）してある。私は早朝の 2、3 時間をかけて人影薄い町並みを、「ジョン・ブラウンの砦」「エンジン・ハウス」「ジョン・ブラウン・ワックス・ミュージアム」など歩き回った。「ワックス・ミュージアム」入口受付にはお婆さんが腰かけて、入場料○○ドルとあるのを見て、「こりゃまあ、パスだッ」など思いながら、一通り回った──回ったつもりだった。けれども帰国してから、その大きなパンフレットを仔細に読み返した私は、重大なものを見落としていた事に気づいた。事前の知識がなかったからと言えばそれ

までだが、兵器廠の諸施設の建っていたあたりをキャンプ・ヒルというが（p. 181, 図9参照）、17番の「ストーラ・カレッジ/ナイアガラ運動」の項目を私は一考だにしなかった。建物の前は通ったはずだが、気づきもしなかった。［図2　ストーラ・カレッジ］

　南北戦争後、ネイサン・クック・ブラケット牧師は、1865年10月、グラマー・スクールを開設するためメイン州からこの地に到り、自由意志バプティスト教会小学校を開設。さらにこの地に解放自由民のための学校を創始しようというブラケット牧師のたゆまぬ努力が、メイン州の博愛主義者ジョン・ストーラから、1万ドルという大口の寄附を引き出した。寄附の条件は、学校が性別、人種、宗教のいかんにかかわらず、すべての人に開かれることというもの。2年後の1867年10月2日には、ストーラ師範学校（Storer Normal School）開設。南北戦争が終結しても、州法が白黒同学を禁じていた中、小半世紀かけて1938年にストーラ大学が誕生した。

　1944年から52年にかけて務めたリチャード・マキニー学長が、この学校の創設に、誰よりもジョン・ブラウンが与るところが大きいと述べているのは、南北戦争後ジェファソン郡に、いや合衆国中に、自由黒人が生まれる、そのきっかけを作ったという意味に他ならない。

　南北戦争中、ハーパーズ・フェリーは連邦軍の駐屯地になり逃亡奴隷(コントラバンド)の駆け込み場所になった。ストーラ大学（の前身）は、兵器廠の空家の建物を使って始められた統合学校（integrated school）で、評議委員の一人は、メアリランド出身の黒人アボリショニストとして名高いフレデリック・ダグラスだ。1881年5月30日、ストーラ大学開学14周年記念式典で、ダグラスはジョン・ブラウン追悼頌徳講演をおこなっている。以下、講演の骨子。

　　　しかし問題の核心は、ジョン・ブラウンは失敗したかということ

だ。じぶんの命を守るのに失敗し、解放部隊をヴァージニア山中に導き損ねた。しかしハーパーズ・フェリーに命を守りに行ったのではない。真の問題は、ジョン・ブラウンは奴隷制に対して剣を抜き、それで犬死したか。私は1万回 NO と答える。これほど見事な義(ただ)しき大義に身を投じる者は失敗し得ない。名折れの死にむかいつつも、われを忘れ命を奉じたニグロイドの幼児(おさなご)にキスする者は失敗などあり得ぬ。ジョン・ブラウンは奴隷制を止める戦争を止められなくても、奴隷制を止める戦争を始め、この国を自由の共和国にした。

ストーラ大学が公式に認可を受けることなく、施設不足、資金不足、入学者減の悪循環で閉校に追い込まれたのは1955年。奇しくもブラウン事件判決が下され、白黒別学が違憲であると連邦最高裁の判断が示された年である。

風来の奴隷制廃止論者(アボリショニスト)

単純に言えば、北部人からすると、ジョン・ブラウンはアメリカ黒人を奴隷制から救う自由の大義の殉教者だけれども、南部人からすると頭のイカれた犯罪者だったかも知れない。ジョン・ブラウンじしん、自分を神の手先と考えたのは、やはりヴァージニア州のサウスハンプトン郡で1831年に奴隷叛乱の血しぶきをあげたナット・ターナーのばあいと同じだ。

　1800年5月9日、ジョン・ブラウンはコネティカット州トリントンに生まれた。ピルグリム・ファーザーズの系譜に属し、メイフラワー号の一員のピーター・ブラウンの子孫であるということだ。父親の生業(なりわい)は皮なめし職、靴屋、農夫で、3人の妻との間に16人の子どもをもうけている。1805年、一家はオハイオ州に移転。ジョン少年は動物を好み、生皮の乾燥術を身につけたが、学校教育はことごとく嫌った。一家はさ

らにペンシルヴェニア、マサチューセッツ、ニューヨークと転々し、ジョンは父親のしごとを継いだが、家計を助けるにはほど遠かった。ゆるぎない奴隷制廃止論者の父親の薫陶を受け、息子は黒人奴隷制がキリスト教信仰に反する罪であると考えた。オハイオで過ごした少年時代、直向(ひたむ)きな奴隷制廃止論者と親しく交わりもした。こうした一家であるから、ペンシルヴェニアのブラウン家が「地下鉄道」の「駅」であったのも頷ける。

　1820年、20歳で未亡人のダイアンス・ラスクと結婚して7人の子どもをもうけ、1832年にこの妻を亡くした翌年、メアリ・アン・デイと再婚、さらに13人の子どもの父親になっている。息子たちの何人かは、やがて〈キャプテン・ブラウン〉の配下になるのだ。

　1854年、ブラウンの息子数人がカンザス準州オサワトミーに移転、父ブラウンも合流してカンザスを自由州にする血(ちか)の戦いが始まる。「血のカンザス」（Bleeding Kansas）として知られる一連の衝突は、一口に言って、自由土地党（Free Soil Party）と称する、準州における奴隷制度拡大反対を主張する小政党の後押しをする移住者と、奴隷制推進の移住者とのあいだの烈しい争いだ。自由州推進派と奴隷州推進派のあいだに起きた内戦と言っても良いだろう。ミズーリ協定とは、1820年、連邦議会が、

（1）ミズーリ州を奴隷州と定め、メイン州を自由州と定めて、
（2）北緯36度30分以北での奴隷制を禁じ、そのことによって自由州と奴隷州の均衡を保つ、

というものだ。メキシコ戦争の終結した1848年の時点で、15の自由州と15の奴隷州があったが、準州が拡大した結果、このバランスが危うくなる。自由土地党＝奴隷制反対派が、準州での奴隷制を禁ずべきだと

連邦議会に働きかけるのは、南部白人には脅威である。逆にミズーリ協定線を太平洋岸まで伸長せよという奴隷制推進派の主張は、ニューメキシコを奴隷州にすることになるので、自由土地党を激怒させた。

　カンザスのような、合衆国中部あるいは中西部の初期の移住者は、道徳的に奴隷制に反対する者はまれであったようだ。大半の移住者が人種差別主義者で奴隷制廃止論を鼻から憎悪する中で、準州カンザスは、奴隷制推進派と奴隷制廃止勢力の拮抗する戦場と化した。1855年3月に、デイヴィッド・R・アチソン上院議員の先導で、「ボーダー・ラフィアン」が何千人もカンザスに流れ込んで来たのは、準州議会での違法投票を成立させるためで、この投票を不審視する判事がいようものなら、レボルバーの撃鉄を起こして黙らせる作戦であった。裏を返せば、彼らは皆、アボリショニストがカンザスを逃亡奴隷の植民地(コロニー)にするという噂に怯えていたからだ。このインチキ選挙によって、リコンプトンに奴隷制推進議会が設立され、1857年9月にはリコンプトン憲法も制定。現在、人口600のこの小村のエルモア通り319番に、州憲法ホール（Constitution Hall）があるが、カンザスを奴隷（制推進）州として連邦加入を謀るリコンプトン憲法はここで書かれ、物議をかもした。この憲法が火種になって、やがて南北戦争につながってもゆく。

　リコンプトンはカンザス北東部ダグラス郡の、農作物を扱う小村で、ロレンスとトピーカの中間にあたり、うねる丘陵地帯のコー河沿いにある。リコンプトン議会は、たとえば逃亡奴隷を匿(かくま)うと懲役10年になる、あるいはアボリショニストの文書を回覧すると死罪である、というような言語道断な法案を通過させた。[図3　リコンプトン周辺]

　奴隷制推進派がバックアップするこのリコンプトン政府の成りゆきに腹を立てた少数派アボリショニストと多数の移住民が自由州推進派として結束して、トピーカに対抗政府を擁立したのは1855年の夏から秋にかけてである。さてダグラス郡ロレンスはカンザス・シティとトピーカ

168 〈アメリカ〉

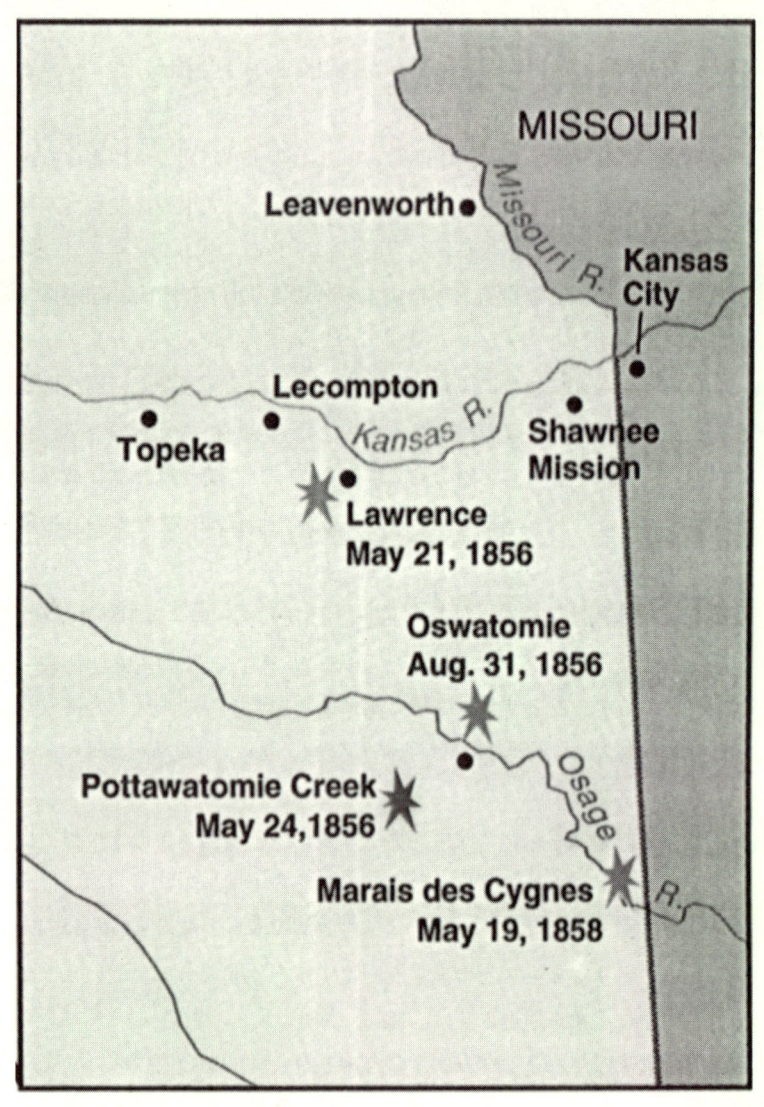

図3　リコンプトン周辺

の中間に位置し、1854年にニューイングランド移住支援会社が創設した町で、カンザスがやがて自由州化する過程でまたたく間にハブの町になり、また地下鉄道の停車駅にもなった。このロレンスに、リコンプトン政府は1856年5月、武装隊を急派した。

　自由州派は、反奴隷制のヘンリー・ウォード・ビーチャー牧師の提言、「カンザスの道徳を保つにはバイブルよりもライフルが有用」を受けて、ロレンスで武装し、銃を"Beecher's Bible"と呼んだ。これに対峙する奴隷制推進派は、「南部の権利を」「ヤンキーを震え上がらせろ、アボリショニストは地獄落ち」を紋章に描いた旗を掲げて、血まなこの暴徒と化して町を略奪。建物をつぎつぎと焼き払い、自由州派の印刷所を破壊した。共和党の新聞はこの一連の暴挙を「ロレンスの略奪」と報じた。

　先行の3人の息子が奴隷制推進派の勢力と拮抗して助けを求めたのに応じて、ニューヨーク北部の農場からジョン・ブラウンがオサワトミーに来たのは、1855年10月のこと。息子らからの手紙で、「カンザス問題」は銃によるしかないと判断。荷馬車に武器・火薬を満載してカンザス着。時にブラウンは56歳、白髪で肩はすぼまり、はや「オールド・ブラウン」と呼ばれていた。ロレンスの略奪に至って、「悪党のあごを砕け」と神が手まねきしている事を確信したという。のちにフレデリック・ダグラスは、「この人物ほど、いかなる危険な要請に対しても、陽気・勇敢・無私で臨む者はいない」と書いている。

　1856年5月下旬、5人の息子を含む7人を率い、ロレンスちかくのポタワトミー・クリークへ急行。ジョン・ブラウン指揮の小部隊は警告としてリコンプトン政府関与の5人を襲い、1人は撃ち殺し、残る4人は刀でズタズタに切り裂いたという。ジョン・ブラウンの「ポタワトミーの殺戮」(Potowatomie massacre)は南部白人の胸に恐怖を打ち込み、「流血のカンザス」は南部と北部の戦場と化した。「血のブラウン」「ポタワトミー・ブラウン」の異名を取り、カンザスゲリラ戦の導火線に火

170 〈アメリカ〉

図4　The John Brown Cabin

がついた。その3カ月後の8月30日、数百人の奴隷制推進派が息子1人をふくむブラウン配下5人を殺害した報復攻撃は、「オサワトミーの戦い」(Battle of Osawatomie) と言われる襲撃だ。こうして次々と迫害に、暗殺に、家を焼き討ちされる報復に遭遇しながらも、ついには血に飢えた奴隷制のプロパガンディストの方が、助命を求め泣き叫ぶはめになったという。ジョン・ブラウンの鉄の手が紡ぎだす恐怖に、フレデリック・ダグラスは戦慄を覚えたという。それは「殺人者処刑の戦慄」だ。カンザスに自由州を、の大義におそいかかる獰猛な敵をあしらうのに、ジョン・ブラウンは巨大な勇敢さを示したと言うべきだろう。

　オサワトミーの"The John Brown Cabin"［**図4**］は、1855年にサミュエル・グレンという人物が建てたもので、ここを奴隷制廃止活動およびゲリラ活動の拠点にした。

奇妙な係争

　生れが1800年頃のドレッド・スコットという奴隷がいた。主人のピーター・ブロウに従って、故郷のヴァージニアからアラバマへ、1830年にはミズーリ州セントルイスへ移転している。それから2年後に主人が死んで、軍医のジョン・エマソンに買われた。エマソンに連れられイリノイ州（自由州）へ、さらにその2年半後ウィスコンシン自由準州の砦に4年ほど在住。1843年のエマソンの死後、アイリーン・エマソン未亡人を相手に、自由を求めて訴訟を起こした。反奴隷制派である、オハイオのジョン・マクリーンとマサチューセッツのベンジャミン・R・カーティス両判事は、スコットは北緯36度30分を越えたのでミズーリ協定により自由であるべきだと論じたが、連邦最高裁は協定じたいが違憲という見解を示した。最高裁の判断の基準は、スコットは訴訟を起こす立場にないし、奴隷には憲法の保護を要求する権利はないことに加え、（奴隷でない）自由黒人にもアメリカの市民権はない、というもの。

　9人の判事はそれぞれ異なった意見書を書いたが、揺るぎない奴隷制支持派の最高裁長官ロジャー・B・ターニーが、このドレッド・スコット事件（Dred Scott v. Sandford）についてまとめた意見書は次の通り。

　　　現下の問題は、ニグロがアメリカ人民の一部で、この政体の構成メンバーであるかどうかの点。最高裁は、そうではないと考える。逆に、ニグロは隷属的・劣等クラスの存在で、これまで支配種属に服従してきた。ゆえにニグロは、憲法が合衆国国民に供する権利、特権を主張することは出来ない。

明白と言えば、これほど明白な文言の意見書もあるまい。スコットは黒人なので合衆国市民にあらず、従って訴訟権もないし、そもそも準州における奴隷制を制限するミズーリ協定じたい違憲である、という大胆な

ものだ。

　たしかに奴隷は売買される財産で、修正5条は財産の保護を謳っている。「正当な法の手続きによらないで、生命、自由または財産を奪われることはない」——修正第5条（1971年確定、傍点筆者）。時の大統領ジェイムズ・ビュキャナンは、これで奴隷制問題に決着がついたと考えたが、「流血のカンザス」で奴隷制推進派に肩入れし、自由土地派に冷淡な態度を示したビュキャナンらしい。

　エイブラハム・リンカンは、「この裁定は過っている……」、「（奴隷制は）ニグロにも白人にも合衆国にも、まったき悪、……判決を下す最高裁は、自ら下した判決を何度も覆した。よって、これが覆るよう、あらゆる手立てを講ずる」と言っている。南部奴隷所有者には歓迎されたが、北部人を怒らせ、リンカンの大統領選にはずみをつけ、そこからまた南部の離脱が生じてくる。

奇妙な会話

　ジョン・ブラウンは、叛乱によってしか奴隷制を覆す事は出来ない、と考えていた。流血もやぶさかではない、武器携帯は有色人種の取るべき手段で、そうすれば（奴隷が奴隷でなくなり）人間感覚を持てるようになる、と考えていた。

　「この山脈が基盤、……神は力強い山を自由のために与えた。山がここにあるのはニグロ解放のため」とジョン・ブラウンが言っているのは、ウェスト・ヴァージニアのアリゲニー山系の山並みだ。「山には自然の要塞が無尽蔵で……隠れ処も無尽蔵」とも言い、山岳に部隊を集結して、多数の奴隷を逃亡させ、そのうち屈強な者は山岳に配置し、弱者、怯える者は地下鉄道で北部に送る事を考えた。時期は1848年頃だろうか、ジョン・ブラウンとフレデリック・ダグラスは以下のような会話をハーパーズ・フェリー襲撃計画について交わしている。

> **ダグラス**　どうやって、それを［北部移送を］支援するのか。
> **ブラウン**　奴隷制度じたいが一種の戦争状態で、自由のために必要ならすべてを得る権利がある。
> **ダグラス**　少々の奴隷を逃がしてヴァージニアの奴隷所有者に不安を抱かせても、［深］南部に売らせる結果になるのがせいぜいではないか。
> **ブラウン**　一つの郡から奴隷制を駆逐できれば大収穫。合衆国中でこの制度が弱体化する。
> **ダグラス**　ブラッドハウンドを使って山狩りをやり出しますよ。

こういう強硬な主張を、フレデリック・ダグラスは通常ならインチキだと撥ねつけるのに、鉄のごとく、花崗岩のごとく本物であるという。さらにダグラスは続けて、「この夜、1847年、マサチューセッツ州スプリングフィールドでジョン・ブラウンと過ごしてから、私も平和的奴隷制廃止への希望が薄まった。」調子づいてオハイオ州セイレムの反奴隷制大会で、流血によってのみ奴隷制は壊れると見解を表明したら、いきなり旧知のサジャナー・トゥルース（Sojourner Truth）から横槍が入った。イザベラことサジャナー・トゥルースは、ギャリソン派の奴隷制廃止運動に携わり、無教育で読み書きが出来ないながら、神秘的な辻説法師として夙に著名な黒人女性。

> **トゥルース**　フレデリック、神は死んだのですか？
> **ダグラス**　いいえ、神が死んでいないからこそ、奴隷制は流血によってしか終わらないのです。

ダグラスの「わが風変わりな姉」は、無抵抗のギャリソン派なので、この血腥い提言にショックを受けた。けれどもそのサジャナー・トゥルー

スも、連邦堅持の戦いの宣言が出ると（つまり南北戦争が始まると）、剣を提唱したという。

　1859年8月19日、ダグラスはジョン・ブラウンが会いたいと指定してきたペンシルヴェニア州チェインバーズバーグ近くの石切場に出向いた。ジョン・ブラウンは当時連邦政府から排斥を受け、首に高い懸賞金をかけられていた。チェインバーズバーグはジョン・ブラウンの作戦本部で、南北戦争中は、再三南部連盟軍の襲撃を受ける。近隣住民に成りすまして石切場に住んでいたジョン・ブラウンは、用立てられる限りの金策をして来てくれと要望したのだ。意見を求められると、ダグラスは口を極めてジョン・ブラウンの方策に異論を唱えた。奴隷解放の目的に致命的であるし、関与するすべての者に致命的である、とダグラスは考えた。

　フレデリック・ダグラスから見ると、待っているトラバサミに飛び込んでゆくようなものとしか思えない。けれどもジョン・ブラウンにしてみれば、ドレッド・スコット事件裁定などが蔓延する今、合衆国に必要なのは「ギョッとすること」(something startling) なのだ。「来てくれダグラス、命をかけて君を守る。君には特命を頼みたい。私が叩けば蜂が群れるから、巣箱に追い込む手助けを。」ところでこの時、傍らにサウス・キャロライナ州チャールストンからの逃亡奴隷のシールズ・グリーンという男がいた。このグリーンにダグラスが質すと、「オラ、爺さまと行ぐだ」と答えた。

　ジョン・ブラウンが援護を求めたのはフレデリック・ダグラスばかりではない。「モーセ」と称されていた、アラミンタ・ロスことハリエット・タブマンもその一人だ。1858年4月某日、タブマンが森に焚き木拾いにいくと、老人が肩をすぼめて接近して来る。足取りだけは若者気取りの大股で足早だ。ジョン・ブラウンが訪ねて来たのは、有名な「車掌」であるタブマンが知悉している、メアリランドから北部への地下鉄

道のルートを、過去数年間に使った森や沼地の隠れ処(タイドウォーター・カントリーと呼ばれるチェサピーク湾岸地域の往還の隠れ処)を教えてもらいたいからである。奴隷蜂起にタブマンの手も貸してもらいたいがゆえだ。ジョン・ブラウンの話を聞いてタブマンが思ったのは、必然的に起こる流血、そしてナット・ターナーの叛乱——1831年8月31日の晩、ヴァージニアに広がった血の海のこと。この時、ターナーが奴隷逃亡、奴隷蜂起の時至れりと確信したのと同じように、この老人も怒りの神、復讐の神を信仰している、とタブマンは思った。タブマンの神は慈愛の神で異なるけれども、ジョン・ブラウンの真摯さ、熱意には深い感銘をうけた。躊躇しながらも賛意を示したタブマンについて、ジョン・ブラウンは息子宛の手紙に書いている——「どう見ても予想以上に事は運んでいる。ハリエット・タブマンが一気に馬をつないでくれた。一も二もなく彼こそ男の中の男だ」(傍点筆者、*Tubman*, p.199)。この頃より少し前である、ビュキャナン大統領が就任演説をおこない、その数日後、ロジャー・B・ターニー最高裁長官がドレッド・スコット事件の意見書を開示したのは。ミズーリ協定違憲の判断が下され、準州での奴隷制が禁止され得ぬとなると、ジョン・ブラウンはなおさら奴隷蜂起の正当性の確信を強めたものと思われる。

ラクダの背中にもう一本麦わらを積むと……

2004年9月3日、金曜日の早朝に目覚めた私は、前日ハーパーズ・フェリー国立歴史公園事務所で入手した手書きの地図を頼りに[図6]、レンタカーで落ち葉のこぼれる山中のうねる道を20分ほどゆくと、草深い中にそれはあった。ケネディ・ファーム・ハウスは目隠しした砦のようで、手前の「別棟」は十中八九アウト・ハウス、すなわち昔の屋外便所だ。ドアや窓は釘づけされていて中には入れない。裏手に回ったり、周囲を歩き回っていると、ポリスカーのような自動車がいきなり近づい

図5　ケネディ・ファーム・ハウス

て来たので私はギクリとした。が、それは警察官などではなく、やはりここを訪ねて来た稀代の人物で、聞くとカンザスから来た青年である。国立歴史公園はつまらなそうなので行っていないと私が言うと、「それなりに面白かったですよ」と答えた。もしかしたら、「ボーダー・ラフィアン」の子孫であったかもなかったかも知れない、奴隷制反対派の子孫であったかもなかったかも知れない、と今にして思う。

　翌2005年秋、再訪の折、通りすがりにああやはりあるかと気づいたのは、ケネディ・ファームに至るサンディ・フック・ロードがポトマック河と並行して伸びている辺りに、貧相な住宅が点在している箇所がある。ポトマック河の美しさが一層際立つほど貧相な一軒のその家に、南軍軍旗(バトル・フラッグ)が150年前からあるかのごとく、何かを威嚇しているように翻っている。自動車を停めて写真を撮りたくはあるが、撮るなと警告しているようで、黙って私は通り過ぎた。

ジョン・ブラウンの遺骸は朽ち果てても　177

図6　ケネディ・ファーム・ハウス周辺の地図

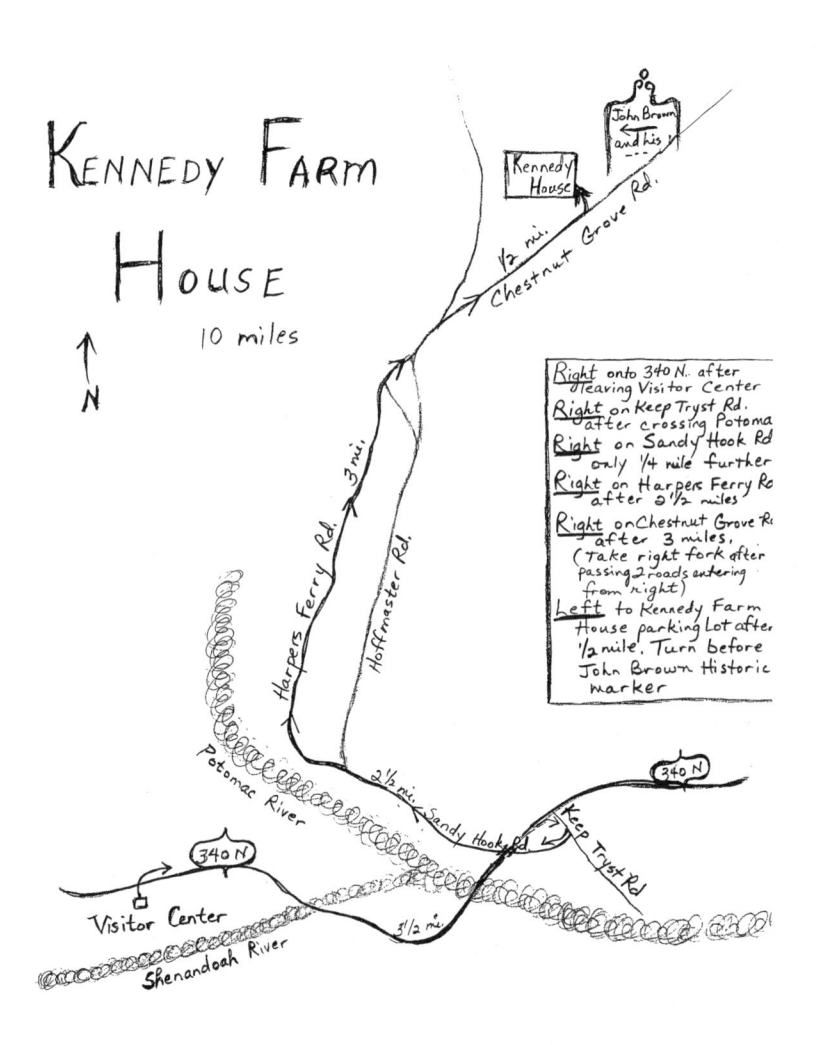

178 〈アメリカ〉

　1859年7月、牛飼い(カウ・ディーラー)だという、自称アイザック・スミスがウェスト・ヴァージニア山中のハーパーズ・フェリーから約7マイル北の、ブルーリッジ山系の山の中に荒れた農家を借りたというのが、恐らくこのケネディ・ファーム・ハウスであろう。やがて近在の人たちが気づいたのは、女二人を含む「スミス」以外の人間も加わったこと。ある日、農場に横づけされた荷馬車には箱が15箇積まれていて、「スミス」は中身は「金物」だと言った。やがて男たちの姿は消えて、女2人は近所と気さくに話しをしたという。何もかも普通に見えた。［図5　ケネディ・ファーム・ハウス］

　実はすべてが異常で、「スミス」ことジョン・ブラウンは、1856年、カンザス南部白人殺害で懸賞金つきとなった不気味なアボリショニスト、「この国を血で清めるよう」神から任ぜられたと確信していた。女らは、1人は娘で1人は義娘。箱の中にはライフルとレボルバーが詰まっていた。

図7　ハーパーズ・フェリー

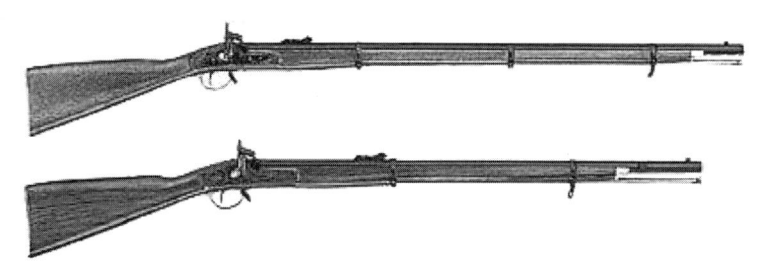

ジョン・ブラウンの遺骸は朽ち果てても　*179*

図8　パーカッション・ライフル

　ジョン・ブラウンは、ある意味で、奴隷制廃止運動の瑣末・周辺の存在かも知れない。ギャリソンのような著名な東部の廃止論者とちがい、激越な冊子を書いたわけでもない。けれども前に書いたように、カンザスで内戦が起きると、哲学的平和主義だった東部の奴隷制廃止論者が急速にジョン・ブラウンに魅力を抱き始めていた。"secret six"として知られるゲリット・スミスは、ジョン・ブラウンの意図を汲み、資金援助をしている。箱入りのライフルとレボルバーの他に、多数の槍もあったかも知れない。コネティカットの鍛冶屋に1,000丁の槍の製作を依頼している。

　1733年、ペンシルヴェニアのオランダ人ピーター・スティーヴンスがフェリーボートの運航を始め、1747年には大工のロバート・ハーパーが買収してフェリー運航を改善したことから、ハーパーズ・フェリーの地名は来たらしい。［図7　ハーパーズ・フェリー］製粉所、鉄鋳物工場、粉挽き場、綿織物工場など、いずれもシェナンドウ河の水力で稼動し、19世紀前半にはボルティモア＆オハイオ鉄道、チェサピーク＆オハイオ運河の延長のおかげで工業が発展し、町の人口も3,000近くに達した。連邦兵器廠がこの地に出来たのは1790年代で、この頃からハーパーズ・フェリーは荒野から工場の町に変貌していった。1799年、最初の兵器工場建設から南北戦争勃発までに、60万丁以上のマスケット銃、ライ

フル銃、レボルバーを製造。その中には合衆国第1号の軍用ライフル（火打石式1803年モデル）、パーカッション・ライフル（1841年モデル）もある。［図8　パーカッション・ライフル］発明家ジョン・H・ホールは互換性のある部品製造技術を1820年代に開発して、それまでの職人の腕だのみの製造を、機械による工場生産に切り替えた。シェナンドウ河沿いの、ヴァージニアズ・アイランドは、多くの製材工場、皮なめし工場、鋳鉄工場などを擁していた。正直言って、今日残っているのは、19世紀ハーパーズ・フェリー工場絶頂期の残骸ばかりで、うら寂しい観光地だ。1783年10月に、トマス・ジェファソンが長女パツィーと共にハーパーズ・フェリーに立ち寄ったのは、ヴァージニア代表としてフィラデルフィアの大陸会議に向かう途中のこと。当時、まだ町などなく、ポトマック河、シェナンドウ河が山あいを砕けて流れるのを見て、ジェファソンは「仰天の自然の景観」と言っている。

　武器・奴隷・山岳地帯の三拍子がそろって、ハーパーズ・フェリーはジョン・ブラウンを惹きつけた。襲撃前夜、ジョン・ブラウンは、「我われ生きる命は一つ、死ぬ命も一つ。命を落とすにしても、命の値より恐らく大義のため」と部下に言っている。

　1859年10月16日の月のない夜、ケネディ・ファームに集結したジョン・ブラウンと配下18人の部隊は、ポトマック河を渡り、ハーパーズ・フェリー連邦兵器廠を襲撃。白人16人、黒人5人の配下、という説もある。3人の息子と5人の自由黒人も含まれる「解放軍」のための武器調達を目的に、60人を捕虜にして、地元民兵隊に対峙した。実のところブラウン配下はパニック状態にあり、無関係な鉄道員を、しかも自由黒人を殺害した。兵器廠のほか、数箇所の戦略拠点も占拠。ハーパーズ・フェリーの人口の半分は奴隷なので、奴隷の即時集結を期待したが、それ以上ジョン・ブラウンは何もしなかった。大義のために始めから死ぬ

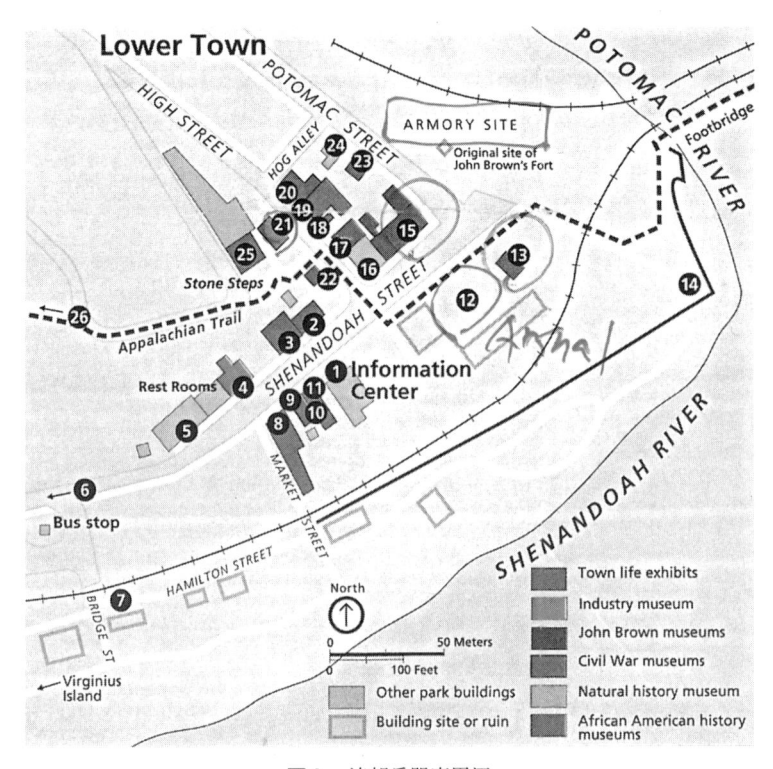

図9　連邦兵器廠周辺

つもりであったかも知れない。何カ月も前から練った計画であるのに、食料の用意は一切ない。［図9　連邦兵器廠周辺］

　これに対してヴァージニア白人は驚くべき速さで対応した。教会は警鐘を鳴らし、町は民兵だらけに。地元白人が瞬く間に警戒網を張ったのは、1831年のターナーの叛乱から、奴隷蜂起にビクついていたからに外ならない。勢いづけに酒をあおる輩もいて、飛びかう弾丸でハーパーズ・フェリー町長も犠牲になった。地元民兵隊に加え、J・ビュキャナン大統領が派遣した、ロバート・E・リー大佐指揮の海兵隊が町を埋めた。10月18日、海兵隊はジョン・ブラウンの部隊が立てこもる、兵器

廠のゲート近くの小さなレンガの建物、恐らくは「ジョン・ブラウンの砦」と称される消防車庫（engine house）を急襲した。部隊がドアをぶち破り、なだれ込んだ海兵隊中尉がジョン・ブラウンを刀で切りつけ、重傷を負わせて逮捕。またジョン・ブラウンの息子2人を含む10人に致死傷を負わせた。脱出したのはジョン・ブラウンの息子1人を含む5人であるという。36時間後に手勢の大半は死傷、残りは逮捕され、処刑された。

のちにナイアガラ運動やNAACPの創設に重要な役割を果たすW・E・B・デュボイス（1868-1963）は次のように記している。

　　状況を思い描いてほしい。地しぶきを浴びた老人が、わずか数時間前に受けた傷で半死の状態。寒さと汚れの中に横たわり、神経をすりへらして45時間眠らず食事も口にせず、すぐ目の前に2人の息子の死体と殺された7人の仲間の遺骸がそこここに積み重なる。妻と残された家族は耳をすませる。失われた大義、生涯の夢が胸の中で死んでいる。（*A People's History of the United States*, p. 138）

裁　判

兵器廠消防車庫で捕縛されたジョン・ブラウンは、チャールズタウンに拘置され、ジェファソン郡裁判所で、即刻裁判にかけられた。襲撃は北部を震撼させ、南部白人を激怒させた。ジョン・ブラウン逮捕から間をおかないで、著名北部人はジョン・ブラウンから距離をおいた。弁護士は、ジョン・ブラウンの精神異常を疑い、したがって行動に責任がないと主張したが、当人は精神異常を嘲りとばした。

叛乱の後早々に、連邦議会の任命で査問委員会が発足して、著名人告訴を狙う「底引き網」が全国に張られた。けれどもキャプテン・ブラウ

ンは誰も連座させなかった。奴隷所有者の復讐の矢を一身に引きつけ、一連の出来事に責任あるのは自分のみと主張した。拘留中ジョン・ブラウンの態度は穏やかで雄弁であった。神に対して自分は、「人間が出来得る最大の貢献」を果たしたと語る。裁判での弁論は異様に鋭く、支持者やシンパの心底に、力強い霊感を持つ無私の殉教者の姿を焼き付けた。ヘンリー・デヴィド・ソローの「キャプテン・ブラウンのための申し立て」のように、北部に広範なジョン・ブラウン支持が広がった。

　尋問するヴァージニア州知事に対して、横たわったままのジョン・ブラウンは、「君ら南部の連中は、この問題に決着をつけた方がいい……、おれの始末は簡単につく、もうほとんどついている。だが、この問題の決着はまだだ、ニグロのことさ、こいつはまだだ」と答えている。ジョン・ブラウンの最終弁論は以下の通り（抜粋）。

　　法廷の意にかなうことを願って二、三申し上げたい。……私に奴隷解放計画があったことを除いて、すべてを否認する。……昨冬私はミズーリにおもむき、そこから奴隷を連れて、どちらの側も銃を発射することなく、国を越えはるばるカナダに連れおいた。この度さらに大規模におなじ事をやりおおせるのが私に意図だった。……私が決して意図しなかったのは殺害、叛逆、財産の破壊、または奴隷の叛乱・蜂起の扇動。
　　聖書が教えるのは、囚われの人びとが、自分たちと結びついていることを忘れてはならないこと。私は囚われ人の蜂起を実行すべく努力した。
　　正義の実践のため、わが命を危うくすることが必要であるならば、私の血をわが子らの血を、この奴隷国で邪悪で非道で不当な法に権利をないがしろにされている何百万人の血と混ぜることが必要であるならば、そうすればよい。

〈アメリカ〉

このジョン・ブラウンの最終弁論(ラスト・ステートメント)は北部人を燃え立たせ、思想家エマソンは「この新聖者は絞首台を十字架のように輝かせる」と言い、小説家ホーソーンは「これほど縛り首が正しい者もいない」と言った。またギャリソンは後の追悼頌徳演説で、「今日ヴァージニアはジョン・ブラウンを殺害した。今晩われらはジョン・ブラウンの復活を見る」と言った。

奴隷蜂起の予感に慄く南部人は怒り狂った。およそ500人の傍聴者が法廷に詰めかける中、剣による頭部裂傷のため、ジョン・ブラウンは法廷で簡易ベッドに横たわっている。ハーパーズ・フェリーから10マイルのチャールズタウンに数千人の人が群がり、法廷の床にはピーナッツの殻が散乱する。新聞記者は被告の一挙手一投足を報じたという。

殺人・叛乱・共謀の容疑で即時死罪の判決を受け、荷馬車にのせた黒いウォルナットの棺桶に座して死の道をゆく。1859年12月2日のことで、霧の立ち込めたヴァージニアの朝、ブルーリッジ・マウンテンを見上げ、「美しい国。こんなしみじみした歓喜は始めてだ」と語った。棺桶から降りて首をあげた後は、「気高く、くちばし鋭い白頭の鷲のごとく」、そのまま絞首台の踏段を昇る。絞首台の設えた野原は、現在サウス・サミュエル通り515番ギブソン=トッド・ハウスになっている。通りのはす向かいにリドル=マーフィ=ハンター・ハウスがあるが、治安維持法で絞首刑見物は禁じられていたので、この家から近隣住民はその場を見たという。牢屋番に渡したメモ──「私ジョン・ブラウンは確信する、この罪深い国の犯罪は、血以外では清められない」。そして、サウス・キャロライナのコットン製の首吊り縄に首を突っ込んだ。ギブソン大佐指揮下、およそ800人の部隊が治安配置についている。その中にトマス・ジャクソン大尉、すなわち後の「ストーンウォール」もいた。

アメリカ黒人は、ながく安寧につくしたジョン・ブラウンを畏敬した。

早くは1847年に、「心は黒人、われらの大義にかかわる深さは、魂を奴隷制の鉄串で射抜かれるごとし」とフレデリック・ダグラスは書いている。南部人は、これに続く北部急進派の蜂起を恐れ、奴隷制に平然としていた北部人もにわかに動き出し、ハーパーズ・フェリー襲撃の顛末は、確実に南北戦争の引き金になり、ジョン・ブラウンは、「その真実は進軍を続ける」と、歌の中で不滅の進軍を続けた。襲撃作戦は短命に終わったものの、裁判・処刑で国民の注意は奴隷制問題に収束して、戦争が始まる。今日、ジョン・ブラウンの砦など兵器廠の残骸は、奴隷制をめぐる合衆国の葛藤の遺産であろうか。

「オサワトミーのブラウン」
(反奴隷制詩人ジョン・グリーンリーフ・ホイッティアの詩)

> オサワトミーのブラウンが死ぬる日に言った、/「奴隷制から給料もらってる牧師に懺悔して罪を償うことはない。/ 私の戦いで自由になった母親に / 子供といっしょに処刑台の踏み段から祈りを捧げてもらう！」

> オサワトミーのジョン・ブラウンを彼らは殺しに連れ出した、/ 主よ！ 子供を連れた奴隷の母が迫り来た。/ すると猛々しい蒼い目がやさしく、きびしい面持ちが柔和に、/ あざける人垣の中にしゃがみこみ、ニグロの子供にキスをした！

> その刹那、嵐のような影が消え、/ 血の手を批難した人らがやさしい心を赦した。/ 手段は罪深いのにそのキスは良き心を取り戻した。/ 身の毛のよだつ戦士の髪のあたりに殉教者の光輪が射した！

悪を以って善を求める愚は滅びよ！／人間の血に汚れない大義よ、永遠に！／真夜中の恐怖の襲撃ではなく底の思想、／豪胆な辺境人のプライドでなくキリストの犠牲。

ブルーリッジのむこうに北部のライフルが鳴りませんように、／ニグロの槍に燃えている家が映りませんように。／ニグロの道をまもる真実という自由の翼よ、昇れ、／権利は力に勝り、正義は鎖帷子に勝ることを教えるために！

ヴァージニアが隊列をととのえても無駄なこと、／ヴァージニアの荒い騎兵隊が冬の雪を土で捏ねても無駄なこと。／ヴァージニアよ、飛びかかる鷲を撃てばよい、でも鳩を撃つ意気地もないくせに、／嫌悪に門を閉ざしても、門は愛に開かれる！

参考文献

Ahles, Dick. "The View / From Torrington." *New York Times*, December 15, 2002.

Douglass, Frederick. *Frederick Douglass : Autobiographies*. Library of America, 1994.

Ehrenreich, Barbara. "A soldier in the Army of the Land." *New York Times Book Review*, April 17, 2005.

Hakim, Joy. *Sourcebook*. Oxford University Press, 1993.

Hobson, Archie (ed.) *The Cambridge Gazetteer of the United States and Canada*. Cambridge University Press, 1955.

Howe Hall, Florence Marion. *The Story of the Battle Hymn of the Republic*. Elibron Classics, 2005.

Petry, Ann. *Harriet Tubman : Conductor on the Underground Railroad*. Harper Trophy, 1983.

Silber, Irwin (compl. ed.) *Songs of the Civil War*. Dover Publications, 1995.

Zinn, Howard. *A People's History of the United States*. The New Press, 1997.

"Walking Tour of Historic Charles Town West Virginia." Jefferson County Chamber of Commerce. 〔no date〕
"Harpers Ferry Official Map and Guide." Nathional Park Service U.S. Department of the Interior. 〔no date〕
Tour Book : Mid-Atlantic. AAA, 2002.
The Encyclopedia of West Virginia. Somerset, 1999.

ジャック・ロンドンと椋鳩十
―― 椋はロンドンの「戦争」も読んだ

森　孝晴

ジャック・ロンドンと日本

　カリフォルニア作家ジャック・ロンドン（Jack London, 1876-1916）と日本の関係は意外に深い。ロンドンは彼の大農園「ビューティー・ランチ」で中田由松、関根時之助を始めとして、多くの日本人を使用人として雇い、かつ重用した。関根はロンドン最期の時にそばにいて、死亡時の第一発見者である。また、ロンドンは二度にわたって来日しており、三度目の来日計画もあったと言われている。一度目は1893年のことで、まだ無名で17歳のロンドンがアザラシ漁船ソフィア・サザランド号に乗り組み、日本近海までやってきて小笠原諸島や横浜に上陸した。この時のことを思い出して書いた「日本沖合での台風」という文章が同年11月にサンフランシスコの新聞の懸賞文で1等を獲得したが、これがロンドンの作家修行の出発点であった。

　二度目の来日は1904年で、人気作家となったロンドンは新聞の特派員として日露戦争の取材のために日本を再訪した。横浜に上陸したのち神戸、長崎を経て門司に至った。逮捕されて一時的に小倉の拘置所に入れられるというおまけが付いたが、さらに最前線まで出かけて取材を敢行した。この時の経験もあって帰国後「黄禍論」を唱えたのも日本との関係の一端である。こうした経験から日本への関心を強めたロンドンは、

実は生涯にいくつものいわゆる「日本もの」と呼ばれる作品を書いている。日本人が登場する小説はいくつもあるが、「おはる」("O Haru," 1897) や『チェリー』(Cherry, 1916) など日本を舞台にしたり日本人を主人公に据えた作品もある。この二つの作品だけでもロンドンの日本的なものへの強い関心をうかがわせて興味深い。ロンドンの著作の出発点は「日本沖合での台風」だったとすでに述べたが、『チェリー』は彼の未完の遺作である。

　ロンドン文学に影響を与えたと思われる日本人もいる。薩摩藩英国留学生の一人長沢鼎（1852-1934）である。日本人初のアメリカ永住移民とも考えられる長沢はロンドンより24歳年上で、藩命により、明治維新より3年早い1865年に秘密のうちに鹿児島を出航し、他の14人の留学生とともにイギリスに渡った。13歳であった。その後彼は5人の留学生仲間とともにさらにアメリカに渡り、1875年にカリフォルニア州サンタ・ローザにやってきた。ロンドンの生まれる前年のことで、サンタ・ローザは後にロンドンが永住することになるグレン・エレンのとなり町である。

　長沢は世紀が変わるとワイナリー経営で成功し、「カリフォルニアのぶどう王」と呼ばれるまでになった。カリフォルニア農業の開拓者であり、日米交流の始祖とも言われている。その長沢と1904年に移り住んだロンドンを直接つなぐ糸は、ともにソノマ郡で最大の農場を経営し共通の友人も多いなどいくつかあるが、当時の新聞も二人がたびたび会って話をしていたことを報じている。来日経験のあるロンドンだが、本物の侍に会ったことはないわけで、生涯日本国籍を捨てず日本刀の居合いを忘れなかった長沢は、典型的な日本の侍像をロンドンに強く印象づけたと考えられる。さきほど述べた『チェリー』には、まさに長沢を思わせる人物「ノムラ・ナオジロウ」が主人公チェリー（さくら）の重要な相手役として登場している。

一方でロンドンは、日本の社会運動や文学に大きな影響を与えている。最初は主に社会主義者としての影響であった。代表作『野性の呼び声』(*The Call of the Wild*, 1903) の出た1903年(明治36)にすでに社会主義者片山潜によって「社会主義の小説家ジャック・ロンドン」として日本に紹介されたロンドンは、大正初期までの間幸徳秋水や堺利彦によって高く評価され、社会運動に少なからず影響を与えた。しかしロンドンの死去する1916年前後になるとロンドンの作家としての人物像やその文学に対する関心が次第に深まることとなったのである。そしてこの後昭和初期にかけて、堺が『野性の呼び声』の初の完訳を1919年(大正8)に出して以来、二大作品『野性の呼び声』『白い牙』(*White Fang*, 1906) の著者（動物作家）としてのロンドン評価が定着するとともに、労働文学やプロレタリア文学の作家達にも大きな影響を与え、幅広い作家としてのロンドン像も次第に広がっていった。

　敗戦後には、アメリカ（文学）に対する関心の増大に伴ってロンドン文学研究も急速に発展し、1970年代頃までにはロンドンの古典作家（動物作家、少年文学作家）としての評価が定まっていった。この時期に影響を受けた作家としては、新田次郎、堀口大学、司馬遼太郎などがいるが、特に強く影響されたのは戸川幸夫と椋鳩十である。戸川はロンドン文学の原点とも言えるカナダの極北に位置するクロンダイク地方を訪れたほどの惹かれようであった。

　しかし、ロンドンの椋鳩十に対する影響もこれに優るとも劣らず、しかもそれが日本の環境文学の扉を開くことになったと考えるとき、ロンドンの椋への影響は特筆されねばならない。また、鹿児島出身の長沢鼎が幾分かロンドンに影響を与え、そのロンドンが鹿児島の作家椋鳩十に大きな影響を与えたことは偶然にすぎないかもしれないが、「異文化の導入」という観点から見ると案外重要な意味を持つようにも思われる。

　ロンドン生誕百周年の1976年以降は、本国アメリカで再評価の波が

起こり、これに呼応して日本でも再評価が始まった。それは現在も確実に進行していて、ロンドンの様々な側面が明らかにされつつあり、翻訳が続けられ、研究が進んでいる。また、今をときめく人気作家村上春樹もロンドンに惹かれる作家のひとりである。

ジャック・ロンドンと椋鳩十

　ロンドンより29歳年下の椋鳩十(1905-1987)は、ロンドンに強く惹かれ、その強い影響下で作品を書いた作家である。長野に生まれた椋は、1924年(大正13)に長野県立飯田中学校に入学するが、これがロンドンとの出会いを生んだ。そこには佐々木八郎と正木ひろしという教師が待っていたわけで、彼らが読み聞かせたりしながらロシア文学やアメリカ文学を紹介する中で、椋はロンドン作品に触れたのである。それはもちろん『野性の呼び声』であり『白い牙』であったが、彼は特に『白い牙』に惹かれた。そしてその関心は法政大学に進んで文学を志すようになっても燃え続け、ロンドンのルポルタージュ『奈落の人々』(*The People of the Abyss,* 1903)やロンドン研究者以外は知らないマイナーな南海もの短篇集『南海物語』(*South Sea Tales,* 1911)などを読み続けた。

　椋の作品を読んでいくとロンドンの影響がふんぷんとしていることに気付く。どれほどロンドンに憧れていたかを感じ取るのはたやすいが、さらに読み進み分析を続けていくと、ロンドンの、そしてアメリカリアリズム文学の日本の近代文学への影響が読みとれるように思われるのだ。教科書にも載っていて椋文学の特色とも思われている動物文学は、そのストーリーや個々の場面は言うまでもなく、〈野性〉や〈本能〉、そこから生まれる〈生命力〉への強い関心といったテーマの点でもロンドンを模倣し、彼の「生き残りの論理」を受け継いでいる。つまり椋は、ロンドン同様、自然の中で野性を活かし生命力を得て生き抜き、愛情をも獲得して王者となるという考え方を自分の創作上のメインテーマとしたの

である。

　しかしここからが椋の面目躍如たりなのだが、ロンドンのテーマを受け継ぎつつ、一方で自分らしい個性を打ち出して、ロンドンとは違う新しいテーマを生み出したのである。すなわち、椋独特の反骨精神や動物との平等意識、楽天主義、日本的な「和」の精神などを融合して、「自然との共生」という現代的なテーマを完成したのだ。これは、椋流の社会意識として、人と動物の交流を描く「金色の足跡」(1969年)や権力への批判を込めた「マヤの一生」(1970年)などの主要な作品にも現れているが、開発の波に追われる猿を描いた「野性の叫び声」(1970年)やゴミ問題にいち早く取り組んだ「におい山脈」(1972年)、身勝手な人間達に翻弄されるカッパを描いた「ガラッパ大王」(1980年)などは、ほとんど1970年代に書かれていて、アメリカで1960年代後半以降に新しいジャンルとして成立した「環境文学」をいち早く取り入れたものとなっている。ロンドンの文学もこの視点で読み解くことが出来るが、椋はロンドン以上に直接環境問題を扱ったし、自然との共生についてもロンドンより具体的かつ多量にに描いた。

　二人の違いは、椋がロンドンとは違って楽天主義者であったことや、ロンドンより動物に近い位置にいたことなどだが、「自然との共生」のテーマの点ではロンドンがついに描きえなかったところまで到達することとなった。それは椋唯一の大長編小説『野性の谷間』(1982年)においてである。これは、里の猟師が野生の動物たちと交流するうち、しまいには彼らとともに森の奥に入っていき、死ぬまで仲良くともに暮らすという話だ。つまり、文明の中にあった猟師が先祖帰りして野性の人間となったということである。ロンドンは、『野性の呼び声』に典型的に見られるように動物が先祖帰りする様子は巧みに描いたが、人間を先祖帰りさせる描写についてはあまり上手に描けていないように思われる。したがってこの『野性の谷間』はロンドンからの文学的発展を最も明確

に示すだけでなく、文明の発展に反省を促す上質の「環境文学小説」となっているとも言えよう。

椋が作家人生の比較的早い時期に書いた「山窩(さんか)小説群」は彼の作品の中でもあまり知られていないが、ロンドンとの関係ではかなり重要である。一つには、これらも動物文学同様にロンドン流のテーマを意識して書かれているということであり、もう一つは、これらがロンドンの『南海物語』の強い影響下で書かれたということである。南海もの短篇集『南海物語』(1911年)はすでに述べたようにロンドン作品としては比較的マイナーなものであって、翻訳もあまり出たことはない。南洋の先住民たちとこれを支配しようとする白人たちとの関わりや戦いを描いた短篇8編から成っていて、巧みなストーリーの中に生命力が躍動し、ロマンに溢れている。

椋は、法政大学在学中に、初めて訳出された翻訳書でこの作品を読んで魅せられ、山地の育ちであったが、南洋に思いを馳せ、ついには卒業後も故郷の長野に帰ることなく南をめざすことになり、鹿児島にたどり着くことになる。椋は「ロンドンの『南海物語』を読んで鹿児島にきた」という言葉を講演や対談や文章の中でたびたび使っているが、それだけではなく、「山窩小説群」自体がこの作品のダイナミズムやスリルをまねて書かれていることは間違いない。さらに椋は、ロンドンにはない〈感動的なロマン〉や〈人間の野性〉も描き込んでいて、やはりただ者でないことがわかる。

椋が『南海物語』を読んでいたことは、彼がよほどロンドンが好きだったということを証明するだけではなく、古典的な動物作家としてしか一般には知られていなかったときに、ロンドンの動物作家以外の顔までも知っていたということを示している。しかも椋は、ロンドンのさらにマイナーな作品まで読んでいたことがわかってきたのである。[1]

ジャック・ロンドンの「戦争」

　椋と「戦争」("War," 1911) の関係を見る前に、ロンドンのこの短篇について触れておこう。「戦争」は1911年10月発行の雑誌『現代文学』(*Current Literature*) の第51号に掲載され、のちにセンチュリー社刊行の短篇集『夜に生まれしもの』(*The Night-Born*, 1913) に収められた。この短篇集には表題作と「戦争」の他8編が収められている。「戦争」が書かれたのはおそらく1900年代後半のことと思われ、ロンドンが日露戦争の取材で来日し、最前線に出かけたのが1904年であったことを考え併せると、この時の経験がこの作品執筆に影響していると考えても不思議ではない。

　「戦争」のあらすじは次の通りである。

［第1部］真っ昼間の戦場で一人の若い兵士が偵察のため森の中を進んでいた。丘をおり森を抜けると空き地へ出た。道は川を越えて続いていたが、敵がいるのでは、と怖れながら空き地の縁を回っていったところ、農家が見えた。人の気配がないので、彼は馬をつないで水を飲みに小川へと歩いていった。対岸を警戒して見ていると、ふいに茂みから褐色の無精ひげを生やした男が現れた。撃ちそこなうような距離ではなかったが、あえて彼は撃たなかった。男は水をくんで茂みの中に消え、若者ものどを潤してから馬に戻り、空き地を横切って森に入って行った。

［第2部］別の日、若き兵士は馬で空き地に建つ農家へとやってきた。そこには戦闘のあとが見られた。彼は馬を厩につなぎ、果樹園に入っていった。実ったリンゴをいくつももいで袋に入れ、馬に乗ろうとしたとき、ひずめの音が聞こえた。12人ほどの騎馬兵がこちらへ向かってきたので若者は馬に乗って待機した。靴音が聞こえると彼は一気に飛び出し、銃弾をかいくぐって森へと一目散に逃走した。銃声が止んだので、してやったりと振り向くと、追っ手がかかっており、一方であの無精ひげの男がひざまづいて銃を構え自分にねらいを付けているのが見えた。

若者はなおも森へと急いだが、あと 180 m というところで撃たれて即死した。リンゴが飛び散り、それを見た敵兵たちは予想外の展開を笑い、射撃のうまさを喝采して拍手した。

「戦争」はロンドン研究者のあいだでも決して知名度の高い作品と考えられていない。研究者のこの作品への言及も少ない。しかし、ラス・キングマンは『写真によるジャック・ロンドン伝』(1979 年) の中で、ロンドンの短篇の「最上作のうちの二篇」として「戦争」と「メキシコ人」("The Mexican," 1911) を挙げているし、[2] ジャックリーン・タヴァーニエ‐クーバンは「ジャック・ロンドンのユーモア」(1995 年) の中で、ロンドンが運命の皮肉を扱った作品の例として2つ挙げるに際して「焚き火」("To Build a Fire," 1908) と並んで「戦争」を紹介している。彼女は、「戦争」は決して陽気で愉快な話ではないが、と断った上で、その〈皮肉〉は圧倒的だと言い、若き兵士が自分自身の人間性の犠牲になり、命を助けてやったまさにその男によって殺されたことにこの作品の辛らつな皮肉がある、と述べている。[3]

日本における数少ない「戦争」の読者の一人でロンドン研究の草分けである中田幸子は、『父祖たちの神々』(1991 年) の中で、

> 「戦争」は和気律次郎が前に訳したが、ロンドン自身気に入っていたという小品で、二十代の無名の青年が戦場で体験する生と死——死も彼自身の死である——を描いている。絵画を思わせるような　情景描写の行間にこめられている作者の反戦の主張が、和気や前田河の目にとまったのであろう。[4]

と述べているが、和気と前田河とは、あとで詳しく触れるが、きわめて早い時期のロンドンの紹介者として知られる人物である。たしかに、「戦争」は小品ながらよくできている作品で、ペーソスと余韻があって、

「シナーゴウ」("Chinago," 1909) や「ただの肉」("Just Meat," 1907) や『試合』(*The Game*, 1905) などに共通するロンドンお得意のテーマの一つ〈運命の皮肉〉が、感情を抑えた冷静な筆致で、淡々と描かれている。キングマンが一般に評価の高い「メキシコ人」("The Mexican," 1911) と同列に扱っているのは最大級の賛辞であるが、そこまで言えるかどうかは別として、人生や人間の本質を考えさせるには十分な質の高さを持っていると言えよう。

椋鳩十の「戦争」をめぐる講演

　椋がロンドンの「戦争」について触れたのは講演においてであった。その内容がわかったことで、椋のロンドンへの思い入れの強さはもちろんのこと、新たな事実までが明らかになった。この講演は「実践学園主催　芸術選奨文部大臣賞受賞記念講演会」でのもので、彼が亡くなる4年前の1983年（昭和58）7月2日に鹿児島市の鹿児島市民文化ホールで行われた。演題は「私と文学」であった。当時78歳の椋はこの年の3月に同賞を受賞しており、この講演はのちに『芸術選奨文部大臣賞受賞記念　特別講演　私と文学　椋　鳩十』としてまとめられた。「昭和58年10佳日発行」となっており、椋鳩十文学碑建立委員会が刊行している。「非売品」とあり、一部の関係者だけに配られたらしい。事実この冊子を筆者に提供してくれたのは、椋の教え子でありかつ親戚にも当たる畠中信子である。

　この講演は、1978年（昭和53）まで椋が勤務していた鹿児島女子短期大学を経営する実践学園が主催し、一般向けに開催されたもので、約千人の市民が聴き入ったと当時の新聞が報じている。ところで、椋のこの日の講演の何と3分の1弱がロンドン関連の話であった。しかも話の冒頭からロンドンで、自分が鹿児島にきた理由がロンドンに関係していることをほのめかすことから始めて、延々とロンドンについて語ってい

るのである。「私と文学──ジャック・ロンドンを中心に──」と銘打ってもよさそうな講演だ。

　そのロンドンについての言及部分を見てみよう。椋はまず、ジャック・ロンドンがどういう作家であるか簡単に説明する。それからいよいよ「戦争」の話に入っていく。法政大学を卒業する２、３ヵ月前にロンドンの短篇集（翻訳）の形で読んだと言うから、それは 1929 年（昭和 4）末〜1930 年（昭和 5）初め頃になるであろう。それはちょうど彼が『南海物語』を読んだ頃でもあるが、時期の点から、椋の読んだ「戦争」訳がどの版であったかが判明する。さらに彼は「ジャック・ロンドンという人は日露戦争のころ、アメリカの従軍記者として満州に渡って、戦争のようすを書いていたのでございます」と続けて、一方で、自身がロンドンの伝記にも詳しいことを披露し、他方で「戦争」が日露戦争に題材を取っているという見解を示している。後者の意見については、すでに述べたように筆者も同感である。

　このあと椋はいよいよ「戦争」のあらすじを紹介する。短篇にも関わらず、講演録の頁数で 3 頁強に及ぶほどの念の入れようである。しかも 50 年以上前に読んだとは思えないほど正確にストーリーを生き生きと語った。実は、彼はこの講演の中で一度も「戦争」というタイトルを口にしていない。忘れたのかもしれないが、とすればなおのこと、この作品がいかに印象に残っているかを示していると言えよう。また、彼の語るあらすじを読むと、これがロンドンの「戦争」であることにすぐに気がつくほどそれは正確だ。

　あらすじに続き椋は、この作品の感想について、「なんともいえない運命的な話、心にジーンと残る話だ。この本を読んだときに、この人は不思議な人だなぁ、動物作家だけではなかった」と述べている。彼は、この作品を評価し、あらためてロンドンの動物作家以外の側面に思い至ったのだろう。このあとロンドンについて調べてみたそうで、どうりで伝

198 〈アメリカ〉

記的事実にも詳しいはずである。椋はさらに詳しく、すなわちロンドンが貧しい生まれであることや船員になったり、ゴールドラッシュに参加したりしたこと、さらにイギリスのロンドンの貧民街に潜入したことや離婚したことなど、ロンドンの履歴について語った。

椋は最後に、ロンドンは海洋物語もかなり書いているという話の流れから『南海物語』に触れ、この作品を読んで南洋に惹かれ、ついには1930年(昭和5)に鹿児島の種子島にたどり着いたという経緯を説明して、彼のロンドンへの言及を終える。このあとはハイジやトルストイやポーやホイットマン、さらには法政大学の恩師の話などが続くが、いずれもロンドンへの言及よりも少ない。椋のロンドンへの憧憬の強さを感じずにはいられない。

椋の読んだ翻訳の版と新たな事実

では、椋は一体誰の訳で、そしてどの版でロンドンの「戦争」を読んだのだろうか。ロンドンの「戦争」の翻訳は現在までに3度出たことがある。初めて訳されたのは1920年(大正9)7月のことで、雑誌『新社会評論』第7巻第5号に掲載された和気律次郎訳の「戦争」である。和気律次郎(わけ　りつじろう、1888-1975)は、当時翻訳者や新聞記者として活躍した人で、きわめて早い時期(1914年6〜7月)にロンドンの翻訳を日本に紹介した人でもある。

2度目は翌1921年(大正10)9月で、同じく和気律次郎訳であった。したがって前年のものとほぼ同じ訳であったと思われるが、こちらの「戦争」は和気個人訳のロンドン翻訳短篇集の中の1篇として収められていた。天祐社刊『強者の力』がこの翻訳短篇集で、総頁数は231頁に及ぶ。収録短篇は、「強者の力」「全世界の敵」「無比の侵略」「甲板天幕の下にて」「ジオン・ハアネッドの狂気」「リット・リットの結婚」「デブスの夢」「戦争」「狭溝の南側」「生命の法律」(タイトル名は当時のま

ま）の全 10 篇である。

　3 度目に世に出た「戦争」訳は、前田河廣一郎（まえだこう　ひろいちろう、1888-1957）の「戦争」である。これは、1928 年（昭和 3）1 月に雑誌『文芸戦線』の第 5 巻第 1 号に「海外社会文芸作品二篇」のうちのひとつとして掲載されたものだ。前田河廣一郎は当時のプロレタリア作家の一人で、創作や評論で活躍した人だ。ジャック・ロンドンやアプトン・シンクレアの日本への紹介者としても知られている。

　さて、では椋鳩十が読んだのはこのうちのどの版であったのか。すでに述べたように、彼は「戦争」を、法政大学を卒業する 2、3 ヵ月前（1929 年末〜1930 年初め頃）に東京神田の古本屋で見つけて読んだと講演の中で証言している。そうすると上記の 3 つのどの訳も可能性があることになるが、実は、椋は同じ証言の中で「ジャック・ロンドンの短篇集というのが目につきました」と言っているのである。彼が読んだ「戦争」は 2 度目に世間に姿を現した版で、天祐社刊の翻訳短篇集『強者の力』に収められた「戦争」だったということは疑いない。

　こうして椋の読んだ「戦争」がどこに載っていたかが判明したが、それ自体が彼のロンドンへの傾倒ぶりを示して興味深いだけではなく、このことが別な新たな事実をも掘り起こすこととなった。それは、椋の読んだ『強者の力』とロンドンの『強者の力』が同じものではないということだ。天祐社版和気訳『強者の力』は上記したとおりロンドンの短篇を 10 篇収めているが、これらはロンドンの出版した短篇集『強者の力』に収められている 7 編とは、重なりはあるものの違っているのである。

　ジャック・ロンドンの『強者の力』（*The Strength of the Strong*, 1914）は 1914 年にマクミラン社より出版された。収録作品は、「強者の力」（"The Strength of the Strong," 1911）「スロットの南側」（"South of the Slot," 1909）「比類なき侵略」（"The Unparalleled Invasion," 1910）「全世界の敵」（"The Enemy of All the World," 1908）

「デブスの夢」("The Dream of Debs," 1909)「海の農夫」("The Sea-Farmer," 1912)「サミュエル」("Samuel," 1913) の7篇である。ちなみに、「戦争」は『強者の力』ではなく『夜に生まれしもの』(*The Night-Born*, 1913) に含まれていて、後者の短篇集の収録作品は、「夜に生まれしもの」("The Night-Born," 1911)「ジョン・ハーンドの狂気」("The Madness of John Harned," 1910)「世界が若かったとき」("When the World Was Young," 1910)「疑念の利益」("The Benefitof Doubt," 1910)「羽のはえた恐喝金」("Winged Black Mail," 1910)「げんこつのこぶ」("Bunches of Kunckles," 1910)「戦争」("War," 1911)「甲板上の天幕の下で」("Under the Deck Awnings," 1910)「一人の男を殺すこと」("To Kill a Man," 1910)「メキシコ人」の10篇である。

　以上のことからわかることは、和気訳『強者の力』収録の10篇のうち、ロンドンの『強者の力』から訳出されたものは「強者の力」「スロットの南側」「比類なき侵略」「全世界の敵」「デブスの夢」の5篇だけで、他の2篇(「海の農夫」「サミュエル」)ははずされているということだ。代わりに、和気訳『強者の力』に入っている残りの5篇として、『夜に生まれしもの』から「戦争」を含む3篇(他に「甲板上の天幕の下で」「ジョン・ハーンドの狂気」)と『氷点下の子ら』(*Children of the Frost*, 1902)から1篇(「生の掟」"The Law of Life," 1901)、そして『男たちの信義、その他』(*The Faith of Men and Other Stories*, 1904)からさらに1篇(「リット・リットの結婚」"The Marriage of Lit Lit," 1903)が選抜されて訳出され、同書に収められた。和気の気に入った、あるいは高く評価した作品を選んで訳し、1冊にまとめたのがこの翻訳短篇集であろう。和気もかなりのロンドン作品を原文で読んでいたことになる。そしてタイトルだけは、おそらくそこから最も多くの作品を選んだという理由で、『強者の力』とつけたのだ。

中田幸子は『父祖たちの神々』の中で、椋がロンドンの『強者の力』を読んでいると述べているが、(5)それは正確ではない。このことは上で説明したことで明らかであるが、中田は、次のような椋の彼女宛の手紙の文面から、そう信じたのであろう。

　特に『強者の力』は、鋭い批判とともに、捨て難い詩をただよわし、短編作家としての素晴らしい才能を持っているのに目を見張った記憶がありありと心に残っています。(6)

椋のこの批評自体は間違っていないが、彼が『強者の力』だと思っていたものとロンドンの『強者の力』はずれていたわけだ。

しかし、この「ずれ」がわかったことで、椋がロンドンのどんな短篇を読んでいたかが具体的に特定できるのである。すなわち、椋鳩十は、少なくともロンドンの短篇のうち、短篇集『強者の力』から「強者の力」「スロットの南側」「比類なき侵略」「全世界の敵」「デブスの夢」を読み、『夜に生まれしもの』から「戦争」「甲板上の天幕の下で」「ジョン・ハーンドの狂気」を読み、『氷点下の子ら』から「生の掟」を読み、『男たちの信義、その他』から「リット・リットの結婚」を読んだのだ。

これらの作品の中にはＳＦあり、社会小説あり、戦争ものあり、極北（クロンダイク）ものあり、原始小説あり、女性物語あり、南米を舞台にしたものまである。和気もよく選んだものだが、ここにはロンドンの小説のエッセンスのようなものが詰まっている。椋はこれほど多くのロンドン作品に触れていたわけで、すでに述べた『野性の呼び声』『白い牙』（これらは極北が舞台の動物小説）、『南海物語』（これは南海もの）、『奈落の人々』（これはイギリスのロンドンが舞台のルポルタージュ）や彼のロンドンについての伝記的知識を併せて考えると、ジャック・ロンドン、あるいはロンドン文学の全体像をほぼ把握していたということに

なろう。

ロンドン文学と椋文学

　日本の動物文学を代表する椋文学は、環境文学の観点からも、高く評価すべきと思われ、それが相当部分ロンドンの影響であることは、日米の文学的交流史の点からも、興味深いであろう。さらに椋文学の側からロンドンを見直すことは、ロンドン文学の（古典の枠を越える）環境文学としての、あるいは現代文明論としての、再評価を促すことになるのではないか。

　椋は講演や対談の中で幾度もロンドンに触れ、その影響が大であることを好んで告白したが、自分のライバルであるとさえ述べたことがある。また、彼は自分の小説作品「森の王者」（1950年）の中でロンドンの名を出し、『白い牙』を道具立てのひとつに使っている。この小品にはウルフと名づけられた狼の子も登場し、これが人間の子供と愛情を通わせ、しまいには子供の命を救うというストーリーになっていて、そのうえ舞台もアラスカ、登場人物もアメリカ人と思われ、『白い牙』を強く意識して書かれていることが明白である。[7]

　これほどロンドンに惹かれた椋の文学を見ていくとき、ロンドンの文学的影響に関わるさらなる課題がまだ残っている。それはロンドンの『南海物語』による椋の「山窩小説群」への強い影響についての分析である。遠くは、日本の有名な社会主義者にして日本へのロンドン紹介の初期の最大の功労者堺利彦が、1928年（昭和3）刊行の『櫻の國・地震の國』（「現代ユウモア全集」第2巻堺利彦集）に収められたエッセイ「山窩の夢」の中で、「山窩」に関わってロンドンの『野性の呼び声』を思い出す、と言ったことがある。[8]初めて読んだロンドン作品が堺訳『野性の呼び声』であったと言われる椋[9]も、山窩の話を聞き興味を持ったときにロンドンのことをすぐに頭に思い浮かべたに違いない。

椋の山窩の世界とロンドンの南洋の世界には共通点が多く、山と海の違いはあるものの、詳細に比較することによって椋文学へのロンドンの影響がさらに明らかになって行くものと思われる。これほどまでにロンドンの影響を受けた日本人作家は他にはいないだろう。

註

（1）詳しくは森孝晴『椋鳩十とジャック・ロンドン』（高城書房、1998年）を参照のこと。
（2）Russ Kingman, *A Pictorial Life of Jack London* (Crown Publishers, 1979), p.244.
（3）Jacqueline Tavernier-Courbin, "The Humor of Jack London," in Susan M. Nuernberg, ed., *The Critical Response to Jack London* (Greenwood Press, 1995), pp.256-57.
（4）中田幸子『父祖たちの神々』（国書刊行会、1991年）、153頁。
（5）中田、351頁。
（6）中田、356頁。
（7）『児童文学　片耳の大鹿』椋鳩十の本　第11巻（理論社、1983年）所収。
（8）堺利彦「山窩の夢」『櫻の國・地震の國』（現代ユウモア全集刊行會、1928年）、148頁。
（9）中田、351頁。

参考文献

大浦暁生監修、ジャック・ロンドン研究会編『ジャック・ロンドン』三友社出版、1989年
辻井栄滋『地球的作家ジャック・ロンドンを読み解く』丹精社、2001年
中田幸子『ジャック・ロンドンとその周辺』北星堂、1981年

付記

　この論文を書くにあたって貴重な情報をいただいた椋鳩十ご長男の久保田喬彦氏と椋の教え子で親戚の畠中信子氏に、この場を借りて感謝の意を表するものである。

神よ　アメリカに祝福を
——アメリカのアーヴィング・バーリン、アーヴィング・バーリンのアメリカ

長 尾 主 税

　　　　　　「軽い」芸術そのもの、気晴らしは、決して堕落形態ではない。それを
　　　　　　純粋な表現という理念への裏切りとして嘆く者は、社会について幻想を抱
　　　　　　いているのだ。——　ホルクハイマー／アドルノ『啓蒙の弁証法』[1]

同時多発テロ後

　2001年9月11日にアメリカ合衆国を襲った同時多発テロ事件の後、にわかに脚光を浴びたように見える曲がある。アーヴィング・バーリン (Irving Berlin, 1888-1989) の「ゴッド・ブレス・アメリカ（神よアメリカに祝福を）」("God Bless America") である。この歌は、事件後頻繁に歌われ、さまざまな記事に引用された。

　バッハやヘンデルから、デューク・エリントンやスティーブン・フォスターまで扱う「世界の偉大な音楽家」という児童向けシリーズの一冊、『アーヴィング・バーリンの生涯と時代』において、著者ジム・ホワイティングは話を同時多発テロから始める。事件の後、できるだけ平静な生活を取り戻そうとする人々は、積極的にスポーツ観戦へ参加した。その年のワールドシリーズの一戦が行なわれたとき、ヤンキースタジアムで、ニューヨーク市警のダニエル・ロドリゲスはホームプレート近くに立って「ゴッド・ブレス・アメリカ」を歌った。「その歌を形づくる愛

国心と郷土愛の言葉は何百万というアメリカ人に慰藉と精神的な支えを与えた」。(2) ホワイティングの説明によれば、このときバーリンの曲は、すでにおしゃれでもかっこよくもなかった。1950年代に登場したロックや、その後に続くヘヴィ・メタル、グランジ、ヒップホップ、といった新しいタイプの音楽に埋もれ、その名はほとんど忘れ去られていた。しかし恐怖と緊張の時期にあって、人はロックやヒップホップを聴くことを望まないものだ。人々が望んだのは、自分がアメリカ人であることに誇りを持てる歌であり、自国のよい点を強調してくれる歌であり、安心感を抱かせてくれる歌だった。人々は「ゴッド・ブレス・アメリカ」にそのような歌を見出したのである。ホワイティングはそう述べる。当然ながら、実際には、テロ事件後もひとはそれぞれ自分の好きな歌を聴いていたのであるが、「ゴッド・ブレス・アメリカ」が再び取り上げられるようになったことは事実である。そして、「ゴッド・ブレス・アメリカ」を歌わないこと、批判的であることが、進歩的で知的であるかのような論調が存在したことも事実だ。ここでは、「われわれ」の側に立たないのであればテロリストを支援するものとみなす、と演説で国民を脅迫した原理主義的なプロテスタントの大統領ジョージ・ブッシュの側を象徴する歌として「ゴッド・ブレス・アメリカ」を位置づけたり、また当時よく目にしたように、ジョン・レノンの「イマジン」を安易に持ち上げてこれと対照させたりするのとは違ったかたちで、バーリンとその歌を、アメリカ合衆国とのつながりから考えてみたい。ただし、それは必ずしもバーリンを無批判に支持するということにはつながらない。

受容と浸透

　バーリンほど20世紀アメリカのポピュラー文化に深い影響を与えた者はほとんどいない、と言われる。「アーヴィング・バーリンを位置づけられる場所はアメリカ音楽にない。アーヴィング・バーリンこそがア

メリカ音楽なのだ」(ジェローム・カーン)という言葉は、バーリンを語る際に繰り返し引用される常套句(クリーシェ)となっている。しかし、バーリンの生んだ音楽と彼の生涯、そしてアメリカ社会における彼の位置を考えれば、飽きずに繰り返される決まり文句こそが彼にふさわしいとも考えられる。興味深いのは、彼自身のアメリカ社会への同化の過程が、ホレイショ・アルジャー流の立身出世物語と重なって、アメリカの夢と結びつくことであり、また20世紀前半のアメリカ合衆国という国家の在り方と少なからぬ関わりをみせることである。これらを考えるとき、焦点が当てられるべきは「アーヴィング・バーリン」という音楽家として成功した一人の移民のイメージであり、またその成功物語のイメージを構成する大小の逸話である。世に喧伝されるようなエピソードが、成功の夢や、神話をもたない国家の神話と結びつくからである。つまり事実がどうであったか、ということはさして問題にならない。どのように人々のあいだでそのイメージが流通したか、が問題である。バーリンとは、どのような人物か。まずは、「百科事典」の記述を確かめておこう。

> アメリカのポピュラー・ソングの作曲家。ロシア生まれで幼時にアメリカへ移住、ニューヨークで育った。幼い頃から家計を助けるため旅芸人となって街頭で歌ったり、カフェの給仕兼歌手として働いた。見よう見まねで作曲を試み、1907年にはじめて作品が出版され、11年に「アレグザンダーズ・ラグタイム・バンド」を発表、これが大ヒットしソングライターとしての名声を確立した。その後、「オールウェイズ」(1925)、「ブルー・スカイ」(1928)などの名曲を作り、14年の「ウォッチ・ユア・ステップ」をはじめブロードウェーのレヴューを次々に手がけ、35年の「トップ・ハット」など映画音楽も数多く書いた。最大のヒット曲にクロスビーが歌って有名にした「ホワイト・クリスマス」(1942)、ミュージカルの名作

に「アニーよ、銃をとれ」(1946)があり、庶民的な親しみやすさを最大の特徴としている。(『平凡社世界大百科事典』1988年――執筆者は中村とうよう)

「旅芸人」というのは、街頭や店で客のリクエストに応じて歌を歌いチップを得る者を指す"busker"のことだと思われるが、上の記述は過不足のないもので、バーリンがどのように日本で受け取られているかを示す一例と考えられる。他の事典をのぞいてみても「トップ・ハット」が「イースター・パレード」に置き換えられる違いがあるくらいで、記述には大差ない。バーリンの本名はイズリエル・バリーン ("Israel Baline") という。バーリンは、何千という曲を書き、812曲を発表し、そのうち451曲がヒットしたといわれる。正規の音楽教育を受けたことがなく、ほとんど楽譜も読めなかったため、バーリンがメロディーを作ると助手が採譜して曲作りをしていた。また、ピアノを弾いている写真を見ると黒鍵にだけ指をのせていることからわかるとおり、バーリンはFシャープのキーでしかメロディーを作ることができなかった。そのため、スタインウェイ製のキーを変えられるピアノを使うようになった。しかしシューベルトにも喩えられるそのメロディーは、歌いやすく覚えやすいもので、多くの人に長く親しまれてきた。後述するが、「品のよい通俗歌謡曲」、「庶民的な魅力ある傑作」などと評される歌曲の親しみやすさは、ナショナリズムの問題を考えるうえでも重要な側面をなすものだ。

　上述のように、事典の記述に頼るのは、簡明な説明を得るということもあるが、日本ではバーリンを扱う著作が近年見あたらないせいでもある。バーリンと同時期に活動していた作曲家ジョージ・ガーシュインやフォークシンガー、ウディ・ガスリーについての著作は日本でも執筆されたり翻訳されたりしているのに対して、1989年に世を去ってから時

期を経ていることもあり、バーリンについては、最近ではあまり触れられることがない。個々の曲が取り上げられることはあるが、それがバーリンと結びつけて考えられることがまれなのである。例えば、戦後日本でアメリカ文化がどのように受容されてきたかを示す典型的な作品を、とりわけ1980年代に生んだ村上春樹は、いくつかの小説やエッセイで「ホワイト・クリスマス」について言及するが、「僕は朝いちばん、オートチェンジのプレーヤーにレコードを六枚ばかり載せ、えんえんとグレン・グールドを聴く。そしてビールを飲む。グレン・グールドを聴くのにあきると、時々ビング・クロスビーの『ホワイト・クリスマス』をかける」(「シドニーのグリーン・ストリート」)であるとか「僕はプレーヤーをオートリピートにして、ビング・クロスビーの『ホワイト・クリスマス』を26回聞いた」(『羊をめぐる冒険』)という記述からわかるとおり、それはビング・クロスビーの「ホワイト・クリスマス」としてであり、アーヴィング・バーリンの「ホワイト・クリスマス」としてではない。日本だけでなく、バーリンが幼少時を過ごしたニューヨークでも事情はさほど変わらない。「ホワイト・クリスマス」という歌を通じて、バーリンとその時代を現代から捉え返した評論『ホワイト・クリスマス:ある歌の物語』の著者、ジョディ・ローゼンは、「ホワイト・クリスマス」の話をすると誰もが知っていたと書いている。ところが、この歌と決定版ともいえるビング・クロスビーの歌声とを結びつけて考えてはいるのだが、「誰が作曲したのか知っている者はほとんどいなかった」。[3]実際この曲が20世紀に書かれたことを知らず、賛美歌か何かのように大昔に作られたものだと考える自称バーリンファンもいたというのだ。しかし、見方を変えれば、それほどまでにこの歌はアメリカ社会に広く深く浸透していたのだということでもある。

　バーリンの曲の社会への浸透は、目だたないが広範囲に及ぶ。20世紀後半の映画だけに限っても、注意しないと気づかないようなかたちで、

広範なジャンルの作品に使われている。(4)

アメリカの夢

　バーリンは、ロシア移民の一人としてアメリカの夢を実現したと言われる。それでは、アメリカの夢とは何か。ジョン・スタインベックが『アメリカとアメリカ人』（America and Americans, 1966）で述べたように、「国民的な夢は明白なものでなくてよい」という考えもある。実際明白なものではないかもしれないが、これを定義づける試みは絶えずなされてきた。以下で、スティーヴン・マタスンによる『アメリカ文学必須用語辞典』（The Essential Glossary: American Literature, 2003）の記述に依拠しながら、アメリカの夢が持つ二面性について検討してみよう。

　ピューリタンの「天職」に対する信念、トマス・ジェファソンの開かれた社会という理想、プロテスタントの勤労に対する信念、ベンジャミン・フランクリンの金儲け第一主義、エマソンの自己信頼、ホレイショ・アルジャーの小説に見られる立身出世のプロセスなどをすべて取り込むかたちで成立するアメリカの夢は、「アメリカ人がこれによって自らを他国民と対照し定義づけてきた、主たるイデオロギー媒体だと考えられるかもしれない」。その最も純粋な形態では、「アメリカの夢は個人よりも社会にとっての理想であり、これによれば、個人は生まれや素性に関わりなく自らの可能性を発展させることができる。したがってアメリカの夢は機会と成功を育む社会に関するものであり、個人の成功や蓄財に関するものではない」。(5) マタスンによれば、「アメリカの夢」という言葉は1930年代に現在の意味で使われるようになり、歴史家ジェイムズ・T. アダムズの功績によって一般に広まった。「アメリカの夢とは、人間が最大限にまで成長することができるという夢なのである」とアダムズはいう。（『アメリカの叙事詩』またマタスンも引用する『アメリカ

の夢に向き合って』において、ジェニファー・L. ホシュチャイルドは、アメリカの夢がもとづく原理を4つに分類した。その4つとは、誰もが平等に社会参加できる、誰もが応分に成功を期待できる、成功は自身の努力によるものだ、失敗は能力あるいは意志の欠如によるものだ、とされている。これを見ると、自由や機会均等に基づくアメリカの夢は、あまたの物語をうみだす豊かな土壌であることがわかる。

　アメリカの夢は、数えきれないほどのアメリカ文学作品の主題となっている。たとえば『ぼろ着のディック』(*Ragged Dick*, 1867) をはじめとするホレイショ・アルジャー作品に対する人気の高さが、アメリカの夢を信ずる力の強さを証明している。アルジャーは、アメリカの文化的・社会的理想像の歴史の中で重要な人物と位置づけられている。作品のテーマは全て同じで、要するに立身出世である。繰り返されるこのテーマは、幸運・勇気・美徳によって成功を収めたアルジャー自身の生涯と重なり合う。作者の価値観を体現する「ぼろ着から富へ」の物語では、主人公ディック・ハンターに代表されるような靴磨きの孤児であっても、努力・勤勉・倹約・勇気・決断などを通じて富と成功のアメリカン・ドリームを実現させ、社会的に立派な地位を獲得する。マタスンは次のように指摘する。アルジャー作品の文体は単純で、教訓は明確である。自身による向上を求め、それに値する人々の自己改革の可能性を、アルジャーは強調し、焦点はもっぱら個人に当てられる（たとえば、宿無しの孤児を産む社会状況は決して批判されない）。アルジャーの語りがひとに訴える力をもつのは、主として、自力で成功するというアメリカの理想を極めて率直に表現するためである。作品が単純明快で親しみやすいこと、自力で成功しアメリカの夢を実現させたことなどは、バーリンにも当てはまる。

　成功を目指してバーリンが合衆国に同化しようとする奮闘は、アイデンティティと強く結びついた名前というものの変遷に示される。ヘブラ

イの預言者モーセ（"Moses"）と同じ名をもつユダヤ教礼拝の先唱者の息子らしい「イズリエル」（"Israel"）という名前をできるだけ避けて、カフェでは少しでもアメリカ的な響きをもつように「イジー」（"Izzy"）という愛称で呼ばれるようにした。アーヴィング・バーリンを名乗り、作品が売れるようになってからも、ニューヨークでは、自分が実はロシア移民の「イジー・バーリン」であり、その「アメリカ性」（"Americanness"）は、こしらえものなのだと常に意識していなければならなかった。自身がアメリカ人で「ある」と感じることは困難で、常にアメリカ人に「なる」必要を感じており、1910年にイギリスへ赴いたとき、人気者のアメリカ人として遇され、ようやくどうにかアメリカ人としての意識がはっきりしたものになったのである。合衆国に対する帰属感をさらに明確なものにするため、バーリンは弁護士を通じて、1911年11月ニューヨーク州最高裁判所に、イズリエルからアーヴィングへの改名を申請した。これが認められて、新年から彼の本名はアーヴィングとなった。いわばペンネームを本名にし、名実共にアメリカ人となる準備を整えたのである。そして、1915年11月に米国市民権取得申請書を提出し、1918年2月に忠誠の誓いをたててアメリカ市民となり、第一次世界大戦に参戦した米軍に召集されるのである。バーリンは、ロシア系ユダヤ人であるという出自とアメリカ人になりたいという欲求からくる内部の分裂に苦しみながらも、これを抑えこみ、積極的にアメリカ人になることを選んで成功した。苦難を乗り越えることはホレイショ・アルジャー流といわれる成功物語に不可欠な構成要素のひとつである。

　アルジャーの物語は、神話を持たないアメリカの神話だといわれることがある。つまり、おとぎ話とはいえ、実現する可能性があるおとぎ話というわけである。貧しく生まれても、勤勉と才気でチャンスをつかみ成功を収める。こういった同型の物語を数多く繰り返し読むことによって、アメリカでは誰にでもその機会がある、と子供たちは教育されるこ

とになる。先に見た、ホワイティングによる子供向けのバーリン略伝もまさしくそういう物語の一つである。バーリンは、幼い頃から1部5セントの新聞を売り歩いて家計を助けなければならなかった。ある日、通りで作業をする重機に身体をなぎ払われて河に落ち、危うく命をとりとめたのだが、気絶しても新聞の売り上げを握り締めて離さなかった。成功者の貧しかった子供時代にふさわしい逸話である。長じてからも握り締めた手は開かず、著作権に関しては死ぬまで吝嗇だった――おかげで大恐慌で大損をしながらもどうにか切り抜けられたのだ――が、世俗的な成功に伴う社会への貢献は忘れず、歌手ケイト・スミスと相談して「ゴッド・ブレス・アメリカ」基金を設立し、「ゴッド・ブレス・アメリカ」の記録的な売り上げをボーイスカウトとガールスカウトにそっくり寄付している。

　子供たちに人生の目的を与えるという教育的役割を果たしたアメリカの夢は、一方で、文学作品や評論において、さまざまな理由から厳しく批判もされてきた。マタスンは次のような例をあげている。アメリカの夢がそなえる物質的側面が、夢のもたらす社会のヴィジョンを腐敗させる。アメリカの夢は幻想であり、これによって不平等が維持され、階級間の現実が覆い隠されてしまう。アメリカの夢は、社会の進歩を犠牲にして個人の成功を促す。アメリカの夢は、冷酷な金権主義を支持する。アメリカの夢は、個人が成功することは物質を手にすることとみなすに等しい。アメリカの夢は、成功を利己的なものと狭く定義づける。これらを踏まえて、具体的な批判を次に見ておきたい。

　映画『ボーリング・フォー・コロンバイン』で、バーリンの「ミシガンへ帰りたい」を引用したアイルランド系のカトリック教徒マイケル・ムーアは、その著作において、誰でも金持ちになれるというアルジャー神話を幻想だと否定し、アジテーションといってもよい口調で読者に呼びかける。「聞いてくれ、みんな、きみたちは真実と向きあわなければ

ならない。**つまりきみたちが金持ちになることはない**。きみたちが金持ちになる見込みは100万分の1ほどしかないんだ。きみたちが金持ちになることはない（強調はムーアによる）」。[6] それどころか、ムーアによれば、社会システムは富裕層や企業経営者のために築かれていて「事態はますます悪くなるばかりだ」。しかし、このような呼びかけがなされること自体が、いかに多くの者たちが成功の夢を必要としているかを示していよう。自分自身が金持ちになれるかもしれないという神話に頼らなければならないほど脆弱なのかもしれないが、生きるためのよすがとして多くの者が切実にアメリカの夢を必要としている。移民の子であっても、必ず親の世代よりも豊かになれると信じて、ひとは今日を生きねばならない。ひとりの成功者の人生がひとつの成功物語となり、その成功物語を読むことをきっかけにして、新たな成功者が生まれる。「豊かさ」への夢を実現できた者が実際に存在しているということを励みに、フランクリンの自伝を読みながら、成功者を目標にして社会階層を上昇しようとする過程が、アメリカ社会への同化の一側面である。そして個々の小さなエピソードの集積が、一人の人間についてのアメリカの夢につながるストーリーを組み上げ、さらに個々人のアメリカの夢が定冠詞つきの"the American Dream"へと読み換えられていく。しかし、そこに序列を読み取る必要はない。壮大な唯一絶対の「アメリカの夢」が存在していて、その下位を占めるものとして個々人によるアメリカの夢のヴァージョンが存在するという固定的な位階を想定する必要はない。差異をともないながら常に書き換えられ、夢は引き継がれていく。それを国民的な強迫観念と読むことも可能であろう。しかし、成功するチャンスなど幻想にすぎないと批判されようとも、それを疑わない者たちがいるかぎり、またその目で実際に成功者の姿を目にする機会があるかぎり、アメリカの夢が廃れることはないと考えられよう。

愛国歌

個人の生き方としてアメリカの夢を実現したバーリンが愛国心を発揮し、アメリカを讃えたのが「ゴッド・ブレス・アメリカ」である。国歌「星条旗よ永遠なれ」（"The Star-Spangled Banner"）に劣らず愛唱され、「アメリカ・ザ・ビューティフル／美しきアメリカ」（"America the Beautiful"）と共に、準国歌であるとか第二の国歌などといわれることもある。

"God Bless America"

God Bless America.
Land that I love
Stand beside her, and guide her
Thru the night with a light from above.
From the mountains, to the prairies,
To the oceans, white with foam
God bless America,
My home sweet home.

「神よ　アメリカに祝福を」

神よ　アメリカに祝福を垂れたまえ
わが愛する国土
この国を見守り　そして導きたまえ
夜通し　天上より降り注ぐ御光もて
山々より　平原に至るまで
白く泡立つ海原に至るまで

神よ　アメリカに祝福を
わが愛しの祖国に

　全米で放送がすでに始まっていたラジオでは、ケイト・スミス (Kathryn Elizabeth Smith, 1907-1986) という女性歌手が、その朗らかな人柄と伸びやかな歌声によって一世を風靡していた。ローズヴェルトが「アメリカの宝」と呼んで賞賛し、後にレーガンが文民の最高勲章である自由勲章を授けた人物である。バーリンに歌を作ってほしいと話をもちかけたのはスミスである。第一次世界大戦は過去のものとなっていたが、いまだ大恐慌の影響から抜けきっておらず、またヨーロッパで戦争がはじまるのではないかという不安を人々が口にし、社会の雰囲気が重く張り詰めるなか、スミスは休戦記念日のためのラジオ番組を準備していた。合衆国の人々を元気づけるために、なにか新しい愛国的な良い歌が必要だとスミスは考えて、バーリンに相談した。以前ミュージカルのために書いたものの、全体の調子にそぐわなかったため一度は書きかけの曲と共にしまいこんでいたけれど、スミスの求めに応じて再びファイルから取り出したのがこの「ゴッド・ブレス・アメリカ」だった。バーリンは、「戦争の歌にしたくなかった」ので歌詞に手を入れ、"Make her victorious on land and foam" という部分を現在の歌詞へ改めた。スミスは、最初に歌詞を読んだとき、そのすばらしさに首筋が総毛立ったという。1938 年の休戦記念日にはじめてラジオ番組で、スミスは「ゴッド・ブレス・アメリカ」を歌い、放送した。すぐに大きな反響があり、リクエストが文字通り殺到した。スミスは繰り返しこの歌を歌うことになり、感謝祭の日にも、その後も、何ヵ月にもわたって、週末はこの歌で番組が締めくくられることになった。後に「テロに対する戦争」を象徴する歌になるとは、まだ誰も考えていなかった。

　1940 年には、「星条旗よ、永遠なれ」が歌いづらいせいもあって、

「ゴッド・ブレス・アメリカ」を正式にアメリカ国歌として採用するべきではないか、という動きが強くなり、スミスは議会で証言することになった。スミスは、議会で、1812年の米英戦争時につくられた、歴史ある「星条旗よ、永遠なれ」を尊重するべきだとして、この歌を国歌にすることに反対の意思を明確に示した。バーリンも頑なに固辞した。結局国歌への採用は見送られたが、「ゴッド・ブレス・アメリカ」は、愛国歌として変わらず歌い続けられることになる。当時もこの歌が批判されなかったわけではない。ロシアから移民してきたユダヤ人がおこがましくも何の権利でキリスト教の神に恵みを請うのか、という極端な意見の者ばかりだったわけではないが、穏健派のメディアの中にも排外主義的だ、感傷的だ、物事を単純化しすぎだ、愛国心を煽り立てるものだ、と批判する者が少なからずいた。歌を作って対抗したのは、アメリカのフォークソングの歴史において最も影響力の強いウディー・ガスリーである。ホーボーといわれる放浪生活をしながら、歌を作り続けたガスリーは、あちこちで耳にする「ゴッド・ブレス・アメリカ」に飽きていたうえに、政治的なメッセージの面ばかりでなく、歌そのものとしても「ゴッド・ブレス・アメリカ」について疑問を抱いていた。日常的なリアリズムを重んじるガスリーには、ケイト・スミスの大げさな感情表現は受け入れがたかったのである。そこで1940年2月に批判的註釈として作った歌が、「我が祖国」("This Land Is Your Land") である。[7] この歌は本来 "God Blessed America" というタイトルだった。そこにガスリーの批判的な意識を読み取ることができる。バーリンの "God Bless America." は祈願であるのに対して、ガスリーの "God Blessed America." は、"I stood there wondering if God blessed America for me." という歌詞から考えて、懐疑であることが窺えるだろう。この歌詞と響きあう "And some were wondering if this land still made for you and me." という歌詞を考えれば、批判がバーリンやスミス

だけに向けられたものではないことは明らかだ。しかしこれらの歌詞を含む節を省略して歌えば、毒抜きされ、無害なものとなった愛国歌ができあがる。現在アメリカでは、小学生がそのようにしてこの歌を愛唱しているのだ。

ナショナリズム

「ゴッド・ブレス・アメリカ」の歌詞は、非常に単純なものである。バーリンの長女メアリー・エリン・バレットは、はじめてこの曲を聞いたとき、あまりにも単純で、子供でも歌えそうだったため、いささかがっかりしたという。[8] しかし、神、アメリカ、土地、光、夜、山々、草原、海、我が国（家）など、覚えやすく歌いやすすことが歌曲とナショナリズムを結びつける働きを持つ。「ゴッド・ブレス・アメリカ」の受け入れられ方は、ベネディクト・アンダーソンの『想像の共同体』におけるナショナリズムについての論述と、その四半世紀以前にマーシャル・マクルーハンによって示唆された論述とが符号することを示している。アンダーソンは、国歌のような詩歌の形式において、言語が示しうる特殊な同時存在的共同性を指摘する。「ゴッド・ブレス・アメリカ」が第二の国歌、準国歌、非公式の国歌などといわれることを思い起こそう。「いかにその歌詞が陳腐で曲が凡庸であろうとも、この歌唱には同時性の経験が込められている。正確にまったく同じ時に、まったく知らない人々が、同じメロディーにあわせて同じ歌詞を発する」経験が、純粋で無私無欲な一体性を無理なく呼び起こす。それは心情を深いところから揺り動かすような愛着をひとに抱かせる。「この唱和がいかに無私なものと感じられることか！」[9] とエクスクラメーションマークつきで記述されるほどの体験である。

　ナショナリズムは、病理的ともいえる性格や他者への憎悪と恐怖に根ざしており、人種主義に通ずると進歩的知識人が考えるのに対して、ア

ンダーソンは、ネーションが愛を、それもしばしば心からの自己犠牲的な愛を呼び起こす、という点に注意を喚起する。国民とは想像の産物であるとか、国家はフィクションにすぎないという表現がなされることが多いが、一面でそれは正しいといえる。しかし、それでナショナリズムが相対化されるかといえば、必ずしもそういうことにはならず、「知識人」の思惑とは逆に、むしろその愛のもたらすリアリティによって人の心を動かしている。「ナショナリズムの文化的産物――詩、小説、音楽、造形美術――は、この愛を、さまざまな無数の形式とスタイルによって非常にはっきりと表現している」のだ。[10] ここで歌は、宗教観の対立や社会的経済的格差をはじめとする諸々の差異を覆い隠すシュガーコーティングのような役割をも果たしている。人が社会的相克に憤るだけで日々を送っていけないことは明らかである。プロテスト・ソングだけでなく、ひとは慰藉としての歌を必要とするのである。

「ゴッド・ブレス・アメリカ」にも歌われる自然、ふるさと、山、海といった言葉に、ひとは選択不可能なものを感じる。そして、それらに愛着を抱くことに躊躇しないだろう。プリント・キャピタリズムの登場以後に醸成されたナショナリズムに、個人がアイデンティファイしやすくなる要素がここに認められる。ひとが心の中に思い描く「想像の共同体」としてのネーション（国民/国家）である。アンダーソンによれば、ネーションネス（nation-ness）は、皮膚の色、性、生まれ、生まれた時代など――すべてひとが如何ともしがたいもの――と同一視される。二つの世界大戦では、人類が例のない規模で大量殺戮を行なったのだが、それよりもむしろ「途方もない数の人々がみずからの命を投げ出そうとしたこと」にその異常性がある。究極的な自己犠牲の観念は、宿命を媒介とする純粋性の観念をともなってのみ生まれる、とアンダーソンは指摘する。[11] 歌は人とこの観念を媒介する。

歌詞が陳腐で曲が凡庸であるということは歌いやすいということでも

ある。「ゴッド・ブレス・アメリカ」のように、メロディーが覚えやすく、歌詞が単純であればこそ、正確にまったく同じ時に、お互いまったく知らない人々が、同じメロディーに合わせて同じ歌詞を発することが可能になる。また、繰り返される"home"という言葉は単純であるがゆえに、我が家、家郷、故国等多層的な意味を引き寄せる。一体性を感じつつ、それぞれの思いを歌に託すことができるのだ。これによって集団に所属しながら、主体であると感じることができる。こうしたコーラスに、ひとは新しく参加することもできる。これは国民が最初から血ではなく言語によってはらまれたこと、そしてひとはこの想像の共同体に「招き入れ」られてしまう可能性があることを示している。招きに応じない他者を排除する一方で、あなたがたもこちら側にきませんか、と誘いかける身振りがシステムとして成立するのである。

　歌の受け入れられ方は、時代が下るにつれ、さまざまに移り変わっていく。映画『ディア・ハンター』（*Deer Hunter*, 1978）の結末部で歌われる「ゴッド・ブレス・アメリカ」は、ヴェトナム戦争後、おそらくは国民/国家の「アイデンティティ」がかつてないほど大きく揺らいだ時期に、この歌がどのように歌われたか、一つの例を示す。ニック（クリストファー・ウォーケン）を失った仲間たちが、早朝にとりおこなわれた葬儀の後、ジョン（ジョージ・ズンザ）の店で朝食をとる場面で「ゴッド・ブレス・アメリカ」は歌われる。マイケル（ロバート・デニーロ）がロシアン・ルーレットでニックを死なせてしまった結果、ヴェトナムから生きて連れ帰ることができず、それが故郷で待つ者たちにどう知らされたかは直接描かれないが、あきらかにその場は気まずい雰囲気に包まれている。場を和ませるためか、ジョンは、オムレツを焼きながら、「ゴッド・ブレス・アメリカ」を鼻歌で歌い出す。一度は結婚の約束をした男を失ったリンダ（メリル・ストリープ）が後について歌いだす。そこにいる者たちが唱和する。それぞれが胸中に一言では言い表せ

ない複雑な思いを抱いている。そして、一つ部屋に居合わせてはいても、それぞれ別々の思いを抱えて、皆が共に「ゴッド・ブレス・アメリカ」を歌うのである。伴奏を伴わない歌によって、友を救えなかった悔恨、悲しみ、将来を見据えたかすかな希望などがないまぜになっていることが示される。カメラが全員を同時に捕らえるショットに、それぞれの顔の表情がわかるバストショットが挿入され、現状を苦々しく否定する気持ちと決然と肯定する気持ち、失われたまま取り戻すことのできない過去への愛惜と手探りでさがしもとめる未来への不安が同時に示されている。朗々と歌い上げるでもなく、アイロニカルにまぜっかえすのでもなく、大声でなく、消え入りそうな声でなく、淡々と皆が歌い終える。残された者たちが否定しようもなく生きてそこに存在する同時性の経験が、「ゴッド・ブレス・アメリカ」を歌う行為によって、表現されている。「ニックに」と皆が乾杯する場面で、映画は終わる。一体性を感じさせ、心情を深いところから揺り動かす唱和の経験によって彼らはどうにか笑顔で乾杯することができる。ひとは、現在に直面することに対する不安を乗り越え、未来に対する不安を払拭し、前進する活力を必要とする。「ゴッド・ブレス・アメリカ」を聞いてその力を得る者がいることは否定できまい。しかし同時に、監督マイケル・チミノは、ヴェトナム戦争の退役者からさえも厳しく批判された、「敵がアメリカ兵の捕虜にロシアン・ルーレットをさせる」という稚拙なフィクションの導入を放置したまま、どうにか話をまとめる口実として「ゴッド・ブレス・アメリカ」を利用しようとしているようにも受け取れる。

政治と宗教

このように、多くの人に受けいれられ繰り返し歌われる歌ほどたやすく利用される傾向があることは否定しがたい。成功の夢と結びつくかたちで歌が政治的な問題になってしまうこともままある。ジェイムズ・H.

カヴァナーは、ブルース・スプリングスティーンを例に挙げて、当時のレーガン陣営が「アメリカン・ドリーム」の体現者であり、また文化的イコンでもあるスプリングスティーンをどのように「レーガン的な男性像として領有しようと目論んだ」かについて詳述している。[12] カヴァナーによれば、「勤勉と野心と蓄財が、アメリカの労働者階級に、成功を約束してくれるとまでは言わないにせよ、希望をあたえてくれる」のであり、その夢の体現者としてのスプリングスティーン像は、彼の出身地であるニュージャージー州でのレーガンによる選挙演説へ取り込まれたのである。共和党員だけでなく民主党員も熱心に支持するアメリカの夢を、スプリングスティーンの歌は肯定しているのか、それとも否定しているのか。スプリングスティーンと「彼の歌が示しているのは、万人に機会が与えられる国というアメリカ像なのか、それともあまりにも多くの人を絶望させている国というアメリカ像なのか」。事態の収拾をはかるためスプリングスティーン自身が介入せざるをえなくなり、「マイホームタウン」のような歌の歌詞はアメリカの夢の永続性を歌い上げたものではない、と観客に念を押すことになった。「作者」の介入により、右派プロパガンディストの目論みは後退を余儀なくされたが、「スプリングスティーンほど才能豊かですぐれた『作者』の言葉でさえも、それよりさらに狡猾で影響力のあるイデオロギー装置の効果を完全には消し去ることができなかった」のである。このような社会的文化的事実について、カヴァナーは次のように述べる。「つまりスプリングスティーンと彼の作品は、イデオロギー装置とイデオロギー闘争にからめとられていて、その作品の意味は、彼自身が影響を与えることができたとしても（たとえ実際に影響を与えても）、完全にはコントロールできないかたちで決められてしまうということだ。」ならば、休戦記念日にできた「ゴッド・ブレス・アメリカ」という歌が、作者の名が忘れられるほどに社会に広く深く浸透するにつれ、当初のコンテクストが取り外されて、排外主義

的ナショナリストたちによって政治的に利用されるようになるということは充分に考えられる。例えば、「ゴッド・ブレス・アメリカ」の、平原から海に至るまで、という固有名詞を含まない歌詞は、「戦争の歌にしたくない」、「平和の歌を作りたい」というバーリンの「意図」に反するかたちでも解釈することができる。読みを拡げれば、西部への、また北米全土への領土拡大は神の使命であるとする「明白なる天命」("Manifest Destiny") を正当化し、さらにハワイやフィリピンだけでなく、海を越えて合衆国の覇権を及ぼすことを神の恵みにもとづくものとして実践しようとする意志を示しているようにも読める。

ここであらためて歌詞の宗教に関わる言葉を見直してみよう。「ゴッド・ブレス・アメリカ」の「ブレス」("bless") とは、「神の恵みと加護をもとめること」であるが、「聖職者が十字を切って祝福する、神がなにか邪悪なものから守る」という意味もある。語源をたどれば、「生贄の血で清める」、「血あるいは犠牲をもって神聖なものとする」、とあるのに気づく。[13] 神の加護には生贄を伴うのだ。生贄となって排除されてきた者たちが存在することを、この第二の国歌は示唆する。9.11のテロ事件以後という文脈においてこの歌が歌われるとすれば、そのように読めてしまう。『ディア・ハンター』で歌われるのよりもさらに複雑な響きを伴うことになる。テロ事件以後、繰り返し言及されるようになった情況では、キリスト教以外の宗教を持つ者にとって、全く別の響きをもつ歌だったのである。

宗教の点でアメリカ社会における多数派に属していれば、"God Bless America." は、特別な意味をもつ言葉ではない。バーリンの歌詞と同じように、また彼を評する者たちの言葉がそうであるように常套句(クリシェ)なのだ。演説などに使われる決まり文句の一つである。歴代大統領の演説を見てみれば、頻繁に神という言葉が使われていることがわかる。とりわけ国民に一致団結を呼びかけるとき、神が持ち出される。この神とは、

当然ながらキリスト教の神である。アメリカの夢を築くのにも神は必要とされる。マーチン・ルーサー・キング・ジュニアによってワシントン大行進の際におこなわれた、アメリカ史上最も良く知られた演説の一つ、「私には夢がある」で語られた夢は、「アメリカの夢に深く根ざすもの」だった。「友よ。私は今日、みなさんに申し上げたい。今日も明日もいろいろな困難や挫折に直面しているが、それでもなお私には夢がある。それは、『アメリカの夢』に深く根ざした夢である」。それは、公民権運動を推し進めて人種差別を廃し、今ではアフリカ系アメリカ人と呼ばれるようになった者たちが社会において正当な扱いを受けることである。だが、このような文脈では、なぜかあまり触れられることはないが、その夢はまたキリスト教に深く根ざすものでもあった。キングは、祖父の代からプロテスタント教派のひとつ、バプテスト派の牧師であり、その名は宗教改革者マルティン・ルターと同じだ。キング牧師は次のように述べている。「すべての人間は神によって平等に造られ、一定の譲り渡すことのできない権利を与えられている。その権利のなかには、生命、自由、幸福の追求が含まれている。」「独立宣言」にあるこの言葉は、啓蒙主義思想の基本的人権の根本原理である。アメリカという国家は、多様な「アメリカ人」を統合するこの「理念」を実現することを表看板に掲げてきた。実質において否定されているものは、儀式やシンボルの中で、肯定され称揚されなければならないからかもしれない。「神によって造られ、与えられている」という文言からわかるように、キリスト教の神がアメリカの夢を築くための前提条件である生命、自由、平等を保証する。キング牧師が目指した自由と平等は独立宣言に記されたものだが、これを裏書きするのはキリスト教なのである。異教徒には、受け入れがたいことかもしれず、少なくとも違和感を否定しがたいことだろうが、改宗して同化することも、自由と平等が保証される条件であると考えられる。合衆国とは、アメリカ議会史上初のイスラム教徒の議員が、

聖書ではなく、コーランに手を置いて宣誓したことがニュースとして大きく取り上げられる国なのである。

21世紀ヴァージョン

　21世紀を迎えたアメリカで、一人の女性が成功の夢をつかむための階段を駆け上がった。これをバーリンの例と並べてみることができる。

　ロシアのシベリア西部で1888年に生まれたアーヴィング・バーリンは、ユダヤ人に対する激しい迫害（ポグロム）を逃れて故郷を離れ、わずかな金しか持たない父母に連れられ、兄弟と共にアメリカに渡った。

　100年後に、アメリカの夢を紡ぐ物語は次のように書き換えられる。

　ロシアのシベリア西部で1987年に生まれたマリア・シャラポワは、チェルノブイリ原発事故の惨禍を逃れて故郷を離れ、「女王」ナブラチロワに見出されて、わずかな金しか持たない父に連れられ、アメリカに渡った。

　（これら二つの「ロシア」の間には、潰えた夢――『世界をゆるがした10日間』で描かれたように、ジョン・リードが、そして世界中の多くの者がその胸をおどらせた、アメリカの夢と拮抗するほど壮大な夢である共産主義――が横たわっていることは、さしあたりおさえておくべきかもしれない。その夢は、完全に消滅することなく、アメリカに対抗するかたちで、アメリカの夢と同様、いまだに夢見る者たちの無意識を吸い上げ、形を変え、合衆国の喉元の国、キューバやベネズエラなどで命脈を保っていることは、無視しえない事実であるからだ。）どこが優れているのかわからない、と少なからぬ専門家が首をかしげるのをよそ

に、シャラポワは、デビュー3年目の2003年、全豪および全仏オープンで本戦に進出し、ウィンブルドンでベスト16入りを果たす。瞬く間にスター選手となり、翌2004年には17歳でウィンブルドンを制し、グランドスラム初優勝を成し遂げた。生粋のアメリカ人でなくロシア移民であるのに国歌にとってかわろうとするかのような歌を書いたとバーリンが批判されたのとちょうど同じように、米国開催の大会ポスターに、リンゼイ・ダベンポートでもセリーナ・ウィリアムズでもなくシャラポワの写真が使われたとき、この選手が、スター・プレイヤーになったとはいえ、ロシア人であるのにアメリカを代表する大会の「顔」となったことに驚きを示す者もいた。

　個人の成功は、国家にとっても好ましいものである。アメリカという移民の国は、民族や宗教について共通する統合の基盤をもてないできた。多民族国家は、自由と民主主義という実現すべき理念を国家統合の礎とせねばならない。国民はその共通の理念の下、世俗的なレベルでも、多様性や雑居性をまとめあげるなんらかの象徴的存在を求める。国民に文化的アイデンティティを認識させることができ、国の来歴を誇るに値するものと感じさせることができ、現在の生に意味があると感じさせることができる存在である。それゆえに、世紀が変わっても、アメリカは成功の夢を実現させる人物を必要とする。シャラポワの例を示すことにより、物語の主人公が女性になっても、スポーツの分野でも、また時代が100年下って21世紀を迎えても、アメリカの夢がなお充分に有効である証左だといって、穢れたヨーロッパとは隔絶した聖なる丘の上の住人たるアメリカ合衆国「国民」は、外部からの視線をまっすぐに受け止め、胸を張ることができる。全世界にこれをアピールできる。20世紀初頭から第二次大戦後にいたるアメリカは、自国の位置を積極的に世界へ向けて訴える必要があった。ポグロムによってロシアを追われたバーリンは新天地としてアメリカを必要としたが、同時に、世界へ進出する国家

としてのアメリカは、内に向かって統合を呼びかけ、外へ向かって自国の魅力を訴えるため、バーリンを必要としたのである。そして、アメリカの夢を必要とするように、バーリンの歌を必要とする者はいまだに少なからず存在しており、これからも「ゴッド・ブレス・アメリカ」や「ホワイト・クリスマス」が歌い継がれていくであろうことは疑いない。しかし、これらの歌は、文化的覇権が及ぶ範囲や、その歌にまつわる物語が必然的にはらむことになる問題点までをも顕わにせずにはいない。それを聞き漏らさないためにも、これらの歌に耳を傾けなければならないのだ。

註

（1）マックス・ホルクハイマー／テオドール・W. アドルノ『啓蒙の弁証法：哲学的断想』徳永恂訳（岩波書店、1990 年）、p.207.

（2）Jim Whiting, *The Life and Times of Irving Berlin* (Hockessin : Mitchell Lane Publishers, 2004), p.10.

（3）Jody Rosen, *White Christmas : The Story of an American Song* (London : Fourth Estate, 2002), p.5.

（4）スティーブン・スピルバーグは同名の曲を『オールウェイズ』（*Always*, 1988）に使用したいと求めたが、バーリンが許可しなかったため果たせず、彼の死後『AI』（*Artificial Intelligence : AI*）に「頬寄せて」（"Cheek to Cheek"）を使った。クリスマスに子供が一人で留守番する『ホーム・アローン』（*Home Alone*, 1990）に使われるのは「ホワイト・クリスマス」である。カート・ヴォネガットの原作に基づく『母なる夜』（*Mother Night*, 1996）では、冒頭から「ホワイト・クリスマス」が流れる。20 世紀末から 21 世紀にかけても、昔の曲がさまざまなタイプの映画に使われる。初めてのトーキー作品で使われた「ブルー・スカイ」（"Blue Skies"）はアクション映画『ロミオ・マスト・ダイ』（*Romeo Must Die*, 2000）、SF 映画『スター・トレック：ネメシス』（*Star Trek : Nemesis*, 2002）に使われている。また『ボーリング・フォー・コロンバイン』（*Bowling for Columbine*, 2002）のようなドキュメンタリーにも「ミシガンへ帰りたい」（"I Want to Go Back to Michigan"）が引用されている。

（5）Stephen Matterson, *The Essential Glossary : American Literature* (London : Arnold, 2003), p.10.〔『アメリカ文学必須用語辞典』村山淳彦

/福士久夫監訳（松柏社、2007年）〕本節は、"American Dream"および"Alger, Horatio"の項に依拠している。
(6) Michael Moore, *Dude, Where's My Country?* (New York : Warner Books), p.144.
(7) 全米レコード協会と全米芸術基金がリストアップした中から投票で選ばれた「20世紀の歌」(Songs of the Century) では、ジュディー・ガーランドの「虹の彼方に」に続いて、ビング・クロスビーの「ホワイト・クリスマス」が2位、ウディー・ガスリーの「我が祖国」が3位、ケイト・スミスの「ゴッド・ブレス・アメリカ」は19位となっている。(2001年3月8日、ロイター通信)
(8) Mary Ellin Barret, *Irving Berlin : A Daughter's Memoir* (New York : Simon & Schuster, 1994), p.172.
(9) Benedict Anderson, *Imagined Communities : Reflections on the Origins and Spread of Nationalism* (London : Verso, 1991), p.145. 〔『想像の共同体』白石隆他訳（リブロポート, 1987年）、p.249.〕
(10) Anderson, p.141.
(11) Anderson, p.144.
(12) Frank Lentricchia and Thomas McLaughlin ed., *Critical Terms for Literary Study* (Chicago : The University of Chicago Press, 1990), pp. 306-20.〔『現代批評理論：22の基本概念』大橋洋一他訳（平凡社, 1994年)〕本節は "Ideology" の項に依拠している。引用は主として上記翻訳による。
(13) 『オックスフォード英語辞典』(*Oxford English Dictionary*) には "The etymological meaning was (...) 'to mark (or affect in some way) with blood (or sacrifice) ; to consecrate'." であるとか、"To make 'sacred' or 'holy' with blood ; to consecrate by some sacrificial rite whichwasheld to render a thing inviolable from profane use of men andevilinfluence of men or demons." のような記述が見られる。

参考文献

Adams, James T. *The Epic of America.* Boston : Little Brown, 1931 ; London : Routledge

Anderson, Alan. *The Song Writer Goes to War.* New Jersey : Amadeus Press/ Limelight Editions, 2004.

Bergreen, Laurence. *As Thousands Cheer : The Life of Irving Berlin.* Cambridge : Da Capo Press, 1996.

Connelly, Mark ed. *Christmas at the Movies : Images of Christmas in American, British and European Cinema.* London : I.B.Tauris Publishers,

2000.

Fiske, John. *Reading the Popular.* London : Routledge, 1991.

Hochschild, Jeniffer L. *Facing Up to the American Dream : Race, Class and the Soul of the Nation.* Princeton : Princeton University Press, 1995.

Leopold, David. *Irvin Berlin's Show Business.* New York : Harry N. Abrams,Inc., 2005.

Levine, Lawrence W. *The Unpredictable Past : Explorations in American Cultural History.* New York : Oxford University Press, 1993.

McLuhan, Marshall. *Understanding Media : The Extensions of Man.* Cambridge : The MIT Press, 1994.

Nye, Jr., Joseph S. *Soft Power : The Means to Success in World Politics.* NewYork : Public Affairs, 2004.〔『ソフト・パワー――21世紀国際政治を制する見えざる力』山岡洋一訳、日本経済新聞社, 2004年〕

Steinbeck, John. *America and Americans.* New York : Viking Press, 1966.

若き日のフォークナーと《サッポー詩体》をめぐって
―― サッポーとホラーティウスとA. C. スウィンバーンとの聯関において

齋 藤 　 久

《ἰόπλοκ' ἄγνα μελλιχόμειδε Σάπφοι
θελω τι σείπεν ἄλλά με κωλύει αἴδως.
(Violet-weaving, chaste sweetly smiling Sappho,
I would speak but bashfulness restrains me.[1])
―― Alkaios ［Alcaeus］. Cf. Hephaistion ［Hephaestion］, *Encheiridion* ［*Handbook on Metres*］, XIV, 4. (*P.L.F.*,[2] Alkaios 384)
菫(すみれ)のみづらの、きよらかに、やさしく微笑(ゑま)ふサッポオよ、
きみに言ひたいことがあるのを、虔(つつ)しみの心が妨げるのだ。[3]
―― アルカイオス。ヘーパイスティオーン『韻律法便覧』14・4 参照。(呉茂一訳)》

I. 《サッポー ―― 第10番目の詩女神(ムーサ)(Sappho: The Tenth Muse)》
　　 ―― 《サッポー聯 (The Sapphic stanza)》について

先ず初めに、この誇り高き、古代ギリシア最大の女流抒情詩人 ―― 繊細かつ熾烈な感情、燃えるような情熱、旋律の豊かさ、揺るぎない措辞、詩的気品の高さなどで他の追随を許さぬ抒情詩を書いたことで知られる

サッポー（Sappho〔彼女自身はどうやら土地言葉のアイオリス方言でPsappho［プサッポー］と綴っていたらしい〕、fl.c. 610-c. 580 B.C.）に言及しなければならない。サッポーの詩篇が完全な形ではほとんど現存せず、またその生涯についてもほとんど知られていないけれども、彼女は、ギリシアの最も偉大な閨秀詩人の一人としてだけではなく、世界文学史上、しばしば最大の女流詩人の一人と見做されているのだ。ギリシアのエピグラマティスト、シードーン（古代フェニキアの海港都市）のアンティパトロス（Antipatros Sidonios［Antipater of Sidon］、fl.c.120 B.C.）は、サッポーに対して最大級の、惜しみのない讚辞を贈っている。

《Οὔνομά μευ Σαπφώ. τόσσον δ' ὑπερέσχον ἀοιδὰν
θηλειᾶν, ἀνδρῶν ὅσσον ὁ Μαιονίδας.[4]
――*The Greek Anthology*, Bk.Ⅶ, Epigram No.15.
My name is Sappho, and I excelled all women in song as much as Maeonides excelled men.[5]
――Translated by W. R. Paton.
わたしの名前はサッポーと言います、そしてマイオニデース（ホメーロスの詩的別称）が男たちの間でずば抜けて優れていたと同じくらいわたしは詩においてすべての女たちより抽んでて優れていたのです。》

サッポーは、紀元前600年頃、小アジア（Asia Minor〔黒海と地中海の間の地域〕）に近いエーゲ海（the Aegean Sea）のレスボス（Lesbos）島のエレソス（Eresos［Eresus］）、またはミュティレーネー（Mytilene）に生まれたレスボス島人（Lesbian）で、貴族の出として幼時に内乱を避けてシチリア（Sicilia［Sicily］）島に住んだほかは、どうやら人生の大半をミュティレーネーに住んで、少女たちに（七弦の）竪琴や歌舞を教えて過したらしい。サッポーの伝存する詩篇の類から判断すると、お

そらく彼女はアプロディーテー（Aphrodite〔《愛と美と豊穣の女神》で、ローマ神話のウェヌス［ヴィーナス］に当たる〕）女神の祭祀に従事したり、祝宴に少女たちの合唱隊を率いて列したり、また婚礼の儀式などの手伝いもしていたらしいと言われる。

　サッポー自身や仲間の良家の子女たちが例の同性愛者であったことを示す言葉は、少なくとも現存する諸断片の中には一語もないという。しかしながら、彼女の大量の詩篇類を当時直接目にすることができた古代ギリシアの一時期の著作家たちは、サッポーが紛れもなく《同性愛》に溺れていたと断言しているのだ。「女性間の同性愛」のことを一般に"lesbianism"ないし"sapphism"と呼ばれる所以である。サッポーが仲間の少女たちに寄せた詩篇のほとんど大半が、彼女たちの中の一人に対する《恋愛感情》に焦点が置かれていると言っていいのである。しかも、少なくとも古代ギリシア・ローマでは、いわゆる《同性愛》は一般に認められていたのである。当時は、男性が酒宴の席で美青年（美少年）に求愛したという古くからの習慣があったように（Cf. sodomy; Dorian love）、レスボス島では、どうやら女性も同性間の恋愛感情を相手に伝えたり、実際にその思いを遂げることが可能であったらしいのである。

　サッポーの詩篇は、エジプト北部のアレクサンドレイア［アレクサンドリア］（Alexandrea [Alexandria]——マケドニアの例のアレクサンドロス大王（Alexandros [magnus Alexander], 356-323 B.C.）が建設させた古代世界の学問の中心地——で学者らによって9巻の詩集に編輯されていたらしいのだが、惜しむらくは、ビザンティン期に散佚湮滅してしまって、中世期の後まで（15世紀の半ば過ぎまで）生き延びることができなかった。御参考までに一言挿記するが、一説によると、中世期（ギリシア・ローマの古典の保存と稿本類の修正の時代でもあった）の或る皇教が、サッポーの詩を英語で謂うところの《subversive（現存の宗教・体制・権威・主義・思想・秩序・道徳などを覆す［破壊

する] もの)》と考えて、異端扱いし、古代人の誇りとした彼女の9巻の詩集を焼き棄てるべしという焚書令(ふんしょれい)を出したため、彼女の作品の大半が焼却処分に付され、この世からほとんど消失・亡失してしまったというものだが（そう言えば、20世紀の代表的な小説家の一人でドイツのノーベル賞作家トーマス・マンもナチによる焚書に遭っているが）、返すがえすも残念なことだと言わねばならない。

　サッポーの唯一の完全な形で現存する28行の頌詩1篇『アプロディーテー禱歌』（"Ode [Address] to Aphrodite"）と、やはり2番目にほぼ完全な形（最初の16行）で現存する『或る少女に対する愛の告白』（"Declaration of Love for a Young Girl"）の2篇のみが古代ギリシアの文芸批評家、修辞学者、歴史学者らの書物の中にたまたま引用されていたために残っていたり、またパピュロス（パピルス）紙（Papyros [Papyrus]）や陶片（potsherd; ostracon）や羊皮紙（parchment）などに書かれた詩の短い断片がエジプト中部ナイル河西岸にある古代遺跡で1897年にかなり多数発見されたりして（いわゆる《オクシュリュンコス・パピュロス（*Oxyrhynchos papyros* [*Oxyrhynchus papyri*]）写本》——2世紀後半か、或いは3世紀初頭の古文書）、サッポーの詩篇が辛うじて完全亡失を免れ、完全な詩行の少ない相当量の断片（fragments）が遺存しているに過ぎないのである。それにもかかわらず、サッポーが《情熱の天才詩人》であったことの片鱗を窺わせるものが充分あると言っていいのである。

　やはりレスボス島の貴族出身で、サッポーと併称される古代のギリシアの抒情詩人アルカイオス（Alkaios [Alcaeus], *c.* 620-*c.* 580 B.C.）は、彼女のほぼ同時代人で（彼女より少し年長）、《神々への讃歌・飲酒詩・恋愛詩・戦争詩・政治詩・時詠》など、多種多様の詩(うた)を詠んだことで知られ、サッポーとの応唱が伝わっている（恋歌・相聞、一種の贈答歌・返歌の類）。しかしサッポーは、アルカイオスを、その名声のゆえ

に（？）、或いはその無作法な求愛のゆえに（？）、拒絶して、エーゲ海にあるキュクラデス（Kyklades [Cyclades]）諸島最北の島アンドロス（Andros）島出身のケルキュラス（Kerkylas [Cercylas]）という富裕な男と結婚して、現存する詩の断言（*P.L.F.*, Sappho 132）に拠ると、少なくとも一子、クレイス（Kleis [Cleis]）という名の美しい娘を授かったという。

《ἔστι μοι κάλα πάϊς χρυσίοισιν ἀνθέμοισιν
ἐμφέρην ἔχοισα μόρφαν Κλέϊς ἀγαπάτα,
ἀντὶ τᾶς ἔγωὐδὲ Λυδίαν παῖσαν οὐδ' ἐράνναν...[6]

I have a fair daughter with a form like golden flowers, Cleis the belovedest whom I cherish more than all Lydia or lovely [Lesbos].[7]
——Translated by Edwin Marion Cox.
われに愛しき娘あり、／金色の花にしも　たぐふべき／姿せるクレイス……いとほしき、／これに換へては　リューディアをこぞり、／めづらしき………とも／われ（望まじ）（呉茂一訳）》

ともあれ、サッポーのことを《第10番目の詩女神（the tenth Muse）》と命名したのは、知る人ぞ知る、かの古代ギリシア最大の哲学者（いや、愛智者）のプラトーン（Platon [Plato], *c.* 427–*c.* 347 B.C.）であった。10世紀頃、コンスタンティーヌス・ケパラース（Constantinus Cephalas）が編輯した、例の『パラーティーナ詞華集』（*Anthologia Palatina* [*Palatine Anthology*], *c.* 980）の中に、プラトーンの名を冠したサッポーへの《頌詞（eulogia; laudatio）》が採録されていて、彼女は《第10番目の詩女神》と呼ばれているのだ。

《ἐννέα τάς Μούσας φασίν τινες· ὡς ὀλιγώρως·
ἠνίδε καὶ Σαπφὼ Λεσβόθεν ἡ δεκάτη.[8]
(Some say there are nine Muses; how careless!
　Look——Sappho of Lesbos is the tenth![9])
　——Plato, "On the Muses," *Palatine Anthology* (*c.* 980), Bk. IX, No. 506.
詩女神(ムーサイ)は九人いると言う人がいるが、何と不注意なことか！
見よ——レスボス島のサッポーこそは第10番目の詩女神(ムーサ)なのだ！
——プラトーン「詩女神(ムーサイ)について」、『パラーティーナ詞華集』(980年頃)、第9巻、第506番。》

　序でに言えば、ギリシア神話に拠れば、オリュンポス（Olumpos［Olympus］）山の主神ゼウス（Zeus）とムネーモシュネー（Mnemosyne〔「記憶」の女神〕）が九夜交わって、《九人の詩女神(ムーサイ)（the nine Muses）》を産んだという。そして詩人は、詩作に当たって、例のホメーロス（Homeros［Homer］, fl.late 8th cent.B.C.）以来、ギリシア神話の九人の詩女神(ムーサイ)に、または、そのうちの一人の詩女神(ムーサ)に呼び掛けて、《天与の霊感》を、天来の《詩的想像力・詩想》を与えてくれるように祈る習慣(なら)があったのだ。考えてみるに、そもそも文学・絵画・彫刻・音楽・演劇など、いわゆる芸術の神髄というのは、人間の魂に語り掛け、《心の琴線（heartstrings）》に触れ、大きな感動や共鳴を与えることにあると言ってよいだろう。そう言えば、わが坪内逍遙（1859-1935）は、例の『小説神髄』（1885-86年）の「小説総論」（1885年）において、「詩の骨髄は神韻なり」と喝破している。またプラトーンの対話篇『イオーン』（*Ion*, 534E）に拠れば、美しい詩というのは、人間業でも、また人間のものでもなく、むしろ神業で、神々からの授かりものであり、神々のものであるという。そして詩人というのは、神憑(がか)りに懸かることによっ

て、その神意を取り次ぐ神々の取り次ぎ人に他ならぬという。[10]霊妙な、神韻縹渺たる詩は、人間業を遙かに超えた神業であり、《神憑りに懸かった詩人》によってのみ為し得る業だというのである。

　さて、落語の三題噺ではないが、《ギリシア・レスボス島・サッポー》と言えば、我々は直ちにロマン派の大詩人バイロン卿（George Gordon, Lord Byron, 1788-1824）の、遊蕩生活を送った例のスペインの伝説的貴族を主人公にした叙事詩・諷刺詩『ドン・ジュアン』（*Don Juan*, 1819-24）の第3歌に出てくる有名な抒情詩 "The isles of Greece..." を想い起さぬわけにはいかぬだろう。

《The isles of Greece, the isles of Greece!
Where burning Sappho loved and sung,
Where grew the arts of war and peace,
Where Delos rose, and Phoebus sprung!
Eternal summer gilds them yet,
But all, except their sun, is set.[11]
——Lord Byron, *Don Juan*, Canto Ⅲ (1821), St. 86 (Song, St. 1).
ああギリシアの島々、ギリシアの島々よ！
燃えるサッポーの愛し、歌ひしところ、
戦ひと平和の技(わざ)生ひ立ちしところ、
デーロスの島盛り上がり、ポイボスの踊り出でしところ、
常夏(とこなつ)はその島々、いまも彩れど、
すべては、陽(ひ)のほかは、没し去りぬ。[12]
——バイロン卿『ドン・ジュアン』、第3歌（1821年）、第86聯（歌・第1聯）。（小川和夫訳）》

また、英語で"the tenth Muse"と言えば、シェイクスピアの『ソネット集』(*Sonnets*, 1609) の愛読者ならば、おそらく第38番を想い起すことであろう。

《Be thou the tenth Muse, ten times more in worth
Than those old nine which rhymers invocate;
And he that calls on thee, let him bring forth
Eternal numbers to outlive long date.(13)
——Shakespeare, *Sonnets* (1609), No. 38, ll. 9-12.
昔の詩人が呼びかけた詩神は九人でしたが、
あなたは十倍も価値ある十人目の詩神となり、
あなたに呼びかけるものには後世に残る
不朽の名詩を生ませてやってください。(14)(小田島雄志訳)》

　話の序でに言及すれば、《アーデン版シェイクスピア》の『ソネット集』の編註者キャサリン・ダンカン＝ジョウンズ (Katherine Duncan-Jones) 女史は、9行目の"the tenth Muse"について、「古代ギリシア・ローマの神話の九人の詩女神(ムーサイ)はすべて女性であるので、この奇抜な隠喩は、第20番第1行や第41番第5-6行のように、呼び掛けられる者（この場合は、男性）にはどことなく擬女性的 (quasi-feminine) なところがあることを暗示しているかもしれない」(15)とわざわざ註記しておられる。

　英文学史上、あらゆる韻律・詩型を巧妙自在に駆使し、詩的技巧上空前を以て許されるイギリスの詩人、アルジャノン・チャールズ・スウィンバーン (Algernon Charles Swinburne, 1837-1909) は、生涯にわたってサッポーの熱烈な心酔者・崇拝者であったが、彼には、死後に発表された、次のようなサッポーに対する《頌詞》が遺っているので、御参考までに、紹介しておこう。

《Judging even from the mutilated fragments fallen within our reach from the broken altar of her sacrifice of song, I for one have always agreed with all Grecian tradition in thinking Sappho to be beyond all question and comparison the very greatest poet that ever lived. Æschylus is the greatest poet who ever was also a prophet; Shakespeare is the greatest dramatist who ever was also a poet; but Sappho is simply nothing less ——as she is certainly nothing more ——than the greatest poet who ever was at all. Such at least is the simple and sincere profession of my lifelong faith.[16]

——A.C. Swinburne, "Sappho," *The Saturday Review*, 21 February 1914, p. 228.

　サッポーの歌の犠牲の壊れた祭壇から我々の手の届く所に落ちているずたずたに破れた断片類などから判断すると、少なくとも私自身としては、サッポーを、今まで存在した極め付けの最も偉大な詩人とすることに何ら疑問の余地がないし、かつ比肩し得る者がいないと考える全ギリシア人の伝統にいつも同意してきたのだ。アイスキュロスは同時に予言者でもあった最も偉大な詩人である。シェイクスピアは同時に詩人でもあった最も偉大な劇作家である。しかしサッポーはいやしくも今まで存在した最も偉大な詩人、それ以下でもないし——また確かにそれ以上でもないのだ。私の生涯にわたる信仰告白を簡潔かつ率直にすれば、少なくとも上述の通りである。

　——A.C.スウィンバーン「サッポー」、『サタデー・レヴュー』、1914年2月21日号、228ページ。》

　そろそろ本題に入らねばならぬ時が来たが、サッポーが愛用し、彼女に因んで命名されたサッポー独特の韻律は、通例《サッポー詩体

(Sapphics; Sapphic stanza [strophe, verse])》と呼ばれている。一般的には、おそらくサッポーが創案し、彼女に因んで命名され、例のアルカイオスもしばしば用い、またラテン語の詩において、古代ローマの最大の抒情詩人カトゥルス（Gaius Valerius Catullus, *c.* 84–*c.* 54 B.C.）やホラーティウスが採用した4行から成る抒情詩の1区切り（すなわち、《聯》スタンザ）を指すと言っていいだろう。ところが、4世紀頃の文法学者マリウス・ウィクトーリヌス（Marius Victorinus, 4th cent. A.D.）の『文法（ホラーティウスの韻律について）』に拠れば、「サフィック・スタンザはアルカイオスによって創案されたけれども、それが《サッポー風11音節の詩行（the Sapphic hendecasyllable）》と呼ばれるのは、音節数のためと創案者アルカイオスよりもサッポーの方が好んで用いることがずっと多かったからである」[17]という。とはいえ、この詩型は、サッポーが用いた多くの韻律の一つに過ぎないことは言うまでもない。

　《作詩法・韻律法（prosody）》の点から言えば、英詩は《音節の強勢・強弱（stress）》を基礎とした詩、いわゆる《強勢詩（accentual verse）》であるのに対して、古代ギリシア・ローマのギリシア詩・ラテン詩のような西洋古典詩は《音節の長短・音量〔音長〕（quantity）》を基礎とした詩、いわゆる《音量詩（quantitative verse）》である。要するに、古典詩の韻律は、英詩におけるように音の強弱（′×）ではなく、音の長短（‐⌣）から成り立っており、《Classical prosody》と《English prosody》とは氷炭相容れずというか、その性質を全く異にするものであると言っていい。

　《サッポー風（5詩脚）4行詩》というのは、《lesser Sapphic verse》と呼ばれ、最初の3行が、各行の3番目（中間）の所（詩脚）に、《長短短格（dactyl）》を伴う、《5歩格（pentapody［pentametre］）》の《11音節の詩行（hendecasyllable）》、さらに4行目に《アドーニス詩格（Adonic——dactyl〔長短短格〕に spondee〔長長格〕または trochee

〔長短格〕が続く5音節〔pentasyllable〕)の詩行》1行から成る聯(スタンザ)である。古典詩学の母音の上に付ける《音量記号(quantity marks)》——《長音記号(macron〔−〕)》《短音記号(breve〔⌣〕)》で表記すれば、すなわち、——

$$
\begin{array}{l}
-\smile\,|\,--\,|\,-\smile\smile\,|\,-\smile\,|\,-\underset{\smile}{-} \\
-\smile\,|\,--\,|\,-\smile\smile\,|\,-\smile\,|\,-\underset{\smile}{-} \\
-\smile\,|\,--\,|\,-\smile\smile\,|\,-\smile\,|\,-\underset{\smile}{-} \\
-\smile\smile\,|\,-\underset{\smile}{-}
\end{array}
$$

さて、百万言を費やして縷々説明を試みるよりも、「論より証拠(Cf. "Example is always more efficacious than precept." ——Samuel Johnson, *Rasselas*〔1735〕, Chap. 30)」というぐらいだから、先ずはサッポーのギリシア語の原詩を次に1篇だけ引用して御高覧に供することにしよう。さらに、御参考までに、19世紀において試みられたサッポー詩篇の数多の英訳の中でも白眉、最良のものの一つとされる、詩人的気稟に恵まれていたジョン・アディントン・シモンズ(John Addington Symonds, 1840-93)の近代英語による、気品と雅趣に富む翻訳例を併せて挙げておく。自らが詩人で名翻訳家であったJ.A.シモンズは、『ギリシア詩人研究』(*Studies of the Greek Poets*, 2 vols., 1873-76)や名著『イタリアのルネサンス』(*The Renaissance in Italy*, 7 vols., 1875-86)の著者で、《近代印象主義的批評》の先駆者の一人でもあった。また邦訳としては、当然ながら、西洋古典学の碩学わが呉茂一(くれしげいち)(1897-1977)の名訳を借用させていただくことにする。

φαίνεταί μοι κῆνος ἴσος θέοισιν
ἔμμεν' ὤνηρ, ὄττις ἐνάντιός τοι
ἰσδάνει καὶ πλάσιον ἆδυ φωνεί-

σας ὐπακούει
καί γελαίσας ἰμέροεν, τό μ' ἦ μὰν
καρδίαν ἐν στήθεσιν ἐπτόαιτεν,
ὡς γὰρ ἔς σ' ἴδω βρόχε', ὥς με φώναι-
σ' οὐδ' ἓν ἔτ' εἴκει,

ἀλλ' ἄκαν μὲν γλῶσσα πέπαγε, λέπτον
δ' αὔτικα χρῶι πῦρ ὐπαδεδρόμηκεν,
ὀππάτεσσι δ' οὐδ' ἓν ὄρημμ', ἐπιρρόμ-
βεισι δ' ἄκουαι,

κὰδ δέ μ' ἴδρως κακχέεται, τρόμος δὲ
παῖσαν ἄγρει, χλωροτέρα δὲ ποίας
ἔμμι, τεθνάκην δ' ὀλίγω 'πιδεύης
φαίνομ' ἔμ' αὔται.[18] (*P.L.F.*, Sappho 31)

Peer of gods he seemeth to me, the blissful
Man who sits and gazes at thee before him,
Close beside thee sits, and in silence hears thee
   Silverly speaking,

Laughing Love's low laughter. Oh this, this only
Stirs the troubled heart in my breast to tremble.
For should I but see thee a little moment,
   Straight is my voice hushed;

Yea, my tongue is broken, and through and through me

'Neath the flesh, impalpable fire runs tingling;
Nothing see mine eyes, and a noise of roaring
　　　　Waves in my ear sounds;

Sweat runs down in rivers, a tremor seizes
All my limbs and paler than grass in autumn,
Caught by pains of menacing death I falter,
　　　　Lost in the love trance.[19]
──Translated by John Addington Symonds, 1883.

その方(かた)は　神々たちに異(ことな)らぬ者とも　見える、
その男の方(かた)が、あらうことか、あなたの真正面に
座を占めて、近々(ちかちか)と　あなたが爽かに物をいふのに
　　聴き入(い)っておいでの様(さま)は、

また、あなたの惚々(ほれぼれ)とする笑ひぶりにも。それはいかさま、
私へとなら　胸の内にある心臓を　宙にも飛ばしてしまはうものを。
まつたくあなたを寸時(ちょっと)の間でも　見ようものなら、忽ち
　　声もはや　出ようもなくなり、

啞のやうに舌は萎えしびれる間もなく、小さな
火焔(ほむら)が　膚(はだへ)のうへを　ちろちろと爬(は)ってゆくやう、
眼はあつても　何一つ見えず、耳はといへば
　　ぶんぶんと　鳴りとどろき、

冷たい汗が手肢(てあし)にびつしより、全身にはまた
震へがとりつき、草よりもなほ色蒼ざめた

様子こそ、死に果てた人と　ほとんど違はぬ
　　　ありさまなのを。[20]……
　　　　　（呉茂一訳）

　概して、サッポーの詩は、極めて私的・個人的な色合いのものが多く、恋愛と大いに関係していると言っていいだろう。彼女の詩は、大いに練り上げられ、洗練された（polished）ものではあるが、時に言葉が省略されていて（elliptical）、意味が曖昧模糊になることが昔からしばしば指摘されている。それにしても、《英詩の韻律法》を自家薬籠中のものとし、高度の詩的技巧を必要とするため英詩での使用は極めて困難とされる《サッポー詩体》をいとも巧妙自在に駆使し得たかに見えるJ. A. シモンズの英訳詩は、まことに一読三歎するしかない、何とも見事な、瞠目すべき腕の冴えと言う外ないだろう。
　サッポーのギリシア語の原詩をさらによく理解するために、御参考までに、比較的平易な散文訳の例を一つだけ挙げておくことにしよう。

　　That one seems to me the equal of the gods, who sits in thy presence and hears near him thy sweet voice and lovely laughter; that indeed makes my heart beat fast in my bosom. For when I see thee even a little I am bereft of utterance, my tongue is useless and at once a subtle fire races under my skin, my eyes see nothing, my ears ring, sweat pours forth and all my body is seized with trembling. I am paler than [dried] grass and seem in my madness little better than dead.[21]

　　　——Translated by Edwin Marion Cox, 1925.

古代ギリシアの《抒情詩》というのは、大体が《独唱詩（μονῳδία [monōidía]; monody)》と呼ばれるもので、本来《竪琴（λύρα; lyra〔亀の甲に弦（初めは四弦、後に七弦）を張った撥弦楽器、七弦琴〕)》の伴奏に合わせて歌謡として独唱されたものであるという。

　序でに、別の英訳例として、小児科医（pediatrician）でもあったアメリカの医者・詩人ウィリアム・カーロス・ウィリアムズ（William Carlos Williams, 1883-1963）による日常語を用いた、極めて簡潔平易な文体の英訳詩の例を挙げておこう。

Peer of the gods is that man, who
face to face, sits listening
to your sweet speech and lovely
　　　　laughter.

It is this that rouses a tumult
in my breast. At mere sight of you
my voice falters, my tongue
　　　　is broken.

Straightway, a delicate fire runs in
my limbs; my eyes
are blinded and my ears
　　　　thunder.

Sweat pours out: a trembling hunts
me down. I grow paler
than dry grass and lack little

of dying.⁽²²⁾

―William Carlos Williams, *Paterson* (5 vols., 1946-58), Bk. V, Sec. II.

　ウィリアムズの訳詩は、もしかすると、言葉の細部にまで抑制の利いた、装飾的かつ無駄な美辞麗句を一切排除した、単純平明にして優雅な言葉で綴られた、往古（いにしえ）の《生ける詩女神サッポー（ムーサ）》のギリシア語の原詩の息吹を想起させるものがあると言っていいかもしれない。因みに註記すれば、ウィリアムズの韻文（自由律詩）と散文とを織り交ぜた一種の長篇叙事詩『パタソン』という標題（タイトル）は、詩人の生まれ故郷のニュー・ジャージー州北東部ラザフォード（Rutherford）に近い、パセイック（Passaic）河畔のパタソンという《地方都市名（かつてアメリカ一の絹織物の町）》と、詩人自身の分身と覚しきドクター・パタソンという《作中人物名（擬似神話的人物）》との両方を指している。アメリカの代表的な工業地方都市の社会的・地誌的・文化的・歴史的特徴を、地方都市の一人の詩人・開業医の実生活と瞑想を通して、描いて見せてくれる点で、半ば自伝的な、20世紀の叙事詩と言われる所以かもしれない。

　1世紀の初めの頃の修辞学者・文芸批評家ディオニューシオス・ロンギーノス（Dionysios Longinos [Dionysius Longinus]）は、いかなる要素が文学上の《崇高（hypsos）》を形成するかを分析した文芸批評書『崇高について』（*Peri hypsous*; *De Sublimitate*; *On the Sublime*）の第10章において、サッポーのこの詩に言及し、サッポーは、「恋の狂気に付随する諸々の感情」（the emotions associated with love's madness）⁽²³⁾を採り上げて詠っているのだという。しかも清冽な詩魂の持ち主であったサッポーは、この現存している限りでの（実際はもっと長かったと思われる）、やや短めの詩において、《恋の狂気に伴う心理的、肉体的錯乱状態》を、細大漏らさず、過不足なく、簡潔平易に、リアリ

スティックに、見事に詠い込んでいると言っていいのだ。

　この《サッポー・断片第31番》の僅か16行余りの詩には、古くから英訳で "Declaration of Love for a Young Girl," "The Ode for Anactoria," "To a Beloved Woman," "To a Maiden," "To a Bride," 等々といった標題(タイトル)が仮題として付けられているが、この詩は明らかに《恋愛詩》と見做すことができよう。この1篇は、或る少女がどうやら恋人らしき男性と対座して、いとも親しく、かつ楽しげに語らっている様子をたまたま垣間見たサッポー自身が、自分の恋心を激しく搔き立てる（師弟関係にあると覚しき）少女に向かって熱烈な愛の想いを、自分の激越な恋愛感情（恋の情念）を、《発作的な嫉妬（a fit of jealousy）》に苛まれ、取り乱した文脈(コンテクスト)の中で、詠い、かつ訴え掛けている詩であると言っていいだろう。言い換えれば、恋愛感情が閨秀詩人に与えた《心理的、肉体的衝撃》及び感情が異常に高揚した《忘我(エクスタシー)》の状態を、典雅かつ気品に溢れた、単純平明な言葉でもって、過不足なく、仔細克明に詠っているのだ。この1篇は、何とも見事と言う外なく、サッポーの（大量にあったと思われる）詩篇の中でも、おそらくすば抜けた傑作であることは間違いないだろう。もっとも、この詩を、サッポーの《恋愛詩》とは見做さず、《祝婚歌〔婚姻歌〕(ヒュメナイオス)(hymenaios; hymenaeus; bridal song)》と採る学説もあるようだが、如何せん、結婚式にはいささか場違いな内容と言わねばならぬだろう。とはいえ、或る少女の結婚に際して、サッポーがいたく寵愛した教え子の少女に対する一種の《送別の讃歌》と採れなくもないだろう。この詩の持つ繊細微妙な陰翳をつらつら考えてみる時、少なくとも、そういうニュアンスが、細かい含みや深い味わいが、どことなく包含されているような気がしなくもないのである。

　周知のように、サッポーの《恋愛詩》はもっぱら女性に対してのみ語り掛けられているのだ。そう言えば、通例、『アプロディーテー禱歌』("Ode〔Address〕to Aphrodite," *P.L.F.*, Sappho 1)と呼ばれてい

る頌詩1篇は、彼女の唯一の完全な形で、全篇がそっくり無疵で現存しているものである。サッポーの現存する詩篇の中で最も長く（4行詩、7聯、都合28行から成る）、かつ最も有名なものであると言っていい。この詩は、サッポーと覚しき語り手が《片思いの苦悩》から解放されるように《愛と美と豊穣の女神》アプロディーテーに哀願・嘆願している詩である。どうやら古代スパルタなどでは、男の子には《戦争》のために《軍事訓練》を、また女の子には《結婚》のために《花嫁修業》を、それぞれ目的とする教育機関があったことが知られている。（因みに、《戦争》は、往々にして《恋愛》の隠喩(メタファー)になるのだ。）今なお意見が分かれるところらしいが、おそらく当時のレスボス島の社会におけるサッポーの役割は、貴族階級の子女たちに結婚の準備をさせる教師の役割を担っていたように思われるのだ。実のところ、男女どちらの教育機関においても、《同性間の恋愛》が副次的必然として、決して小さくない役割を演じていたと言うべきなのである。従って、今更E. M. フォースター (Edward Morgan Forster, 1879-1970) の死後出版された例の体験的同性愛小説『モーリス』(Maurice, writ. 1913-14; pub. 1971) を持ち出すまでもなく、イギリスの富裕な階級のための、古い伝統を誇る例のパブリック・スクールの寄宿舎や名門オックスフォード、ケンブリッジ両大学の学寮(コレッジ)などが、時に、同性愛の淫靡な巣窟(ねぐら)と化してもさして驚くには当たらないのだ。

いずれにしても、サッポーのこういった《女性間の恋愛》を詠った詩を読むと、どうしても我々は必然的に、いや、当然のことながら、サッポーよりも2,200年後に生まれたイギリスの大詩人シェイクスピアの《男性間の恋愛》を詠った、例の『ソネット集』(1609年) を想い起さぬわけにはいかぬだろう。しかしながら、この問題は、差し当たり、本稿の主たる目的ではないので、今はしばらく措くことにして、シェイクスピアにはこれ以上言及しないことにする。

II.《ホラーティウス風サッポー聯（Horatian Sapphic stanza）》について

　さて、イタリア南部、アウフィドゥス（Aufidus〔現オファント（Ofanto）〕）河岸の小さな町ウェヌーシア（Venusia〔現ヴェノーサ（Venosa）〕）生まれのクゥイーントゥス・ホラーティウス・フラックス（Quintus Horatius Flaccus, 65-8 B.C.）は、《ラテン文学黄金時代》の最高峰に位する大詩人ウェルギリウス（Publis Vergilius Maro, 70-19 B.C.）と並び称されるローマ最大の詩人である。どうやら彼は《解放奴隷（被解放民）の息子（the son of a freedman）》であったらしいが、競売人の代理人（auctioneer's agent）として競売(オークション)の支払金の集金係をしていた父親の学費捻出のお蔭で充分な教育を（初めはローマで、のちにアテーナイで）受けることができた。詩作に従事すること数年にして、アウグストゥス帝の寵臣で懐刀であった、かつ文芸の保護者でもあったローマの政治家ガーユス・マェケーナス（Gaius Maecenas, c. 70-8 B.C.）の眷顧(けんこ)を蒙ったりした。マェケーナスからサビーヌム（Sabinum）の農園と屋敷を贈与されたホラーティウスは、この地をこよなく愛して、詩の中でしばしば讃美している。のちに彼は《桂冠詩人（poeta laureatus）》に選ばれて、合唱歌『百年祭祝典歌(カルメン・サエクラーレ)』（サフィック・アドーニック。4行詩、19聯、76行。）を作っている。

　ホラーティウスと言えば、我々が何よりも身近に感じるのは、例えば、手許にある、比較的古いところでは、*Benham's Book of Quotations*（London and Melbourne: Ward, Lock & Co., Ltd., 1924）や *Bartlett's Familiar Quotations*（1882- ）や *The Oxford Dictionary of Quotations*（1941- ）、また比較的新しいものでは、*Collins Dictionary of Quotations*（1995- ）などを初めとする、数多の引用句辞典類を繙いて見ると、ホラーティウスの諸作品の随所に鏤められて

いる。そしてその後あまねく人口に膾炙するようになった詩句、名言・警句の類が大量に収載されていることに気づいて我々は改めて驚かざるを得ないのだ。ここでそれらの中から最も知られている詩句を一つだけ挙げておくことにしよう。

《Quandoque bonus dormitat Homerus.
(Sometimes even good Homer nods [grows drowsy].)
——Horatius [Horace], *Ars Poetica* (*c.* 20 B.C.), l. 359.
弘法にも筆の誤り。
<small>(字義通りには、ホメーロスのような大詩人でさえも、長い作品においては、坐睡〔居眠り〕しながら書いたと思われる凡句・駄句の類が時々見受けられる、の意。)</small>
——ホラーティウス『詩論』、359 行。》

ホラーティウスの詩篇の現存するものとしては、121 篇の《抒情詩》——すなわち、『歌集カルミナ』(*Carminum; Carmina; Odorum* [*Odes*])、『エポード集』(*Epodon; Epodi; Iambi* [*Epodes*])、『百年祭祝典歌』(*Carmen Saeculare* [*The Secular Hymn; The Centennial Hymn; Hymn for a New Age*]) ——及び 41 篇の《随想詩》——すなわち、『諷刺詩(或いは『対話詩』)』(*Sermonum; Sermones; Satirae* [*Satires*])、『書簡詩』(*Epistularum; Epistolae* [*Epistles*])、『詩論』(*De Arte Poetica; Ars Poetica* [*The Art of Poetry*]) ——など、都合 162 篇余りある。

ホラーティウスの詩篇の特徴を、碩学わが呉茂一の言葉を借りて、掻い摘んで手っ取り早く言えば、「作詩法上の完璧・完成」、「古代ギリシア抒情詩の韻律の巧妙自在の駆使」、「人情の表裏を描く自由闊達さと変化の自在」、「描写の直截さと巧みさ」、そして「ややエピクーロス的な、しかも正義感に富む世界観」、等々を挙げることができるであろう。[24]

ホラーティウスは、とりわけ、『歌集カルミナ』に自らの名声を賭けていたと

言っても過言ではないくらいなのだ。というのは、彼は、『歌集』第3巻の《エピローグ》(第30歌)において、《詩人の記念碑(The poet's monument)》として、いかにも自信ありげに、次のように豪語して憚らないからである。なお御参考までに、数多ある英訳詩の中からも一例を挙げておこう。また邦訳としては、幸いにして、先年、鈴木一郎(1920-　)氏による全訳『ホラティウス全集(全1巻)』(玉川大学出版部、2001年)が公刊されたので、敬意を表して、使わせていただくことにする。鈴木氏は、どうやら出来るだけ「日本語の詩文の七・五調に訳出」するのにひたすら心血を注がれたようである。とにかく、この一個人の単独訳による浩瀚なホラーティウス全訳詩集は、待望久しかっただけではなく、深い感銘を与えずには措かない、まことに意義深い御労作と言うべきである。

> Exegi monumentum aere perennius
> regalique situ pyramidum altius,
> 　quod non imber edax, non Aquilo impotens
> 　possit diruere aut innumerabilis
> annorum series et fuga temporum.
> non omnis moriar, multaque pars mei
> vitabit Libitinam: usque ego postera
> crescam laude recens, dum Capitolium
> scandet cum tacita virgine pontifex.
> dicar, qua violens obstrepit Aufidus
> et qua pauper aquae Daunus agrestium
> regnavit populorum, ex humili potens
> princeps Aeolium carmen ad Italos
> deduxisse modos. sume superbiam

quaesitam meritis et mihi Delphica
lauro cinge volens, Melpomene, comam.⁽²⁵⁾

I have built a monument more lasting than bronze,
that looms above royal deserted pyramids,
that no eroding rain nor raving wind
can ever crumble, nor the unnumbered
series of years, the flight of generations.
I shall not wholly die; my greater part
escapes the poor goddess of funerals, growing
in posthumous praise so long as pontifex
and silent virgin still ascend the Capitol.
In my homeland where the Aufidus roars with freshets,
where Daunus rose to rule his parched kingdom
of farmers, humble once, then powerful,
and princely, I will be called the first to bring
Aeolian singing into Italian music.
Invest yourself in the pride you bought
with your own merit, graciously bind
my hair, Melpomene, with Delphic laurel.⁽²⁶⁾
——Translated by David Armstrong.

　　エピローグ（Asclepiadean Ⅰ）
私は遂に記念塔を
完成せしめた、青銅より
歴史に残る記念塔を……
ェジプト王を記念する

ピラミッドよりも高い塔を……
それは雨にも犯されず、
年月がたち、時を経ても、

手のつけられない北風にも、
この記念碑は崩れまい。
私が死んでも、残るだろう。
私の仕事の大部分は
リビティーナ（死神）[1]を避けるだろう。
そして、私は、新しく
後の評価を受けるだろう。

司祭の長が、黙している
巫女（みこ）らと共にカピトリウムの
階段を昇って行く時に、
貧しい土地から出た私は、
エオリアの詩[2]をラテン語の
リズムに乗せた初めての
詩人と言われることであろう。

私の生まれ故郷[3]では、
アウフィドゥスの激流が
激しく流れ、水のない
乾いた土地でダウヌス[4]は
農民たちを治めていた。

誇りに思え、メルポメネー、[5]

汝の力で得た栄誉を……
そして私の髪を、デルフィの
花冠で上手に飾ってくれ。

（訳註）

（1）黄泉の女神。その寺院で葬儀が行われ死者が登録された。
（2）ギリシアの詩。
（3）アプレイアのウェヌーシア。アウフィドゥスはそこを流れる川。
（4）アプレイアの神話の王。トゥルヌスの父。ディオメデスの義父。トゥルヌスはラティウムのルリアの王。
（5）Melpomene. 悲劇と抒情詩のミューズ。

(鈴木一郎訳註)

　冒頭の詩行（1行目）に出てくる有名な "monumentum aere perennius [a monument more lasting (enduring) than bronze (brass)]"（「青銅よりも長持ちする記念碑」）というラテン語は、以後、《不滅の芸術・文学作品》を指して用いられるようになった。

　御参考までに、この16行の詩（23 B.C. 制作）の韻律について簡単に説明すると、古典詩学では、この詩は《アスクレーピアデース格（Asclepiadic; Asclepiadean）》の詩と呼ばれている。これは、紀元前3世紀前半のギリシアのアレクサンドレイア時代の最も優れた恋愛詩人・エピグラム作者のアスクレーピアデース（Asklepiades, fl.290 B.C.）に因んで命名された《アスクレーピアデース格（Asclepiad）》(元来はアルカイオスやサッポーが用いた韻律を、彼が復活・再流行させたので、その名を冠する)と言われる韻律の詩型、すなわち、構造は大体1つの《長長格（spondee ［－－］）》と2つ（または3つ）の《長短短長格（choriambus ［－◡◡－］）》と1つの《短長格（iambus ［◡－］）》から成り、短いものは "lesser Asclepiadic" と言い、長いものは "greater Asclepiadic" と呼ばれる。前掲の詩の場合は、"lesser Asclepiadic" とか "AsclepiadeanⅠ（ないし first Asclepiad）" と呼ばれている。古典

詩学の母音の上に付ける《音量記号》で表記すれば、すなわち、──

－－｜－◡◡－｜－◡◡－｜◡－

　ところで、ホラーティウスの円熟期の作品で、《ラテン文学の白眉》とされる代表作『歌集（カルミナ）』（全4巻）及び『百年祭祝典歌』は、ギリシアの抒情詩人たちに範を採り、8行ないし80行の長短詩、都合103篇を含み、そのうち37篇は《アルカイオス風4行詩（Alcaic stanza）》、25篇は《サッポー風4行詩（Sapphic stanza）》の形式を踏んでいる。これら103篇の《主題》は、実に多岐にわたり、多彩なので、一口では言えないが──例えば、ギリシア神話の神々、アウグストゥス帝、マェケーナスやウェルギリウスなどの友人たち、知人友人たちの旅立ちと帰還、葡萄酒や酒宴、田園生活、四季（春の訪れ）、人生の悲哀、人生の移ろい易さ、恋、女（不実な娘・浮気娘・裏切る女）、美の果敢なさ、同性愛への警告、束の間を楽しめ（エピクーロス派の思想）、死、墓（はか）、等々について縦横に詠っているのだ。なお、《carmina（songs）》と呼ばれているのは、歌唱のために作詩されたからである。
　広汎な読書と該博な学識に裏打ちされた《博雅の士》であったホラーティウスは、これらの詩篇において、実に驚くべき多種多様の韻律[27]を巧妙自在に使いこなし、最高の詩的技巧と精選された言葉によって、見事に《入神の技（ぎ）（妙技、神に入（しん）る）》を披露していると言っていいのである。ラテン詩の頂点と言われるだけあって、いずれの詩篇も、長い間の彫心鏤骨の結晶であり、一言半句も忽せにせず、片言隻語の抜き差しをも許さない、おそらく外国語に翻訳するのがほとんど不可能に近いように思えるほど凝縮された、濃密な《詩的言語の華》であると言っても一向に差し支えないであろう。
　さて、この辺で、ホラーティウスがサッポーのギリシア語の詩篇に範

例を採った《サッポー詩体（Sapphic）》に倣って作った詩を2篇のみ引用させていただくことにしよう。御参考までに、英語による《韻文訳》と《散文訳》をも一例ずつ併せて挙げておこう。

O Venus, regina Cnidi Paphique,
sperne dilectam Cypron et vocantis
ture te multo Glycerae decoram
  transfer in aedem.

fervidus tecum puer et solutis
Gratiae zonis properentque Nymphae
et parum comis sine te Iuventas
  Mercuriusque.
———*Carmina*, Bk. I, No. 30.

O Venus, queen of Cnidos, queen
Of Paphos, leave your beloved Cyprus
And come to Glycera's shrine, where she calls you
With clouds of incense.

Come with your glowing son, and all the
Graces, and the Nymphs, all with their robes
Loose and ready, come with Youth, which is only lovely
In your presence, and come, goddess, with Mercury.[28]
———Translated by Burton Raffel.

A Prayer to Venus.

Venus, queen of Cnidos and Paphos, desert thy beloved Cyprus, and change thy dwelling to Glycera's shrine, who invites thee with a wealth of incense.

With thee may thy glowing boy, and the Graces with zone unloosed, and the Nymphs, haste hither, and Youth, who without thee is not winning, and Mercury.[29]

――Translated by James Lonsdale and Samuel Lee.

ヴィーナス讃歌 (Sapphic)

クニドス、[1]パフォス[2]を支配する
女神ヴィーナス。懐かしの
キュプロスを捨て、香を焚き
あなたの豊かなグリュケラの[3]
住まいの方に移りなさい。

君(ヴィーナス)がひとたび貞節な[4]
帯をほどけば、熱を上げる
男や、ニュンフや、君なしには[5]
愛を知らない青春や、[6]
メルクリウス[7]も大急ぎで
駆けつけてくることだろう。

(訳註)

(1) クニドスはカリアのドリア系の町。ヴィーナス崇拝の中心地。ヴァチカンにレプリカがある。
(2) パフォス(現在のパフォ)はキュプロス島の町。同じくヴィーナスを

祭っていた。
　（3）グリュケラは乙女の名。（1・19・5参照）。
　（4）貞節はグラティア（貞節、魅力、美の女神）。
　（5）若者に愛がなければ魅力が欠けるから。
　（6）「ユヴェンタス」（青春）に神格を与えている。
　（7）メルクリウスは雄弁の神で、口説きの達人。

（鈴木一郎訳註）

　『歌集』第1巻、第30歌は、制作年不詳。因みに一言付記すれば、この1篇は、紀元前6世紀後半のギリシアの抒情詩人アナクレオーン（Anakreon [Anacreon], *c.* 572-*c.* 482 B.C.）の断片（2番）や紀元前7世紀後半のギリシアの抒情詩人アルクマーン（Alkman [Alcman], fl.654-611 B.C.）の断片（21番）の模倣詩・模倣習作であるという。

  Faune, Nympharum fugientum amator,
  per meos finis et aprica rura
  lenis incedas abeasque parvis
    aequuus alumnis,

  si tener pleno cadit haedus anno,
  larga nec desunt Veneris sodali
  vina craterae, vetus ara multo
    fumat odore.

  ludit herboso pecus omne campo,
  cum tibi Nonae redeunt Decembres;
  festus in pratis vacat otioso
    cum bove pagus;

inter audaces lupus errat agnos;
spargit agrestis tibi silva frondis;
gaudet invisam pepulisse fossor
　　ter pede terram.
——*Carmina*, Bk. Ⅲ, No. 18.

Faunus, who loves the Nymphs and makes
Them scamper, leap my boundary stakes,
Lightly and benignly pass
Across the sunny fields of grass,
Leave behind your blessing on
My lambs and kids, and so be gone.
In return receive your due:
A goat shall die to honour you
At the year's end, the ancient shrine
Smoke with thick incense, and the wine,
Liberally poured, keep filling up
Venus' friend, the drinking-cup.
When the December Nones come round,
All the farm beasts on the green ground
Gambol, and with time to spare
The world enjoys the open air,
Countryman and unyoked ox
Together; in among the flocks
Unfeared the wolf strolls; from the copse
The leaf, to be your carpet, drops;
And in three-time the son of toil

Jigs on his enemy the soil.[30]

——Translated by James Michie.

Hymn to Faunus on his feast-day, the fifth of December.

O Faunus, wooer of the flying Nymphs, over my borders and my sunny fields gently mayest thou tread, and depart propitious to my little nurslings; if falls a tender kid in the fulness of the year, and the bowl that is the partner of Venus lacks not wine in plenty; if the ancient altar smokes with a wealth of incense.

All the flock sports upon the grassy plain, when December's Nones come round for thee; the hamlet making holiday takes its ease in the meadows, together with the reposing steer: the wolf is wandering 'mid the fearless lambs; the forest showers its wild leaves down for thee; the ditcher rejoices thrice with his foot to beat the hateful ground.[31]

——Translated by James Lonsdale and Samuel Lee.

ファウヌス讃歌 （Sapphic）

逃げるニュンフを追うファウヌス。[1]
君はこっそり私の、
土地や畑に浸入し、
養い育てたまだ小さい
仔羊達（犠牲）を取って行く。

丸一年[2]が過ぎ去って
やさしい羊が殺されると

かのヴィーナスの友である
ワインの杯（クラテラ）⁽³⁾が、ふんだんに
注がれ、古びた祭壇に
香が沢山焚かれるのだ。

12月5日の祭日が⁽⁴⁾
戻ってくれば、家畜等は
すべて草地の牧場に
放たれることとなるだろう。
町人(まちびと)達も晴れ着をきて
のんびり休み、牛と共に
そこらを散策するだろう。

恐れを知らぬ仔羊の
中に一匹、狼が
迷い込むのだ。森の木は
地上に木の葉を撒き散らす。
耕す者も、厭(いと)っていた
畑を楽しく脚で踏む。
その踏むリズムは三拍子だ。

　　（訳註）
（1）Faunus. ラティウムの神話の王。森や野原の守護神。ギリシアのパン（森と羊飼の守護神）に比せられる。
（2）Ieno anno. 年末。12月5日（Nonae Decembres）。
（3）crater. ワインに水を混ぜる大型の容器。混酒器。
（4）ファウヌス。

　　　　　　　　　　　　　　　　　　（鈴木一郎訳註）

『歌集』第3巻、第18歌は、制作年不詳。羊や牛の群れを守る、人間の胴と山羊の下半身を持つ、角の生えた林野牧畜の神《半獣神(ファウヌス)》への讃歌で、農村部では12月5日、都市部では2月13日がその祭日であったという。

以上、いわゆる《古典ラテン語（Classical Latin, 75 B.C.-A.D. 175)》によるホラーティウスの《サッポー詩体の詩（Sapphics）》を2篇ほど取り上げてお目に掛けてみた。ホラーティウスによって一部改変された、いわゆる《ホラーティウス風サッポー聯（Horatian Sapphic stanza）》というのは、古典詩学の母音の上に付ける《音量記号》で表記すれば、すなわち、——

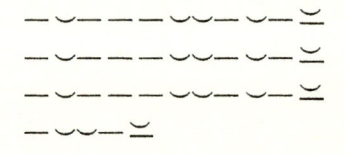

$$—\cup——\cup\cup—\cup—\asymp$$
$$—\cup——\cup\cup—\cup—\asymp$$
$$—\cup——\cup\cup—\cup—\asymp$$
$$—\cup\cup—\asymp$$

なお、ホラーティウスは、『歌集(カルミナ)』の第1巻から第3巻までにおいて、5音節目の後に、ほとんどいつも、意味上の切れ目（break）ないし休止（pause）、いわゆる《行間休止(カエスーラ)（caesura）》を挿入している。

III. A. C. スウィンバーンとフォークナーの《サッポー詩体の詩（Sapphics）》をめぐって

《サッポー聯(スタンザ)》はホラーティウスによって部分的に若干改変され、その改変された型（the modified form）がA. C. スウィンバーンよりも前の大半のイギリスの《サッポー詩体》の根拠となったのである。エリザベス朝の詩人たちの中で、《サッポー聯》の実験的模作を試みた最

も有名な詩人は、政治に軍事に文学に八面六臂の大活躍をし、若くして戦歿した、エリザベス朝ルネサンス期の理想的な、一点非の打ち所のない、完璧な人間像の一典型として朝野の信望を一身に集めた例のサー・フィリップ・シドニー（Sir Philip Sidney, 1554-86）と、作曲家でもあり、どうやら医者でもあったらしい（フランスの大学から《医学博士》の学位を受けている）、フォークナーのたまたま愛読詩人の一人でもあったトマス・キャンピオン（Thomas Campion, 1567-1620）の二人であると言われるが、紙幅の関係上、本稿ではこれ以上言及しないことにする。

さて、そろそろ《ラファエロ前派（Pre-Raphaelite）》の詩人スウィンバーンに言及しなければならぬ時が来た。とはいえ、スウィンバーンについては、筆者は、他の所[32]でかなり詳しく論じたことがあるので、ここでは余計なことにはなるべく触れないことにする。

スウィンバーンは、1856年1月（19歳）、オックスフォード大学ベイリオル学寮（コレッジ）（Balliol College, est. 1263）に入学を許可されている。先ず《古典文学科（the School of Classical Greats）》に進み、古典学者・神学者で、オックスフォード大学の、例のヘンリー8世が創設した《欽定ギリシア語講座担当教授（Regius Professor of Greek, 1855-93）》の、天下の碩学、ベンジャミン・ジャウエット（Benjamin Jowett, 1817-93）がたまたまスウィンバーンの《個人指導教師（チューター）》になったことを我々は忘れるわけにはいくまい。彼は、どうやら少年時代からサッポーを英訳本で愛読していたらしく、さらにベイリオル校に進んでからは、ジャウエット教授のもとで、古代ギリシア語やラテン語といった、いわゆる《古典語》の基礎をみっちり叩き込まれたせいもあって（時に油を絞られたこともあったかもしれぬ）、サッポーやホラーティウスのギリシア語やラテン語の原典をさして苦労もせずに読みこなすことができたのであろう。ギリシア語の詩を数篇、スウィンバーン自身、書き遺しているくらいだから、語学の才に相当富んでいたのかもしれない。

〈アメリカ〉

　サッポーの熱烈な心酔者で、かつ限りない讃美者でもあったスウィンバーンは、いかにも西欧的で知的な詩的感性の詩人であった。スウィンバーンが、「薩福詩体」("Sapphics," 1866) と題する有名な4行詩（すなわち、《11音節》(lesser Sapphic verse) 3行と《アドーニス詩格》1行から成る）、20聯、都合80行から成る優れた詩篇を遺していることはよく知られているところである。《作詩法・韻律法》の点から言えば、《音節の長短・音量〔音長〕》を基礎とするギリシア詩・ラテン詩のような、いわゆる古典詩とは大違いというか、すっかり趣を異にするもので、スウィンバーンの英詩の場合は、あくまでも《音節の強勢・強弱》を基礎とする《強勢詩》である。英詩の本質は、音節の長短に依拠せず、どこまでも強勢を主体とするものである。従って、既に述べたように、《音量詩》の "Classical prosody" と《強勢詩》の "English prosody" (accentual / syllabic metre) とは、その性質を全く異にするものであり、ただに調和・一致しないのみならず、そもそも対応するはずがないものなのだ。御参考までに、書き出しの第1聯の《韻律分析 (scansion)》を試みてお目に掛けよう。スウィンバーンは、《サッポー聯》を強勢・強弱によって模倣しているわけだが、何とも見事と言う外ないであろう。

　　　　Áll the níght sleep cáme not upon my éyelids,
　　　　Shéd not déw, nor shóok nor unclósed a féather,
　　　　Yét with líps shut clóse and with éyes of íron
　　　　　　Stóod and behéld me.

　韻律は、3番目（中間）の所（詩脚）に《強弱弱格 (dactyl [́××])》を伴う《11音節 (hendecasyllable)》3行と《アドーニス詩格 (Adonic [́××́×])》1行から成る。英詩の強弱（́×）の記号で表記すれ

ば、すなわち、──

$$-×-×-××-×-×$$
$$-×-×-××-×-×$$
$$-×-×-××-×-×$$
$$-××-×$$

何分紙幅の都合もあるので、前半の第11聯目までを次に引用して、御参考までに、試訳を付けておこう。

Sapphics

ALL the night sleep came not upon my eyelids,
Shed not dew, nor shook nor unclosed a feather,
Yet with lips shut close and with eyes of iron
    Stood and beheld me.

Then to me so lying awake a vision
Came without sleep over the seas and touched me,
Softly touched mine eyelids and lips; and I too,
    Full of the vision,

Saw the white implacable Aphrodite,
Saw the hair unbound and the feet unsandalled
Shine as fire of sunset on western waters;
    Saw the reluctant

Feet, the straining plumes of the doves that drew her,

Looking always, looking with necks reverted,
Back to Lesbos, back to the hills whereunder
  Shone Mitylene;

Heard the flying feet of the Loves behind her
Make a sudden thunder upon the waters,
As the thunder flung from the strong unclosing
  Wings of a great wind.

So the goddess fled from her place, with awful
Sound of feet and thunder of wings around her;
While behind a clamour of singing women
  Severed the twilight.

Ah the singing, ah the delight, the passion!
All the Loves wept, listening; sick with anguish,
Stood the crowned nine Muses about Apollo;
  Fear was upon them,

While the tenth sang wonderful things they knew not.
Ah the tenth, the Lesbian! the nine were silent,
None endured the sound of her song for weeping;
  Laurel by laurel,

Faded all their crowns; but about her forehead,
Round her woven tresses and ashen temples
White as dead snow, paler than grass in summer,

Ravaged with kisses,

Shone a light of fire as a crown for ever.
Yea, almost the implacable Aphrodite
Paused, and almost wept; such a song was that song.
　　Yea, by her name too

Called her, saying, "Turn to me, O my Sappho;"
Yet she turned her face from the Loves, she saw not
Tears for laughter darken immortal eyelids,
　　Heard not about her[(33)]

薩福詩体(サフィックス)

一晩中眠りが、私の瞼に訪れなかつた、
泪の雫(しづく)を流すこともなく、瞼を少しも動かしたり、開くこともなかつたが、
唇をぴつたり閉ぢて、冷酷な眼をして、
　立ち止まつて、私をじつと見つめてゐた。

その時、さうやつて横になつたまままんじりともせずに起きてゐる私の方に、幻影(まぼろし)が
眠らずに海を越えてやつて来て、私に触れた、
私の瞼と唇にそつと優しく触れた、そして私もまた、
　その幻影で一杯になつて、

色白の仮借することなきアプロディーテー(ローマ神話のウェヌスに当たる女神)を見た、
束を解いた髪の毛と履物を脱いだ足(ほど)が

〈アメリカ〉

西方の海上で日没の火のやうに燦然と光り輝くのを見た、
　私の見たのは厭々ながらの
素足、彼女の乗つてゐる戦車(くるま)を牽く鳩の懸命に突いて整へてゐる羽毛、
いつも見てゐると、首を後ろにのけ反(ぞ)らせて、振り返つて
レスボス島の方を、丘の方を見てゐると、その下には
　ミュティレーネーが光り輝いてゐた。

彼女の背後の恋愛の神々の大空を飛翔(ひしやう)する足が
海上で突然雷のやうな音を立てるのを私が聞いたのは、
大風の強い、開いてゐる翼から
　雷鳴が轟いてきた時だつた。

そこで女神はその場から慌てて逃げ出した、
彼女の周囲に恐ろしい足音と翼を雷のやうに轟かせて、
その間に、背後で歌妓(うたひめ)たちの喧(やかま)しい歌声が
　曙の空を破つた。

ああ、歌よ、ああ、歓喜(よろこび)よ、情熱よ！
すべての恋愛の神々は、耳を傾けながら泣いた、苦悶のあまり気持ちが悪くなつて、
アポローン（詩歌・音楽などを司る 凛々しく美しい青年の神）を取り囲んで王冠を戴いた九柱の
詩女神(ムーサ)の神々が立つてゐた、
　恐怖が彼女たちに近づいてゐたのだ。

その間に、第十番目のムーサは、彼女たちの知らない素晴らしい事柄を歌つてゐたのだ。

ああ、第十番目のムーサよ、レスボス島の人よ！　九柱のムーサの神々は黙つてゐた、
彼女の歌の響きに誰も堪へられず泪を流してしまつたのだ。
　　月桂樹が次々と、

彼女たちの王冠がすべて萎(しを)れていつたのだ、しかし彼女の額(ひたひ)のまはりや、
編んだ頭髪(かみ)や灰のやうに蒼白な顳顬(こめかみ)のまはりは、
雪のやうに真つ白で、夏草よりも蒼白く、
　　接吻(くちづけ)で荒らされてゐた、

王冠のやうな一条(ひとすぢ)の火の光が永久(とは)に光り輝いてゐた。
さうなのだ、ほとんど仮借することなきアプロディーテーが
立ち止まつて、危ふく泪を流しさうになつた、このやうな歌こそまさしく歌であつた。
　　さうなのだ、彼女の名前も使つて

彼女を呼んで、かう言つた、「私の方を向いて頂戴、おお、私のサッポーよ」
だが、彼女は恋愛の神々から顔を背けた、
笑ひの代りに泪が不死の女神（アプロディーテー）の瞼を曇らせるのを彼女は見もやらず、
　　自分についての話を聞きもしなかつた

　こんな調子で第20聯まで書き継がれてゆくのだが、何しろ高度の詩的技巧を必要とするため、英詩におけるサッポー詩体の使用は極めて困難とされてきたのだ。だが、ひとたび《韻律の魔術師 (metre magician)》

スウィンバーンの手に掛かると、その困難とされてきた詩型・韻律を物ともせずに、自家薬籠中のものにして、見事としか言いようがないほど巧妙自在に使いこなしているところは、さすがにスウィンバーンの面目躍如たるものがあり、その端倪すべからざる詩才の為せる業と言う外はいであろう。幻影に現れるギリシアの《愛と美と豊穣の女神》アプロディーテーが《第10番目の詩女神》と呼ばれるサッポーに執拗に言い寄るのだが、サッポーの方が女神を素気なく袖にするのだから、これは明らかにレスビアンであり、女性間におけるサディズムの一種と言っていいだろう。スウィンバーンの得意とする例の《情愛無き手弱女》("La Belle Dame sans Merci" ["The Fair Lady without Pity"])》、彼の心酔するサッポーを《冷酷無慈悲な美女》に準えての「サディズムの魅惑的な神秘性」を詠んでいるのであろうか。

なお、一言註記すれば、フランスの詩人アラン・シャルティエ（Alain Chartier, c.1385-c.1433）の宮廷文学の伝統を継ぐ、8行詩、100聯、都合800行から成る長篇恋愛詩『つれなきたおやめ』（*La Belle Dame sans Merci, c.*1424）の標題をたまたまキーツ（John Keats, 1795-1821）が借用して、同名の詩（4行詩、12聯、都合48行、1819年）を書いたことから、英語圏で、いや世界中で一気に人口に膾炙するようになったフランス語である。

そもそもスウィンバーンという人は、音楽的流麗さを求めて、倦むことなく韻律に工夫を凝らし、詩の形式に結晶させるべく努めた詩人であったと言えるのだ。彼は、その天与の端倪すべからざる詩才ゆえに、英詩において、極めて困難とされる《サッポー風4行詩》の韻律を、難なくとは言わないまでも、かなり巧妙自在に駆使し得たわけだが、実を言えば、彼自身も、どうやらローマの大詩人ホラーティウスの詩篇を模倣して書いているのだと言われる。とはいえ、スウィンバーンの「薩福詩体」は、サッポーから明らかに直接大きな影響を蒙っていることは言うまで

もないだろう。

　さて、いよいよフォークナーに言及しなければならぬ時が来た。フォークナーの《スウィンバーンの詩》との半ば運命的とも言える劇的な邂逅は、16歳の少年期においてだった。そしてフォークナーが、スウィンバーンの詩に夢中になり、すっかり虜になってしまったことはよく知られているところである。そのフォークナーも、22歳の時に、自分が鍾愛してやまぬスウィンバーンの作品を明らかに模倣して、やはり、「サッポー風の詩」("Sapphics," *The Mississippian* 〔ミシシッピー大学の週刊学生新聞〕, Nov. 26, 1919, IX, p. 3) と題する、4行詩、6聯、都合24行から成る《模倣詩（pastiche）》らしき1篇を訳知り顔に模作しているのは甚だ興味深いと言わねばなるまい。

SAPPHICS

So it is: sleep comes not on my eyelids.
Nor in my eyes, with shaken hair and white
Aloof pale hands, and lips and breasts of iron,
　So she beholds me.

And yet though sleep comes not to me, there comes
A vision from the full smooth brow of sleep,
The white Aphrodite moving unbounded
　By her own hair,

In the purple beaks of the doves that draw her,
Beaks straight without desire, necks bent backward
Toward Lesbos and the flying feet of Loves
　Weeping behind her.

She looks not back, she looks not back to where
The nine crowned muses about Apollo
Stand like nine Corinthian columns singing
　　In clear evening.

She sees not the Lesbians kissing mouth
To mouth across lute strings, drunken with singing,
Nor the white feet of the Oceanides
　　Shining and unsandalled.

Before her go cryings and lamentations
Of barren women, a thunder of wings,
While ghosts of outcast Lethean women, lamenting,
　　Stiffen the twilight.(34)

サッポー風の詩

かくの如きなのだ——眠りが私の瞼に訪れないのだ。
また私の眼にも訪れないのだ、頭髪を振り乱し、色蒼ざめて、
よそよそしげに、仄白い手をし、唇を堅く閉ぢ、冷たい乳房をして、
　　そんな風にして彼女は私をじっと見つめてゐるのだ。

そしてまだ眠りが私のもとに訪れないけれども、
眠たさうな、ふつくらした、滑らかな額から幻影が現れるのだ、
自らの髪に縛られずに、気随気儘に近づいてくる
　　色白のアプロディーテー、

彼女の乗ってゐる戦車を牽く鳩の紫色の嘴には、

欲望を持たぬ真直ぐな嘴、首をレスボス島の方へのけ反らせて、
彼女の背後で泪を流してゐる恋愛の神々の
　　大空を飛翔する足。

彼女は振り返つて見もしないのだ、アポローンのまはりの
王冠を戴いた九柱の詩女神たちが、澄み切つた夕べに
歌を歌ひながら、まるで科林斯式（ギリシア古典建築様式の一つで、柱頭部に2列のアカンサスなどの葉飾りと渦巻き装飾を施してあるのが特徴）の九本の円柱のやうに立つてゐる方を
　　彼女は振り返つて見もしないのだ。

彼女はレスボス島の人々がリュートの弦越しに口に口を寄せ合つて
接吻し、歌を歌ひながら、酒に酔ひ痴れてゐるのを見もしないのだ。
またオーケアニスの娘たち（大洋神オーケアノスとテーテュースの娘たちで大洋の精、その数3千と言はれる）が履物を
脱いで
　　燦然と光り輝く色白の足を見もしないのだ。

彼女の前には、石女たちの泣き叫ぶ声や悲嘆の声が行き交ひ、
翼の轟くやうな凄まじい音がしたかと思ふと、黄泉の国の
忘却の川の寄る辺なき女たちの亡霊が、嘆き悲しみながら、
　　黄昏を昏くする。

　御覧のように、フォークナーは、《サッポー詩体》の《11音節詩行》を無視してというか、遵守せずに、9音節詩行（enneasyllable）であったり、10音節詩行（decasyllable）であったり、12音節詩行（dodecasyllable）であったり、また5音節の《アドーニス詩格》を無視して、4音節詩行（tetrasyllable）であったり、6音節詩行（hexasyllable）であったりで、各詩行の音節数が区々であり、統一性を全く欠いているものだと言

わねばならない。従って、フォークナーの《サフィックス》は、明らかにスウィンバーンのとは大違いで、単なる4行から成る《自由詩（free verse; vers libre）》と言うべきであり、英詩における真正なサッポー詩体と言うわけにはいかないのだ。

　賢しらだった品隲(ひんしつ)を許してもらえば、真正のサフィックスとは程遠い、《擬似サフィックス（pseudo-Sapphics）》とでも呼びたいような、全く似て非なる擬い物（sham）であり、《似而非(えせ)サッポー詩体》なのだ。思うに、若き日のフォークナーは、もしかしたら、いわゆる"Sapphic stanza"の何たるかを全く（いや、正確に）理解しないままに4行の自由律詩を模作してみただけだったのかもしれない。或いは、敢えて邪推を逞しゅうして好意的に見れば、よしんばフォークナーがサフィックスなるものを正確に理解していたとしても、惜しむらくは、彼には伝統的に認められている、正統的なサッポー聯を書くことが出来なかったのかもしれない。前に何度か触れたように、英詩におけるサッポー詩体の使用は、ことほどさように、スウィンバーンばりの高度の詩的技巧を必要とするため、極めて困難とされてきたのである。それは、おそらく当時のフォークナーの詩的才能の限界を遙かに超えるものであり、フォークナーは高度の詩的技巧を自在に使いこなすわけにはいかなかったのだろう。むしろ我々はフォークナーがごく気軽に書き流した、若かりし頃の《習作(エチュード)》、《模倣詩(パスティッシュ)》の1篇と考えるべきだろう。それとも、フォークナーの若い頃の一時期の《筆の滑り〔書き損じ〕（lapsus calami; a slip [lapse] of the pen）》とでも言っておこうか。

　前掲の詩を一読すれば誰しもすぐに気がつくことだが、この「サッポー風の詩」という1篇は、先ず肝心の《韻律（metre）》と《音節数（the number of syllables）》があまりにも出鱈目過ぎるし、あわや剽窃（plagiarism）とも取られかねない、何とも如何わしいところのある駄作と決めつけて斬って捨ててしまっても一向に構わないかもしれない。

とはいえ、フォークナーの《未熟な青年時代（salad days）》、《文学修業時代（literary apprenticeship）》における若書きの《模倣詩（パスティッシュ）》を1篇のみ引き合いに出して、独り大真面目になって、難癖を付けるのもいささか大人気がないような気がしてどうも気が引けなくもないが……。
　何はともあれ、その文学的生涯を、自称《詩人くずれ（a failed poet）》からスタートさせたフォークナーは、まるで悪霊（ダイモーン）（δαίμων［daimon］）に憑かれたかのように、刻苦精励倦むことを知らず、20世紀のアメリカ文学史を代表するような偉大な作家へと絶えず成長発展を遂げていったと言えるのである。

註

(1) Edwin Marion Cox (ed. & trans.), *The Poems of Sappho* (London: Williams & Norgate, Ltd.; New york: Charles Scribner's Sons, 1925), p.88.
(2) *P.L.F.* = Edgar Lobel and Denys Lionel Page (eds.), *Poetarum Lesbiorum Fragmenta* (Oxford University Press, 1955; 1997) の《作品分類番号》に準拠している。
(3) 『花冠――呉茂一訳詩集』（紀伊國屋書店、1973年）、p.187. 呉茂一訳『ギリシア・ローマ抒情詩選――花冠（ステパノス）――』（岩波文庫、1991年）、165ページ。御参考までに、別訳を挙げておく。「紫の髪に匂ふ清き優しきサッポーよ、／ 汝（なれ）に語らんと思へど、含羞（はにらひ）の心われを留む。」（高津春繁訳）
(4) W. R. Paton (ed. & trans.), *The Greek Anthology*, II, Bks. VII-VIII (Harvard University Press, 1917; 2000 [Loeb Classical Library, No.68]), p.12.
(5) *Ibid.*, p.13.
(6) Denys Lionel Page (ed.), *Lyrica Graeca Selecta* (Oxford University Press, 1968), p.122. Cf. *P.L.F.*, p.93.
(7) Edwin Marion Cox, *op. cit.*, p.109.
(8) David A. Campbell (ed. & trans.), *Greek Lyric, I, Sappho / Alcaeus* (Harvard University Press, 1982; William Heinemann Ltd., 1982 [Loeb Classical Library, No.142]), p.48.
(9) *Ibid.*, p.49.
(10) 森進一訳『イオン』5（534E）、「プラトン全集」（岩波書店、1975年）、

第10巻、131ページ参照。
(11) Frederick Page (ed.), *The Poetical Works of Byron* (Oxford University Press, 1970), p.695. Cf. Page duBois, *Sappho Is Burning* (The University of Chicago Press, 1955)
(12) 小川和夫訳『ドン・ジュアン（上）』（冨山房、1993年）、274ページ。
(13) Katherine Duncan-Jones (ed.), *Shakespeare's Sonnets* (The Arden Shakespeare, Third Series, 1997), p.187.
(14) 小田島雄志訳『シェイクスピアのソネット』（文藝春秋、1994年）、第38番参照。
(15) Katherine Duncan-Jones, *op. cit.*, p.186.
(16) Cf. Kenneth Haynes (ed.), *Algernon Charles Swinburne: Poems and Ballads & Atalanta in Calydon* (Penguin Classics, 2000), p.332.
(17) David A. Campbell, *op. cit.*, pp.32-33.
(18) *Ibid.*, pp.78, 80. 他の諸版も参照した。
(19) Cf. Edwin Marion Cox, *op. cit.*, p.72.
(20) 呉茂一訳、前掲書、179-81ページ。
(21) Edwin Marion Cox, *op. cit.*, pp.69-70.
(22) William Carlos Williams, *Paterson* (New York: New Directions, 1992), p.215. Revised edition prepared by Christopher MacGowan. Cf. Robert Chandler (ed. & trans.), *Sappho* (London: J. M. Dent, 1998 [Everman's Poetry, No.56]), p.64.
(23) David A. Campbell, *op. cit.*, pp.78-79.
(24) 齋藤勇編『研究社世界文学辞典』（研究社、1954年）、957ページ。
(25) Nial Rudd (ed. & trans.), *Horace: Odes and Epodes* (Harvard University Press, 2004 [Loeb Classical Library, No.33]), p.216. 以下、ホラーティウスの原典からの引用は、ページ数を一々明記しないが、この《Loeb Classical Library》の最新版に拠った。
(26) David Armstrong, *Horace* (Yale University Press, 1989 [Hermes Books]), p.116.
(27) Cf. Nial Rudd, *op. cit.*, pp.12-14.
(28) Burton Raffel (trans.), *The Essential Horace: Odes, Epodes, Satires, and Epistles* (San Francisco: North Point Press, 1983), p.28.
(29) James Lonsdale and Samuel Lee (trans.), *The Works of Horace* (Macmillan and Co., Ltd., 1873/1908 [The Globe Edition]), p.40.
(30) James Michie (trans.), *Horace: Odes* (The Modern Library, 2002 [Paperback Edition]), p.161.
(31) James Lonsdale and Samuel Lee, *op. cit.*, p.66.

(32) 齋藤久「若き日のフォークナーと A. C. スウィンバーン（その 1 及びその 2）——奔放な想像力と饒舌性と官能性」（『東京理科大学紀要（教養篇）』、第 36 号、2004 年、pp.〔1〕-〔48〕及び第 37 号、2005 年、pp.〔1〕-〔60〕）参照。その後、拙著『葡萄酒色の海——フォークナー研究逍遙遊』（朝日出版社、2007年、第Ⅱ部（99-218ページ）に採録されている。

(33) *The Poems of Algernon Charles Swinburne* (Chatto & Windus, 1904), Vol. I, pp.204-5.

(34) Carvel Collins (ed.), *William Faulkner: Early Prose and Poetry* (Boston: Little, Brown and Company, 1962), pp.51-52. Cf. Carvel Collins (ed.), *Faulkner's University Pieces* (Tokyo: Kenkyusha Press, 1962), pp.45-46.

ハリウッドを襲う「マッカーシズム」
―― エリア・カザンの場合

齋 藤 忠 志

はじめに

1999年3月21日、第71回のアカデミー賞の授賞式で、エリア・カザン (Elia Kazan, 1909-2003) に名誉賞が贈られた。比肩できる者の無い長いキャリアの中で、数々の名作を創り映画製作の本質に影響を与えた、という理由からである。かつてカザンは、第27回アカデミー賞 (1954年) で、映画『波止場』(*On the Waterfront*, 1954) により二度目の監督賞を受賞している (一度目は1947年、第20回目の『紳士協定』(*Gentleman's Agreement*で受賞)。実はこの45年前の受賞当日、本会場にカザンの姿はなかった。なぜなら、共和党主導のもとで、アメリカにおける共産党主義者の活動を調査する機関である非米活動調査委員会の証言台で、カザンは共産党からの転向を宣言した後に、共産党員であるかつての仲間の名を明かした裏切り者としての烙印が押されていたからである。半世紀が過ぎた今回の名誉賞の授賞式に姿をみせたカザンは、すでに九十歳の高齢であり、車椅子に乗っての登場であった。車椅子を押す監督ブライアン・デ・パルマと、プレゼンテイターの俳優ロバート・デ・ニーロ、さらに監督のマーティン・スコセッシの祝福のスピーチが民放テレビの衛星放送に映し出される。しかし、その後、会場は異様な雰囲気に包まれた。しかも、その異常さは、『波止場』での二

度目の監督賞に、エリア・カザンが姿をみせなかった上述の理由が分からなければ理解できない。普通ならば、第62回目のアカデミー賞で、カザンと同じ名誉賞を獲得した黒澤明のように、偉大な監督に敬意を表して満場一致のスタンディング・オベーションとなるところだ。しかし半数近くの観客は、明らかに不快な表情を浮かべ、座ったまま拒否の姿勢を取っている。その理由は、1951年に非米活動調査委員会での証言を拒否したことで16年間もの間ハリウッドを追放されていた演出家エイブラハム・ポロスキーがカザンに賞が授与される際に、拍手をしないよう呼びかけていたのだと言う。会場の外では約500人の群集がカザンの受賞に抗議する集会やデモも行われ、騒然としていたという。「密告者」として汚名はまだ完全には消えていなかったのである。しかし、アメリカ中を騒がせたこの騒動からすでに半世紀が過ぎ、カザン自身、ニューヨーク、マンハッタンの自宅で、2003年9月28日、94歳で他界した。1988年には自伝（*Elia Kazan : A Life*）が出版されている。そこで、もう一度密告者としてアメリカの体制側に寝返ったとされるカザンの行為と、非米活動調査委員会での証言を拒否したり、仲間の名を明かさなかった者の行為について、関わりのある映画を参考にしながら考察してみたい。

2．非米活動調査委員会と〈ハリウッド・テン〉

1930年代の大恐慌の時期、資本主義社会の国アメリカでは、社会主義や共産主義も進んだ考え方として広く行き渡っていた。しかも、第二次世界大戦中は、「ファシズム対民主主義」から、反ナチスという方向で、自由主義と共産主義は共同戦線をとっていたとさえ言える。しかし、1945年8月に日本がポツダム宣言を受諾し、第二次大戦が終わると、その翌年あたりから、スターリンが指導するソビエト連邦が、東ヨーロッパ諸国に影響力を持ち始める。すると当時のイギリスの首相チャーチル

は、1946年3月にアメリカのミズリー州フルトンにおいて、「鉄のカーテン」という比喩を使いながら、世界が資本主義の「西側」と、共産主義の「東側」に分かれ始めていると警告する。ファシズムとの「熱い戦い」に対して「冷たい戦い」、いわゆる「冷戦」状態がはじまるのだ。すると、状況は一変し、共産主義的な考え方は自由主義に敵対する危険な思想とみなされてしまう。そこで、1938年にユダヤ系の下院議員が、アメリカにおけるナチスの活動を調査するために作られた非米活動調査委員会は編成しなおされ、共和党主導のもとで、共産党主義者の活動を調査する機関となった。そしてその委員会の圧力が、一転してハリウッドにも及ぶことになったのである。1947年10月には、職業的な政治活動家ではなく、役人でもない、単なる俳優、脚本家、監督、製作者として映画業界に関わりを持つ人々に対して聴聞会が開始された。その目的は「赤狩り」と呼ばれた共産主義者の摘発と映画界からの追放にあった。委員会はまず映画会社の幹部たちを召喚した後に、当時映画俳優組合の委員長であり、第40代アメリカ大統領のロナルド・レーガンや、ゲリー・クーパーなども召喚した。しかし、彼らは真っ向から共産主義者であることを否定した。

　その後、ハリウッドの脚本家、監督など19人の映画関係者が非米活動調査委員会に召喚される。その中の11人が映画聴聞会の第二週および最後の週に喚問された。その中の一人でドイツからの亡命者で劇作家のベルトルト・ブレヒトは、「委員会の質問に答えて、共産主義者であることをきっぱりと否定し」[1]、証言の翌日、ヨーロッパに戻り、当時共産圏であった東ドイツで活躍することになる。後々まで〈ハリウッド・テン〉と呼ばれることになるその他の10人は、言論と集会の自由を規定した憲法修正第一条を盾に、全員一致してその質問に答えることを拒否した。その10人とは、ダルトン・トランボ（脚本家）、ジョン・ハワード・ローソン（脚本家）、ハーバート・ビーバーマン（監督）、リング・

ラードナー・ジュニア（脚本家）、アルバート・モルツ（脚本家）、サミュエル・オーニッツ（脚本家）、エイドリアン・スコット（製作者、脚本家）、アルヴァ・ベッシー（脚本家）レスター・コール（脚本家）、エドワード・ドミトリンク（監督）である。この中で特筆すべきはダルトン・トランボである。彼は、ハリウッド追放後も親しいプロデューサーや、監督の好意でシナリオを書き続け、1956年の第29回アカデミー賞では、メキシコの農村に住む一少年に育てられた牛が闘牛場へ連れ去られるが、愛の力で取り戻すという『黒い牝牛』(*The Brave One*)で原案賞をロバート・リッチという名で獲得している。もちろん、受賞当日、本会場にロバート・リッチという名の人物は姿を見せなかった。代わりに登場したのは当時映画脚本家ギルドの副会長であったジェシー・ラスキー・ジュニアであり、彼はリッチが妻の出産に立ち会うために出席できなかったという嘘をついたと言う。また、トランボは、1938年に、作家として弟一次世界大戦で耳や目や手足まで失った青年兵士を描いた小説『ジョニーは戦場へ行った』(*Johnny Got His Gun*)を発表していたが、1971年には、その作品を反戦映画として映画化し、監督、脚本を担当したが、その映画がカンヌ映画祭審査委員特別賞を受賞している。彼らは議会侮辱罪で告発され、連邦裁判所に上訴したが、ドミトリングと、ビーバーマンの二人が禁固6ヵ月、他の8人が禁固1年を宣告された。

3．非米活動調査委員会とエリア・カザン

エリア・カザンも非米活動調査委員会から召喚状を受け、1952年1月14日に始めて聴聞会に出席しているが、当時のことを振り返りながら自伝[2]の中で次のように言っている。

　　わたしはワシントンの下院非米活動委員会の部屋に、三十分早く到着した。何を言うべきかすでに心を決めていた。一年半の間、党

員であったこと、嫌気がさして辞めたこと、党がグループ・シアターを乗っ取る計画は失敗に終わったこと、我々劇団の方針には何の影響も与えられなかったことだ。委員会が、"細胞"のほかのメンバーの名前を訊ねてくることは知っていたが、それを拒絶することは決めていた。(445)

グループ・シアターとは、カザンがエール演劇学校在学中の、1932年に参加することになったニューヨークにある劇団であり、1920年代アメリカを代表する左翼系の演劇集団シアター・ギルドの分派として1931年に発足している。党員とは共産党員のことであるが、ここで重要なことは、彼がグループ・シアターの他のメンバーの名前を最初は密告しないと心に決めていたことである。しかし、〈ハリウッド・テン〉と異なる点は、「嫌気がさしてやめた」とあるように、1935年に一年半関わっていた共産党からの離党を宣言していることだ。カザンは「わたしが党をやめたのは、政治そのものではなく、舞台裏からの操作によって芸術家を統制しようとする党の方針だった」(457)と述べている。当時カザンが書いたメモによるとさらに詳しい離党の理由が分かる。彼が脱党したその年に、デトロイトに本部を置く自動車労働者組合のオルガナイザーを中心とした、数人の指導的立場にある人物により、この劇団にとって重要方針を決定する会議が設定されたという。しかし、その会議では、彼ら指導的同士がその方針を提起し、それについて検討はするが、反対することができなかったのだという。その後カザンは激しい個人批判を受けることになるようだが、この会議について次のように結論づけている。

　　実のところ、デトロイトから来た男の評決に上訴の道はなかったのだから、討議などはもともと不要だった。わたしは彼に警察国家

の臭いを感じた。"権威主義的ルール"という語があれば、そこに何が書いてあるかは見当がつく。その男は人々の思考を停止させようとしただけではなかった。わたしが服従を行動で表すような儀式のお膳立てをしたのだ。といっても、彼も自分自身の信念から出た行動を取っていたわけではない。——

 彼もまた指令に従って、その場にいたというだけなのだ。前にも使ったことのある手斧を持たされ、送り込まれてきたにすぎなかったのだ。(…)会議はあくまで力ずくのものだった。彼はわたしたち全員を威嚇し、服従させ、有無をいわせなかった。(131)

しかし問題なのは、「きわめて明確な形で脱党したにもかかわらず、わたしとかつての同胞たちとの関係は変わりなかった」(131) と言っているように、離党してからこの年までの17年間、カザンは党員に対して曖昧な態度を取ってきたといえる。なぜなら、自伝の中で、さらに次のように言っているからである。

 かつての同士たちの立脚点をすでに信じてはいなかったのに、なぜ熱心に、長い間、彼らと良好な関係を保とうとしたのか？　その答えは、わたしが四方八方と良好な関係を保とう、誰からも好まれよう、左も右も中道とも、すべてとうまくやろうとしてきたからだ。(中略)わたしは党の旧友たちに好まれるべきではなかった。しかし、彼らはわたしを好んでいた。わたしはとうの昔から彼らと疎遠になって当然だった。しかし、そうはならなかった。彼らの立脚点を受け入れなかったが、自分の本当の信条を巧みに覆い隠してきたのだ。(458)

この曖昧性は彼に悲劇を呼び込むことになる。1952年4月9日の二

回目の聴聞会で、カザンはグループ・シアターのメンバーの中の共産党の党員名を明かした。しかし、喚問を受ける前に、親しい二人の人物には事前に名前を明かしてもいいかどうか尋ねている。カザンによれば、二人は名前を明かすことを許可したことになっている。だが、その時点で、彼は委員会に、さらに八人の名前を挙げるつもりでいたにもかかわらず、彼らには許可を求めていない。伝記の中で、「会っておけばよかった」(465) と後悔しているが、やはりこれはいわゆる密告であった。党の秘密主義に対する反発なのか。カザンは、自分が党員名を明かしたことについて、次のように言う。

　　なぜはじめから、グループ・シアターの全員が、お互いの名前を言わなかったのだろうか。みんながすべてを認めていたなら、疑惑も一掃されたのではなかったか？ 私たちが党籍についてオープンであったなら、グループ・シアターの共産党員問題が過大視されることもなかっただろう。なぜ一人としてそれを指摘する者がいなかったのか。わたしにはその理由がわかっている。それは党の規律であるからだ。(459)

党の規律だからほとんどのグループ・シアターのメンバーは仲間の名を明かさなかったのだろうか。規律がなければ「ハリウッド・テン」は存在しなかったのだろうか。「わたしの論理がいかに真摯な根拠があり、慎重に考え抜かれたものであったにせよ、私の行為には、なにか理不尽なものがあった──それが私の感じたこと、つまり恥の感覚だった」(465) と言う。論理に真摯な根拠があるかどうかは別にしても、密告後のカザンの心は揺れ動く。そして非米活動調査委員会が、10名の仲間の名を明かした彼の声明文を『ニューヨーク・タイムズ』誌に送り、それがいきなり一面に記載されると、カザンはそれを読み通すこができず、翌日

の日記に次のように書いている。

> 一日中家にいた。情けないほど落ち込んだ。問題が頭から離れない。何か間違ったことをしたことは分かっている。しかし、反対のことをしていたら、さらに間違ったことをした、と今でも確信している。自分の行為の正当化のために時を費やした。これほどまでに恥と罪の意識に満たされたのは、これまでに一度しかなかった。(…)今度もまたずいぶん卑劣なことのように思える。なぜなら、わたしの過去の行動から、こんなことをするとは誰も思っていないからだ。(466)

ところが、八法塞で四面楚歌状態のカザンは、およそ一年の後に、自分の行為に対するこの罪の意識も、戸惑いさえも吹っ切ることになる。それは、1953年のチェコスロバキアが舞台であり、小さなサーカスの一座が、共産主義のこの国から、厳戒の国境をこえてオーストリアへ逃れるという『綱渡りの男』(*Man on a Tightrope*, 1953) という映画を作ることになってからのことであった。悩み苦しんでいたこの時期に、この脚本を読んだとき、カザンが「渡りに船」、と思ったことは、想像に難くない。ところが、カザンは、「これでわたしが出来るのは、せいぜいわたしの尻を追っかけてくる赤狩りの連中を満足させることぐらいでしょう。」(476) と言って拒否の姿勢を取っている。彼がこの映画を撮ることに同意した理由は別のところにあった。それは、小さなサーカスの一座がサーカス・ブルムバッハという名で実在し、ロバート・E・シャーウッドによるこの脚本が事実に基づいているからであった。カザンは、実際に国境を越え、オーストリアへ脱出した当のサーカス団を使うことで映画作りをはじめている。彼がそのとき興味を持ったのは「社会においてアウトサイダー」と言えるサーカスという集団が、「混沌と

した世界の中に、威厳のある自分たちの社会である小宇宙を持ち」、「人種も宗教も主義もなく、人は仕事をするその能力によって判断される」[3]という点にあったという。カザンは、1926年にワスプの子弟が通うウイリアムズ・カレッジに入学している。はじめて両親と学校を訪れた日、雰囲気に気おくれしている父親と、いかにも旧世界の人間にみえる母親に、早くこの場から離れてほしいと思ったという。カザンは、「一人になって英国系のアメリカ人たちの世界に飛び込んでいきたいと思ったから」[40]だ。しかし、その後まもなく激しい劣等感に襲われ、「わたしは自分が何者かを理解した。アウトサイダーにしてアナトリア人である」[41]とのべている。そしてこの4年間の「冷たく暗い歳月の間に、共産党加入へ導く感情の土台が築かれたのだ」[44]とも言っている。1909年、トルコのイスタンブールで生まれたギリシャ系アナトリア人のカザンが、1913年にアメリカにやってきて、四歳のころから経験する移民としてのアウトサイダーの人生の中で、映画人としての自分の持っている才能を最大限に生かそうと努力し続けてきた姿勢と、サーカスという小宇宙に住む人々との姿勢が重なり合ったと言えよう。しかも、逃亡してきたサーカスの一座は、別な面でも手本になったとカザンは言う。それは、彼らが逃亡という行為の見返りに受ける残酷な仕打ちに屈しないことであった。その仕打ちとは、彼らが耳を傾けているラジオからの警告、サーカス団の名前、さらに一人一人の名前を呼びあげ、この映画の仕事をやめなければ東側にいる親戚や、のこっている資産に無制限な報復を加えるということであったという。カザンが、この小さなサーカスの一団から学んだことは、「自分の人生の一部はもう終ったのであり」、「彼らが受け入れたものを自分も受け入れようと決心したことであり」[482]、相手のどんな屈辱にも目をまっすぐに向け、耐え忍んでいこうと決心したことであるという。しかし、カザンが、耐え忍んでいかねばならないのは、サーカスの一座のような共産党からの転向に対する残酷な

仕打ちではなく、かつての同胞の名を明かしたという密告行為に対して持った彼の恥の感覚や、罪の意識に対してなのである。

4．『チャーリー』、『ニューヨークの王様』と『真実の瞬間』

リチャード・アッテンボロー製作・監督によるチャーリー・チャップリンの半生を描く伝記映画『チャーリー』（Chaplin）が1992年4月に上映された。この映画にはチャップリンの実娘ジェラルディンが祖母にあたるチャップリンの母親を演じて話題となったが、最終場面で、チャップリンが二十年ぶりに、スイスからマッカーシズムにより追放されたアメリカを訪れるシーンがある。エリア・カザンと同じようにアカデミー賞の名誉賞が贈られ、その授賞式に出席するためであった。実際に、チャップリンは1971年の第44回目のアカデミー賞で、今世紀の映画芸術製作に対して測り知れない功績を残したという理由で名誉賞を獲得している。『モダン・タイム』のテーマ曲「スマイル」が流れる中、チャップリンの受賞の挨拶が終わると、司会のジャック・レモンが泣き出し、場内も感動の嵐に包まれたという。

前述のように、1940年の後半から1950年の前半にかけて、共産主義者やそのシンパを糾弾するマッカーシズムの嵐が吹き荒れていたが、その嵐がチャップリンにも襲いかかる。映画人として初期の頃から終始一貫して労働者の立場に立って映画作りをし、また、40年以上アメリカで暮らしているにもかかわらず、アメリカ国籍を取得しようとしないチャップリンに対して、非米活動調査委員会から召喚状が届く。しかしそれに応じず、チャップリンはロンドンで行われる彼の映画、『ライムライト』（Limelight, 1952）のプレミア・ショウに出席するためにイギリスへ向かう。その船上で、チャップリンのアメリカへの再入国許可が取り消されてしまう。この場面も『チャーリー』に詳しい。事実上アメリカから追放されたチャップリンは、その後1977年に86歳で他界するまでの

25 年間を、スイスのローザンヌ近郊の村で暮らしている。チャップリンにアカデミー賞の名誉賞が贈られ、再びアメリカの地を訪れたのは彼が亡くなる 5 年であった。

　この 1940 年後半から特に猛威をふるった非米活動調査委員会による赤狩りについては、チャップリンが主演、製作、監督、脚本、それに音楽までも担当する『ニューヨークの王様』(A King in New York, 1957) と、ロバート・デ・ニーロ主演の『真実の瞬間』(Guilty by Suspicion, 1991) に詳しく描き出されている。

　『ニューヨークの王様』は 1957 年にロンドンで撮影されたものであるが、チャップリン演ずるヨーロッパのとある国（架空の国）の王様シャドフが、ある日、クイーン・カントリー・スクールという少年院を訪れるという場面がある。そこで王様は、チャップリンの実の息子マイケルが演ずるルパード・アカビーという少年を知ることになるが、後にこの少年の両親が、かつて共産党員であったことが明らかになる。王と少年が見ているテレビに、彼の両親が国会の非米活動調査委員会に召喚されている様子が映し出されるからだ。元共産党員のある教師から名前を密告された父親も、共産党員であったことは認めるが、仲間の名前を挙げることを拒否する。そこで両親は国会侮辱罪の判決を受けてしまう。

　『真実の瞬間』は 1951 年にロバート・デ・ニーロ演じる映画監督デイビッド・メリルが 20 世紀フォックス社の社長ダリル・F. ザナックに呼ばれ、フランスから帰国するところから始まるが、当時の赤狩りの問題に正面から取り組んだ映画である。

　せっかく監督の仕事を得てフランスからやってきたメリルに、非米活動調査委員会から召喚状くる。ザナックには監督としての才能を認められ、ハリウッドでもある程度の評判を得ていたが、彼は召喚を拒否してしまう。すると、1 年半もかけて準備を進めてきた新作は没になってしまう。しかも準備金の五万ドルの返還をスタジオから要求される。ハリ

ウッドで仕事が見つけられないメリルは、仕事を求めてニューヨークへ向かう。しかし、ようやく見つけた機械修理の店での仕事も FBI の介入により辞めることになってしまう。実は、1951 年に〈ハリウッド・テン〉が聴聞会に喚問され、共産主義活動についての証言を否定したとき、非米活動調査委員会の告発におどろいたハリウッドの幹部たちは、ニューヨークのウォルドーフ＝アストリア・ホテルに集まり、今後の対策を協議している。映画製作者協会の会長のエリック・ジョンストンを中心に行われたこの会議で、〈ハリウッド・テン〉の追放とブラックリストづくりを決めたウォルドーフ＝アストリア声明が出され、20 世紀フォックス社のダリル・F・ザナックを含む数名がこの声明を支持した。そこで、〈ハリウッド・テン〉とブラックリストに載った人々はすでにハリウッドでは働けなくなっている。失業中のメリルに再びザナックから仕事の誘いが来るが、それは、弁護士を就けるから早く喚問を受けろという条件付きの誘いである。共産党員ではないが、10 年ほど前に議論をふきかけて追い払われた集会に二、三度出席したことのあるメリルにとって、仕事を続けるためにはこの聴聞会で、その集会の場所や、に出席していた仲間の名前を明かさなければならない。なぜなら、実際のところ、20 世紀フォックス社は、映画の中でメリルが喚問を受ける前年の 1951 年に、共産党員および党との関係についての質問に答えることを拒否したすべての人物を解雇する、と宣言していたからである。しかし、翌年 2 月に非米活動調査委員会の公開喚問を受けることとなったメリルは、同席した弁護士の忠告にもかかわらず、自分に関することだけは答えるが、高圧的な態度で激しく執拗に迫る委員に対し、集会のあった家も出席者の名前も挙げることを敢然と拒否する。議会侮辱罪で投獄されることを知りつつ、この委員会を批判し、席を蹴って立ってしまう。仕事を捨てても最後まで自己に忠実であることを主張するのである。

　チャップリンは、映画製作に対して偉大なる功績を残したという理由

で追放後、20年ぶりにアメリカを訪れ、第44回目のアカデミー賞で、名誉賞を受賞した。同様にエリア・カザンも、その27年後の第71回目のアカデミー賞で名誉賞を受賞した。しかし、チャップリンの授賞式とは違いエリア・カザンの授賞式に参加した観客の半分は、前述のように、顔に不快な表情を浮かべ、座ったままの拒否の姿勢をとった。しかも、この授賞式でのプレゼンテイターは、「はじめに」、で述べたように、皮肉にも『真実の瞬間』で、エリア・カザンとは異なり、議会屈辱罪を覚悟し、さらに非米活動調査委員会そのものの存在を否定したメリル役の、ロバート・デ・ニーロであった。終始、固い表情でプレゼンテイターの仕事を事務的にこなしてはいたが、複雑な心境であったであろう。また、『真実の瞬間』には、メリルが仕事のことでザナックに面会を求めると、受付の女性が、昼は来客があり、「午後はカザンの『革命児サパタ』の試写です」と言う場面がある。この『革命児サパタ』という映画は、メキシコにおける反政府革命運動の内部分裂を描いたものであるが、この何気ない一シーンは、1952年4月9日、非米活動調査委員会の第二回聴聞会で、国家に忠誠を誓い、転向し、仲間の名を明かしたカザンが、ハリウッドに残り、監督としての仕事を続けていたことを暗に語っている。実際に、同年12月にダリル・F. ザナック製作、ジョン・スタインベック原作・脚本、エリア・カザン監督の『革命児サパタ』(*Viva Zapata*) が20世紀フォクス社で作られている。しかもこの映画、さらには1954年のカザン監督で作られた『波止場』には、当時のカザン自身の苦渋に満ちた選択を読み取ることができる。

5.『革命児サパタ』と『波止場』

　アメリカ自然主義作家ジャック・ロンドン（1876－1916）も、1911年に『革命児サパタ』と同じメキシコ革命を題材とした短編「メキシコ人」を書いている。無口な労働者の一青年が、激しい復讐心を燃やしメ

キシコの社会改革に関わるという話だ。時代は、ポロフィリオ・ディアスの八期目の大統領時代末期を背景に、リベラという青年がディアスの独裁政権を潰すためにメキシコ革命に参加するのだ。1910年、ディアス独裁体制に反対し、民主化を要求した自由主義者たちの政治運動によって口火が切られ、次第に農民や労働者を巻き込みながら、前近代的な社会・経済構造を根底から改革しようとする社会運動へと発展したこのメキシコ革命は、1920年までの10年間、特にメキシコ全土をゆるがす激しい運動となった。再び大統領選には出馬しないと宣言していた当時78歳のディアスは、選挙が近づくと対抗馬のフランシス・マデロを逮捕し投獄した。ディアスが当選すると、マデロは釈放され、その後マデロはテキサス州へ亡命し、ディアス打倒の運動を開始する。各地でディアス政府軍とマデロが率いる反乱軍との武力闘争が始まり、やがて全国的に反政府運動が高まるとディアスは1911年5月25日大統領を辞任して国外へ亡命する。

　ロンドンはマデロの出現を喜び、『メキシコ革命の勇敢な仲間へ』という公開状を書き、[4]実際にメキシコに訪れて資料収集を行ってはいるが、その資料の成果は作品の中にほとんど反映されていない。物語の途中からボクシングという格闘技の世界が舞台となるからだ。ロンドンは、リベラが勝てそうもない試合に勝つという彼のリング場での革命と、メキシコ革命という二つの革命をリベラの意識をとおしてだぶらせることで、メキシコ革命の結末を読者の想像に委ねるという、暗示的な描き方でこの作品を結んでいる。ロンドンの研究者の一人であるジェームスⅠ・マクリントックは『白い論理』の中で、ロンドンの他の短編と比較し、この作品の芸術性の高さ評価している。[5]しかし、ことメキシコ革命に関して言えば、ディアス政権打倒のためにマデロが登場する意外には読者には何も知らされていない。ロンドンは「メキシコ人」を通して、一つの革命というものを描きたかったと解釈することができよう。

ジョン・スタインベック原作・脚本、エリア・カザン監督の『革命児サパタ』も、ロンドンの「メキシコ人」と同じように、ディアス大統領末期の時代からマデロ政権を、そしてさらにはその後、1914年7月まで続くビクトリア・ウエルタ政権までの「メキシコ革命」を描いた映画である。主人公となるのは革命児としてこの三人の権力者の時代を生き、1919年40歳のとき、志半ばで暗殺されるエミリアーノ・サパタである。
　カザンは、1935年にメキシコを訪れた時にサパタのことを知り、それ以来サパタについての映画を作りたいと思っていたという。[6]この1935年という年は、カザンが一年半関わっていた共産党を離党し年でもある。その後もメキシコに3度訪れ、数年かけて調査研究をおこなっている。カザンは、1940年の末ごろ、スタインベックと知り合うが、スタインベックもサパタに興味を持っていたことから互いに親しくなり、この映画は、前述したが1952年12月に作られている。しかもこの年の4月に、カザンは非米活動調査委員会の聴聞会に出席し、仲間の名前を明かしているであり、かつての同士へのこの裏切り行為がなければ、実現不可能となった作品であるとも言える。そこで、もし、この裏切り行為がただ単に、監督としてハリウッドで生き残るための行為でないのなら、カザンがなぜこの映画を作ろうとしたのかという根拠は重要な意味を持つことになる。カザンとスタインベックの二人が最初に興味を持ったのは、サパタの悲劇的なジレンマ、つまり、力を得、革命を起こした後、その権力をどのように使うのか、また、どのような組織を打ちたてるの、にあったという。その後、二人は何度もメキシコを訪れ、膨大な資料を集めている。結局、サパタの革命では、農民出身のサパタが革命に成功し、権力を得、将軍となったものの、彼は大統領にはならず、最終的には農民の立場を失うことなく、組織を継続しようとする姿勢をとることはなかった。カザンが共産党を離党した年に、サパタの映画を作ってみたいと思ったのは、彼のこんな姿勢からではなかったのか。カザン

は『自伝』の中で、「共産主義者の活動の目的は、権力の把握とその行使にあります。歴史上、共産主義者がいったん得た権力を放棄したという例はありません。しかし、サパタは明らかに権力を放棄しているの」(45)であり、「『革命児サパタ』は反共的な作品」(44)であると述べているのだ。つまり、『革命児サパタ』は、カザンにとっては共産党との決別を訴えている映画であると位置づけることができよう。カザンは、「当時、『革命児サパタ』はこの国（アメリカ）の共産主義者に激しく非難されたが」、「二十年後には、共産党員でない左翼の学生であるニュー・レフトや、ヤング・ロード党（プエルトリコの革命グループ）のような組織から大変好まれていた」(7)とも述べている。

「はじめに」でも述べたように、カザンは『波止場』で二度目のアカデミー賞の監督賞を受賞している。また、この作品は、共産党から転向し、アメリカの体制側に寝返っただけでなく、グループ・シアターのメンバーで共産党の党員である人物の名を密告した「裏切り者」が、自分の考え方の正統性を主張しようとした映画でもあるといわれている。なぜなら、カザンはあえてこの映画の脚本を、彼と同じように、非米活動調査委員会で仲間の名を明かしたバッド・シェルバーグを起用しているからだ。それだけではない。彼は、自伝の中で、古い新聞に載っている自分の顔を見て次のように述懐している。それはアカデミー賞という栄誉を受けた直後の写真と思われる。

> わたしの顔には他の誰とも違う表情が浮かんでいる。それは決していい顔とはいえなかった。誇っている顔ではなかった。しかし、わたしがその晩、復讐の快感を味わい、それを楽しんでいたということ理解してもらえるだろう。『波止場』はわたし自身の物語だった。この映画に取り組んでいた日々、わたしは自分の拠って立つところを世間に訴え、批評家など糞くらえと叫んでいたのだ。(529)

カザンは、この作品に彼の自己投影の姿をダブらせたのであり、マーロン・ブランド扮するテリー・マロイと自分の人生を二重写しにしていたのだ。ボクサーくずれの沖仲仕テリーは、酒場を経営する港湾の荷役労働者組合のボス、ジョニーの命令で、兄のチャーリーが、仲間の一人を殺すところを目撃してしまう。テリーは兄の犯行に思い悩んでいたが、被害者の妹イディの嘆き悲しむ姿に心を打たれ、真相を神父のバリーに告白する。兄のチャーリーが口止めのために殺されると、テリーはついに法廷に立ち、ジョニーの犯罪を証言する。すると、テリーは組合仲間から裏切り者としての烙印をおされてしまい、波止場での仕事を貰うことができない。テリーは、ジョニーの事務所に単身で殴り込みをかけるが、子分たちに半殺しの目にあう。しかし、それでもひるまぬテリーの姿を見て、仲間たちは次第に自我に目覚めていくことになる。次に挙げるのはテリーとジョニーの最後の対決シーンである。

  ジョニー 「馬鹿め、証人になったからといって、英雄きどりなんかしやがって」
  テリー 「うるせえ、お前なんか人間のクズだ」
  ジョニー 「勝手に吠えろ」
  テリー 「おまえなんか、カスリで食ってるブタだ。ユスリとタカリとカスリだけの奴だ。銭勘定だけの臆病者だ」
  ジョニー 「このネズミ野郎」
  テリー 「どっちがネズミだかよく考えろ。都合の悪い相手を次々と他人に殺させて自分は金庫の中で震えてるんだ。クソ野郎、貴様らみんなドブネズミだ。ザマを見ろ。どうだ鼻をあかしてやったぞ」[8]

このテリーの立場が、1952年4月9日の二回目の聴聞会で、グルー

プ・シアターのメンバーの中の共産党の党員名を明かしたカザン自身の姿であるという。テリーは、荷役労働者組合の幹部たちの不正を明かそうとして殺された仲間の仇を取るために、公聴会で真相を明かのしたのだ。カザンがこの作品で、「復讐の快感を味わい、それを楽しんでいたということを理解」することはできよう。しかし、気になるのは、三十年以上前の写真を自らが眺めて、「他の誰とも違う表情」で、「決していい顔とはいえ」ない、「受賞を誇りにしている顔ではなかった」ことだ。アカデミー賞の、監督賞と作品賞受賞当日、本会場にカザンの姿がなかったことがそのことを物語っているのかも知れない。カザンは、聴聞会でかつての同士の名を売ったという行為に、いかに本人が言う論理的に正当な根拠があろうと、「どこか理不尽なもの」、「つまり恥の感覚」を感じていたからだ。ところが、テリーの場合はどうなのか。公聴会で語った真実とは、二人の沖仲士を死に追いやった、港湾の荷役労働者組合のボスでギャングのボスでもあるジョニーの悪行である。テリーも一時期、仕事仲間とは、村八分の状態に置かれ、沖仲士としての仕事を得ることもできなかった。しかし、彼がその状況を打破するために取った行動とは、ジョニーの事務所への単身の殴り込みであった。彼には公聴会で真相を明かした自分の行為に、理不尽さや、罪や恥の意識は微塵もなかったであろう。それならば、カザンは何の復讐に快感を味わいそれを楽しんだのか。カザンは、かつての同胞の名を密告し、「裏切り者」と見なされ、そのカザンが『波止場』という映画を作り、アカデミー賞の監督賞のみならず、作品賞まで獲得した。快感を味わい、それを楽しむことができたのは、世間から無視されてきたカザンが、その代償に得た仕事で、監督として、映画人としての自分の才能を、世間に再確認させることができたからではないのだろうか。いつも心の奥にあって離れない世間に対する負い目が、良い作品を作る大きなエネルギー源となったことに快感を味わい、それを楽しんでいたのではないのだろうか。しかし、

カザンは、この映画によって、社会の「裏切り者」としての行為に、まだ自分自身納得のいく決着をつけたとは言えない。

おわりに

非米活動調査委員会から召喚状を受け、二度目の聴聞会で仲間の名を明かし、カザンに対する憤慨の嵐が巻き起こると、夫が不当な罵詈讒謗を浴びせられていると考えた最初の妻のモリー（1963年に他界）は、世間に対する申し開きの声明文を書き、『ニューヨーク・タイムズ』の紙面を買取り、それを意見広告として掲載した。すると、かつての同胞はもとより、一般の人々の理解を得るどころか軽蔑を買うことになり、敵意を掻き立てる結果となってしまう。このような行為を厚顔無恥と決めつけ、彼を批判する組織的なキャンペーンもはじまっていた。しかし、自伝の中には次のようなことも書かれている。

そして、最後に（妻は）私が予期してもいなかったことを読者に保証していた。すなわち、他人がどう思い、どう言っているかにもかかわらず、わたしはこれまでずっと手がけてきたような映画や演劇、同じテーマ、同じ視点でつくっていくだろう、と。(464)

カザンは、『ブルックリン横町』（*A Tree Grows in Brooklyn*, 1945）で、ブルックリンの貧民アパートに住むアイルランド移民のノーラン家という小市民一家の生活を長女フランシーの視点からじっくりと描いた後、コネチカット州フェアポートにおけるある殺人事件をめぐる裁判の問題を取りあげた『影なき殺人』（*Boomerang*, 1946）、ユダヤ人差別を批判した『紳士協定』（*Gentleman's Agreement*, 1947）、さらに、黒人差別を批判した『ピンキー』（*Pinky*, 1949）と、'社会派三部作'を作っている。その後の代表的な作品についてはすでに触れたが、ジョ

ン・スタインベックの長編小説を映画化した『エデンの東』(*East of Eden*, 1955) も、普遍的な問題としての父と子の関係を取り上げているが、時代設定は1917年であり、第一次世界大戦が勃発した直後で、敵対する国がドイツであることから、ドイツ系の住民が、興奮して詰め寄る人々に、吊るし上げを食うシーンや、経営している店のショーウインドウが投石で壊されるなど、敵国民として、町の人々の襲撃にあう場面が描かれている。また、1971年には、ベトナム戦争の帰還兵が社会に受け入れられずに犯罪へ追い詰められていくという映画『訪問者たち』(*The Visitors*) を作っている。このように、カザンは作品だけ見てくると、ほとんど転向することもなく、その時々の社会問題を弱者の視点から捉え、それを映画化してきたと言える。自伝に書かれているように、むしろ一貫性のある映画作りをしてきたと言えよう。この弱者の視点は、1913年に、家族と一緒にアメリカへ移住したカザンが、トルコ内の少数民族である貧しいギリシャ系アナトリア人の移民の子供として、苦労して育ったときに植えつけられたものであろう。しかし、同時に、アメリカへ移住後、自分がワスプではなく、しょせんはアメリカのアウトサイダーでしかないという負い目を持つ生活が、必要以上にアメリカ社会へ同化しようとする気持ちに拍車をかけたことも、前述したように、1930年からあえてワスプの子弟が通うウイリアムズ・カレッジに通ったことからも明らかであろう。結果的にはそのことがかえってカザンをさらなるアメリカのアウトサイダーにしてしまったのだが。カザンが非米活動調査委員会の聴聞会の席で、同胞の名を暴露したという行為は、アメリカにおけるかつてのアウトサイダーが再びアウトサイダーにならないための苦しい選択であったのではないだろうか。この行為は、アウトサイダーの視点から社会を見つめた映画作りで、監督として大成功を納め、ワスプと同じ主流派のアメリカ人となったかつてのアウトサイダーカザンが、結果的に仕事を失うだけでなく、再びアウトサイダーに「転

向」することなくその地位を維持するために導き出した苦渋に満ちた選択の結果であったといえよう。もしそうであるなら、この「裏切り行為」により、社会の体制がどのように変わろうと、2003年9月28日、94歳で他界するまで、カザンの心の中では、罪や恥の意識との格闘が絶えることはなかったであろう。

註

（1）Robert Sklar. *Movie-Made : A Cultural History of American Movie.* New York : Vintage Books, p.262.
（2）*Elia Kazan : A Life* からの引用個所は本文の（　）内に Da Capo Press 版の ページ数を示す。訳は、佐々田英則、村川英訳『エリア・カザン自伝』上・下（朝日新聞社、1999年）を参照した。
（3）William Baer ed., *Elia Kazan : Interviews.* Jackson : University Press of Mississipi, p.172.
（4）中田幸子『ジャック・ロンドンとその周辺』（北星堂書店、1981年）、280頁。
（5）James I. McClintock. *White Logic : Jack London's Short Stories.* Cedear Springs, Michigan : Wolf House Books, 1976, p.129.
（6）*Elia Kazan : Interviews*, p.163.
（7）Ibid., p.168.
（8）映画『波止場』（*On the Waterfront*, 1954.）より。

参考文献

Baer, William, ed. *Elia Kazan : Interviews.* Jackson : University Press of Mississipi, 2000.

Bogle, Donald. *Toms, Coons, Mulattoes, and Bucks : An Interpretive History of Blacks in American Films.* New York : Continuum, 1973.

Giovacchini, Saverio. *Hollywood Modernism : Film and Politics in the Age of the New Deal.* Philadelphia : Temple University Press, 2001.

Girgus, Sam B. *Hollywood Renaissance : The Cinema of Democracy in the Era of Ford, Capra, and Kazan.* Cambridge : Cambridge University Press, 1988.

Graham, Allison. *Framing the South : Hollywood, Television, and Race during the Civil Rights Struggle.* Baltimore and London : The Johns

Hopkins University Press, 2001.
Kazan, Elia. *Elia Kazan : A life.* Alfred A. Knopf, 1988 ; New York : Da Capo Press, 1997.
Lewis, Jon, ed. *The End of Cinema As We Know It : American Film in the Nineties.* New York : New York University Press, 2001.
McClintock, James I. *White Logic : Jack London's Short Stories.* Cedar Springs, Michigan : Wolf House Books, 1976.
Sklar, Robert. *Movie-Made America : A Cultural History of American Movies.* New York : Vintage Books, 1994.

井上一馬『アメリカ映画の大教科書』上・下(新潮選書)新潮社、1998年
上島春彦『レッドパージ・ハリウッド――赤狩り体制に挑んだブラックリスト映画人列伝』作品社、2006年
海野弘『ハリウッド幻影工場――スキャンダルと伝説のメッカ――』株式会社グリーンアロー出版社、2000年
加藤久晴『映画のなかのメディア――映画の"輝"テレビの"闇"――』大月書店、2002年
加藤幹郎『映画とは何か』みすず書房、2001年
加藤幹朗『映画ジャンル論――ハリウッド的快楽のスタイル――』平凡社、1996年
川本三郎編『映画監督ベスト101』(新書館、1997年)
北野圭介『ハリウッド100年史講義――夢の工場から王国へ――』平凡社、2001年
国本伊代、畑恵子、細野昭雄『概説メキシコ史』有斐閣選書、有斐閣、1984年
佐々田英則、村川英訳『エリア・カザン自伝』上・下、朝日新聞社、1999年
ジョルジュ・サドゥール『世界映画全史』全12巻、株式会社国書刊行会、1992年
鈴木康久『メキシコ現代史』明石書店、2003年
ロバート・スクラー『アメリカ映画の文化史――映画がつくったアメリカ――』鈴木主税訳(講談社学術文庫)、講談社、1995年
副島隆彦『ハリウッドで政治思想を読む』メディアワークス、2000年
曾根田憲三『アメリカ文学と映画――原作から映像へ――』開文社出版、1999年
中田幸子『ジャック・ロンドンとその周辺』北星堂書店、1981年
チャップリン『チャップリン自伝』中野好夫訳(新潮文庫)、新潮社、1981年
畑暉男編『20世紀アメリカ映画事典』(株式会社カタログハウス、2002年)
筈見有弘編集『戦後公開アメリカ映画大百科』第8巻(ハリウッドと社会派)日

本ブックライブラリー、1979 年
蓮實重彥『ハリウッド映画史講義——翳りの歴史のために——』筑摩書房、1993 年
淀川長治、澤登翠、江藤文夫、小松弘、千葉伸夫、大野裕之、チャールズ・チャップリン『チャップリンのために』とっても便利出版部、2000 年
リチャード・H.ロービア『マッカーシズム』宮地健次郎訳、岩波文庫、1984 年

シーガル『ある愛の詩(うた)』の言葉と文化

藤 井 健 三

　エリック・シーガル（Erich Segal, 1937- ）の小説『ある愛の詩』（*Love Story*, 1970）ほど、広く一般の読者に新鮮な驚きと感動を与えながら、玄人筋からはまったく評価されなかった作品も珍しい。評価されなかったのは、この作品には暴力もフリー・セックスもペシミズムもなく、マリファナも戦争も黒人問題もない、つまり60年代から70年代にかけてのアメリカ小説界の重要な時代的テーマが何一つ取り入れられていない、「単なる古典的な愛の世界を描いたに過ぎない」と見られたからである。71年の全米図書賞（アメリカ文壇の最優秀文学作品賞）の審査員であった同時代作家、ウィリアム・スタイロン（William Styron, 1925-2006）は、この作品を最終段階で落として、「候補にのぼるというだけで、他の候補作品に失礼である」と酷評したといわれる。
　だが、この作品を単に古典的な愛の世界を描いたに過ぎないと決めつけ、断罪するのみという玄人筋の批判は、独断的偏見というほかなく、それこそ作者に対して、また一般読者に対しても、失礼であると言わなければならない。そもそもこの作品が、アメリカの60年代後半の社会的現実をじゅうぶんに取り入れていないと見ること自体、的外れもはなはだしいのである。なぜなら、この作品の主人公である女子大生ジェニー（Jenny Cavilleri）は、その言語に60年代の若者言葉のあらゆる特色

を取り入れ、行動においても、活発化する女性解放運動の理念を体現した女性として創造された、一つの理想像に他ならないからである。

60年代に、アメリカの女性たちは、男性との間に存在するさまざまな差別に気づき始め、女性は男性とまったく同じ権利と責任をもち、男性と協力してアメリカ社会の前進を目指すべきだという「女性解放運動」(Woman's Liberation)の必要に目覚める。66年にはフリーダンを初代会長とする「全米女性連盟」(NOW)が設立されて、運動はいよいよ活発化する。作者シーガルは、女性解放運動のさなか、社会運動の思想家でも活動家でもない、普通の女性が、男性支配の社会の中で、これから男性と対等に生きていくというのは、具体的には一体どういうことなのか、その一つの答えとして、ジェニーというごくありふれた女性名の性格像を創造し、アメリカ社会に高く掲げて見せてくれたのである。

両大戦後に生じた、既成の社会秩序や価値観の崩壊、それに伴う人権運動や反戦運動、性の解放や女性解放運動が活発化する激動の時代にあって、作者シーガルは、この性格像を新時代に生き抜く、自立した強く逞しい女性の理想像として創造し、数式のように透明感のある作品に仕上げた。混迷する時代的雰囲気のなかで、この作品の分かりやすさと清潔感に、大衆が心地よい驚きと共感をおぼえたからこそ、この作品は、小説としても、映画としても空前の大成功を収めたのではあるまいか。

本稿は、以下、60年代アメリカ社会の時代的風潮が、この作品の主人公ジェニーの言語と生き方に、いかに反映され芸術化されているかを検証しようとするものである。

作品の梗概

オリバー(Oliver)はハーバード大学、ジェニーはすぐ隣のラドクリフ女子大という、それぞれアメリカ切っての名門大学の四年生同士。二

人は学生結婚をし、赤貧の苦労をするが、やがて共に優等で卒業する。夫はいい職を得て、若い夫婦がやっとこれから子をもうけて家庭を作りたいと願い始めた矢先に、妻が白血病で亡くなるという物語である。

　オリバーは、アメリカの財界きっての名家バレット家の御曹司で一人息子の「オリバー・バレット四世」(Oliver Barret Ⅳ) が本名。父親のオリバー三世はいくつもの銀行や企業を経営し、かつてはローズベルト大統領の経済顧問をつとめたこともあるほどの人物。若いときはボートのオリンピック選手としてベルリン大会に出場したことがある文武両道の人。名門ハーバードの卒業生でもある。学生時代は名誉な特別奨学生に選ばれるほど優秀な学生だった。彼の一族には著名な学者や財界人が多く、その中にはハーバード大学構内のあちこちに見られる建物の名前になっている高額寄付者が何人もいる。まさに由緒正しき名家名門、一般庶民とはおよそかけ離れた別世界の家柄である。

　オリバー自身も秀れた血筋をそのまま受け継いでいるサラブレッド。ハーバードでは一年次から毎年、学部長表彰を受ける成績優秀者リストに名を連ねる。だが単なるガリ勉屋ではない。二年次からは大学のアイス・ホッケーのレギュラー選手。しかも並の選手ではなく、アイビー・リーグの最優秀代表選手に選ばれることすでに二回。いまや学内外で知る人ぞ知る大学スポーツ界のスーパースターであり、行くところ女子学生をときめかさずにはおかない存在である。

　氏・育ち・頭脳・体格・運動能力など、どの点から見てもオリバー四世は超一流を自他共に認める誇り高きエリートである。彼は何事につけても常にナンバー・ワンでなければならないという厳しい家風の中で育てられてきた。事実、これまであらゆる事でナンバー・ワン以外の経験はしたことがない。その彼が、貧しいイタリヤ系移民の血を引く女子大生ジェニーと出会うことによって、初めてナンバー・ワン以外の経験をすることになる。

ジェニーの父親はクッキー作りの職人。母親を早くに交通事故で失って以来、父娘二人だけの家庭で育った。住まいはロードアイランドの、とある貧民街。その環境からラドクリフ女子大に進学した才媛ジェニーは、この町の誇りであり、この地域の住民から、輝く星として尊敬され愛されている。
　アメリカの一般の家庭では、親が子供を親の責任として養育するのは、高校を卒業するまでである。それ以後は、親の経済力にかかわりなく、こどもは自立して自分の責任において人生を選択し、一人で逞しく生きていくことが期待される。したがって大学生のほとんどが、何らかの奨学金や教育ローンやアルバイトで、学費を工面する。ジェニーは大学の図書館でアルバイトをしている。そこへある日、オリバーが翌日に迫った試験に必要な参考書を借りにやって来る。
　ハーバードの図書館より遥かに少ない蔵書数しかない女子大の図書館に、男子学生がこうしてわざわざやって来るのは、本ではなく女の子目当ての、どうせ金持ちのぼんくら息子に決まっていると見たジェニーは、オリバーの本の請求にすんなりと応じようとはしない。ジェニーはいきなりオリバーを「プレッピー」(Preppie) 呼ばわりする。Preppie とは大学に入るために、親から高い学費の進学校（prep school）に行かせて貰った、頭の弱い金持ちのボンボンという軽蔑の含みをもつ言葉である。
　オリバーは堪らず、ジェニーに「君の判断は間違ってるぜ。俺はじっさい秀才だが貧乏だ」(You're wrong. I'm actually smart and poor.) と言えば、「あら、違いますね。秀才だが貧乏っていうのは、あたしのことだわ」(Oh, no, Preppie. *I'm* smart and poor.) と返してくる。こんな無駄口を繰り返していて、結局本が借りられなくなっては困ると思ったオリバーは、方針を変えてジェニーの見定めに従って「ぼんくら坊ちゃん」として振舞うことにし、結局ジェニーにコーヒーを奢る羽目

になる。

　喫茶店での会話も、何を言ってもジェニーの辛らつな切り返しに合い、オリバーは大いに自尊心を傷つけられる。彼は、名誉挽回のために、実は自分は大学のアイス・ホッケーの花形選手であることを明かそうとする。そのつもりで「あのさ、きみは俺がだれだか知らないんだろう？」(Hey, don't you know who I am?) と切り出すと、「知ってるわ、あなたバレット講堂を寄付した人でしょう」(Yeah. You're the guy that owns Barret Hall.) と茶化される。オリバーが「違う。あの講堂は、寄付をしたのがたまたま俺の曽祖父だっただけのことだ」と説明すると、彼女はすかさず「できの悪い曾孫を大学にいれるために？」(So his not-so-great grandson would be sure to get in！) とくる。

　オリバーは、我慢も限界に来て、そんなに軽蔑している俺に、じゃあなぜコーヒー代を出させるんだ、と言うと、ジェニーは、真っ直ぐ目を見据えて微笑み、「あなた、体つきはいいわね」と言ってのける。

　どこまでも人を小バカにした小憎らしい女。何とかこの女に一矢報いてやりたい。最後の一打での逆転の勝利で終われぬものかと考えたオリバーは、ダートマス大学とのホッケーの対抗試合を見にこないかと、彼女を誘う。すると、「何でまた、このあたしが、ホッケーなんてくだらないものを見にいかなくちゃいけないの？」(Why the hell should I come to a lousy hockey game?) とくる。

　「俺が出るからさ」(Because I'm playing.) と答えると、彼女は、ちょっと間を置いて、「で、どっちのチームのために？」(For which side?) と言う。つまり、あんたは相手のチームのためになるようなヘボ選手じゃないだろうね、と痛烈な嫌味を言うのである。これにはオリバーも呆れて絶句する。

　ジェニーの何とも人を喰ったこのセリフをもって、小説の第一章は終

わる。この日、二人の間で交わされた言葉の応酬はすべて、おそらくオリバーが生まれて初めて経験する完敗である。ジェニーは、オリバーが有名な大財閥の息子であると知っても、大学スポーツの花形選手であると知っても、それによっていささかも態度を変えることはなく、男性に向ってあくまでも対等な個人として対峙する。ジェニーの前にあっては、オリバーは体つきだけが取り柄の、ありふれた体育会系の男子学生の一人に過ぎないのである。

異なる生い立ちの違い

人を出自や性別や経済力などによって差別することなく、人間はお互いにみな個人として対等であるという姿勢で凛として立つジェニーのような強い女性に、オリバーはこれまでに出会ったことがない。オリバーは、そうしたジェニーと出会うことによって、急速にこれまでの自分の殻から脱皮していくことになる。二人が引かれ始めるのは、あまりにも異なる生い立ちの違いからくるカルチャー・ショック（文化衝突）からである。

ボストン郊外にあるオリバーの実家は、広大な木立にかこまれて、通りから建物は何も見えない。屋敷の入り口から邸宅の玄関までおよそ800メートルもあるというから、まさにヨーロッパ大貴族の城を彷彿させる、いかに桁外れの大邸宅であるかが察せられる。家にはオリバーを「まあ、若旦那様」（Ah, Master Oliver.）と出迎える黒人ばあやの召使がいる。むかし、黒人奴隷はお仕えする主人を Mister と呼び、その息子を Master と呼んで区別した。そうした植民地時代さながらのしきたりが、今日も、脈々と息づいている家柄である。

"Sir" という敬称

バレット家では、自分の父親に対する言葉づかいは、使用人たちと同

じく、常に礼儀正しく "Sir" を添えなければならない。

　"Thank you, *sir*." / "Fine, *sir*." / "Yes, *sir*." / "No, *sir*." / "Please don't, *sir*." / "Oh, hello, *sir*." / "Good night, *sir*."
（斜体筆者。以下同じ）

　"sir" は、言うまでもなく、目上の者に対する敬称である。これを添えると、その言葉遣いは、日本語に直せば、「結構でございます」「畏まりました」「承知いたしました」「ご勘弁ください」「お休みなさいませ」などに当る、他人行儀の丁寧なものとなる。日本でもむかし、封建時代の武家では使っていたが、現代の家庭内ではすっかり失われている。アメリカ社会でも同じである。今日の一般家庭での言葉づかいではない。

"Father" という呼称
　オリバーが父親に直接呼びかける呼称は必ず "Father" である。つまりオリバーが父親に口をきくときは、さきの "Sir" か "Father" のどちらかである。

　"Thank you, *Father*." / "What's this, *Father*." / "Get to the point, *Father*." / "*Father*, you haven't said a word about Jennifer." / "*Father*, I want to get a letter with everyone else." / "Actually, *Father*, I haven't definitely decided on law school."

　この "Father" は、日本語で言えば、「お父上」「お父様」くらいにあたる尊敬語であり、今日アメリカの一般家庭ではすっかり廃れている旧い言葉づかいである。今日では父親に直接呼びかける呼称は、Dad, Daddy, Papa, Pa などが普通である。Father が呼称として残っている

のは、黒人家庭かあるいは1940年代頃までの映画の台本くらいのものである。オリバーがいかに特殊な家庭に生まれ、旧習のなかで育てられてきた人間であるかが分かる。

"Son"という呼称

一方、オリバーの父は、オリバーをしばしば"son"と呼ぶ。普通の家庭でもまれには、親が息子を"son"と呼ぶことはある。だが、それは通常のことではなく、心理学が「役割期待」（Role Expectation）の場合だと指摘する、何らかの特別な状況においてである。普通の家庭では親は、通常的には、ファースト・ネームもしくはニックネームを以て子を呼ぶのが一般的である。

オリバーの父は、超多忙な身だと言いながらも、一人息子が出る試合にはどんなに遠くても必ず見に来て、試合の後、息子に会っていく子煩悩な親である。そして会うと、彼は決まって"How have you been, son?"と言う。ここには、彼にとって息子は、自分と対等に議論や会話をすべき一人前の大人ではなく、大学4年生になってはいても常に自分の庇護の下にある雛に過ぎないという意識がみえる。事実オリバーは、アメリカの普通の大学生とは異なり、学費もいまだに全面的に親に依存している。したがって、この親子にはオリバーが望むような大人同士の会話は成立せず、いつも何の話題に発展することもない。「息子や、何かわたしにして欲しいことはないか？」（Anything I can do, son?）と父が問うと、あっけなくすぐに終わってしまうのである。

親を"first name"で呼ぶ

アメリカでさまざまな既存の秩序が崩壊し始めた60年代に、父親をfirst nameで呼ばせる風潮が一部インテリ階層で起こった。人間関係の上下の秩序は、社会に安定をもたらすが、進歩や革新の妨げになるこ

とがある。したがって、不必要な序列はできるだけなくした方が、進歩や革新が期待できる。人は法の下で平等であるというのと同様に、共同社会ではすべて人は対等・平等でなければならないという考え方が、一部進歩的な人々の間で、広まり始めた。エリートの女子大生ジェニーがオリバーと知り合ったとき、彼女はすでに60年代の社会風潮に染まっており、自分の父親を first name で呼んでいた。それは、父親を"Father"と呼ぶ時代遅れの家庭で育ったオリバーにとっては衝撃的なことだった。ある日、オリバーは、ジェニーが電話ボックスの中で、

"Yeah. Of course！ Absolutely. Oh, me too. *Phil*. I love you, too. *Phil*."
(ええ、もちろん！ 絶対よ。ああ、あたしもよ、フィル。あたしもあなたを愛してるわ、フィル。)
"Yeah, *Phil*, I love you too. 'Bye."
(ええ、フィル、あたしもあなたを愛してるわ、じゃあね。)

と、「フィル」(Phil)なる男性と熱く話しているのを立ち聞きする。不安になったオリバーは、電話ボックスから出てきたジェニーに、平静を装って、「ねえ、ジェン。フィルって誰？」と問うと、彼女は、「あたしの父よ」とこともなげに答える。オリバーは、「きみは自分の父親をフィルって呼ぶのか？」と驚く。ジェニーは「そういう名前なんだもの。じゃあ、あなたは何て呼ぶの？」と問い返してくる。オリバーはそのとき、自分は「お父上（Father）」と呼んでいるとは、さすがに言えず、「野郎（Sonovabitch）さ」と答えてしまう。すると彼女は「お父さんに面と向かって？」と問い返す。「父親の顔なんか見たことがないんだ」と言うと、「まあ、お面でも付けているの？」とくる。「ま、そんなものだよ」と答えると、ジェニーますます面白がって、「もっと聞かせて…」

と詳しい話を求めてくるのである。

"he," "she" という言及称

　ジェニーが言葉づかいの上で既成の風習にとらわれないのは、父親を first name 呼びすることだけではない。第三者に言及するときの指示称においても礼儀違反が見られる。英語圏社会では、本人が聞こえる所で三人称代名詞の he, she で人に言及するのは失礼となる。オリバーの卒業式より一日早いジェニーの卒業式当日、優等で卒業するジェニーの親戚が大勢卒業祝いに集まって来た。ジェニーは、婚約していることは伏せて、オリバーを伯母たちに、"Aunt Clara, this is my boyfriend Oliver."（クララ伯母さささま、こちらボーイフレンドのオリバーよ。）と言って、紹介する。が、その都度、必ず "*He* isn't a college graduate."（斜体原文）と付け加える。

　この "*He*" は明らかに礼儀違反である。本人が傍にいるのであるから、ここは人称代名詞ではなく、個人名を使って "Oliver isn't a college graduate." と言うべきである。"he" や "she" というのは、性別以外の何の情報も伝えない、いわば数字の奇数と偶数みたいな単なる記号である。人を本人がいるところで記号化していうのはいかにも失礼なことである。個人名もしくは身分名で言及するのが礼儀というものだ。

　したがって、上の場面での "*He*" は、日本語で言えば、「こいつ」あるいは「やつ」くらいに当る。ジェニーはオリバーの卒業式が一日遅いことを茶化して、「こいつ、まだ大学を卒業できていないのよ」と面白くいっているのである。伯母たちにオリバーとの本当の関係を勘ぐられないように、わざとボーイフレンドを見下した口のきき方をしたとも考えられる。あるいは時代風潮に染まって無意識に言っているのかもしれない。いずれにしても、礼儀の伝統に反することに変わりはない。

　ジェニーは、オリバーを実家に連れ帰ったときも、通りで近所の女将

さんから「その男誰ね？」と大声で問われ、"He's nothing!"（何でもない奴ですよ）と答えている。ジェニーだけでなくジェニーの父親も、オリバーの聞こえるところで、"He's okay."（あいつならオーケーだ）と言うのである。

　ところで、人を "he," "she" で言及するのが失礼なのは、本人がその場にいる場合だけではない。ジェニーが白血病であることが判明し、余命いくばくもないことを医師から告げられたオリバーは、金に糸目をつけず現代医学最高の治療を受けさせたいと願って、父親のところに借金の申し込みに行く。父親の意に背いて学生結婚して以来、絶縁状態であったのだが、オリバーは父親に「理由は聞かず、だまって5000ドル貸して欲しい」と頼む。息子は今ではいい収入をえているはずだし、嫁も働いているのではないかと思った父親は、

　　"And doesn't *she* teach too?"
　　（それに、あれも学校で教えているんじゃないのか？）

と、訊く。するとオリバーは "Don't call her 'she'."（「あれ」なんて言い方はしないでください）と即座に抗議する。父親はすぐに訂正して、"Doesn't Jennifer teach?" と言い変える。このとき父親が言い直したのは、単に "she" を個人名の "Jennifer" に言い換えただけなのだが、作者はそのことを "he asked politely." と記述しているのである。

乱暴な男言葉を使う

　ジェニーの言葉づかいが60年代の時代的現実をもっとも顕著に反映しているのは、下品で乱暴な言葉を好んで使うことである。映画の字幕翻訳家の戸田奈津子も指摘するように、アメリカ映画は60年代以降言葉がとても汚くなった。下品で乱暴な言葉づかいはもともと男言葉であ

る。その男言葉を、ジェニーのように最高学府に学びながら、まったく臆することなく男性と同様に、いやそれ以上に、使いこなす女性が小説に登場したのは、アメリカ文学の世界でおそらくジェニーが最初であろう。したがって、これは未だ当時はかなり新鮮に聞こえたにちがいない。

　女性は一般に、下品な言葉や乱暴な言葉を、まったく使わないわけではないが、なるべく使わない性向にある。使っても婉曲語に変えて表現するのが「女言葉」の特色であることは、今も昔も変わらない。ところがジェニーは、キリスト教社会では禁句（taboo）とされている God, Christ などの神名乱用語（swearword）や damn, hell などの罵倒語を使った悪態言葉は言うに及ばず、fuck, fucked, fucking, screw などの性的卑猥語、さらには ass, asshole, piss, shit, crap など排泄器・排泄物などのいわゆる糞尿語など、あらゆる汚い言葉を男性同様に、的確に、びしびしと使いこなす女性として登場し、時代風潮にマッチしたその言葉づかいに、読者は胸のすく思いがしたことであろう。

　60年代の「女性解放運動」の一環として、従来の伝統的に女性を差別した用語の撤廃運動があった。男性は、既婚・未婚にかかわらず、Mr. で通るのに、女性は Mrs. と Miss に区別さる。結婚すれば Mrs. を夫の名前の前につけられて、妻はあたかも夫の所有物であるかのように扱われる不合理を廃し、Mr. と並ぶ Ms. という語をつくった。女性が議長をしている場合は、chairman ではなく chairwoman、あるいは両性に通じる chairperson が生まれたのも女性解放運動の成果だった。

　作者シーガルは、そうした時代風潮を背景にして、ジェニーに当時の若者ことばを巧みに使わせる。ジェニーがとりわけ頻用するのは、shit, bullshit である。オリバーから電話で愛の告白を受けたとき、少しの沈黙を置いて、彼女がそっと答えたのは、"I would say...you were full of *shit*." である。これを忠実に訳せば、「クソばっかしだった、のね」である。クソ（糞）がウソ（嘘）となるのは、糞は捨てるしかないカス

であることから、真実のかけらもない、くさいだけの「たわごと（でたらめ）」の意となり、さらには「いやらしこと」「あやしいこと」の意に使われる。

　ジェニーの上の言葉が過去形の"were"であるのは、その日の会話での言葉の応酬でも、結局ジェニーに連敗したオリバーが、最後にせめてもの抵抗の姿勢を示しておきたくて、別れ際にわざと取った冷たい言動を指してのことである。"you were full of shit"とは、ジェニーが、オリバーの態度の豹変を理解しかねていただけに、あれは本心ではなかったのね、とオリバーの告白を受け入れたことを意味する。だからこそそのときのことを回想してオリバーは"I wasn't unhappy. Or surprised"というのである。

　"shit"は名詞のほか間投詞としても使われる。"shitty"とすれば形容詞。ジェニーは、初めてオリバーの実家を訪れたとき、近くまで来てその敷地のあまりに桁外れの大きさに度肝を抜かれる。そのときの感嘆の一声は"Holy shit!"である。これは"Holy Christ!"（チキショー！）を言い換えたもので、No kidding！（冗談じゃないわ！）やUnbelievable！（ウッソー！）などと同類の間投詞である。しかし、語義が失われているとはいえ、これは字句的には「聖なる糞」。悪態言葉もここまでくれば下品・冒瀆の極みだろう。それを妙齢の女性が使えば、この間投詞の破壊力は間違いなく増幅される。

　"shitty"は、くさい、におう、あやしいの意から、さらに体調などがおかしい、よくない（unwell, ill）の意味にも使われる。

　　And then Jenny explained how she had been feeling "absolutely *shitty*" and gone back to Dr. Sheppard...
　　（それからジェニーは、このところ体の具合が「どうもおかしい」と感じて、シェパード医師のところへ引き返して行った。）

"shit" は動詞にも使われる。また、bull- をつけて bullshit としても、意味と用法は変わらない。字句的には「牛糞」であるが、bull に特別な意味があるわけではない。horseshit としても同じである。ジェニーは好んでこの語を使う。

"Do not *bullshit* thy father," she said. (ch.9)
(「汝の父をあざむくなかれ。」)
"Don't *bullshit* me, Preppie." (ch.12)
(「あたしの目はごまかせないわよ、あんた。」)
"*Bullshit*, Oliver," she said. (ch.18)
(「よして、オリバー。」)
"Fuck 'em, Oliver. I don't want to waste two days *bullshitting* with a bunch of vapid preppies. (ch.16)
(「冗談じゃないわ、あんた。あたし、つまんない人たちを相手に二日も無駄にするなんて、絶対に嫌よ。」)

最後の例文に見られるように、ジェニーは "fuck" という性的卑猥語も口にする。この語は両大戦中にとくに軍隊で頻用され、戦後、大量の復員兵が職場や大学に復帰してきたことによって、急速に広く市民社会に広がり、サリンジャー（J.D. Salinger, 1919-　））の『ライ麦畑でつかまえて』（*The Catcher in The Rye*, 1950）にみられるように、50年代の初めには小学校や博物館などの落書きに見られるほどになった。

親密の証としての乱暴言葉

禁句や乱暴なことばを使い合うのは、相手を攻撃するためより、当事者が互いにどんな乱暴な言葉でも言い憚ることなく自由に口にできる、

親密な関係にあることを証するものでもある。この作品ではむしろその方が多い。その意味では、乱暴言葉は相手の居心地をよくするための一種の待遇表現とみることもできる。それは、first name で呼び合う文化と同じく、敬称を付けたり遠慮して遠まわしな言い方をせず、二人がどんな汚いところもさらけ出して、率直に話し合える土壌づくりに寄与するものである。ジェニーとオリバーの次の呼び合いは、そうした二人のいい関係が垣間見える悪態言葉の例である。

"Hey, listen, you *bitch*," I said.
"What, you *bastard*?" She replied.（ch. 14）
（「おまえ、あのさあ」と、僕は言った。
「何よ、あんた？」と、彼女は応えた。）

"bitch" は父親の知れぬ子を産む雌犬、売春婦の意で、女性に対する蔑称。"bastard" は庶子、私生児の意で、男性に対する蔑称。
"a-son-of-a-bitch" は文字通り売女が生んだ男の子の意。bastard と同じく男性の出生を卑しめる蔑称である。ジェニーはこれも夫への「親密称」として使う。

I don't care, you *sonnovabitch*. Can't you believe that?
（あたし屁っとも思ってないのよ。あんたバカねえ。そんなことも分かんないの？）

ジェニーは夫を、初めての出会いのときから、一貫して "preppie" と呼ぶが、父親の前ではオリバーのことを、つい口がすべって、"a stupid goddam preppie" と言及する。その "goddam" という言葉づかいを父親が注意するが、そのとき "sonovabitch" が出てくる。

314 〈アメリカ〉

> "Jennifer, can you avoid the profanity? The *sonovabitch* is a guest!"
> (ジェニファー、その罰当たり言葉は、止さねえか？　あの人は客人なんだぜ。)

と父親がいう。これも読者を思わず笑わせる場面の一つである。ジェニー父娘の、こうした"a-son-of-a-bitch"の使い方を見ると、語義は最早すっかり失われて、また卑語であることさえも忘れられて、「男、やつ」(fellow, guy) と同じか、あるいは"he"と等価の代名詞と化しているのが分かる。

ジェニーはまた、夫を"ass"（ケツ）という語で言及することがある。米口語では"one's ass"をone（人）の意味に使う。たとえば、your ass, his ass, their ass は単に you, him, them の意にすぎない。これも20世紀後半に、すなわち第二次大戦後に、見られるようになった語法である。

> Then get *your ass* home to my dinner table. Okay？ (162)
> (だったら、あたしが用意する食卓にちゃんと戻ってきて。分かった？)
> Move *your ass*, Preppie. (ch.9)
> (さっさと行動して、あんた。)

"family name" で呼ぶ

この作品には、相手を family name（姓）だけで呼ぶ場面が3回出てくる。オリバーと寮のルームメートであるレイモンド、妻のジェニー、そしてもう一人は銀行家のジェンクス氏である。英語圏社会の習慣では、人を family name で呼ぶときは必ず敬称を付けなければならない。

Dr., Prof., Rev., President, Mayor, Captain, Colonel などである。そうした title が何もない場合は、Mr., Mrs., Miss, Miz をつける。したがって、何も付けないで姓だけを呼ぶことはないはずである。

　例外は、軍隊などで上官が兵士を呼ぶときである。軍隊は私情を挟むべきではない特殊社会であるから、first name を使うのは適当でない。また一般社会で呼ばれている title を持ち込むのも無用である。ところが、大戦後、これが市民社会でも見られるようになった。それをいち早く小説に写しとったのは、シーガルのこの作品である。レイモンドは、オリバーの恋人との逢瀬のために部屋を空けてやり、他の所を泊まり歩いている気のいい男だ。しばらくしてレイモンドはオリバーに恋人と sex しているのかと聞くが、オリバーは、これまでの恋とは様子が違い、まともに答えようとしない。その態度に苛立つレイモンドがついに、「ちきしょう、話してくれたっていいじゃないか」と一気に不満をぶちまける。そのときレイモンドはオリバーの family name である "Barrett" を口にする。

　　But Christ, *Barrett*, afternoon, Friday nights, Saturday nights. Christ, you must be making it.
　　（ちきしょう、バレット、午後、金曜の夜、土曜の夜だぞ。お前たち sex してるに決まってる。）
　　Don't tell me not to sweat, *Barrett*. That girl's got you.
　　（俺に気をもむな、なんて言わせねえぞ、バレット。お前、あの女に本気で惚れちまったのか。）

　ここでレイモンドは、オリバーのかたくなさに根負けして、いったんは諦めたかのように見えるが、少し間を置いて、「ねえ、お前たちやってるんだろう」と蒸し返す。オリバーはついに不快をあらわにする。こ

のときレイモンドの family name である "Stratton" がオリバーの口をついて出るのである。

"Hey, Ollie?"

"Yeah?"

"You are making it, aren't you?"

"Jesus Christ, *Straton*!"

(「ねえ、オリー」

「なんだい?」

「おまえたち、やってんだろう?」)

このような状況では、親愛を示す nickname や first name はもちろんのこと、敬意を示す Mr. 付けも、また full name を使うのも適当ではない。full name は通常、人を冷静に咎め立てするときの改まった態度を示すものだからである。

銀行家のジェンクス氏は、ハーバードの試合はどんなに遠くても必ず見に来るアイス・ホッケーの熱烈的なファンで、オリバーとはすでに顔見知りである。名門同士のコーネルとの試合中に、オリバーは相手チームの選手に侮辱的な言葉を浴びせたために、手ひどい仕返しをされて顔を12針も縫う大怪我をする。しかもペナルティーをとられたのは彼の方で、「喧嘩による5分間の出場停止」という重い罰則を受ける。その間に試合の方では最悪の事態が起こり、ハーバードはついにアイヴィーのタイトルを失う。しかもチームの連勝記録もフイになる。高校・大学を通じて7年間負けを知らなかった主将ほか4年生にとって、それが最後の試合だった。全部が全部オリバーのせいではないにしても、彼がペナルティーを受けたのは痛恨のできごとだった。ジェンクス氏はロッカー・ルームに治療後のオリバーの様子を見に来て声をかける。

"How's the cheek, *Barrett*?"
（頬の傷の具合はどうだい、バレット？）

　ジェンクス氏は以前にも、試合終了後にオリバーのところにやって来て、"Quite a spill you took, Oliver."（派手に倒れたじゃないか、オリバー）などと声をかけている。もちろん勝ち試合の後である。そのときは "Oliver" という first name を使っていたのである。それが今回は、オリバーの怪我にもかかわらず、first name ではなく "Barrett" なのである。

　このように、family name が Mr. も付けずに使われるのは、平素は first name で呼ぶ間柄の相手に対して、何らかの理由で、苛立ち・口惜しさ・不満など、かなり frustrated された状態のときに口をついて出るものと察せられる。軍隊生活で覚えた上官が部下に対する命令口調が 60 年代に市民社会に持ち込まれたのであろう。

　夫から急に夕食をたべに町へ行こうと誘われたジェニーは、女房を週日に食事に誘い出すのは、浮気をしているからに違いないと勘ぐって、

"Who is she, *Barrett*? What's her name?"
（誰ね、バレット、その女は？　何て名前の女？）

と、いきなり詰問する。このとき、オリバーの姓 "Barrett" と口走る。ここで、ついでながら、"she," "her" が敬意の配慮のない、単なる「女」を指す、むしろ蔑称にちかい人称代名詞であることにも注目しておきたい。

女性解放運動の理念

　さて、話をジェニーの人物像に戻そう。ジェニーという女性に 60 年

代の時代的現実が色濃く反映されているのは、言葉づかいだけではない。女性としての生き方そのものにも「女性解放運動」の理念がしかと取り込まれている。この運動が目指したのは「男性を一様に敵視する態度をとるのではなく、女性が男性と対等な権利と責任をもつように努力することが、結局人間全体の幸福につながる」（猿谷要、1980, p.205）ということである。つまり女性が男性と同じ権利を主張するからには、女性もそれと同じ義務と責任を持って、男性と協力して、アメリカ社会の前進を目指そうというのである。

したがって、この考え方を推し進めていくと、例えば従来、男性が責任を負うものと決まっていた兵役や、離婚後の慰謝料や子供の養育料なども、当然女性は男性と平等に負うべきであり、"equal pay for both sexes" や "equal job, equal pay" などの考え方に繋がっていく。かくして72年にはついに男女平等法案（ERA）の議会通過を見るのである。運動が chairman という用語を廃して chairperson という新しい語をつくったり、Miss, Mrs.を廃して Mr. と対等な Mz. を作ったことはすでに指摘した。

ジェニーは、もちろん、そのような社会運動に直接参加したり、理念を語ったりはしない。彼女はそれを現実の生き方のなかで体現する。オリバーとの恋愛・結婚、そして死を迎えるまでの二人の関係は、いかなる事態もすべて自らの判断と責任においてなしたことであって、決してオリバーの責任にすることではない。ある日、言い争いのすえ、オリバーに「ちきしょう！　不満だったらオレのこの家から出て行け！」(God damn you, Jenny! Why don't you get the hell out of my life!) と怒鳴られて、彼女は家を飛び出す。オリバーは、すぐに冷静を取り戻し、後悔しながらジェニーを探し回るが見つからず、悄然と引き返す。すると、ジェニーがドアの外で寒さに震えながら座っていた。オリバーの姿に気づいた彼女がそのとき口にしたのは、「オリー？　あたし、鍵

を忘れちゃったの」(Ollie? I forgot my key.) であった。オリバー が、「ジェニー、僕が悪かっ―」(Jenny, I'm sorry―) と言いかける と、彼女はそれを遮り、「やめて！ 愛っていうのは、いつだって悪かっ たという必要がないことなの。」(Stop! Love means not ever having to say you're sorry.) と静かに言うのである。

償いや愁嘆場は無用

オリバーは、結婚するとき、ジェニーに憧れのパリ留学を諦めさせた負い目がある。ジェニーに死が迫っていると知ったとき、せめても償いに、パリ旅行の切符を買ってきて喜ばせようとするが、ジェニーは「何を馬鹿なことを言ってるのよ、あんた。あたし、パリなんか行きたくもないわ。あたしが欲しいのはただ、あなた――」(Bullshit, Oliver. I don't want Paris. I don't need Paris. I just want you―) と言って、オリバーの気持ちを軽くしようとする。とはいっても、ジェニーはこのことがなお気がかりで、臨終に際して、同じことをもう一度、「パリみたいなつまんないこと気にしないで。パリとか音楽とか、あんたがあたしから奪ったと勝手に思っていることなんか、あたし屁っとも思っていないのよ。それくらいのことが分かんないの、バカねえ」(Screw Paris and music and all the crap you think you stole from me. I don't care, you sonovabitch. Can't you believe that?) と言い残して、息を引き取るのである。

Weakling は見たくない

ジェニーは自ら求めて白血病の告知を受けたのだが、夫にそのことは話さなかった。信仰をもたないジェニーは、死に直面しても、神に救済を求めたりはしない。運命を恨んだり泣いたりもしない。一人自分が負うべき運命だと、死を毅然として受け止め、決して取り乱すことがない。

また夫が心配したりおろおろする姿を見たくない。夫には常に逞しい男性であって欲しい。だからジェニーは自らも対等に強い女性であり続ける。ジェニーはいつだって、「私は気力のない夫はごめんだわ、分かったわね！」(I don't want a flabby husband, dammit!) という、強い女性である (18章)。

　アメリカで不撓不屈の精神が必要とされるのは男性ばかりではない。女性も男性に伍する逞しさをもたねばならない。これからの時代の新しい女性は、従来のように男性に依存する存在であってはならない。それが60年代のアメリカにおける女性解放運動の理念であった。ジェニーのように強い女性が実際にいるかどうかは別として、ジェニーは、時代が求めた、まさにその理念を体現した一人の女性像である。

　オリバーが試合中に相手チームから痛めつけられて大怪我をしたことを、後で知ったジェニーは「それ、見たかったわー。次の試合では相手のそのだれかを、あなたは、きっとぶちのめすんでしょう？」(I wish I coulda seen it. Maybe you'll beat up somebody, huh?) と言い、オリバーが「もちろんだ」と笑顔で答えると、彼女は納得する。それを見て、オリバーは、〈この女性は、何と単純なことが好きなんだろう〉(How she liked the simple things in life.) と内心、驚く。やられたら、やりかえす。スポーツの世界の勝負のような明快さが好きな彼女は、試合を見に来ると観客席から、ひときわ甲高い声で、「行け、行け、オリバー！　奴らの首をぶっちぎれー！」と、完璧なくらい暴力的な声援を送るのである。

　苦労してやっと独自の結婚式を終えて、最後にジェニーの父親を見送った後、停車場で二人きりになると、二人の目が思わず潤んでしまう。オリバーがしみじみした口調で「ジェニー、俺たちこれで正式に結婚したんだね！」と言ったとき、ジェニーから返ってきた言葉は「そうよ、これであたし、地が出せるわ（板倉章訳）」(Yeah, now I can be a bitch.)

だった。ジェニーのこの乾いたユーモアによって、オリバーは、危うく愁嘆場になるところを、どれほど救われる思いがしたか知れなかったという。

個人の尊重と選択の自由

　自由と民主主義を標榜した60年代のアメリカの学生たちが行った人権運動は、従来の大学の権威や伝統や制度を認めず、ついには学習カリキュラムまで学生自身で作ることを暴力的に大学当局に認めさせる事態にまで至った。ジェニーとオリバーはそうした学生運動に参加することはないが、彼らの結婚式を何のしきたりにもとらわれない、まったく自由な発想で考えた独創的な「自前の結婚式」(do-it-yourself Wedding)にしたのは、その時代の社会運動の理念を実践するものであった。

　二人は自分たちの結婚式から、神（Father）, キリスト（Son）、聖霊（Holy Ghost）は排除し、立ち会うのは双方からの数人の友人と、身内はジェニーの身内だけに限った。式場も教会ではなく大学の礼拝堂にした。進行は司祭にお願いした。ジェニーの父はカトリック信者だが、宗教の違いにはこだわらないと事前に理解を示していた。二人が式にどんな宗教的要素も入れなかったのは、宗教の異なる両方の親族に配慮してのことだったとはいえ、革新的なことだった。

　ジェニーもカトリック信者だが、それはカトリックの親から生まれたからに過ぎず、強い信仰心があるわけではないと早くに言明している。オリバーも家では食前に神へお祈りを言う家のしきたりをわずらわしく思っている。オリバーは、ジェニーが同席した食卓では、両親の前で食前の祈りを拒み、代わりに、"Play ball!"（さあ始め！）とスポーツ用語を口にしてみんなの顰蹙をかいながらも、宗教や家のしきたりへの抵抗の姿勢を示すのである。

愛と性のテーマ

指摘してきたように、ジェニー（後にはオリバーもそうだが）の人物像は60年代アメリカの社会的現実の体現に他ならない。したがって、もし文学作品の価値を決める一つの重要な条件が「歴史とともに変化する時代と場所の生々しい社会的現実の基盤の上に作品を置いているかどうかにある」（大浦暁生、1976）としたならば、シーガルのこの作品は、じゅうぶんにその条件を満たしているといえる。それだけではない。社会的現実を素材として読者を楽しませる巧みな芸術作品に仕上げる技巧の点においても秀逸である。呼称・言及称という言葉の文化を、社会学でも言語学でもなく、文学としてとり上げ、記録に留めた点でも高く評価されてよい。

だが、作者がこの作品に意を込めたのはそれがすべてではあるまい。この作品の芸術的課題として、若者の性の問題が占めている比重はすぐれて重いと見なければなるまい。性には愛を伴うものと伴わないものとがあり、この作品が浮かび上がらせているのは前者である。これは一般に、愛はなくても成立する性と区別して、「純愛」と呼ばれる。

この作品には fuck, fucked, fucking, screw, screwing など、この時代の性を表す下品な語がふんだんに取り入れられている。しかしシーガルは、純愛の性に対しては、決してこれらの性的卑猥語を使わない。代わりに、古典的な physical relationship（肉体関係）、physical encounter（身体的接触）、make love（愛を営む）、make it（遂げる）、do（する）、sleep with（一緒に寝る）、being in bed together（ベッドを共にする）、It all happened at once. Everything.（いちどきに、すべてに及んだ。最後まで行った。）などの婉曲的な表現を使って、愛を伴わない性と峻別する。なぜか。

純愛は文学の普遍的なテーマであるから、その限りにおいては、この作品は「単なる古典的な愛の世界を描いたに過ぎない」といえるかも知

れない。しかし問題は、60年代を時代的背景として、作者がどういう意図で、純愛をあえてテーマとしたかである。

60年代といえば、若者は徴兵されてヴェトナム戦争（1954-73）に送り込まれ、豪雨と害虫のジャングルの中で、姿の見えぬゲリラ兵との終わりなき戦いを長く強いられていた。そのアメリカの若者たちがついに、「戦争はごめんだ。セックスしよう。」（No more war. Make sex.）というスローガンを掲げ、戦争反対と性の解放を求めた社会運動に立ち上がった時代である。平和と自由と平等を求め、性を結婚という社会的縛りから解放し、自由にすべきだと主張し始めた。その結果、離婚、子連れ再婚、婚外出産、私生児の養育や教育が新しい大きな社会問題となった。

平等の理念からは、黒人など少数民族への差別の撤廃、同じく少数派の性的倒錯者に対する偏見の排除と社会的認知などが主張された。したがって、性に関しては、同時代の多くの作家たちが性倒錯や近親相姦や不倫を取り上げ、その問題に深く光を当てようとした。

文学界のそのような風潮のなかにあって、大学で古典比較文学などを講じながら映画の脚本も書いていた作者シーガルは、「純愛」を古臭いと蔑む時代の流れにひとり棹差し、あえて「純愛」の讃歌を歌い上げ、多くの読者から大いなる共感を得たのではあるまいか。

参考文献

Erich Segal, *Love Story*（ある愛の詩）、上岡弘二註釈、英光社、1991年〔エリック・シーガル『ラブ・ストーリィ』板倉章訳、角川文庫、角川書店、1987年〕

大浦曉生「アメリカ研究とアメリカ文学研究」『中央大学文学部紀要』（文学科第37・38号）、1976年

越智道雄『アメリカ「60年代」への旅』朝日新聞社、1988年

久野　暲「英語圏における敬語」『敬語』（岩波講座　日本語4）岩波書店、1997年

猿谷　要『アメリカ人とアメリカニズム』三省堂、1980年
Noby Inamoto, *The University in America*, 金星堂、1988年

サイモン & ガーファンクルの "The Sound of Silence" をめぐって
―― 荒廃から再生を求めて

渡 部 孝 治

I. 歌詞の背景

　一人称のゾクッとするような挨拶で始まるこの歌は「沈黙はガンのようにはびこる」とか「予言者の言葉は地下鉄の壁に書かれている」といった暗示的なフレーズで都市におけるコミュニケーションの断絶と人間の孤立を描く。最初この曲は、サイモン & ガーファンクル (Paul Simon, 1941-　& Art' Garfunkel, 1942-　) のアルバム第一作『水曜日の朝午前3時』("Wednesday Morning 3 A.M," 1964) の中の曲として1964年に発表されたが、その当時は注目されなかった。もともとはアコースティック・ギターとアコースティック・ベースのみをバック（いわゆるフォークスタイル）にレコーディングされていた。翌年、このアコースティック版「ザ・サウンド・オブ・サイレンス」("The Sound of Silence") をフォーク・ロック風にエレキギター、ベース、ドラムスのバックをつけたシングル盤で出したところ大ヒットした。この曲の旋律とリズムとリフレインは独特な雰囲気を生み出し、歌詞により深い意味を暗示する芸術性の香り高い曲と言える。
　サイモン & ガーファンクルの初期の曲には疎外感をテーマにした曲

が多い。たとえば『水曜日の朝　午前3時』の中の「ブリーカー・ストリート」("Bleecker Street")と「ザ・スパロウ("The Sparrow")、あるいは「アイ・アム・ア・ロック」("I Am a Rock," 1965)など。そこには彼らがユダヤ系アメリカ人という背景があるだろう（二人はユダヤ系アメリカ人が多く暮らす地域、ニューヨークのクイーンズ地区出身）。ポール・サイモンは、『ローリング・ストーン』誌のインタビューで、次のように語っている。「よく言われるんだ、『疎外感をしきりと題材にしていますね（…）それが大きなテーマなんですね』ってね。『それが僕のテーマです』って答えて、次々とまた疎外感の歌ばかり書くんだよ。」

　もとより歌詞も時代背景を投影している。62年キューバー危機（この年キューバ危機に触発されてボブ・ディラン(Bob Dylan, 1941-　)は「激しい雨」("A Hard Rain's A-Gonna Fall")を書いた)、63年ケネディー大統領暗殺、同年黒人の公民権運動の拡大があった。これ以降アメリカは激動の時代に入っていく。65年北爆開始、ベトナム戦争の激化と泥沼化、キング牧師、ロバート・ケネディ、マルコムXらの暗殺、大学にあっては反戦・反権力闘争、ドロップアウトそしてヒッピーたちの既成社会からの離脱やコミューンの試み、性の解放などの変革があった。しかし、その予兆はすでに50年代に看て取れる。アメリカの50年代はアメリカ社会が成功や富を崇拝し物質主義をひたすら追った時代であった。50年代のアメリカは確かに豊かな時代であったが、不安に取り憑かれた時代でもあった。第2次大戦の傷がまだ癒えないうちに朝鮮戦争が始まり、またも若者たちが戦場に駆り出されることになった。そして水爆実験、死の灰、共産主義、マッカーシズム（赤狩り）、差別撤廃運動（バス・ボイコット運動）などの言葉が新聞を賑わした。個人の不安は国家の安全保障に対する強迫観念と対を成した。1961年の世論調査では53パーセントの市民が5年以内に世界戦争が起こると

答えていた。学校では実際に原爆投下を想定した退避訓練を行なっていた。テレビ番組『ミステリー・ゾーン』(*Mystery Zone*, 1959-64) では3回以上にわたって核による世界の破滅が描かれた。

この50年代, 60年代のアメリカ社会についてデイヴィッド・リースマン (David Riesman, 1909-2002) は『孤独な群衆』(*The Lonely Crowd*, 1961) の中で「他人に依存する指向型」と呼び、産業社会、管理社会の中で人々は他者の動向に敏感であり、常に同輩らの承認を求めようとしていると述べている。ポール・グッドマン (Paul Goodman, 1911-72) は、『不条理に育つ』(*Growing Up Absurd*, 1960) の中でオーガニゼーション体制（画一的で卑劣な管理社会）と呼び、そこから疎外された若者たち（管理社会の青年たち——邦訳題による副題名）は自らのことを価値の低いものだと思い込むように仕向けられていき、このような出口のない体制の中で否応なく育てられ、「不条理に育つ」ほかないと言う。ハーバート・マルクーゼ (Herbert Marcuse, 1898-1979) は、『一次元的人間』(*One-Dimensional Man*, 1964) の中で「一次元的な社会」（全体主義的思考社会）と呼び、技術の進歩した先進産業社会においては管理社会が著しく進み、現代人は批判的精神を喪失した「一次元的人間」と化していると言う。そういった社会の中では人間は疎外感、孤立感を否応なく強いられる。しかし、こういったアメリカ社会に攻撃を仕掛けた者たちもいた。いわゆるビート・ジェネレーションの連中である。彼らは、アメリカの病める社会から脱するために、放浪し、瞑想し、逃避し、依るべき精神的基盤を東洋の宗教、とりわけ仏教に求めた。またロックも秩序と豊かさに抑えつけられ、社会から疎外されている若者が、腹に響くビートをバックに絶叫し、咆哮し、必死に出口を求めていた（エルビス・プレスリーなど）。小説でもJ.D.サリンジャー (J.D. Salinger, 1919-) の『ライ麦畑で捕まえて』(*The Catcher in the Rye*, 1951) の主人公ホールデン・コールフィールド

(Holden Caulfield) は大人社会の「偽善」、「インチキ」に反抗する。映画のスクリーンでは、行き場を失った白人の若者のイメージが創り出されていた。『乱暴者』(*The Wild One*, 1953) のマーロン・ブランド (Marlon Brando, 1924-)、『エデンの東』(*East of Eden*, 1955)、『理由なき反抗』(*Rebel without a Cause*, 1958) のジェームズ・ディーン (James Dean, 1931-1955)。いずれも既成の秩序から脱落し、社会の反逆者となる。彼らは現代の物質文明を嫌悪、あるいは拒否した。そして順応主義や体制の中で歪められた人間性を解放し、生きるに価する社会を必死に見出そうとしていたのである。

II. 歌詞について

高度産業社会においては労働の機械化、管理社会が著しく進み、大量消費も過度に発達し、人々は社会の中でラットレースあるいは隷属状態を強いられる。物質文明、管理社会にますます抑えつけられている都市の人びと。彼らは批判的精神、コミュニケーション（対話）を喪う。そういう社会の中で人々は疎外され、孤立していく。

"*The Sound of Silence*" は、60年代アメリカの社会、とりわけ都市におけるコミュニケーションの断絶と人間の孤立をテーマにした曲と言える。そして60年代後半には、アメリカ社会の混迷は深まるばかりだ（北爆開始、ベトナム戦争の激化、キング牧師やロバート・ケネディーの暗殺など）。この荒廃した、病めるアメリカのテーマが「アメリカ」("*America*," 1968) という曲に引き継がれていく（後述）。まず、"The Sound of Silence" の歌詞を取り上げてみる。[1]

I) Hello darkness, my old friend
    I've come to talk with you again

Because a vision softly creeping
Left its seeds while I was sleeping
And the vision that was planted in my brain
Still remains
Within the Sound of Silence.

Ⅱ) In restless dream I walked alone
Narrow streets of cobblestone.
'Neath the halo of a street lamp
I turned my collar to the cold and damp
When my eyes were stabbed by the flash of a neon light
That split the night
And touched the Sound of Silence.

Ⅲ) And in the naked light I saw
Ten thousand people, maybe more.
People talking without speaking
People hearing without listening
People writing songs that voices never share
No one dare
Disturb the Sound of Silence.

Ⅳ) "Fools" said I "You do not know
Silence like a cancer grows.
Hear my words that I might teach you.
Take my arms that I might reach you."
But my words like silent raindrops fell

And echoed in the wells
Of silence.

V) And the people bowed and prayed
To the neon god they made.
And the sign flashed out its warning
In the words that it was forming.
And the sign said, "The words of the prophets are
written on the subway walls
And tenement halls
And whisper'd in the Sound of Silence."

（拙訳）
Ⅰ) やあ、暗闇くん、久しぶりだね
君と話そうとやってきた
幻がそっと忍び込んできて
種子を宿していった　僕が眠っている間に
そしてその幻は　僕の脳に植えつけられた幻は
今も残っている
沈黙の音の中に

Ⅱ) 不安な夢の中で僕は一人歩いていた
丸石の狭い通りを
街灯の光の輪の下を
僕は寒さと霧に襟を立てた
そのとき僕の目はネオンの閃光に突き刺された
その閃光は闇を引き裂き

そして沈黙の音に触れた

Ⅲ）そして裸電球の中で僕は見た
　　　一万人の人びとを　たぶんもっと多くの人びとを
　　　みんなは歌われることもない歌を書く
　　　だれ一人敢えてやろうとはしない
　　　沈黙の音を破ろうとは

Ⅳ）「愚か者よ」と僕は言った　「わからないのか
　　　沈黙が癌のように蔓延っているのが
　　　僕の言葉を聴け　救いとなるかもしれない
　　　僕の腕をつかめ　届くかもしれない
　　　しかし僕の言葉は沈黙の雨の雫のように落ち
　　　そして響いた
　　　沈黙の井戸の中で

Ⅴ）そして人びとは頭を垂れ、祈った
　　　自分たちが作ったネオンの神に
　　　そしてネオンサインは警告を発した
　　　それが形作るネオンの言葉で
　　　こう告げた　「預言者の言葉は
　　　書かれている　地下鉄の壁や
　　　そして安アパートの廊下に
　　　そして沈黙の音に囁かれている」と

　第Ⅰ連では、歌い手が脳裏に現われた「幻」について語る。冒頭のdarknessは、聖書の「ヨブ記」に"a vision of the night (darkness)"

とあるようにその後の "vision"、第2連の "dream" と繋がっていく。これらの語（vision, dream）には聖書への言及が見られる。"I the Lord make myself known unto him a *vision*, and will speak unto him in a *dream*"（「民数記」12:6）、"Now the rest of the acts of Hezere, and written, and in the *vision* of Isaiah the prophet"（「歴代誌下」32:32）、"yeah, he shall be chased away as a *vision of the night*"（「ヨブ記」20:8）、"and that distress her, shall be as a *dream of a night vision*"（「イザヤ書」29:7）、"then shall they seek a *vision* of the prophet"（「エゼキエル書」7:26）、"and the thoughts upon my bed and the *vision* of my head troubled me."（「ダニエル書」4:3）いずれも民が神の意に背いたり、逆らったり、無視したりしたので神の怒りを買い、警告が発せられるという話の中に出てくる語である。聖書の言葉のイメージを歌詞に転用するのは、ボブ・ディランの影響であろう。1968年のラジオ・インタビューで、ポール・サイモンは、ディランが登場するまで「誰も真実を書いていなかった…彼のおかげで『ザ・サウンド・オブ・サイレンス』のヒットが可能になったのだ。作詞家たちが表面に出られるようになった。ディランがいなければ、僕らも存在しなかったろう」と語っている。

　ディランの曲「時代は変わる」("The Times They Are A-Changin," 1963) には、聖書の言葉のイメージが頻出する。この曲のアルバム『時代は変わる』(*The Times They Are A-Changin'*) のレコーディングは63年10月に完了し、64年11月ケネディ大統領の暗殺をはさんで、64年1月にリリースされた。「時代は変わる」の第一連の "waters around you have grown"（あなたの回りの水嵩が増した）は、「洪水」（「創世記」6:17）を連想させ、第4連の "The line it is drawn the curse it is cast"（線が画され、呪いがかけられる）は、ダニエル書の「壁に字を書く」（「ダニエル書」5:5）と対応する。その後に続く "The slow one now will later be fast / the present now will later be past / the first one now will later be last"(今遅いものは後に早いものとなる / 今現在が後に過去となる / 今一番の者は後に最後の者となる)は、「金持ちの青年」(「マタイ伝」19:30)における運命の逆転のイメージ、"But many that are first shall be last; and the last shall be first"(しかし、先にいる多くの者が後になり、後にいる多くの者が先になる)と重なる。サイモン & ガーファンクルの第一作アルバム『水曜日の朝　午前3時』にディランの「時代は変わる」がカバー曲として収められているところからもポール・サイモンがディランの影響を少なからず受けていることは明らかであろう。"Sound of Silence"は撞着語法で「沈黙の音」の意だが、この歌詞の意味では騒音と喧騒と饒舌に満ちた都市における音(沈黙の音)、コミュニケーション(対話)の喪失、人間の孤立を意味する。

　第Ⅱ連は、一人孤独に町をさまよい歩くところから始まる。"I turned my collar to the cold and damp" はコンクリートジャングルに化した都会の、人びとの冷たさに対する歌い手の批判を表わす。"neon light" は商業主義、消費者社会を指す。"my eyes were stabbed by the flash of a neon light" は、ネオンサインの閃光がナイフで脅すように(stabbed)、人びとの物欲を煽り立て、否応なく商業主義、消費者主義を植えつけさせる。そして都市の闇夜まで引き裂くネオンサインは、物質主義を蔓延させて(split the night)いるのである。"touched the Sound of Silence" はその商業主義、消費者主義がさらに「沈黙の音」を肥大化させているのである。

　第Ⅲ連は、真のコミュニケーションの喪失を取り上げる。"naked light" は第2連の 商業主義、物質主義を象徴する "neon light" と同義であり、"Ten thousand people, maybe more" は、商業主義、消費者社会にどっぷり浸かっている人びとを指す。"People talking without speaking / People hearing without listening / People writing songs that voices never share" は、人々はただお喋りをしてるだけで、人の意見や考えに耳を傾けようとしない（talk と speak, hear と listen の意味の違いに注意）。いずれもコミュニケーションの喪失、人間性の喪失を意味し、マルクーゼの言う「一次元的人間」の思考、「全体主義的」思考しかできない人々を指す。

　第Ⅳ連は、歌い手がコミュニケーションを喪失した社会に対して警告を発する。"Hear my words" は "Hear now my words : If there be a prophet among you, I the Lord will make myself known unto him in a vision"（「民数記」12:6）の転用であり、聖書における民の堕落に対する神の警告の言葉と対を成す。"But my words like a silent raindrops fell / And echoed in the wells" は、歌い手が発した警告の言葉が人びとに届かず「沈黙の井戸」（"in the wells of silence"）の中に消えてしまう（silence が小文字になっていることに注意）。後半の行は、"But my words like silent raindrops fell / And echoed in the wells of silence" としているバージョンが多い。行分けの位置をきめるのには、脚韻で判断するのが一般的である。また行分けの位置は、歌の切れ目でもある。そこから判断すると "But my words like silent raindrops fell / And echoed in the wells / Of silence" となり、彼らがこの曲を歌っている歌の切れ目（とくにライブ・コンサートの歌い方では）もそうなっているので、筆者もこの行分けでいきたい。また脚韻を踏むことで詩的効果を上げていることは言うまでもない。

　第Ⅴ連は、ネオンの神に跪き、祈るところから始まるが、"And the people bowed and prayed / to the neon god they made" は、聖書の "they have made them a molten calf, and have worshipped it"（民は若い雄牛の鋳像を造り、それにひれ伏した——「出エジプト

記」32:8)と呼応する。神が不在のときに民が堕落し、神の代わりに金の子牛の像を作り、崇める。人びとの物欲を煽り立てるネオンサインが神のごとく堕落した人々に警告を発するサインとなり、アイロニカルな表現となっている（sign には「神のしるし」の意がある）。"And the sign flashed out its warning / In the words that it was forming" は、聖書の "In the same hour came forth fingers of a man's hand, and wrote over against the candlestick upon the plaster of the wall"（その時、人の手の指が現われて、ともし火に照らされている王宮の白い壁に文字を書き始めた――「ダニエル書」5:5）に対応する。王が貴族を招いて宴を張り、金銀で作った像を崇める。その時壁に字を書く指の「幻」が現れる。神が堕落した王に警告を発しているのである。その後に同じ聖書のイメージ「壁に字を書く幻」が続く。"The sign said, 'The words of the prophets / Are written on the subway walls / And tenement halls / And whisper'd in the Sounds of Silence.'" このネオンサインも警告を発している。本当の、真の言葉は地下鉄（ニューヨークの地下鉄に代表される）の壁に、安アパートの廊下に書かれているのだと。そこにこそ「沈黙の言葉」(Sound of Silence) を打ち破る契機があるのだと。ここにもクォーテーションの位置が異なる2つのバージョンがあり、決定版といったものはないようである。1つは "And tenement hall" に unquote を置く版と最後に置く版 "And whisper'd in the Sounds of Silence" である。John Dougill の *Rock Classics* (1989) では最後に置いている。筆者も最後に置く版の方を取りたい。預言者の言葉は「沈黙という音」の中に囁かれている。耳を傾ければ預言者の言葉は聞こえるのである。そこに「沈黙という音」を破る契機が生まれてくるのだ、と解釈したい。

　またこの曲には、文学的技法が効果的に使われていてサイモンの歌の魅力を高め、飾り立てていることも付け加えておこう。押韻（頭韻、脚

韻）を好んだ彼は、"seeds / sleeping," "sound / silence," "collar / cold," "alone / cobblestone," "lamp / damp," "light / night" といったように、なかなか独創的だ。歌には乗りにくい言葉も、サイモンの歌に安らぎの場所を見つけているし、その雰囲気にもぴったりな情景描写の言葉を選ぶのも、サイモンの得意とするところだ（上記の「アイ・アム・ア・ロック」の曲にも "a deep and dark December," "On a freshly fallen silent shroud of snow" といった美しい響きを奏でる頭韻が見られる）。

　この "The Sound of Silence" は、都市におけるコミュニケーションの断絶と人間の孤立を描いている。都市は騒音と饒舌に満ちているが、それらの音は「沈黙という音」(Sound of Silence) なのだ。管理社会、商業主義、消費主義の社会に抑え付けられている人々。意思の疎通ができず、ますます「沈黙」に蝕まれる人びと。都市の沈黙はエゴイズムと商業主義、消費主義（neon god）を崇める人間がもたらしたものだ。コミュニケーションの回復と人間の連帯をはかるために、この「沈黙」は破られなければならない。都市の落書きは、真のコミュニケーション、人と人の繋がり（対話）が抑圧されているがために、その代償として生まれてきたものである。壁や廊下の落書きにしか自分の本当の気持ち（内面）を書きつけることができない人びと。しかし、落書きにこそ都市の人々の助けを求める (Sound of Silence、即ち SOS) 悲痛な叫び声が聞こえるのだ。

III. 荒廃からアメリカの再生を求めて

　アメリカの60年代は、高度産業社会、管理社会の中で人びとが商業主義、消費者主義に翻弄された時代であり、また国内外で大きく揺れ動いた時代でもあった。キューバ危機、ケネディー兄弟やキング牧師の暗

殺、ベトナム戦争の激化と泥沼化、公民権運動の拡大、都市部での暴動。65年ボブ・ディランはフォークからロックとエレキに向かっていった。[2] アメリカの拡大しつつある暴力を反映していた。一方ではいわゆるカウンター・カルチャー（Counter Culture「対抗文化」――ビートからヒッピー・ムーブメント、公民権運動、スチューデント・パワー、ロックミュージック、女性解放運動などの総称）の隆盛。このカウンター・カルチャーも60年代後半には衰退し、そして終焉していく。

"The Sound of Silence" は60年代のアメリカの混迷した社会の中で疎外され、孤立を強いられた人びと、都市におけるコミュニケーションの断絶と人間の孤立を描く。が、それはまた荒廃した、病めるアメリカ社会をも描き出している。

「アメリカ」（"America," 1968）という曲では、恋人らしき二人が本来のアメリカ、本当の自分を探しにいく歌になっている。"The Sound of Silence" がタイトル曲となっている映画『卒業』（*Graduate*, 1967）のラストシーン、花嫁を奪ってバスに乗るシーンの続きかと思われるような、冒頭のカップルらしい二人がミシガン州の東部の町サギノーから4日間のヒッチハイクをしてペンシルヴェニア州ピッツバーグでグレイハウンド・バスに乗る。二人は本当のアメリカ、そして本物の自分たちを探す旅に出る。この曲は、軽妙な会話の歌詞、静謐なメロディとリズム、そして二人の絶妙なハーモニーとが相俟って気品と格調ある曲となっている。次に歌詞を見てみよう。

Ⅰ）"Let us be lovers,
　　We'll marry our fortunes together.
　　I've got some real estate here in my bag."
　So we bought a pack of cigarettes,
　　And Mrs. Wagner pies

And walked off to look for America.

II) "Kathy," I said,
As we boarded a Greyhound in Pittsburgh.
"Michigan seems like a dream to me now.
It took me four days
To hitchhike from Saginaw.
I've come to look for America."

III) Laughing on the bus,
Playing games with the faces,
She said the man in the gabardine suit
Was a spy.
I said, "Be careful,
His bow tie is really a camera."

IV) "Toss me a cigarette,
I think there's one in my raincoat."
"We smoked the last one an hour ago."
So I looked at scenery,
She read her magazine;
And the moon rose over an open field.

V) "Kathy, I'm lost," I said,
Though I knew she was sleeping.
"I'm empty and aching and I don't know why."
Counting the cars

On the New Jersey Turnpike.
　　They've all come to look for America,
　　All come to look for America.

（拙訳）
Ⅰ）「恋人になろうよ
　　二人の財産　結婚させよう
　　鞄には不動産が入っている」
　　そこでタバコ一箱と
　　ワーグナーさんのパイを買い
　　アメリカを探しに出かけた。

Ⅱ）「キャシイ」と僕は言った
　　ピッツバーグでバスに乗りながら
　　「ミシガンはもう夢のように思える。
　　4日もかかった、
　　サギノウからヒッチハイクするのに。
　　僕はアメリカを探しに来たんだ。

Ⅲ）バスでは笑いながら
　　乗客の顔を見て「あの人誰」ゲームを楽しんだ、
　　ギャバジンの服の人は
　　スパイだと彼女が言った。
　　僕は言った「気をつけなよ
　　あの蝶ネクタイ、本当はカメラなんだ」

Ⅳ）「タバコをとってくれ

　　　　レインコートに１本あったと思う
　　　　「最後のは１時間まえに吸ったわ」
　　　　そこで僕は景色を見た
　　　　キャシイは雑誌を読んだ、
　　　　月が広野に昇った。

　　Ｖ）「キャシイ　僕は途方にくれている」と僕は言った、
　　　　彼女が眠っているのは知っていたけれども
　　　　僕の心は空しく疼いている　理由は分からない」
　　　　車を数えながら
　　　　ニュージャージのターンパイクで
　　　　みんなアメリカを探しに来た
　　　　みんなアメリカを探しに来た
　　　　みんなアメリカを探しに来た

　発見（自分探し）の旅は、60年代に欠かせないものだった。異議を唱える代わりに、人びとは基本的な価値と以前のより純粋なアメリカの力強さを求める旅に出たのであった。この曲の最後の連で本来のアメリカの探求に光を投げかけはするが、現代人の対話の喪失もまた悲しいことにはっきりと描かれている。"'Kathy, I'm lost,' I said / Though I knew she was sleeping / I'm empty and aching and I don't know why"（キャシィ　ぼくは途方に暮れている　/ 彼女が眠っていると知っていたけれど　/ 僕の心は虚しく疼いている　理由は分からない）

　曲の語り手は、理由も分からず「僕の心は虚しく、疼いている」何か自分自身、そして自分の国に恐ろしく悪いことが起こってしまったようだ。当時のアメリカは北爆開始、ベトナム戦争の泥沼化、キング牧師、

ロバート・ケネディー暗殺などの社会を揺るがす出来事が相次ぎ、アメリカが標榜していた理想主義、正義、平和、平等、自由とは全くかけ離れた社会になってしまっていた。この曲の語り手はニュージャージーのターンパイク（高速道路）が本来のアメリカを必死に追い求める車でひしめきあっている様子を思い浮かべる。"Counting the cars / On the New Jersey Turnpike / They've all come to look for America / All come to look for America / All come to look for America." （車を数えながら / ニュージャージーのターンパイクで / みんなアメリカを探しに来た / みんなアメリカを探しに来た）

　道路と車はアメリカ人の自己を社会的束縛から解放する、まさに自由を表す象徴的なものであった。このターンパイクは、ジャック・ケルアック（Jack Kerouac, 1922-69）が 1940 年代の後半（*On the Road* の時代背景も 1940 年代の後半）に旅を始めた場所だった（ニュージャージーはポール・サイモンの故郷でもある）。そこは出発点であり、また旅が悲しくも寂しい終わりを告げる場所でもあった。曲の語り手は、消え去ってしまった本来の自分と自分たちなりのアメリカ像を必死で追い求めている。ここに本来の自分と本来のアメリカ像を再生できるかもしれないという希望が見える。後半の "All come to look for America" のところはとくに力強いハーモニーで謳い上げている。

　"The Sound of Silence" は、アメリカの荒廃した社会（沈黙という音）の中で落書きに預言者の言葉が書かれていて、落書きの言葉にこそ「沈黙という音」を打ち破る契機があるという。コミュニケーションの回復と連帯、人間性の回復の兆しを暗示する。"The Sound of Silence" のテーマは "America" という曲に受け継がれ、いずれも荒廃したアメリカ社会の再生を願う歌であると言える。

　　　　　　希望なき人々のためにのみ、

> われわれには希望が与えられている
> （ヴァルター・ベンヤミン）

註

(1) 歌詞の解釈は、大杉正明・渡部孝治編註のテキスト *Cries of Young Souls*『若き魂の叫び』（朝日出版社、1990年）の教授用解説（拙著）に手を加えたものである。また歌詞の連分け、行分けについては、寺島美紀子『ロックで読むアメリカ』（近代文芸社、1996年）を参考にした。

(2) 7月ニューポート行なわれた「ニューポート・フォーク・フェスティバル」で、アコースティックギターの代わりにエレキギターを抱え、ロック・スタイルに変身して「ライク・ア・ローリング・ストーン」（"Like a Rolling Stone"）を歌い出すやいなや猛烈な野次とブーイングが湧き起こったことは有名。1967年の映画『ボニー　アンド　クライド』（*Bonnie and Clyde*）は、当時のアメリカ社会の暴力的な様相を執拗に、粋に描いた。

参考文献

Dickstein, Morris. *Gate of Eden : American Culture in the Sixties*. Basic Books Inc., Publishers 1977.
Dougill, John, *Rock Classics : A Study of Rock Singers, Songs and Lylics*. Macmillan Language House, 1998.
Gitlin, Todd. *The Sixties : Years of Hope, Days of Rage*. Bantam Books, 1987.
Hampton, Wayne. *Guerrilla Minstrels : John Lennon, Joe Hill, Woody Guthrie, Bob Dylan*. The University of Tennessee Press,1986.
Humphries, Patrick. *Paul Simon*. Sidegwick & Jackson Limited, 1988.
Kaiser, Charles. *1968 in America : Music, Politics, Chaos, Counterculture, and the Shaping of a Generation*. Weidenfeld & Nicolson, 1988.
The Holy Bible. Oxford University Press, 1980.

アラン・ローゼン、福田昇八『ロックの心』1～2、大修館、1988年
イアン・マクドナルド『ビートルズと60年代』奥田祐士訳、キネマ旬報社、1996年
越智道雄『アメリカ「60年代」への旅』朝日新聞社、1988年
佐藤良明『ビートルズとは何だったのか』みすず書房、2006年
中央英米文学会編『読み解かれる異文化』松伯社、1999年

寺島美紀子『ロックでアメリカを読む』近代文芸社、1996年
デイヴィッド・リースマン『孤独な群衆』加藤秀俊訳、みすず書房、2002年
ハーバート・マルクーゼ『一次元的人間』生松敬三・三沢謙一訳、河出書房新社、1974年
ピーター・バラカン『ロックの英詩を読む』集英社、2003年
ポール・グッドマン『不条理に育つ――管理社会の青年たち』片桐ユズル訳、平凡社、1971年
マイケル・グレイ『ディラン、風を歌う』三井徹訳、晶文社、1990年

『サイモン & ガーファンクル』文芸別冊、河出書房新社、2003年
『聖書 新共同訳』日本聖書協会、1987年
『ビート・ジェネレーション』現代詩手帖1月臨時増刊、思潮社、1988年
『60's NEW CINEMA――60年代アメリカ映画』エスクァイアマガジンジャパン、2001年

映画『ロッキー』とアメリカン・ドリーム

岡﨑　浩

はじめに

ジョン・アヴィルドセン（John Avildsen、1935-　）監督、シルヴェスター・スタローン（Sylvester Stallone、1946-　）脚本・主演の映画『ロッキー』（*Rocky*、1976）は、言うまでもなく、アメリカン・ドリームと深く係わる映画である。公開当時のある批評では、「アメリカン・ドリームについての感動的な物語、黄金の心を持つ衰えたボクサーについてのシンデレラ叙事詩（a Cinderella epic）」と言われている。[1] 盛りを過ぎた下層階級の4回戦ボクサーである主人公ロッキー・バルボアは、偶然世界チャンピオンに挑戦する機会を与えられるが、この突然の幸運がアメリカ下層階級の社会集団的な出来事としての一面をもって描かれているため、この批評では、「シンデレラ叙事詩」と呼ばれていると考えられる。これと関連して、ロッキーの幸運の物語はアメリカン・ドリームについての物語とされているが、これはホレイショ・アルジャー的な「成功の夢」神話を下敷きにしているためと考えられる。それでは、映画『ロッキー』はどのような形で「成功の夢」神話を書き換えているだろうか。そして、その書き換えによって、この映画はいかなる主張を内包することになったと考えられるだろうか。

本稿の主たる目的は、映画『ロッキー』におけるアメリカン・ドリー

ムについて考察し、この映画においてアメリカン・ドリームを蘇らせたことの意味について私見を述べることである。

1．アメリカン・ドリームの意味

まず、アメリカン・ドリームという言葉の意味を確認することから議論を始めることにしよう。スティーブン・マターソンの『アメリカ文学必携用語辞典』によると、[(2)]「アメリカン・ドリームは、神のお召しへのピューリタン的信仰、トマス・ジェファソンの開かれた社会という理想、プロテスタントの労働信仰、ベンジャミン・フランクリンの財務上のご都合主義、エマソンの自己信頼、ホレイショ・アルジャーのフィクションで描かれるような世間での出世を包含しているが、おそらく、アメリカ人が他国と比較して自分たちを定義する際に用いる主要なイデオロギー的手段」である。そして、「その最も純粋な形では、アメリカン・ドリームは、個人の理想というよりはむしろ、社会の理想のことであり、出自にかかわらず個人が自分の可能性を発達させることが許される、社会のヴィジョンである」(p.10)。この定義で示されているように、アメリカン・ドリームは、「その最も純粋な形では、」アメリカ社会の理想を物語る言葉であると言える。たとえば、マーティン・ルーサー・キング牧師は、1963年8月のワシントン大行進における有名な演説で、アメリカン・ドリームに深く根ざした夢として人種的平等を訴えたが、これは人種のわけ隔てのない、個人の可能性を実現できる社会を理想としたアメリカン・ドリームの一例であり、アルジャー的な「成功の夢」神話と対比すると、社会に重きが置かれたアメリカン・ドリームということになろう。逆に、社会ではなく個人に重きが置かれると、アルジャー的な「成功の夢」神話に目が向くことになり、アルジャー的な「成功の夢」神話を下敷きにした『ロッキー』のような映画がアメリカン・ドリームについての物語と呼ばれることになる。

それでは、そもそもアルジャー的な「成功の夢」神話とは、どのようなものであろうか。「成功の夢」神話の原型ともいえるアルジャーの小説、『ぼろ着のディック』(*Ragged Dick*、1867)[3]を概観してみよう。ボロ着をまとった14歳の孤児の通称ディックは、ニューヨークで靴磨きをして生活している。ディックは「あらゆる点で少年の鑑だったわけではない」(p.6) し、「浪費」という欠点もあり、賭博で金を失ったり、タバコを吸ったりしていたが、その一方で、勤勉で「率直でごまかしがなく、みんなの人気者だった。」そんなディックは、ある日、偶然、身なりのきちんとした田舎の少年フランクの案内役を買って出る。ホイットニー氏が仕事のために、フランクがひとりでニューヨーク観光をしなければならなくなったからだ。フランクを案内したディックは、フランクとホイットニー氏から読み書きを覚え、正しいやり方で努力すれば成功すると教えられ、その後、努力してそれを実践する。下宿を借り、節約したお金は貯金し、読み書きのできる仲間からは勉強を教わり、教会の日曜学校へも通うようになる。その後、ある日、偶然、フェリーから水中に落ちた子どもを助けたことがきっかきで、会計事務室で事務員としての仕事に就く。物語の最後で、ディックは「名声と富へ向かう若紳士」(p.132) と称される。以上が『ボロ着のディック』のあらすじだが、この少年向けの物語が「成功の夢」神話の原型とされる際のキーワードは、率直、正直、勤勉、努力、節約といった、いわゆるピューリタン的な徳、および、偶然の幸運である。したがって、「成功の夢」神話が与える教訓とは、たとえ貧しくても、正直で率直な態度で、勤勉に努力し、倹約に努めれば、偶然の幸運が訪れ、富と名声に近づくことができる、ということになろう。その際、正直や率直さは、ディックが「我らがボロ着のヒーロー」(p.6) と形容されていることからもわかるように、読者が共感することができる美質と解釈することができる。

　このアルジャー的な「成功の夢」神話は、上記の教訓にしたがって努

力すれば、アメリカという国ではだれでも成功する可能性があるという意味でアメリカン・ドリームと言われるわけだが、このような「成功の夢」は、セオドア・ドライサー（Thoedore Dreiser、1871-1945）の『シスター・キャリー』(*Sister Carrie*、1900）やジャック・ロンドン（Jack London、1876-1916）の『マーティン・イーデン』(*Martin Eden*、1909）など、19世紀から20世紀への転換期のアメリカ小説で、その虚妄性が指摘されている。また、アーサー・ミラー（Arthur Miller、1915-2005）の『セールスマンの死』(*Death of A Salesman*、1949年）では、「成功の夢」は完全に時代遅れの夢として描かれている。それでは、1976年の『ロッキー』はアルジャー的な「成功の夢」神話をどのように書き換えているだろうか。そして、時代遅れになった「成功の夢」としてのアメリカン・ドリームは、『ロッキー』において蘇り、1976年という時点で受け入れられたのはなぜなのだろうか。

2.『ロッキー』のプロット

『ロッキー』のプロットを概観しておこう。フィラデルフィアのスラム街で暮らすボクサーのロッキーは、金貸しの集金人というやくざな仕事をして生計を立てている。そんなロッキーは偶然、世界戦の挑戦者に指名される。世界ヘビー級タイトルマッチの挑戦者が怪我をして世界戦に出場できなくなったため、その代役として、チャンピオンのアポロ・クリードは気まぐれから「イタリアの種馬」というニックネームを持つロッキーを挑戦者に指名したのだ。ロッキーは猛烈に練習に励むが、試合前日に戦う自信を失いかける。しかし、15ラウンドの最後まで戦うことを誓ってリングへ上がる。死闘の末、ロッキーは試合に敗れるが、最終場面で恋人の名を叫ぶロッキーの姿は、勝利にも等しいくらいの程度まで盛り上がった音楽とともに、英雄的に描写される。[4]

ここから、アメリカン・ドリーム、あるいはアルジャー的な「成功の

夢」神話との関係を見ていこう。まず、ロッキーの人物像についてだが、金貸しの集金人という「ごろつき」としての外面とは対照的に、心やさしい面が強調されている。金貸しの親玉のガッツオから、返金しない場合にはその人物の指を折るように言われるが、実際に指を折ることはせず、ガッツオに対しては、指を折ってしまって仕事ができないと困るだろうから折らなかった、と報告する。近所のティーンエイジャーの娘が夜に出歩いていると、将来身を崩すから止めるように言う。世界戦が決まったあとに、それまでロッキーに見向きもしなかったミッキーがトレーナーを務めると言ってきたときも、それまで相手にされなかった怒りからいったんは断るが、すぐに思い直し、トレーナーの申し出を承諾する。また、恋人エイドリアンの兄ポーリーに対しても、たとえ諍いがあった後でも、リングに着ていくガウンに広告として企業名を入れてほしいという提案に応じる。このように、ロッキーは、思いやりのある心やさしい一面が強調され、観る者の共感を誘う人物になっている。言い換えると、ロッキーはアルジャー的な「成功の夢」の主人公にふさわしい美質を備えた人物と解することができる。そして、このような観客による共感は、この映画において内面の変化・心の動きが継続的に深く描写される人物がロッキーであることから生じるものであるといえよう。

　ロッキーは偶然の幸運から世界タイトルマッチの挑戦者になるという成功を手にするが、ロッキーの成功には、ひとつには富という面がある。しかし、この富を獲得するという意味での成功は本作品では強調されていない。ロッキーは挑戦者に指名されることで多額のファイトマネーを手にすることになるが、そのことについてインタヴューで尋ねられると、口ごもってしまい、質問者もそれ以上は尋ねない。それどころか、富の獲得は、ひたむきにボクシングに取り組もうとするロッキーの姿勢と対比されることで、相対的に価値の低いことであるかのような印象が与えられている。ロッキーが冷蔵室で牛肉を叩く練習をしている様子がテレ

ビ画面に映ったあとで、その映像が流れているアポロのオフィスに場面が転換するが、そのオフィスにおけるアポロは、仲間内なので背広こそ着ていないが、ワイシャツにベストという格好で、十分にビジネスを行なう雰囲気を醸し出し、世界戦における金もうけの話をしており、対戦相手が映るテレビ画面に関心を示さない。そもそも、アポロがロッキーを対戦相手に指名したのはビジネスとして損益を出さないことが一つの目的であり、アポロ陣営にとっては、ボクシングというスポーツが富の獲得手段になっている点が画面上強調されていることになる。そのようなアポロが、観客からの共感を誘う立場にいて、表面上は富の獲得に興味を示さないロッキーと対比されているので、この映画において、経済的利益の追求は、ボクシングと対比され、相対的に価値の低いこととして描かれているといってよい。ただ、付け加えなければならないのは、実際には富の獲得が否定されてはいないことである。当然、ロッキーはファイトマネーを受け取るであろうし、富の獲得が嫌悪すべきことであるとは少しも表現されていない。

　このように、映画『ロッキー』は、観客に与える印象としては、経済的利益の追求を相対的に価値の低いものとしながらも、実相としては、それを肯定している。もちろん、この映画は、富の獲得を主たる目的としていないのだから、アルジャー的な「成功の夢」神話に収まらない。しかし、実質的には富の獲得は事の顛末の帰結になるため、「成功の夢」神話を肯定していることになる。それでは、印象として富の獲得を重視しない『ロッキー』におけるアメリカン・ドリームにおいて、主人公の社会的上昇はいかなる領域において起こっているのだろうか。すなわち、観る者の関心を惹きつけるような役割をするメイン・プロットの推進力は何となっているのだろうか。

3．メイン・プロットの推進力

　この映画の前半では、ロッキーの生活の落ちぶれた様子が画面を通して強調されている。冒頭の場面でロッキーが試合を行う会場は薄暗く薄汚く、試合後の控え室は対戦相手と同じで、周囲にはファイトマネーを渡す関係者を除いてだれもいない。ロッキーが集金のため訪ねるところは、フォークリフトなどが動き、下層労働者が働く現場である。また、集金した金をガッツォに渡す方法も、ロッキーが待つスラム街の一角にガッツォが車で乗り付けて、金の受け渡しをするというものである。また、ロッキーは、所属のボクシング・ジムへ行くと、昨日まで自分のものであったロッカーが別の有望なボクサーのロッカーになっており、抗議に行くが、ミッキーから拒絶される。帰宅したアパートでは、部屋の壁に1952-56年のヘビー級の世界チャンピオンであるロッキー・マルシアーノのポスターが、洗面所の鏡には少年時代の自分の写真が貼り付けてあり、ロッキーはその写真をしばらく眺めるが、この場面では、子ども時代にマルシアーノにあこがれてボクシングの世界に入ることを夢見たことが暗示され、青春を浪費してしまった悔恨の情が浮き彫りになる。このように、映像からは、エイドリアンとの恋愛が成就することを除いては、ロッキーが夢も希望もなくしてしまった状態にあることが読み取れる。つまりこの映画では、ロッキーという人物をとおして表される下層社会の現実に関しては、貧困そのものではなく、夢や希望を持てない落ちぶれた状態に重点が置かれていると解することができる。そうだとすると、観る側の関心を惹きつけるメイン・プロットにおける推進力は、世界戦挑戦者指名によってすでに夢や希望が与えられた後では、いかにして落ちぶれた状態から「上昇」するか、ということなるといえよう。

　ロッキーの落ちぶれた状態からの上昇は、ボクサーとしての肉体の鍛錬という形で映像化されている。世界戦が決まった後にトレーニングとして早朝に走る場面があるが、そのときのロッキーは途中で腹痛を起こ

してしまって走れなくなり、足を引き摺りながら歩く。すでに「ごろつき」としての落ちぶれた生活のつけが回ってきており、ボクサーとして体調が万全でないことが示される。その後、ミッキーの指導の下でトレーニングを続け、動きが良くなっていくロッキーの姿が映し出され、観る者は共感を促されている人物が勤勉に努力を続ける様子を目の当たりにする。ここにおいて、勤勉・努力というピューリタン的価値観が導入され、「成功の夢」神話が焼き直され、主人公の上昇が保証されるが、疑問として浮かび上がるのは、アルジャー的な富の獲得が上昇の帰結でないとしたら、世界戦における勝利が勤勉・努力を含む「成功の夢」の物語の帰結となっておかしくないはずである。

　しかし、映画『ロッキー』の独自性は世界戦の勝利には至らない物語の帰結にある。試合前日のロッキーは試合会場に足を運ぶが、そこで自信を失い、勝つことはできないと思うにいたる。そして、帰宅後、エイドリアンを相手に次のように語る。「試合に負けても、どうってことない。（…）最後のゴングが鳴っても、まだ立ってられたら、俺がごろつきじゃないってことを初めて証明できるんだ。」ロッキーの思いはこうだ。自分は落ちぶれた「ごろつき」のような生活をしてきたが、今では「ごろつき」などではない。自分は落ちぶれた状態から脱して自己変革を遂げたことを、15ラウンドを戦い抜くことで証明したい。このような思いをもって、ロッキーは試合を行い、文字どおり15ラウンドの死闘を戦い抜き、思いを遂げる。結果的にロッキーは判定で敗れるが、その姿には、勝利したかと思い違いするような音楽の盛り上がりとともに、英雄といった雰囲気が与えられている。すなわち、ロッキーの落ちぶれた状態からの上昇という「成功の夢」物語は、勤勉、努力、やり抜く意志の強さの重要性を強調したうえで、自己変革を完成させたロッキーに英雄性を付与して帰結したわけである。ここで、観る者の関心を惹きつけるメイン・プロットにおける推進力の正体は何かというと、それは主

人公の自己変革願望であり、それにアメリカの観客が共感することができたから、『ロッキー』は商業的に成功したものと思われる。

　このように見てくると、映画『ロッキー』は、アルジャー的な「成功の夢」神話を、ある意味で巧みに書き換えたと言うことができる。この映画は、メイン・プロットにおいて富の獲得を中心に据えることなく、下層階級出身の主人公に共感的に寄り添う形で、下層社会の落ちぶれた状態からの上昇運動と自己変革願望の成就とを物語として結合し、アメリカの現実世界では「成功の夢」神話のような形で階級的上昇は起こり得ないと人々が考えているにもかかわらず、商業的に成功し、アメリカン・ドリーム（＝アメリカ的な「成功の夢」）を蘇らせた。しかし、この階級的上昇運動と自己変革願望の成就を結合させた物語はあくまで個人の階級的上昇の物語であるに過ぎない。偶然の幸運が階級的上昇の可能性の主たる原因であり、それは現実的には幸運な少数の人びとにしか起こり得ないことであるから、物語が内包する社会的立場としては、階級的な流動性の少ない社会における例外を強調し、それを下層階級が抱える鬱積した感情の安全弁にし、現存する階級的現実の保持を目指すものと考えられる。映画『ロッキー』は、言うまでもなく、下層階級に共感的な態度を装いながら、その実相において、アメリカ資本主義社会における体制側に与している。

4.『ロッキー』の制作意図

　以上のような読解を行ったうえで、次のふたつの点について考えてみたい。ひとつは、この映画においてアメリカン・ドリームを蘇らせたことの意味について、もうひとつは、たとえ負けてもボロボロになるまで戦うことの英雄性についてである。

　まず、『ロッキー』がアメリカン・ドリームを蘇らせたことの意味についてだが、1977年の猿谷要のことばに耳を傾けてみよう。「『ロッキー』

の大当たりをみると、むしろベトナム戦争やウォーターゲート事件が、私たちの考えているよりもはるかに深く、アメリカ人の心を傷つけていたのだ、という感が深い。その傷の深さのためにこそ、アメリカ人は立ち直るための何かを必要としていたのだ。」「こういう一連の事件は、それまでアメリカ的生活様式を国民がみな信じこんできたその度合いが強ければ強いほど、人びとに強烈な打撃を与えたにちがいない。」「この映画は自信を失っているアメリカ人に向かって、『いますぐ』自信を取り戻せ、とよびかけているのだ。アメリカン・ドリームは、この通り元気に生きているんだ、と叫んでいるのである。」[5]これは的を射た記述と言える。

ヴェトナム戦争はアメリカ人の自信を失わせるのに十分なものだった。メアリー・ベス・ノートンほかによるアメリカの歴史によれば、「戦争の代価は莫大なものだった。5万7000人のアメリカ人と無数のアジア人が戦争で命を落としたのだ。合衆国は、金額にすると1500億ドルもの戦費を支出し、復員兵の恩給などのために将来にわたって何10億ドルもの出費を避けられない状況にある。国内では、インフレ、政治的分裂、市民的自由の抑圧、そしてさまざまな社会改良計画の縮小などが、戦争の影響としてあげれられる（…）。戦争はまた、ソ連や中国との関係改善の遅れ、同盟国との軋轢、第三世界諸国の離反など、国際的にも悪い結果を招いた。」これに加えて、ソンミ村の虐殺に代表される米軍による残虐行為も報告されているし、枯葉剤の散布によってヴェトナムの国土は荒廃し、人体にも影響が出た。「『これだけの物資と人員を有する国があれだけの時間をかけたのに、あの少数の敵にたいしてほとんど何も目的を達成できなかったとは、一体どういうことだろう？』ほとんどのアメリカ人は、この疑問の答えを求めるよりも、悲劇そのものを心の中から追い払おうと務めた。」[6]ヴェトナム戦争を戦って、多大な代価を払った末に負けたことで、アメリカ人は自信を失っていた。自分の国

を信じられなくなり、アメリカン・ドリームを信じられなくなっていた。そんなアメリカ人に向かって、アメリカは今でも素晴らしい国であるというメッセージを発すること、これが『ロッキー』においてアメリカン・ドリームを蘇らせたことの社会的な意味と考えられる。このような意味で、『ロッキー』は愛国主義的な映画になっている。

　ただ、ここで言う、アメリカ人が信じられなくなったアメリカン・ドリームとは、どちらかというと「その最も純粋な形」（マタースン）に近いものであって、社会の理想に重きが置かれたものと考えられる。それに対して『ロッキー』で描かれているアメリカン・ドリームは、社会ではなく個人に重きをおいた「成功の夢」であるので、広義において資本主義社会における自由競争を支持する側に属する考え方に与している。したがって、アメリカへの信頼を回復しようとする際にアルジャー的な「成功の夢」を『ロッキー』のように用いることには、アメリカン・ドリームの概念の中で力点をおく部分のずらしが行われていることになる。そのずらしとは、「出自にかかわらず個人が自分の可能性を発達させること」（マタースン）を社会的に保証しようとする概念から、下層階級に共感的な態度を装ったうえで、その実相において、アメリカ資本主義の自由競争を支持する概念へずらすというものである。そのような意味で、『ロッキー』におけるアメリカン・ドリームは、社会的不平等を是正するために国家が何らかの形で介入する必要があるという思想を捨象したアメリカン・ドリームになっている。つまり、「現実世界において、そのような［階級的な］流動性を阻むように作用する制度的な要因に、なんらあるいはほとんど触れることなく、」[7]個人の階級的上昇が描かれていることが問題なのである。

　次に、ロッキーがたとえ負けてもボロボロになるまで戦うことの英雄性についてだが、まず、ロッキーとアポロの戦いが死闘であることを確認しておこう。試合が始まると、最初のラウンドから二人は激しく打ち

合い、ラウンドが進むと、二人とも、パンチで顔が腫れ、とくにロッキーは瞼が腫れ上がってしまい目を開けていることができず、瞼に故意にナイフを入れて血を流し、その腫れを一時的にとったほどであった。最終ラウンドの二人は立っているのもやっとの状態で、ボロボロになるまで戦ったということばがふさわしく思われる。そして、試合終了後、映画は主人公の敗戦を残念に思うよう観客に促すようなことはせず、ただ自分の思いを遂げたロッキーを英雄的に映し出す。このように傷だらけになって、ボロボロになるまで戦うことの英雄性には、どのような意味があるのだろうか。

　そこで、ロッキーとアポロによって戦われるボクシングに付与されたイメージに注目してみよう。アポロはロッキーを対戦相手に選ぶ際、アメリカを発見したのはイタリア人だったと言っているが、これによって、イタリア系のロッキーは、アメリカ史を代表する人物になぞらえられ、アメリカを象徴するイメージが与えられていると解される。同様に、建国の父ジョージ・ワシントンの扮装で試合会場に登場するアポロにも、アメリカを象徴するイメージが与えられていることになる。そして、舞台は建国200年を祝うアメリカ独立の地フィラデルフィアなのである。アポロは、リングに上がると、第一次大戦の徴兵のポスターに現れるアンクル・サムさながらに、おそらく応援を求めるため、"I want you."「皆さんが必要です」と連呼する。ここでは、これから始まるボクシングの試合をアメリカ合衆国が戦う戦争に喩えるイメージが与えられていることになる。そして、最終ラウンドでは、アナウンサーが傷ついた二人について、「二人は戦場にいるかのようです」（"They look like they've been in a war."）と実況する。ここでの戦争は不特定のものだが、時代背景を考えると、明らかにヴェトナム戦争を想起させる。ヴェトナム戦争は、いわば、結果的に負けたが、アメリカがボロボロになるまで戦った戦争と形容できる。すると、アメリカ合衆国を象徴する二人

による戦いが行われた結果、観る側の共感を得ているアメリカの象徴は、たとえ負けても、ボロボロになるまで戦ったわけで、それは英雄的な行為であり、そしてその戦いはヴェトナム戦争を想起させる、というイメージ連関になっていることがわかる。つまり、プロットとイメージの結節点において、映画『ロッキー』というテクストは、結果的には負けたが、ヴェトナム戦争をボロボロになるまで戦ったという行為は英雄的であった、と示唆していると解し得る。これは、イメージレベルでのテクストの主張ではあるが、言い換えるなら、アメリカの歴史におけるヴェトナム戦争の地位を回復しようとした主張の一部と考えられる。

　ただ、『ロッキー』がいくら愛国主義的な映画だからといって、この解釈は行き過ぎではないか、と本稿の読者が感じることも想像される。大勢のアメリカの若者がいわば無駄死にしたヴェトナム戦争をボロボロになるまで戦ったことは、ふつうの感覚からすると、肯定的なものとして評価することはできないだろうし、ましてや英雄的と称することなどもってのほかである。また、たとえヴェトナム戦争を肯定的に評価したい人でさえも、表立ってこの戦争を評価する発言をすることはかなり難しいものと考えられる。それでは、上の解釈の裏付けをするには、何にあたったらよいだろうか。唯一想起されるのは、ノーマン・ポドレッツ（Norman Podhoretz、1930- ）の『なぜ我々はヴェトナムにいたのか』(*Why We Were in Vietnam,* 1982) である。

　本稿とかかわりのあるポドレッツの主張の中心は以下のようなものである。ヴェトナムから撤退するとき「合衆国は、共産主義から南ヴェトナムを救うことが、合衆国の無理なく発揮できる軍事的、政治的、知的能力を超えていただけでなく、同様に、根本的には合衆国の道義的能力も超えていた。」[8] ポドレッツによると、アメリカがヴェトナムに介入したことは道義的に正しかった。すなわち、ケネディとジョンソンがヴェトナムに介入したことは道義に反したことではなく、共産圏の中ソ連合

の拡大を封じ込めるという目的は第二次大戦後の外交政策の合意事項であった。したがって、ヴェトナムへの介入を終わらせようとする努力は道義的に非難されるべきものであったという。ポドレッツの主張から本稿とかかわりのある主張を引き出すと、結果的に負けはしたが、アメリカがヴェトナム戦争をボロボロになるまで戦ったことは道義的に正しかったということになろう。アメリカの保守主義について論じた章を含む古矢旬の『アメリカ 過去と現在の間』（2004年）によると、ポドレッツの『なぜ我々はヴェトナムにいたのか』は、「アメリカ人の心になおナショナル・トラウマともいうべき深刻な傷を残していたヴェトナム戦争を、歴史の不名誉から救い出すことを企図したもの」[9]である。このように、ポドレッツの主張には、そのレトリックは若干異なるものの、『ロッキー』のプロットとイメージの結節点から引き出した、アメリカの歴史におけるヴェトナム戦争の地位を回復しようとする意図との相同性が見られる。ポドレッツは言わずと知れた新保守主義の論客であるが、相同性を有するこれらふたつの主張は、広い意味で、保守派の愛国主義者の見解の現れと見れば、さほど驚くに値しないことと思われる。

むすび

　本稿の読解をまとめると、以下のようになる。

　映画『ロッキー』は、富の獲得を後景に退かせ、階級的上昇運動と自己変革願望の成就とを結合させた物語を前景に置く形で、アルジャー的な「成功の夢」神話を書き換えた。そして、社会背景を考慮すると、主にヴェトナム戦争というナショナル・トラウマを抱えるアメリカ人に向かって、アメリカン・ドリームを蘇らせる効果をもった映画と解することができる。しかし、その際のアメリカン・ドリームは、アメリカ的な「成功の夢」であるため、階級的な流動性の低い社会における安全弁としての機能を持つことになり、アメリカ資本主義下の階級的現実を再生産

するイデオロギーと解されるとともに、実相において、アメリカ資本主義下の自由競争を支持していると考えられる。また、この映画のプロットとイメージの結節点には、アメリカの歴史におけるヴェトナム戦争の地位を回復させようとする隠れた意図を読み込むことができる。

『ロッキー』は、このような意味で、愛国主義的・保守的な映画なのである。

註

（1）Ira Shor, "*Rocky* : Two Faces of the American Dream," *Jump Cut*, No. 14, 1977, p.1. (from "*Jump Cut* : A Review of Contemporary Media" *http://www.ejumpcut.org/archive/onlinessays/JC14folder/Rocky.html* 2006/04/20.)
（2）Stephen Matterson, *American Literature : The Essential Glossary*, New York : Oxford University Press, 2003.
（3）Horatio Alger, Jr., *Ragged Dick and Struggling Upward*, New York : Penguin Books, 1985.
（4）『ロッキー』は、2001年に20世紀フォックス ホーム エンターテイメント ジャパン株式会社から発売されたDVD『ロッキー──特別編──』に拠った。
（5）猿谷要「映画『ロッキー』が映すアメリカ社会の期待可能性」『朝日ジャーナル』（1977年5月13日）、86頁。
（6）メアリー・ベス・ノートン他『冷戦体制から21世紀へ』（アメリカの歴史6）、本田創造監修、上杉忍他訳（三省堂、1996年）、76-77頁。
（7）Harry M. Benshoff and Sean Griffin, *America on Film : Representing Race, Class, Gender, and Sexuality at the Movies*, (Malden : Blackwell Publishing, 2004), p.190.
（8）Norman Podhoretz, *Why We Were in Vietnam* (New York : Simon and Schuster, 1982), p.173.
（9）古矢旬『アメリカ 過去と現在の間』岩波新書（岩波書店、2004年）、173頁。

〈その他〉

トポスの論理
―― レトリックの知の可能性

金 谷 博 之

トポスと論理学

　レトリックと論理学を現代では結びつけて考えることは少ない。少ないというより、両者を結びつけることはまったくないと言ってよいだろう。「論理学」という言葉はもちろん、現代でも、学問名として頻繁に使われる言葉である。割合になじみが薄いはずのレトリック用語「トポス」という言葉でさえときおり出会うことがある。E.R. クルツィウスが『ヨーロッパ文学とラテン中世』(1948年) のなかで、「いわゆる文学者たち (literary specialists) でさえ、彼らがヨーロッパ文学の地下室には絶対に踏みこもうとせぬために、ほとんど『トポス』の名前すら知らぬのである」[1] と嘆く状況は、最前のレトリックの流行のなかで、多少であるが改善されたようである。しかし、「トポス」が使われたとしても、それは文章にちょっとした薬味を利かせる修辞でしかない場合が多いようだ。トポスが本来持っていた（少なくとも持っていると信じられていた）重要性が意識されることは少ない。

　当然のことだが、人間は論理学と言われる学問の知識がなくとも、充分論理的に思考することが可能である。論理学の教科書を何度も読んだところで、思考能力が飛躍的にのびることもないだろう。かえって「論

理学」の知識があることがマイナスに働いて、自由な思考を妨げる可能性もある。現代では「論理学」は記号論理学であって、文科系の学問ではなく、理科系の学問であると考えらることが多い。論理学はその専門家に任せておけばよいのかもしれない。

トポスと記憶

フランシス・イェイツの『記憶術』(*The Art of Memory*, 1966) の6年前すでにパウロ・ロッシは、記憶術の研究書『普遍の鍵』(*Clavis Universalis*, 1960) のなかで、つぎのように述べている。

> 千五百年代および千六百年代の文化と取り組みながら、論理学と修辞学との結びつきがなにを意味しているのかかいもくわからず、修辞学史を等閑に付しても論理学史をあとづけることができるなどと思いこんでいるようなひとは、相当みじめな結末に終わるのが普通である。[2]

イェイツとロッシは、同じ記憶術を扱っていても、その方向性が大きく異なっている。イェイツの『記憶術』は、文化思想史的観点から、記憶術が古代ギリシア以来西洋文化のなかで弁論術(レトリック)の一つの役割として機能し、場所記憶術という空間の視覚的イメージに頼ったものからしだいにカバラなどの秘術的側面をとりこみながら、精神の内面に関わる記憶術が記憶術という機能から逸脱し、ルネサンス期には世界の宇宙論的な精密図を描くことなったことを明らかにしようとしている。一方ロッシの『普遍の鍵』は、科学思想史的立場から記憶術をキーワードとしながらも、現代のコンピュータなどの人工知能の研究に直接結びつく記号論理学的考え方、つまり人間の〈知性〉をコードとして考える

ことが古代以来の西洋文化のなかに連綿として続いていたことを実証しようとしている。レトリックの五つの機能（〈発想〉〈配列〉〈修辞（表現）〉〈記憶〉〈発表〉）のうち記憶にテーマをしぼりながら、このように二人が異なる問題意識を持つのも、二人の専門分野（イェイツはおもにルネサンス期の文学、ロッシは哲学史）から当然だろう。ただ、イェイツの問題意識に文学の側から関心が集まっても、ロッシの問題意識には関心が集まることは少ない。古代のレトリックが現代のコンピュータ文化に結びつくと考えるのは興味深いはずであるが、文学を研究する者がレトリックと論理学の両方に詳しい知識を持つことは現代では難しくなっている。修辞・文彩の学としてのレトリックの研究が活発になされても、古代から少なくともルネサンス期までのレトリックが単なる修辞ではなく、その機能に現代の文学研究の領域を超えた「論理」を内包していたことを知ることは難しくなっている。その「論理」は、言わば論理のなかの異論理として、現代まで延々と続いているのである。そうした「異論理」の含まれているのが修辞学に限定されない場合のレトリックなのである。修辞学を残して、レトリックが過去の遺物として「ヨーロッパ文学の地下室」に閉じ込められ、忘れさられていくのは不思議ではない。だが、先ほどのパウロ・ロッシの言葉を無視するわけにはいかない。本論で検討しようとしていることは、古代レトリックのなかの重要な要素であるトポスの持っている「論理」の性質の一端を明らかにしようとする試みである。

トポスと弁論術

西洋文化のなかで、論理学と修辞学（レトリック）の密接な関係が意識されたのは、おそらくアリストテレスの『弁論術（レトリカ）』が始まりだろう。この『レトリカ』こそがポール・リクールが「哲学的弁論

術」[3] と呼ぶ弁論術の体系化である。『レトリカ』のなかで扱われる議論法としての28のトポスは、アリストテレスの論理学(オルガノン)の六書の一つ『トピカ』のなかでさらに300余り検討されている。現代では論理学のなかに組み入れることのないトポスを介して弁論術と論理学が結びついていたのである。弁論術としてのレトリックが目指した説得が成り立つためには、単に効果的な言語表現をするための修辞学としてレトリックを限定していたのではなかった。言語の本来持っている論理を無視しては、「説得」はありえなかった。この議論法(トポスの訳語としては論法、論型、論点、論拠、拠点など、いくつか考えられる)としてのトポスの論理性に注目したのがキケロであった。キケロと言うと古代弁論術の大家と見られて、雄弁としてのレトリックにばかり関心が集まるが、彼自身はつぎのように語っている。

> 私の考えによれば、すべての弁論術の規則に価値があるのは、弁論家がその規則にしたがった結果雄弁であるという名声を得たのではなく、生まれながら雄弁である弁論家の行なっていることに注目し、集成した者がいるからなのだ。このように、雄弁というのは、弁論術を学んだ結果ではない。雄弁の技術をまとめることが、弁論術を産み出したのである。そうであっても、以前述べたように、その技術を否定したりはしない、なぜなら、正しく語ることにはほとんど不可欠なものではないにしても、その技術は正しく物事を知るには決して損にはならない助けとなるからだ。[4]

弁論術の限界を自ら認めてしまう弁論術の大家の言うことは、そのまま信用に値するかどうか、疑問になるところである。しかし、キケロが自ら語るように、雄弁のためには決して重要ではないレトリックは、「正しく物事を知る」ためにこそ重要だということは信用してもいいだ

ろう。「正しく物事を知る」ということは、そのまま人間の理性の役割と密接な関係がある。それは論理学の目指しているものとつながってくる。キケロの弁論術の意義は、レトリックの論理性の意義、つまりトポスの意義を大きく認め、アリストテレスよりさらにトポスをレトリックのなかに引き入れたことである。キケロはこのトポスをレトリックの機能の「発想」(invention)の重要な要素と考えた。invention は「目録・リスト」の意味の inventory という英語の語源になっている。「目録」や「リスト」を見れば捜しているものが見つけやすい。トポスの学であるトピカとは、目録を作るようにトポスを検討し、配置することである。

　トポスを誤って、省略三段論法ということがあるが、決して三段論法ではない。省略三段論法とは、たとえば三段論法で、「すべての動物は死ぬべきものである」(大前提)、「すべての人は動物である」(小前提)、「ゆえにすべての人間は死ぬべきものである」(結論)というべきところを、大前提の「すべての動物は死ぬべきものである」を省略して、小前提と結論だけで構成したものである。つまり「すべての人は動物である、ゆえにすべての人間は死ぬべきものである」となる。大前提が語られないだけで、三段論法であることにかわりはない。トポスは現代のコンピュータ文化とつながる形式論理学と別のものなのだ。トポスは形式論理学的立場からすれば、異論理とも言うべきものを含んでいる。

　トポスの論法・論型としての役割は、通念を土台にしている。たとえば、「父があれば、子供がある」、「兵士でさえ城を攻め落とすことができる、国王にあってはなおさらのことである」といったもので、こうした通念は、頻繁に使われると常套句になってしまい、説得の効果は薄いものになる。しかし、現代の我々はルネサンス当時の「論法・論型」はもちろん「常套句」にもなじみが薄い。ただ、トポスは、常套句にはなっても、あくまでも論法・論型なのである。「兵士でさえ城を攻め落とすことができる、国王にあってはなおさらのことである」という通念は、

「より小なるものからより大なるものへ」のトポスで、言葉をいれかえることによって別の論拠となる。たとえば、「子供でもできるのであれば、大人は言うまでもない」となる。

　形式論理学で両刀論法(ディレンマ)という仮言的三段論法と選言的三段論法が組み合わさった論法がある。アリストテレスは、仮言的三段論法と選言的三段論法を自らの名辞論理とは認めない立場から、この両刀論法を『レトリカ』のなかで28のトポス(論法・論型)のうちの14番目に検討している。トポスの具体的説明の例として引用してみよう。

　　　また、ある論点(トポス)は、二つの対立していることについて勧めるか、思い止まらせるかしなければならない場合で、しかも、それら二つのことについて先に挙げられた論点を援用しなければならないような場合に用いられるものである。だが、先の場合と違う点がある。というのは、そこでは任意の二つのものが対置されるのであるが、ここでは相反しているものが対置されるからである。例えば、ある女祭司が息子に公けの場での演説を許さず、「なぜなら、もし、おまえが正しいことを述べるようなら、人々はお前を憎むことになろうし、もし不正なことを述べるようなら、神々の憎むところとなろうから」と言い、あるいは反対に、公けの席で演説すべきであるとして、「なぜなら、正しいことを述べるようなら、神々がお前を愛するであろうし、　不正なことを述べるようなら、人々が愛することになろうから」と言ったのもそうである。(…)このようなディレンマに陥った時、相手に切り返す方法はこうである。すなわち、相反する二つのもののそれぞれに善悪二つの結果がつき随っている場合には、これら相反する結果のそれぞれを、もう一方の相反する結果とそれぞれ交叉的に組み合わせることである。[5]

ディレンマ（dilemna）は、相反する二つの事柄から起こる板挟みの状況をあらわすが、もともとはこの両刀論法の論法形式の複雑さがもたらしたものであった。続けて、アリストテレスの『レトリカ』のなかから重要と思われるトポスを挙げてみよう。（項目の頭の番号はトポス（論点）の検討される順番である。）

(1) 証明を主眼とする説得推論の一つの論点は、相反するものに基づいてなされる。すなわち、何かと反対のものに、その何かが持っている性質とは反対の性質が属しているかどうかを調べ、もし属していなければその命題を否定し去り、属しているようなら是認するようにしなければならない。

(2) ほかの論点は、同根の屈折語に基づくものである。（…）例えば「正しい」ものは、必ずしもすべてが「よい」ものとはかぎらない（…）「正しく」（正当に）死刑に処せられることが望ましいとは言えないからである。

(3) ある論点は相関関係に基づくものである。すなわち、このような関係にある一方のものについて、立派に、または正当に行なうということが言われるなら、他方については、立派に、または正当になされると言われる。

(4) またある論点は、「より多い、より少ない」の比較に基づくものである。

(7) またある論点は、例えば「ダイモン(神霊)的なものとは何であるか」というような、定義に基づくものである。すなわち、「果たしてそれは神であるか、それとも神の業であるか。しかし、神の業であるとしても、それがあると思う者は、当然、神々が存在することも認めているべきである」と論ずるのである。

(10) また、ある論点は帰納に基づくものである。

(12)　またある論点は、部分に基づいて全体を論ずるものである。
(17)　またある論点は、結果が同じであるなら、それを導く前提となるものも同じである、と論ずることによる。
(24)　またある論点は、原因から結果を推論するもので、何ものかの原因が存在する時には、そのものは存在すると、原因が存在しない場合には、そのものは存在しない、と論ずる。
(28)　またある論点は、名前をもとにして論ずるものである。[6]

こうしたトポスの論理性の知識がなければ、ルネサンス期の英詩に関するロザモンド・チューヴのつぎの言葉の意味は、非常にわかりにくい。

　　詩の中に「論理」があらわれると、その詩が面白味の薄い想像力の乏しいものになったり、衒学的な難解なものになったりするはずであるとする現代的な考えを払拭する必要がある。偏見を交えずに、詩人たちが書いた詩と彼らが受けた論理学の発想 (logical invention) の訓練の関係に注目する意志があればであるが。[7]

ここでチューヴが語っている「論理学の発想」とは、特にラミスト論理学と呼ばれる修辞学的論理学の「発想」のことで、この「発想」の中心となるものがトポスである。ラミスト論理学はバーソロミューの虐殺で殺されたユグノーのピエール・ド・ラ・ラメー（ラテン語名ペトルス・ラムス）が創始者になるもので、キケロにその範をとっている。直接に論理学の父アリストテレスではなくキケロであるところが、いかにもルネサンス的なものを感じさせる。[8] このラミスト論理学は、キケロの言う弁論術の五つの機能、〈発想〉〈配列〉〈修辞（表現）〉〈記憶〉〈発表〉のうち前の二つを独立させて「論理学」としたものだ。アリストテレスの『レトリカ』では、〈記憶〉〈発表〉はとくに語られてはいない。

チューヴが言うようなルネサンス当時の知性と現代の知性に乖離があるのは、なんら不自然なことではない。現代人として、現代の眼からルネサンス期の文学を考えることは当たり前のことだ。ただ、チューヴが強調しているのは、当時の知識人の教養と問題意識が「偏見」によって隠されていることなのだ。この問題は単にルネサンスと現代の関係にとどまらない。現代人は過去の英知を遺産として受け継いでいるはずだが、それは過去の英知のすべてではない。「合理」という「偏見」によって、取捨選択した結果こそが現代の我々が享受している文明なのである。取捨選択の結果、こぼれ落ちたものがなんらの価値もなかったわけではない。

こうしたトポスを吟味検討することを、現代では、教育の場でおこなうことはないが、ルネサンス期には、修辞学に限定されることのないレトリックの教育のなかでおこなわれていたのである。

> 実際、現代の読者がエリザベス朝の文学を読むときに、ルネサンス当時の初等教育を受けていた子供たちすべてが通じていたレトリックの原則とそうした原則とトポスの関係を詳しく知るようになれば、読者はエリザベス朝の文学のページすべてにこうした教育が直接に影響した例を見つけることになる。そうすると、トポス（常套句）が「月並みでない」ものに見えてくるだろう。[9]

現代では、論理学を初等教育で教えることはまずない。レトリックも同じことである。しかし、少なくとも現代考えられものとは異質な部分を含むとはいえ、ルネサンス当時はレトリックと論理学が大きな教育の課題になっていた。現代人としての教養や見識を強調して、現代人の理解できる範囲では、「月並み」の裏に隠れたものは見えてこない。

トポスと弁証法

　figure（修辞）という言葉でさえ、論理学の用語であったことが現代では忘れられている。『至高について』の作者、偽ロンギヌスは、「figura がもっとも効果的なのは、それが figura であることが隠されているときである」と述べているが、英語では figure である figura は、単に「修辞」ではなく、三段論法の「格」、つまり「論型・論法」なのである。「figura というものは至高の生まれながらの仲間であって、またその仲間たちから強力な助けを受けることになる。どうした場合であろうか。figura を無意識に使おうものなら当然の疑惑を受けることになる。独善、悪巧み、欺瞞と結びつく。絶対的な権力をもつ裁判官に弁論するとき、さらに専制者、王、高位の権力者に対するときには。（…）わかることは figura がもっとも効果的なのは、それが figura であることが隠されているときである」[10] 偽ロンギヌスはは決して figura を単に「修辞」の意味では使っていない。この figura には「論型・論法」の意味を考えないわけにはいかない。人間の心理を考えれば、単に figura が「修辞・文彩」であるのなら、「疑うことを知らない子供のように扱われ、世の中を知り尽くした話し手の figura に出し抜かれるなら、すぐさま機嫌を悪くすることも、感情をおさえられたとしても、話の道理をまったく受け入れなくなる」ことも起こることはないだろう。アリストテレスでは名辞論理学である三段論法と説得推論で使われるトポスは別ものであるから、アリストテレスにおける figura とトポスは同じものではない。しかし、少なくともトポスも figura も「論法・論型」であるのは共通である。単純に figura を「修辞・文彩」に置き換えて先ほどの偽ロンギヌスの言葉を「〈修辞〉がもっとも効果的なのは、それが〈修辞〉であることが隠されているときである」と考えてはいけないのである。

こうした「修辞」と「論法」の混同であれば、たいしたことはないかもしれないが、「論理学」と「弁証法」の混同は深刻であった。

　アリストテレスの論理学が唯一絶対の論理学であるという固定観念はカントも抱いていたのであり、彼は論理学がアリストテレス以来何の進歩もしなかったという無知な見解を表明した。このことは中世の論理学の存在についての認識不足を証明する最適の証拠である。カントは啓蒙主義の完成者だと言われる。しかしカントの論理学についての素養がいかに貧弱であるかは彼の使用した「カントの論理学」と呼ばれる教科書やその論文「三段論法と四つの格」を一読すれば明らかである。この程度の論理学の持ち合わせで何が啓蒙か、何が理性批判かと毒づいてみたくもなる代物である。三段論法だけでは不十分だという直観をカントは抱懐していたが、ヘーゲルはこの直観を確信の域にまで高め、形式論理学の一切を放擲し、弁証法という不可思議なものを作り上げた。弁証法というものはプラトンの弁証法、ヘーゲルの弁証法、キルケゴールの弁証法等々のように頭の数だけあるような代物で、特異性こそあれわずかの普遍性も具えてはいない。そしてこうした弁証法のとどのつまりがマルクスおよびマルクス主義の弁証法であり、その末路は周知の通りである。

　とはいえ、カント以降のドイツ観念論においてなぜ論理学に関する蒙昧に陥ったのだろうか。原因は簡単である。ヴォルフから始まりドイツ観念論に連なる系譜はプロテスタント神学の世俗版であり、それゆえ当然のこととして反カソリック的、反中世スコラ学的であった。そしてこの反中世スコラ学的な態度が、スコラ神学とセットになった中世論理学の成果をもいっしょに捨て去ってしまったのである。しかしそうした愚行の報いは数世代後のドイツ観念論がまとも

に受けるのであり、それは哲学説における論理学的テクニックもしくはテクノロジーの欠如がどんな結果を招くかということの最適な事例だと言えよう。[11]

　弁証法（dialectic）と論理学（logic）は非常に密接な関係がある。密接というより弁証法と論理学は、少なくともルネサンス期までは同義であった。前述したド・ラ・ラメーの論理学の原著名は『弁証法』（*Dialectique*）であった。ソクラテスやプラトンの用いた問答法も弁証法である。問答法は対話を通じて、二分法を進めていき、最終的な結論を得るのものである。これは、現代から見れば、論理学と言うよりは分類の技術である。アリストテレスは、弁証法を蓋然的真理にもとづく推論として、論証的推論、つまり演繹的推論の学（論理学）とは区別していた。アリストテレスの言う「弁証法」は「弁論術」と同じものである。それにもかかわらず、「語る」という行為が強調されて、「ロゴスの学」としての「論理学」が「弁証法」と呼ばれ続けたのである。ただ、少なくとも中世の論理学を現代の論理学は吸収し発展させたが、カール・ポッパーも言っているように、ヘーゲルの正・反・合といった単純な弁証法は、結局、真・偽いずれも結論することができ、厳密な学としての論理学とは関係のないものである。[12] ヘーゲル的弁証法は「語る」ための大きな力を持っていたのは事実であるから、あくまで雄弁術としてのレトリックの機能を持っていたのであろう。

　近代哲学の祖、ルネ・デカルトの理性を数学になぞらえる方法論は、西洋諸学の礎となり、強い影響力を持った。デカルトに対し、ヴィーコは弁論術の価値（トポスの学であるトピカの重要性）を強調した。しかし、デカルトの「合理」を覆すことはできなかった。ヘーゲルもヴィーコと同じようにデカルト的な合理を覆すことを試みたのではなかったか。ただ、ヴィーコがトポスの重要性を強調するのに、ヘーゲルは彼の「弁

証法」の基軸に神という絶対者を持ち出してきた。古代からの弁論術の知を生かすことはなかったのだ。

トポスとコンピューター

　トポス（topos）の分かり難さは、そのギリシア語の原義「場所」からきている。わざわざ、なぜアリストテレスは「論法・論型」にトポスと名付けたのだろうか。そのトポスの迷宮の奥にさらに足を踏み込まないわけにはいくまい。おそらく「場所」は、ものがあることによって、はじめて「場所」として意識されるからだろう。つまり「論法・論型」というトポスは「通念」を土台にしているが、説得の効果を生みだす言表は「論法・論型」をむきだしにしてはありえない。具体的な言葉をトポスに当てはめてはじめてトポスが「論法・論型」として成立するのである。トポスは、隠れていながら、言表に対して「もの」と「場所」の関係を作りだすのである。この関係は三段論法の「論法」と言表の関係にも当然当てはまる。こう考えると、トポスの特殊なものが三段論法と言えるだろう。しかしトポスは、三段論法のように二十四の式に還元されるより、はるかに大きな広がりを持っている。

　また、この考え方は、場所記憶術の「場所」と記憶される事柄の関係と同じである。場所記憶とは、たとえば、家のなかの玄関、居間、台所などの場所（人間の身体の各部分でもかまわない）に記憶すべき事柄を当てはめていくやり方である。この場合、一つ一つの場所を移動する経路が順序正しければ、その順番通りに思い出すことができるわけである。視覚的なイメージが強ければ強いほど記憶は確かなものになる。同じ「場所」を繰り返し使用することができるが、その「場所」から想起されるのは最新の項目だけである。[13] トポスは原義の「場所」から「論理」と「記憶」に両方にまたがるものになる。

つぎの引用を見ていただこう。

　「空間」とは、様々な観念の複雑な集合を表示する抽象的な言葉である。人が自分のいる世界をどのように分割し、分割した部分部分をどのように評価するかは、その人の属する文化によって異なっている。空間を分割する方法は、大きさや距離を測定する技術と同じように、単純で簡素なやり方から複雑で精緻なやり方まで実に多様である。しかしながら、異文化間に共通する類似したやり方も存在しており、そのような類似性が存在するのは、結局のところは、人間があらゆる事物の尺度になっているという事実があればこそである。つまり、人間の身体の形態と構造、そして人間と人間の関係（親密であろうと疎遠であるとを問わない）という二種の事実が、人間が空間を組織化する際の基本原理となっているのである。人は、空間を自分の生物的欲求と社会関係に会わせ順応させるために、自分の身体との親密な経験に基づいて、また自分以外の人との親密な経験に基づいて空間を組織化していくのである。[14]

「空間」とは「場所」を抽象化したものに他ならない。人間の営みが、自己の身体を中心にした「空間」を場にしなければ、成り立たないのは言うまでもない。人間の言語がこうした濃密な「空間」を持っているかどうか。言語の外面化されたもの、つまり文字になれば、ノートや書物の形で空間を占めることになる。図書館が良い例だが、人間の記憶の補助手段である記録が物質的な意味で重要な空間を作りだしている。読書や他の人の話を聞くこともまた身体論的空間のなかでの人間の論理と記憶との関わりだろう。つまり、人間では、少なくとも外面的な記憶という形では、言語は空間的、身体論的つながりを持っているのである。「場所」という概念の類推から、言語が人間の精神の内面の空間的なあ

らわれとして研究することを、トポスの学であるトピカと記憶術が担っていたわけだ。しかし、これはあくまで理想であって、人間の精神世界の内部で、特に言語に関わる部分で、「場所」や「空間」がどのような役割をしているかは結局わかりはしなかった。

　このようなトポスが作りだすダイダロスの迷宮のなかに迷い込んでしまえば、あとは空に飛び立つ翼を作り出すしかない。コンピューターは、その翼となる可能性がある。コンピューターの内部のプログラムと記憶情報が整然と整理されている状況は、人間の記憶に類似している。しかし、人間の精神の世界のなかでは、コンピューターの内部のように、「論理」と「記憶」が分けられているわけではない。(15) 人間の精神世界では、記号やシンボル、サインを含めた広い意味での言語をめぐって、「論理」と「記憶」、そして生物的欲求が渦を巻くような関係をなしているのだろう。コンピューター内部の空間は、のっぺりとした均質な空間と考えられる。それに対して、人間は、論理学のような均質的な空間に生きているのと同時に、論理学では扱いきれない非均質空間に生きているである。マニエリスム芸術のような論理と異論理が同時に巣くう状況があって、人間の営為が生みだされていると考えられる。もちろん、コンピューターは、人間の作りだしたものであるから、無謬なわけではない。どのようにコンピューター内部に均質な空間を作りだそうとしても、人間が作り、使うものには、非均質な異論理が迷いこむ。人間がコンピューターを使い続け、改良し続ける以上、この異論理を逆手にとって、利用するしかない。コンピューターは、人間の知性にとって、イカロスの翼かもしれない。しかし、トポスの持っている「論理」と「異論理」の両方の性質を、我々が無事に大地に着陸するための可能性として考えることも必要ではないか。

結 び

　弁論術（雄弁術・記憶術）、修辞学、論理学、弁証法、哲学、コンピューター、そしてエリザベス朝英文学と論を進めてきたが、論考としては非常にわかりにくいかも知れない。大まかなかたちにすぎないが、西欧の伝統をたどると、必然的にこうした結論に達する。しかし、ホモロクエンスである人間の習性とも考えらるし、どれほどまでに西欧の文化・文明がコンピューターを始めとする現代の世界全体を席巻しているか、理解することも可能になると思う。ソネット詩形を確立させた14世紀イタリアのペトラルカは、その叙情とはうらはらに、弁論術の大家キケロに非常に影響を受け、その未発見の書を渉猟していた。彼がそれを発見し、赤裸々にキケロが表わした言葉をたどるたびに、ペトラルカは落胆していった。ペトラルカ自身も、キケロの影響かどうかはわからないが、当時のイタリア・ローマの政治に非常に関心を寄せていた。14行の詩形として、韻律またその内容にいたるまで後世に大きな影響与えているペトラルカではあるが。『キケロ選集』（岩波書店）を読むとキケロのある意味で弁論術を説くものとして、現実生活と理想である思索家・哲学者の乖離があることがわかる。また、廣川洋一『イソクラテスの修辞学校』（講談社学術文庫）によると、弁論術が教養として連綿と西欧の知識人の背景としてあったことがわかる。ローマンカトリックのイエズス会が日本に設立した上智大学の教育の骨組みも弁論術から由来している。プラトンが非常にシンプルともいえる二分法（二元論）を使って自らの哲学を披瀝するのも、弁論術に対抗するものであった。しかし、その著述の対話編は弁論術の体裁をなしていると言う他ないだろう。その弟子アリストテレスは自らの著作のなかに『弁論術（レトリカ）』を含めている。これが哲学者としてのアリストテレスが哲学の書として書いたかどうかは疑問のところだが、彼の哲学は中世神学のスコラ哲学を支える

ものとなった。弁証法に関しては本論でもふれたが、筆者の感想では、弁証法というものは「何が真実で、何が嘘で、また何がそのいずれかでもないのか」を検討するに過ぎず、基準と規範、つまりルールとカテゴリーを問題にする学問で矛盾が必ず起き、行きずまりは見えている。論理学・弁論術(均質性・非均質性)は対立しあいながら両立する。それはまるで男女の関係のようなものである。あるもの、ないものを補いあって始めて人間社会が構成される。ところが数学者カントールが使った集合論の方法論によって、ゲーデールは論理学の領域で不完全性定理というものをこしらえてしまった。端的にその論を言えば、「矛盾のない論理(体系)はない」ということである 人間の持っている知性(均衡性)は行き場がないことになってしまう。しかし、人間の営為は続くのである。ダーウィンの言葉にたしかこういう言葉がある。「ある種が生き残るのは、強い、弱いという優劣の問題ではない。与えられた環境に適応できるかどうかである。」人間には知性の他に感性（両者を分けることはできないが）がある。楽観的に言えば、「感性」が「知性」とともに未来の人間の文化・文明(幸福)の指針となるはずである。トポス(弁論術)に代表される「異論理」が無矛盾を掲げなければいけないのだ。

註

(1) E.R.クルツィウス『ヨーロッパ文学とラテン中世』南大路振一・岸本通夫・中村善也訳（みすず書房、1971年)、p.112.
(2) パウロ・ロッシ『普遍の鍵』世界幻想文学大系第45巻、清瀬卓訳（国書刊行会、1984年)、p.13.
(3) ポール・リクール『生きた隠喩』岩波現代選書、久米博訳（岩波書店、1984年) p.6.
(4) Cicero, *De Oratore* (Loeb Classical Library) I.145-46, pp. 100-01.
(5) アリストテレス『弁論術』岩波文庫、戸塚七郎訳（岩波書店、1992年)、p.277.
(6) 前掲書、pp.265-85.

(7) Rosemond Tuve, *Elizabethan And Metaphysical Imagery* (University of Chicago Press, 1947)、p.320.

(8)『失楽園』を書いたジョン・ミルトンも、自らラテン語でラミスト論理学の書を著わし、1672 年に出版している。原著名は *Artis Logicae Plenior Institutio, Ad Petri Rami Methodum Concinnata* (*A Fuller Institution of the Art of Logic, Arranged after the Method of Peter Ramus*).

(9) Joan Marie Lechner, *Renaissance Concepts of the Commonplace* (New York : Pageant Press, 1962), p.237.

(10) Dionysius or Longinus, *On the Sublime*, 17 (Loeb Classical Library), pp.184-87.

(11) 山下正男「総序」、『中世末期の言語・自然哲学』中世思想原典集成 19 (平凡社、1994 年)、pp.10-11.

(12) カール・ポッパー『推測と反駁』森博・藤本隆志・石垣寿郎訳 (法政大学出版局、1980 年)、pp.254-55.

(13) アラン・バッドリー『記憶力』川幡政道訳 (誠信書房、1988 年)、pp.265-66.

(14) イーフー・トゥアン『空間の経験——身体から都市へ』山本浩訳 (筑摩書房、1988 年)、p.53.

(15) 現在、一般に使われているパソコンを含めたノイマン方式のコンピューターでは、「論理」(プログラム)と「記憶」(データ)ははっきりと分かれていて、混在することはない。

視覚的芸術に内在する文化史的諸様相

石井 康夫

序
a．相関する歴史と文化

　文化とは人間が社会生活を通じて学習・習得し獲得したあらゆるもののことである。古代より現在までの歴史的時間を経て、地域、風土、言語、民族、宗教、法律その他、人間社会を包むあらゆる領域の中で、文化形態は多様性を持って発達と衰退を繰り返し、今日に至っている。文化形態については有機的・無機的なものの性質を問われることはない。文化的諸様相とは、その全てが人間の社会生活を通じてもたらされた所産であるといえる。
　文化的様相として最も明確なものは、衣食住に関係するものであることは言うまでもない。例えば、保存食品などを考えると、畜肉の腸詰、乳酸発酵を活かしたなれずし、乳製品としての醍醐、麹発酵を利用したいずし、東南アジアで発達した漁醬、極東で普及した大豆醬油など、思いつくままの生産物は生活の知恵の産物である。それらはすべて社会生活と歴史的時間によって地域で育まれたものである。それゆえに、地域と文化とはきわめて密接な関係にあるといえる。しかしながら、地域の数だけ存在する文化の多様性というものは、歴史的時間の流れに比例して簡略化され、その土俗性を喪失する傾向に晒されてきた。とくに今日の

グローバリズムの波は、地域の持つ風土と固有性を喪失させる傾向にある。グローバリズムの根源は、そもそも西洋が新世界を発見してから、15世紀以降「西洋化」を掲げた"コンキスタ"がもたらした社会的現象にある。社会変化をもたらすこの波は、西洋世界の世界的進出とともに継続的に浸透してきた。18-19世紀にかけての西洋列強による植民地主義がこの波を加速し、20世紀の第一次、第二次の両世界大戦の戦禍を超えながらも、冷戦の時代の中で西洋世界は二分しつつその勢力を保持した。冷戦時代、西洋は中近東・アフリカ・アジア諸国との関係をグローバリズムの中で構築し、変化させてきた。極端に言えばコルテスの時代以降は、西洋対諸外国という構図の中での文化の融合・交換・浸透がなされてきたと考えてもあながち間違いとは言い切れない部分もある。

　イタリア・ルネサンスの時代では、ビザンチン、イスラム世界から西洋へ数学や医術、生活用品の流入が行われた。西洋世界がまだ小アジア・イスラム世界よりも遥かに遅れていた時代である。繰り返すようであるが、近代以降は自然科学と合理主義に基盤を置いた西洋文明が着実に世界を制するようになったことは歴史的事実として否定できない。文化の固有性・土着性・民族の多様性に重きをおいた遠心的な文明世界は、西洋文化を中心とした求心的世界へ変貌していくことになる。

　今日の情報化・高度大衆消費社会においては、文化の流入速度はスペインの南米征服時代の比ではない。文化的多様性の喪失は生物多様性の喪失と同様に深刻なものとなっていくかもしれない。機能主義の社会は、固有文化形態の構築を可能とするような時間的余裕を許容するものではない。文化とは、そもそもその地域の民族が歴史的時間をかけて熟成していくものである。

b. 視覚的文化としての舞台

　文化史的様相を考えると、一方で衣食住的文化史という日常生活と密接したものとは別に、社会を構成するあらゆる階層が創造し、遺してき

た芸術的文化史を考えることができる。建築物、彫刻、絵画、陶器、ガラス製品、人形など、その材料と方法により形として遺されているものは世界中に存在する。言葉は社会生活を営む上では密接に関係あるものだが、諸民族の言語というものは文化創造の基盤であり、多様性が見られる民族言語は、歴史が育んだ最も根源的な文化形態の1つである。言葉による文化的創造物は、生活に関わるものとは別に発達してきた。神話、民間伝承は、口承として語り継がれ、吟遊詩人あるいは演劇を通じて広く親しまれていくことになる。時代が経過し、詩を通じて韻文が発達し、哲学・歴史を通じて散文が発達する。書き言葉による叙述表現が一層発達したのは、一般民衆の間で印刷物が普及するようになってからのことである。物語を伝える媒体の多様性――演劇、印刷物、映像――は諸民族の間で世紀も異なり、また普及する状況も異なる。例えば、日本においては、草子ものが普及したのは室町期である。西洋では13-14世紀頃イタリア・ルネサンスを契機にスコラ哲学を中心とした世界観に変化がもたらされ、自然科学、美術、文学の世界が飛躍的に広がりを見せるようになった。

　視覚的表現による創造物は早くから発展した。古代ギリシアの演劇、ルネサンス以降の西洋演劇など、観る者は一般市民から宮廷人に至るまでそれこそ多様であった。演劇が栄えた理由はおそらく単純であろう。目で観て面白く、印象に残り、生活圏の人々と情感を共有できるからである。古代でも21世紀の今日でも、「観る」芸能・芸術や祭事は民衆の視覚と記憶にうったえる共有の空間である。西洋においては、古代ギリシアの演劇があり、日本においては、能狂言、または歌舞伎が存在した。今日では、洋の東西を越えて映像表現としての映画がある。

　物語とは虚構である。しかし、古代の神話世界からドキュメンタリー風に製作された映画にいたるまで、虚構の世界は世界中に存在し、語り継がれていくものもある。物語にリアリティはなくとも、寓意によって

万人の感性に訴え掛けることもあるだろうし、現実が舞台やカメラの中で圧縮され、デフォルメされて再現されるものもあるだろう。共感しうる芝居は視覚的表現としてそれぞれのドラマツルギーの中で再構築される。視覚的芸術の世界では、舞台や映像の中で、人間が物語を演じるものである。歴史的時間軸の中での人間の本性を再現することが、劇的な視覚的芸術の本質の1つである。以下では古代演劇から今日の映画の時代に至るまでの視覚的芸術に内在する文化史的諸様相を考察することにしよう。

1. 古代・ギリシア悲劇

　古代ギリシア・ヘレニズムの文化は、紀元前2000〜1200年頃までに栄えた地中海文明を遺産とし、都市国家ポリスを形成・発達させた政治・経済社会を基盤に構築されたものである。ギリシアにおいて人間主義や民主的な思想の中で哲学が発達し、神話が構築され、市民生活が栄えることとなったのはよく知られている。ギリシア劇はそのような古代文化の一端に存するものである。エピダウロスの円形劇場の遺跡など、ギリシアには80ばかりの遺跡が現存している。観劇には費用がかかったが、シュムボロンという観劇入場券には基金が設けられ、これより観劇手当てが出されたという。これによって、富裕市民のみならず一般の市民階級あるいは奴隷にいたるまで、観劇が可能であった。ギリシアにおいて演劇が国家的な行事として重要視されていたことがわかる。悲劇は神話や伝説を基に、喜劇は時事的な諸問題を題材に作られた。周知のとおり、アリストテレスは紀元前340年代に『詩学』においてギリシア劇の構成要素を分析している。アリストテレスのカタルシス＝浄化・共感については言及するには及ばないであろう。簡単に触れておくと、次のようになる——アリストテレスによれば悲劇の目的とは「筋」（ミュトス）であり、その筋の中での一連の人間の行為による受難（パトス）の浄化

（カタルシス）こそがこの演劇という再現芸術の本質の１つであると考える。筋に伴って逆転変（ペリペティア）や発見的認知（アナグノーリシス）があり、人物の愛情や憎悪、幸、不幸などの運命が流転していく。また、それぞれの行為についての人間内部の葛藤（デシス）と解決（リュシス）が内的感動を呼び起こすと考えられる。[1] ギリシア悲劇のように、筋に沿って翻弄される人間の運命が恐怖と同情を喚起させる形式は理解しやすいものであり、観衆は劇の展開によって心のカタルシスを感じることになる。したがって演劇とは作品に対する観衆の共感により成立するものとされる。憎悪、哀しみ、憐憫、絶望、苦しみなど、感性に訴えかけるあらゆる感情的要素が果たして観衆の共感を呼び起こすことができるか──これが作品の評価となり、浄化作用はこの共感の有無にかかってくる。これは特別難解なことではない。道徳と倫理、宗教的信仰心、良心や社会的道義が根底にあるギリシア悲劇は、流血や謀略、憎悪や救済が混淆した世界であり、観衆は、視覚的芸術を通じて、心の琴線に触れるこれら劇的な受難をある意味で道徳的観点から楽しんでいたのである。当時の観衆の劇作評価は非常に手厳しいものがあり、上演を中止させるほど不満を露にすることがあったという。ギリシア人の演劇に対する熱意が伺えるというものである。都市国家ギリシアの市民が総出で社会の正道を確認し合う視覚的芸術の社交場の役割を果たしていたのだ。その意味で劇場は、ある種の社会的法廷の役割も果たしていたことになる。悲劇の主題は罪と罰、復讐や殺人、悔悟と苦悩で成立している。道徳と倫理の範疇にある悲劇が上演される劇場は、そのまま社会的道義を考える司法の場にもなったのである。

　ギリシア劇の特徴は、対話とコロスという合唱による歌にあると考えられる。観衆は古代伝説や神話に通じていたので、プロットすべてが語られる必要はなかった。アイスキュロスもソポクレスもその悲劇はトロイア戦争に基づいている。これは後述の能における修羅物が『平家物語』

を基盤としているのに類似する。観衆は、既知の物語がどのように演出され、作品が展開されるかを楽しんでいたわけで、これも能と通じるところである。既知であるがゆえに、観衆は台詞の意味をすぐに解釈することができる。エウリピデス（前480-406）の悲劇、『トロイアの女』（前415年）のアンドロマケの言葉、「この私の不幸はとても、なまなかに耐えられるものではありません（……）オデュッセウスめの子らにも同じめにあわせてやりたい」という恨みの言葉にある胸中を察することができるのである。この作品ではヘカベとアンドロマケの、容赦ないギリシアの残虐な仕打ちに対する怨念に満ちた台詞で構成されている。この作品上演の前後に、アテナイはメロス島、シケリア遠征で実際に戦闘をしており、ギリシア軍は非人道的な行為を行っている。トロイアの物語は当時のアテナイ人に対する自己批判とも解釈されるわけであるが、トロイア人の絶望の憎悪は台詞の言葉全体に浸透している。コロスが高揚させる悲しみに包まれた悲劇である。湧き上がる哀しみの情念を表現するためにも、女たちの対話は重要である。

　ギリシア劇の特徴は正にその対話の濃密さにあると考えられる。ソポクレス（前496/5-406）の『ピロクテテス』（前409年）を例にとっても、レムノス島に置き去りにされたピロクテテスは、アキレスの遺児ネオプトレモスに宥められながらも頑なにギリシア軍への参軍を断る。ピロクテテスはアガメムノンを呪い、特にオデュッセウスに対する憎悪を剥き出しにする。その対話のやり取りが劇の半分以上を占めることになる。つまりピロクテテス・オデュッセウス・ネオプトレモスの三者による感情のぶつかり合い・言葉による競い合い（アゴーン）が作品の中心である。ピロクテテスの延々と続く恨み辛みは執拗なまでであるが、この対話形式がギリシア劇の本質の1つであり、仮面をつけた俳優たちのぶつかり合いが観衆を緊張感に導くと想像される。

　ソポクレスの悲劇の代表作である『オイディプス王』（前429年？）

あるいは『コロノスのオイディプス王』(前401年)については、その筋を追うまでもないだろう。「血縁の者の不幸は、血縁の者だけが、神をけがすことなく、見聞きすることができる」というクレオンの言葉通り、悲劇の中心はテーバイのライオスをめぐる血族の凶事にある。父殺しである瀆神のオイディプスとその娘たちは不浄の者として凶事の禍の中に放り出される。『オイディプス王』は、アポロンによる血の呪いを受けたライオスの人々の運命劇であり、血族の中での惨劇である。知らずして父を殺し、実母との瀆神の行いを呪い、穢れた血を嘆き悲しむオイディプスの苦しみの言葉と対話が劇の後半を占める。言葉に込められた激情が深い因縁を持った禍による苦しみを物語っている。

アイスキュロス(前525-456)のオレステイア三部作はアガメムノン謀殺をめぐる復讐劇である。姉エレクトラとの悲嘆の果て、オレステイアは生の苦しみの元凶に対して己の正義を貫こうとする。謀(はかりごと)がもたらす流血の苦しみが過酷であればあるほど、復讐も過酷を極める。アガメムノンを謀殺したことでオレステスは母クリュメイストラとアイギストスに復讐するわけだが、とくに母を殺す場面は凄惨であり、その対話は母子だからこそ生じる憎悪の言葉のぶつかり合いとなる。「わたしはいかにも母を殺しはしたが、けっしてそれは正義に悖ってはいないのだ。」オレステスはデルポイの神託を頼りに己の復讐を正当化するが、『慈しみの女神たち』(前458年)では、オレステスは、復讐の女神エリーニュスの狂舞の円陣の中で母殺しの穢れの裁きに合う。オレステスの正道がここでは問われ、彼を弁護するアテナ女神とコロスの間で激しい対話のやり取りが行われる。復讐の徳性の有無が問われ、激しい対話の高揚の後に陰惨な殺戮の穢れが浄化される。正義を問いただす意味でも激しい言葉のやり取りは必要不可欠な要素であった。

『アンティゴネ』(前443/2年?)はあのオイディプス王の後日譚である。ギリシア劇は周知となっている古代伝説の部分を作者が解釈・展開

するわけであるから、この作品がオイディプス王の娘アンティゴネがいきなり妹イスメネに対して父オイディプスから伝えられた禍を嘆く場面から始まることは不思議なことではない。

　この作品を悲劇たらしめているのは、父の息子を葬るという禁制を犯したアンティゴネが処刑されるという無慈悲と、彼女を死に追いやったテーバイ王クレオンの過ちがもたらす残酷な戒めであろう。ギリシア悲劇に共通する、身内の不幸がもたらす陰惨な流血劇は神の掟・自然の摂理と人間界の定めとを対立させた社会的問題劇でもある。死者を葬り供養の閼伽を灌ぐ行為を否定されたアンティゴネは、人間界にも冥界にも住む場所もなく、生きながらの死者となる。神にも人間の社会にも棄てられ「どんな神々の掟を犯したというのか」と嘆くアンティゴネは、道に外れた裁きにより、「道にはずれた者」として処刑される運命に導かれる。舞台でのアンティゴネの登場は劇の半分までであるが、彼女の退場は「人間の社会では何が正道であるのか」という問題を提起している。劇の後半は、誤った裁きを犯したクレオンの苦悩と、その過ちと引き換えに自分の妻子が犠牲となる悲劇が展開される。「思慮のたりない心の過誤だった、頑な、死をもたらした過誤」——クレモンの頑迷で浅薄な思慮の中には不吉が妊んでいた。正道を外れた罪の報いが妻子の死という形でクレモンを容赦なく悲嘆の底に落としこめる。作品は、コロスの次の合唱で終わる——「慮（おもんばか）りを持つというのは、仕合わせの何よりも大切な基、また神々に対しての務めは、けしてなおざりにしてはならないもの。傲りたかぶる、人々の大言壮語は、やがてひどい打撃を、身に受けて、その罪を償い、年老いてから慮りを学ぶのが習いだ。」おそらくアンティゴネの悲惨よりも陰鬱なのはクレモンの運命だろう。社会的道義を問われるのはクレモンの誤った思慮である。天上の神々の掟と人間が制定する法には隔たりがあり、そこには人間のもたらす様々な禍、不幸が渦巻く。アンティゴネ、クレモン、テレイシアス（預言者）そし

てコロスが構築する対話の世界は、人間社会の罪と罰を主題とした道徳劇として現存するものである。(2)

　以上のように考えると、ギリシア悲劇とは、様々な激情を伴う筋の中での対話が非常に重要な役割を果たすことが理解できる。仮面劇としてのギリシア劇は、人道・正義という主題が、対話を経て観衆と浄化・共感される。そのような意味で、劇場は娯楽も交えた合理的な理性の社交場として捉えられていたのである。ギリシア劇はギリシアの衰退とともに消滅していくが、演劇としての方法論は、シェイクスピアやラシーヌに受け継がれ、西洋演劇の長い歴史の中で応用されていくことになる。

2．中世日本、能・狂言

　日本における室町期は民衆文化が形成される時代である。朝廷による中央集権制度の確立〜平安期の貴族による執政〜鎌倉期の武士政権と、時代における政治力の変遷は大きなものがあった。南北朝時代から足利氏による幕政が敷かれた期間は、国政は決して安定しなかったが、その一方で民衆が力を持つようになった時代である。土民による土一揆がその力を示している。これは惣村における農民が年貢、段別銭、棟別銭などの税減免を求めて起こしたものであり、規模もその主体もさまざまなものであったが、1428年の正長の土一揆を始めとして大規模なものが勃発するようになった。それ以降近江・京都・奈良などの畿内を中心に一揆の勃発が見られるようになる。これはヨーロッパにおいても同様で、ドイツ農民戦争のように武装した民衆が権力に対して租税の減免措置を求めるものがあった。日本においては、徳政要求を主張し、経済・政治的示威活動によって力を持った農民が守護に激しく自らの存在を主張したのである。これにより守護大名は政治力を問われるようになり、土民との対話政策の中で国づくりをするようになった。もっとも1469年の応仁の乱以降、強大な戦国大名が国の統治に当たるようになってからは、

一揆の性質も変化し、一向一揆・国一揆と姿を変えることとなる。いずれにせよ、公家・貴族や特権的武士階級のみが文化活動の中心にあるのではなく、民衆がその中に参入するようになった時代であることを確認する必要はある。

　民衆文化としての彫刻を考えると、それまでの仏像中心主義から一般の僧侶の頂相(ちんぞう)彫刻が出現する時期である。これは貴族中心による仏教救済の信仰衰退を示す。貴族階級による仏像崇拝主義、仏閣建築の趣向は平安末期、鎌倉時代を経て衰退の傾向にあった。貴族趣味の信仰に取って替わるものは、武士による禅宗嗜好、民衆による法華経帰依、禅宗、浄土宗、浄土真宗などの各宗派による信仰の普及である。中でも室町期は禅宗が文化に隆盛をもたらす要因になった。このような流れは、僧侶仏閣を中心して広められる仏法という仏教の在り方が廃れ、信仰心を持てば個々人の内なる仏性が仏による救済の道を開いてくれるという、民衆中心の信仰主義に移行したことを意味する。凡俗の理解を得られる宗派が好まれ、それが文化・表現の世界にも共通した精神性として広がることとなった。この情勢は、後に一向宗が戦国時代において一揆と結びつき、武装勢力に発達したことともつながることであった。

　頂相は仏教美術の中では技術的美的に素朴なものであった。元々が禅僧の姿をありのままに表現したものであるから、華美なところは一切なく、凡俗への信仰心に訴えるような質素さと人格を湛えたものが特徴である。室町期の審美観は、一方でそのような大衆性にあるわけだが、茶器・歌論、または水墨画、能などに共通する美学は、閑寂なる情緒、余情幽玄を表すことにあった。彫り物美術の幽玄はむしろ能面で顕現したといえる。能において能面は主にシテ・ツレがつけるものであり、ワキや子方、トモなどは、直面（ひためん）であり、面はつけない。能面は、中間表情と形容されながらも、その表情は深遠である。面は舞台の位置や明暗により多彩な表情を湛える。照らす（顔を上にあげる）、曇らす

（うつむく）ことにより表情が変化する。右手に向かい静かに頭を傾けると哀しみを表す。舞い手の動きで角度を変える面は幾重にも変化するのである。能が仮面芸術と称されるのもこの面の中間表情がもたらす豊かさに由来するものである。これは狂言面も同様である。日本においては、能・狂言という仮面楽劇が世界に類を見ない形で発達し、中世の形態をそのまま残しながら現在に伝えられるという堅固な伝統性を有する。これには室町期の民衆文化の勃興期という背景が大きいものと考えられる。

　南北朝から室町期にかけて庶民の生活様式は大きく変化した。自国による木綿の栽培と生産により、衣料が麻から木綿布に変っていった。食生活も1日三食の習慣が始まった。特に禅宗の僧が精進料理や野菜料理を広め、料理法も醤油や味噌を使った多様なものへと変化するようになった。農業技術の改良発達が、安定した生産基盤の構築を生み出し、生産性を高めた農民の生活向上につながった。そのことが彼らを文化の担い手に変えていったのである。祭事や民衆芸能が寺社を介して惣村の行事として浸透していったのはこの頃である。

　藤原明衡（989-1066）が著した『新猿楽記』では、猿楽・猿楽能とは、集落共同体としての田植え祭りである田楽や散楽などの雑芸能が徐々に姿を変えていったものであることを記している。田楽や田舞とは生産の担い手である農民が豊作を祈り、田植えの労働のための娯楽として発達した。散楽とは雅楽とは異なる俗楽で、物まね・曲芸などを含めた雑芸能を指す。猿楽者による滑稽・ものまね劇や、寺社の咒師（しゅし）の行う歌舞、白拍子舞などの舞いが融合し、猿楽能を形成していったと考えられている。その中でも「乱舞」・「答弁」が猿楽能として分化し、寺社の催しから独立するようになってそれぞれ「能」・「狂言」に発達することとなる。これらを大成させたのは観阿弥（1333-84）と世阿弥（1363-1443）であることはいうまでもない。

〈その他〉

　観阿弥が大衆文化に発展させた猿楽能を、世阿弥が芸術的域にまで高めたことは知られているが、今日までのこされている曲目は数多い。『杜若』『邯鄲』『頼政』『当麻(たえま)』『蝉丸』『弱法師(よろぼし)』『清経』『隅田川』などの曲目を考えると、その情趣の深い世界が伺いしれる。その主題は『平家物語』由来の修羅道の苦患、『古事記』『日本書記』に基づく神事的なもの、仏法思想から親子の情や姉弟の悲哀、自然植物の精の物語などさまざまである。240以上もの現行曲目は、舞台という空間と、地謡、後見、囃子方、装束と能面によって支えられ、長い歴史を刻んできた。この伝統芸能が、長い期間、形態を損なわなかったわけは、各猿楽座流派による視覚的芸術性の存在にあったと推される。応仁の乱以降、能は足利幕府から離れても戦国時代大名の保護を受けた。この頃、大和、近江、丹波などの各猿楽座は大名の保護の有無により繁栄、あるいは衰退していった。江戸期にかけては幕府の式楽としてその位置を保持した。従って徳川体制の時代は安定したものであった。しかし明治維新期には幕府式楽であったことがむしろ禍いし、旧物一掃の勢力により能楽は衰退の危機を迎えることとなる。幕府との関連批判が薄れていくに従い、能はその伝統芸能としての位置を取り戻していくことになった。各流派は明治期から戦後にかけて残り、今日にいたっている。

　室町期より現在にいたる能楽の歴史にはそのような栄枯があった。これには、根源的な民衆芸能としての仮面舞楽の要素を備えながらも、なおかつ高い芸術性を維持してきた諸流派の努力、そして舞に対する一般の理解と支持が存在したと考えられる。困難な伝統的形態の保持には演じる側と観客の側の双方の芸能に対する歴史的な思いが根強く存在していたのである。観阿弥時代の大衆性は消滅したが、仮面劇である能は、その独特な摺り足の技術に見られるような厳格な「型」の存在と舞い、謡(うたい)の力と能面の魅力が融合して今日まで脈々と継続している視覚的芸術と考えられる。

西洋では、ギリシア劇以降、仮面劇というものは発達しなかった。あくまでも「対話」を通じた物語の「筋」の展開に重きが置かれた。能は、謡、舞、面が総合的に融合した上で幽玄の余情の態を醸し出す芸術である。西洋世界にはそのような「態」を表現する文化はなかった。言語活動から主旨を解釈する文化形態と無心無風から意味を汲み取る形態の違いであろう。個々人の恨みの中には言葉を越えた諦めの哀しみがある。「恨みをさへに言い添へて、恨みをさへに言い添えて、くねる涙の手枕を、並べてふたりが逢ふ夜なれど、恨むればひとり寝の、節ぶしなるぞ悲しき。げにや形見こそ、なかなか憂けれこれなくは、忘るることもありなんと、思ふも濡らす袂かな、思ふも濡らす袂かな。」『清経』では戦の虚しさを達観して入水した清経を思う妻の気持ちが克明に現れている。形見の黒髪は残された身の辛さをかえって増すことになる、さらに枕元に霊となって現れる清経の言葉には恨みが重なり哀しみが増すばかりとなる。「恨めしかりける契り」——娑婆の夫婦の契りの哀れを想い苦しみながら清経はようやく成仏する、「げにも心は清経が、仏果を得しこそ有難けれ。」哀しみと諦めが作品を覆う。これは２番目ものの代表の１つである修羅物の夢幻能であり、非情の世に生きた清経の中将面が舞台に映える作品として親しまれている。[3]

　一方で、狂言は前述の「答弁」に相当する猿楽狂言の形態である。シテ、アド、小アドが台詞の掛け合いを行う「狂言＝をかし」話であることはいうまでもない。狂言を構成する要素は諷刺、滑稽、祝言である。その中でも狂言の本質の１つとして考えられる諷刺・滑稽の対象となるものは、ほとんどすべての社会階層である。守護大名、僧侶、山伏、はては体の不自由な者、年寄り、奏者、商人、親子親類、老若男女である。その諷刺・滑稽の内容とは、政治権力、宗教、道徳、地域の慣習、主従関係などである。いずれも無智、無力、傲慢、貪欲、狡猾、不正、欺瞞などを表現するものであり、時として残虐、あるいは哀憐の情を交えて

滑稽とされる。

　山伏の狡猾さを見せつけられる『蝸牛』、法華経と浄土宗の僧の愚かなやり取りをあらわす『宗論』などを考えると、その対話の面白さは明瞭である。『宗論』では、お互いの罵りから和解に向かった法華僧と浄土僧は、「法華も、弥陀も隔てはあらじ、今より後は二人が名を、今より後は二人が名を、妙・阿弥陀仏とぞ申し付ける」という結びで退場する。[4]互いの偏狭な教義に対する執念を笑い飛ばす滑稽の中にも宗教の真義を問う舞台である。諷刺の槍玉に挙げられるものは、上述のように権力者や宗教家、一般人にいたるまですべての者たちである。『朝比奈』では、人を苦しめるはずの地獄の閻魔王が人間界の戦の惨たらしさを伝えられ、逆に嘆くあべこべの世界を造り上げる。人の世の愚を「をかし」を込めたかけあい答弁で表現する。これは滑稽であると同時に惨たらしくもあり、また余情を誘うものでもある。

　狂言は能と同じ舞台で演じられる。また間狂言や、『翁』の三番叟として能の中での役割を果たすものもあり、能と共に発達してきた経緯がある。したがって形態の違いこそあれ、修羅の苦患や怨みを表現する能と「をかし」の中に人情を表す狂言とは、修羅道と滑稽とが表裏一体的な芸能なのである。能面は能の一大特徴であるが、狂言にも狂言面がある。人間面は三番叟、黒色尉などの翁面や、乙（おと）、ふくれなどの女面、祖父（おおじ）や嘯吹（うそぶ）きなどの男面や雑面、神仏や鳥獣面など20種ほどに及ぶ。能ほどに多用されず、また種類も多くはないが、狂言にも仮面はよく使われる。地方に残る田楽能や翁舞、薪猿楽、壬生狂言などの黙劇にも仮面は使われる。日本の神仏行事的な舞台と面はつねに密接な関係を持っていたのである。

　室町期までは庶民の娯楽は神事から独立して成立することは難しかった。当時において農業生産性が高まり、職業分化が進み、庶民の政治・経済力が高まりを見せた。旧態化した荘園制度が整備され、封建的惣村

が形成された。そのような時代の推移の中で、庶民の生活向上とともに神事芸能が発達したと考えられている。能や狂言はそのような神事芸能から発展を遂げ、独自の幽玄の美学を確立していった。したがって惣村の田楽に翁面や乙面が使われることはむしろ普通のことであり、村の祝福には翁舞が神事として行われたわけである。面による表現と庶民との間には、そのようなつながりがあった。

　神事芸能から歌舞を通じて夢幻・幽玄の世界を切り開いた世阿弥は、『花鏡』で舞台の演技について、「離見の見」という考えを説いている。[5]離見の見とは、見所同心の意である。己が見るところから見えるものは我見であり、離見ではない。己を見得するとは、客観的見でなければならない。舞における目前心後の心得は、離見の見という客観性をもって体得されるものであるとされる。己をなくすことは、面をつけた時からすでに消滅している。能において、面をつけるということは、舞う演者の個性をまずなくすことから始まる。しかしさらに幽舞の悲哀を演じるには、己を滅した上で、客観的なもう１つの己をつくりあげていくことが必要であった。離見の見を唱えた世阿弥は、この枯淡寂静の夢幻劇の伝統性を継承させる礎を築いたと考えられる。中世日本における能・狂言は、視覚的芸術として現代に至っている。神事芸能と民衆文化がそれらを培い、芸術にまで高めた日本独特の文化といえる。オイディプス王と娘アンティゴネの関係は『景清』における父・景清――娘・人丸に類似する。激情を言葉で重ね続けるオイディプス親子の対話に比して、『景清』の親子は何とも寂しい限りの言葉なき関係を示す。「かしましかしましさなきだに、故郷の者とて尋ねしを、この仕儀なれば身を恥ぢて、名のらで帰す悲しさ、千行の悲涙袂を朽だし、萬事は皆、夢の中の徒し身なりとうち覚めて、今はこの世に亡き者と、思ひ切ったる乞食を、悪七兵衛景清などと、呼ばばこなたが答ふべきか。」[6]かつての武者景清は盲目の乞食として隠遁の日々を過ごす。訪ねてきた娘・人丸には父と思

わせず追い返す。ギリシア悲劇には復讐や謀殺、血族の情の確認、ゼウス・神々の神託の追及などの目的行為が存在する。罪と罰の意義とその審判への探求が伴っている。人と人、人と神々の言葉のやり取りは、その目的において重要性を持つ。能においては根本的に無常観がその底流にある。此岸の生に対する諦めと達観の姿勢がある。

　幽玄とは中国の仏教・思想由来の言葉であるが、日本においては世阿弥以前に藤原俊成がその歌論において用いたものであることが知られている。余情・幽玄に加えて重要な美的観念に、「妙」を挙げるべきであろうか。これについては、観世流梅若猶彦が詳細に論じている。[7]それによると、妙とは「たえなり」という意であるという。「たえなる」とは形の無いことを指す。形のない無心・無風の態とは、能の奥儀に達した者が身体と心で体得することのできるものである。幽玄が観る側が感じ取る、むしろ消極的なものであるのならば、妙位とは、演じ手が発し、観る側が感じる能動的な深遠な無心の状態であると説明されている。このような「妙」あるいは「安心」という状態は、一般の幽玄美の観念を更に超越する無心無風の共有空間であると考えられる。視覚的な能芸術が演劇とは異なる次元で高い評価をされるのは、世紀を超えた深遠な美学を貫いているからであろう。その意味でも日本の文化史を考える上では極めて重要な様相である。

3. 現代の映像世界

　現代の膨大な数の映像作品から、視覚的芸術性を指摘することは難しい。娯楽としての映画をこの範疇に入れることは無理があるかもしれないが、文化史的に視覚的芸能・芸術を考えると、映像作品を考慮に入れないというわけにもいかない。映画作品は東西を問わず相当の数になるであろう。1895年のシネマトグラフ公開以降、サイレント映画の出現から今日にいたるまで、映画は娯楽として、また記録映画として残され

てきた。観客の動員数を考えると、インドのように相当数の人間が映画を娯楽として楽しむ国もあれば、映画館もなく、人々が映画そのものに触れる機会のない国もむしろ多いといえる。そのように各国での映画事情の多様性に加え、どのような作品が視覚的芸術であるかという定義はない。映画は何よりもまず娯楽であり、映画であるからこそできる技術や可能性がある。しかし娯楽である映画も、スクリーンの中で展開される物語に変わりはない。映画ならではの映像による視覚的芸術性が存在するはずである。ここでは４カ国の任意の作品を引用し、その視覚による芸術的文化的様相を考察していく。

〈戦国時代・日本〉

　黒澤明（1910-98年）監督は1957年に『蜘蛛巣城』を制作している。原作はシェイクスピアの『マクベス』である。のちに同監督は、これもリア王を下地とした『乱』を制作しているが、演劇性は『蜘蛛巣城』の方が色濃いものである。時代は戦国初期、およそ16世紀初頭と推測される。応仁の乱以来の下克上の世に、蜘蛛巣城をめぐる武将たちが激しい権力争いの中で互いの心を読んでいくものである。所領を示す農村風景は前半の数カットにとどまり、城内が舞台の中心である。人物たちが貪欲に狙う「城」は一種の能舞台としての機能を持ち合わせている。城主都築を暗殺するマクベス的役柄の鷲津武時は、山中の物の怪に将来の城主となることを予言されるが、実際に謀殺をそそのかすのは鷲津の妻浅茅である。浅茅の演技は能の舞いをベースにしている。面をかけているわけではないが、能面を思わせる表情とメイク、能的な摺り足の演技などは能の動きを思わせるものだ。この物語の根本にあるマクベス張りの謀(はかりごと)の中心は、鷲津浅茅であり、また山中の物の怪(もののけ)たちである。人間の浅ましさを嘲笑する物の怪は山中で舞う。この部分も能舞を意識したものだ。浅茅の古風な立ち居振る舞いとその表情は、能のそれを映像

の演技で応用させたものである。直面で能面の表情を出しているのである。『蜘蛛巣城』は、映画という現代の舞台手法に能の要素が混じった作品と解釈することができる。城という人間の貪慾の象徴が舞台となり、平家物語的必衰の無情が主題となる。鷲津に謀殺され亡霊として現れる僚友三木の姿は、能でいえば亡霊・瘦男であり、浅茅の表情は、能面でいうと権力への執着を示す生霊の「泥眼」(能で使われる意味の泥眼ではなく)である。「城」は亡霊の怨念が巣喰う能舞台となっていると考えられよう。伝統的表現の形式を活用した作品として捉えることが可能である。

〈17世紀と現代・ドイツ〉

ピエル・P. パゾリーニ (1922-75年) 監督の作品『豚小屋』(1970年) は舞台空間を効果的に利用した作品の1つと考えられる。舞台は2つに分けられ、異なる時代が同時進行の形で進められ、交錯した話が展開される。昔は舞台情景と小道具から推測して17世紀初頭から中期にかけてのヨーロッパの荒野、現代は第二次世界大戦後のドイツの工業企業家の豪邸。人物は両時代にかけての若者が2人である。荒野に飢える若者は、殺人と人肉食に耽り、その罪により処刑される。現代の若者は、事業を継ぐこともなく日々を豚との獣姦に浸り、その結果豚に食い殺される。飢えと自己愛を満たす狂気の中で生きる2人の若者には希望と救済は全くない。生きながらにして死んだ状態である2人の時代的背景にあるものは、ナチスによる大量虐殺と、宗教戦争である30年戦争の惨禍である。時代を経た殺戮の狂気、キリスト教的救済、未来を担うはずの若者の生の意義などが作品の主題である。それまで沈黙していた若者は呟く――「わたしは父を殺し、人肉を喰らった、喜びに震えた。」映像中の彼の唯一の台詞だ。一方、現代の虚無に苛まれる青年は、異常自己愛の正当化のために膨大な台詞を吐く。無駄な言葉の過剰は沈黙に等し

い。彼の陰鬱な形相は言葉の意味の不在を示す。絶望する若者たちを包む舞台の背後に暗示されるものは、西洋の歴史に潜む政治や宗教の狂気の凶暴さである。カメラは2人を通じて、歴史的時間を超越したどうしようもない絶望的舞台空間を創造する。

　パゾリーニは『アポロンの地獄』でオイディプスを描き、本作の後に『王女メディア』を撮影している。彼の作品群に底流するものは、常にキリスト教の教義やギリシア悲劇だ。罪悪感なくして「わたしは父を殺し、人肉を喰らった、喜びに震えた」と語る若者は、オイディプス王のパロディである。パゾリーニは、人間の異常性や倒錯をファシズムと絡めることにより、ヨーロッパの暗部を抉り出そうとする。30年戦争は宗教性と政治が絡んだ歪んだ国際戦争であり、飢えきった神聖ローマ帝国の人々は人肉に手をだした。そのドラマツルギーは、現代的観点で人道と個人の罪、そして歴史的惨劇を、古代の演劇を応用して、描くことにあった。道徳による完結性を拒むために、歪んだ倫理観が浮き彫りにされる。そのために彼の作品は、露骨な倒錯描写により物議を醸すゲテモノ志向のある問題作となってしまった。人間と歴史の暗部を隠喩によりデフォルメした結果であるといえる。

〈16世紀・アメリカ大陸〉

　西ドイツのヴェルナー・ヘルツォーク（1942-　）監督は『アギーレ・怒れる神』（1972年）で特異な映像空間を作りあげた。舞台は16世紀末、ゴンサーロ・ピサロの時代のペルーと今日のブラジルであるアマゾン河。エル・ドラドを求めるスペインの一隊がアマゾン河を下る話である。アンデスの高峰を越えたスペイン軍は広大なアマゾン河源流の地に出会い、分遣隊が調査探索のためにその河を下ることとなる。しかし征服者の側の西洋人たちは、過酷な熱帯雨林と広大な河川、インディオの襲撃により、次々と命を落としていく。分遣隊の副官である騎士のドン・

ロペ・デ・アギーレ（実在の人物）は、本国スペイン王国への反逆を宣言、自らを征服者としてエル・ドラドを求めることとなる。この物語は、実際に後世に残された生き残りの宣教師、ガスパール・デ・カルバハルの航海日誌を基に作られたものである。舞台はアマゾン河と分遣隊を載せた大きな筏である。この筏とはまさに物語の演じられる舞台の役割を果たしている。新大陸の中南米各国史は、スペイン人とポルトガル人の征服から始まった。それまでの先住民による文明はほとんど消滅してしまったのである。これは北米大陸でも事情は同様であり、新世界はヨーロッパ人の文化圏にとって代えられたことになる。

西洋人がもたらしたインフルエンザ・ウイルスはインディオを滅ぼしたが、ここでは皮肉にも飢餓地獄と感染症、毒吹き矢が西洋人の命を音もなく簡単に奪っていく。ただ独りアギーレだけは征服の夢を決して放棄しない。彼はコルテスからメキシコまでも奪うと宣言する。その目的は、歴史上の征服者として名を残すことであった。彼は西洋のコンキスタドール・暴力的グローバリズムの象徴である。バルトロメ・デ・ラス＝カサス（1474-1566）によるスペイン人による暴虐の報告書が指摘するような殺戮と侵略の象徴としての怒り神がアギーレである。巨大なアマゾン河と広大な樹海の静けさと、狭量な人間を乗せた小さな筏とは極めて対照的な関係にある。西洋の征服とは何であったかを問い、征服者である人間存在の脆弱さを嘲笑う大自然の情景が鮮烈に印象に残る作品である。

〈未来世界〉

アンドレイ・タルコフスキー（1932-86）監督の作品『ストーカー』（1979年）は、近未来世界を描いたSF作品である。登場人物は、ストーカー（道案内人の意味で、今日のストーカーの意味ではない）、作家、科学者の3人。ストーカーの役割は、願い事をかなえてくれる不思議な

部屋"ゾーン"へ依頼者を連れていくことである。作家は名声を取り戻すための創造力を求め、科学者はゾーンが悪に利用されないよう爆破することを求める。当のストーカーは、願いをかなえる案内役の偽善者として非難される。

　ゾーンとは、未来の神またはメシアとして捉えられ、タルコフスキー自身が述べているように、作品は救済なき現代の寓話として解釈されることが多い。映像全体を覆うものは廃墟、公害、瓦礫である。人為的な構造物は全て破壊されており、現代社会の生み出した広いゴミの中に人間が放浪するだけである。広い映像舞台の空間に生きる人物には救済される見込みは全くない。一方で人の手に汚されていない緑や水は自然の清らかさを湛える。つまり人間の手が触れられたものはすべて不浄である。人間の願いも不毛であり、人間の中でも唯一未来の可能性を託されているのはストーカーの小さな娘である。彼女だけが生きる人間の罪をまだ背負っていない者であり、映画の終焉直前でその神秘を顕現させる。タルコフスキーは、『アンドレイ・ルブリョフ』以来、芸術と芸術家、民衆と文化の関係を主題の１つとしていた。３人の男達はそれぞれの目的を抱えながら救済の部屋に向かい、自分たちの行為がすべて無駄なものであったことを思い知らされることになる。人間が人間と社会を良心に基づいて信じることができるかが作品の主題である。これは『ルブリョフ』との共通項である。「ゾーン」を前に挫折することでその倫理観は崩壊する。

　これらの作品には近代ヨーロッパに存在した物語の完結性は見られない。キリスト教的救済の世界観が批判され、人間の挫折の様相だけが演じられる。このようなプロットは、20世紀モダニスム以降の世界観の典型の１つでしかないのだが、映像の中では新鮮な方法である。映画は、館内で平面な舞台を共感する磁場である。上述の西洋の３作品は、一様に寡黙であり、台詞が少ない。対話・議論（アゴーン）を可能な限り削

除している点で、すでにギリシア劇、西洋のドラマツルギーの主流にはないものである。言語による表現よりも、視覚的表現として顕著なものはクローズ・アップされる人物の表情や動きだ。征服の誇大妄想狂アギーレの形相、父殺しで人喰いの若者の冷淡な無表情、救済を信じるストーカーの苦渋に満ちた表情が言葉の代わりとなる。演劇では細かな部分までコロスによる合唱や台詞で補わねばならないが、映画では画面一杯に映し出される表情こそが、能狂言とは異なる意味で、視覚的に最も効果的な表現の形態を持つことになる。映画には言葉に依存しない世界を構築することが可能である。引用のヨーロッパの作品は、いずれも目的の行為が崩壊し、演じる物語が完結しない。対話からは何も結実しない世界を映画は現代的観点から描いている。世界大戦以降、宗教的な徳の精神や、倫理的価値観が一層崩壊し、筋通りの演劇的完結性は陳腐なものとなった。国家の復興も、新世界の征服も、個人の救済も無意味なものへ消尽する。

まとめ

西洋の世界の描き方は、歴史的時間軸を根底に、人間や社会の行方とその目的の追求にある。因果関係を明確にした上でプロット展開がなされる。そのために政治・宗教上の問題も絡んだ歴史的演劇の様相を湛えていることが多い。第二次大戦のナチズムのもたらした陰鬱、宗教を根幹とする殺戮、西洋による征服。これはヨーロッパ大陸に存在する国々が、近代以降の各国史を構築し、常に地域が歴史と密接に繋がっていることを示す。歴史と社会の中での個人の実存、個我の生とは時に背反し、時に融合する。個人性と社会性が交錯して描かれるのはその故である。アリストテレスの「筋」の概念はその意味で踏襲されている。ある意味で信仰心を喪失した現代社会において、舞台による「浄化」としての機能は失われてきた。苦難の運命を嘲笑するパロディ、救済なき世界、不

毛に帰する人間の罪と罰の在り方など、現代の作品はあらゆる方向の挫折に満ちており、内的共感よりも不安が拡大するように描かれる。

　一方で、島国である日本は、外国との接触が少なく、言葉による表現に依存せずとも人物の心の流れの世界を表現することが可能であった。世界との関わりを意識せずに、謡と面と舞が劇的な精神の内奥を視覚的に表現する文化が存在した。伝統的芸能は映画のようには一般的にならないという指摘も存在しようが、文化としての伝統芸術を認識することは重要なことである。[8]西洋は対話を中心に、主題を明晰にしたうえでその内容を観る者に思考させる方法論をとったと解釈されよう。日本は様式美と型に中心が置かれたために、対話を通じた反省的思考はそれほどともなわず、物語形態の発達にも可能性は少なかったと考えることもできようか。

　能の『石橋（しゃっきょう）』では、文殊菩薩の浄土の使いである霊獣獅子が舞い踊る。この獅子は現在の神事祭事で街に繰り出される山車の獅子舞いと通じるものであり、千秋萬歳を祝うものである。迫力ある獅子面とその力強い舞いは、五番ある能曲の中でもひときわ獅子の狂舞に中心が置かれた曲目である。それは根源的に民衆文化芸能である能において、能の本質である舞いの優雅さ、面白さ、お祝いとしての主題の明るさを備えているからである。言語を超越した彼岸の世界の舞いは、民衆に根ざした祭事文化である視覚的芸術として今日に存在すると考える。

　西洋と日本とでは、舞台上の表現に対する考えは大きく異なると言える。もちろんこれは演劇に限ることではない。歴史や風土の違いが言語や生活様式に反映され、それが生活文化または芸能等に現れるのは至極当然のことである。「序」で述べたように、文化的多様性は常に比較対照できるというものではなく、それぞれを個々に認識し、その価値を評価していけばよいのである。多弁な表現による劇的効果、生きた人間の顔以上に表情豊かな能面、映像のもたらすダイナミズムなど、それぞれ

の視覚的芸術性を評価していくことが大切なことなのである。

註

（1）『アリストテレス全集』第17巻（「詩学　アテナイ人の国制　断片集」）宮内璋、松本厚訳（岩波書店、1972年）を参考にした。木下順二『劇的とは』（岩波書店、1995年）など、演劇を語る上ではアリストテレスへの言及のないものはない。しかし芝居鑑賞の本質は、観衆の物語への共感にほかならないことは明らかなことではある。
（2）ギリシア劇についてはすべて次より引用した。
『ギリシア・ローマ劇集』（筑摩書房、1980年）〔『アイスキュロス』（呉　茂一訳）、ソポクレス『アンティゴネ』（呉　茂一訳）、『オイディプス王』（高津春繁訳）、エウリピデス『トロイアの女』（松平千秋訳）〕
（3）「清経」『謡曲集』（上）（岩波書店、1976年）、253-56頁。
（4）横道万里雄、古川　久注解『能狂言名作集』（筑摩書房、1962年）、290頁。
（5）「離見の見」については梅若猶彦『能楽への招待』（岩波書店、2003年）戸井田道三『観阿弥と世阿弥』（岩波書店、1973年）堂本正樹『演劇人世阿弥』（日本放送出版協会、1990年）などを参考にした。
（6）「景清」『謡曲集』（下）（岩波書店、1976年）、420頁。
（7）梅若猶彦『能楽への招待』（岩波書店、2003年）、138-78頁。
（8）家永三郎『日本文化史　新版』（岩波書店、1982年）を参考。能・狂言の形態発達の可能性については各所で論じられている。伝統的古典芸能の存続は、日本のみならず、多くの国々のあらゆる地域が抱える問題でもある。

日本語接尾辞「-っぽい」と英語接尾辞「-ish」の類似と相違について

梅 原 敏 弘

　英語の childish は日本語の「子供っぽい」に相当する。また amateurish は「素人っぽい」、waterish は「水っぽい」という日本語の慣用表現に一致する。このような例を見れば、英語の接尾辞 -ish と日本語の接尾辞「っぽい」との間に何らかの相関関係が成り立つとものと考えても不思議ではないであろう。だが一方で、両者が一致しない場合も少なからずある。例えば bookish を *「本っぽい」と言ったり、buckish（〈牡鹿のように〉性急な）を *「鹿っぽい」と言ったりすることは出来ない。また「素人っぽい」には amateurish という対応表現があるのに対し「玄人っぽい」には対応する -ish 表現がない。また動詞に「っぽい」がついた「忘れっぽい」にも対応する -ish 表現はない。こうした点を考え合わせると、その相関関係は限定的なものであるということは容易に想像できる。これは、両言語の語族の違いを考慮に入れれば当然のことであろう。しかし限定的であるにせよ、英語の接尾辞 -ish と日本語の接尾辞「っぽい」との間には、ある程度の相関関係があることも確かである。そこで本稿では、両者の間にどの程度の相関関係があるのか、また相関関係が成り立つためにはどのような条件が必要とされるのかを、両接尾辞間の類似点と相違点及びおのおのの接尾辞としての特質にふれながら、探っていくことにする。

まず、両接尾辞が、辞書にどのように記載されているかを見てみよう。三省堂の『スーパー大辞林』と岩波の『広辞苑』の「-っぽい」の記述は以下の通りである。

『スーパー大辞林』の「-っぽい」の記述
　ぽ・い（接尾）
〔形容詞型活用〕
名詞，動詞の連用形などに付いて，そのような状態を帯びている意を表す。多く上の語との間に促音が入って，「っぽい」の形で用いる。…の傾向が強い。いかにも…という感じがする。「あきっ—・い」「赤っ—・い」「やすっ—・い」「ほこりっ—・い」「子供っ—・い」

『広辞苑』の「-っぽい」の記述
　ぽ・い
【接尾】体言、動詞の連用形に付いて形容詞を作る。…の傾きがある。…しやすい。「男っ—・い」「忘れっ—・い」など、上の語が促音化する。

Random House Unabridged Dictionary（*RHUD*）の「-ish」の記述は下記の通りである。

1. a suffix used to form adjectives from nouns, with the sense of "belonging to" (British; Danish; English; Spanish); "after the manner of," "having the characteristics of," "like" (babyish; girlish; mulish); "addicted to," "inclined or tending to" (bookish; freakish); "near or about" (fiftyish; sevenish).
2. a suffix used to form adjectives from other adjectives, with the sense of "somewhat," "rather" (oldish; reddish; sweetish).

[ME; OE –isc; c. G –isch, Goth –isks, Gk –iskos; akin to –ES]

 RHUD の翻訳版である小学館『ランダムハウス英語辞典　CD-ROM版』の「-ish」の記述は、ほぼ *RHUD* と同じである。

-ish　suf.
【1】名詞につけて形容詞をつくる．
  (1) 特に国名や地域名につけて …に属する:
    Brit*ish*, Dan*ish*, Engl*ish*, Span*ish*.
  (2) …流［風］の, …の性質を持つ, …のような:
    baby*ish*, girl*ish*, mul*ish*.
  (3) …に夢中の, …の傾向がある:
    book*ish*, freak*ish*.
  (4) 年齢・時刻などを表す数詞について およそ…くらい:
    fifty*ish*, seven*ish*:
    I'll be there eight*ish*. 私は8時ころそこにいます．
【2】形容詞につけて …っぽい (somewhat),
    …がかった (rather)：old*ish*, redd*ish*, sweet*ish*.

 これらの辞書の定義によると、-ish には、British や Spanish のような国名または地名形容詞を作る機能があり、また年齢・時刻を表す数詞につけて「およそ…くらい」という意味を表す働きがあるが、「-っぽい」にはそうした用法はない。両者に共通なのは、「-っぽい」の「…の傾向が強い。いかにも…という感じがする。」「…の傾きがある。…しやすい。」と、-ish の「(2)…流［風］の, …の性質を持つ, …のような: baby*ish*, girl*ish*, mul*ish*. (3)…に夢中の, …の傾向がある: book*ish*, freak*ish*.」と「【2】形容詞につけて …っぽい (somewhat), …がかった (rather)

:old*ish*, red*dish*, sweet*ish*」の部分であろう。

　この部分の意味は、一つには、「基体の性質を帯びている、またはプロトタイプとしての基体に近い」というように考えられる。[1]例えば、「子供っぽい」、childish であれば、「子供のような性質を持った」、「子供に近い」という意味になる。また更には、基体が行為を暗示する時には「基体が表す行為をする傾向にある」というようにも解釈できよう。同じく「子供っぽい」を例にとれば、「子供がするような行為をしがちな」という意味にもなりうる。「-っぽい」と-ish にはこのような意味的に共通の要素があるからこそ相関関係が成り立ちうるのだが、前述したように相関関係が成り立たない事例も多い。そこで実例を通して両者の類似と差異について更に検討してみることにしよう。

　「-っぽい」の場合、-ish に比べて、辞書に見出し語として登録されている数は極端に少ない。-ish が 500 を超えるのに対し、[2]『スーパー大辞林』に登録されているのは下記の 31 語に過ぎない。この点については、後で問題にすることにして、まずは見出し語として登録された「-っぽい」がどのような基体と結びつくのかを基体の品詞を基準に分類し、この点に関して -ish との類似と相違を探ってみよう。

「-っぽい」の基体が名詞：
　　婀娜っぽい、哀れっぽい、色っぽい、大人っぽい、気障っぽい、愚痴っぽい、子供っぽい、湿気っぽい、俗っぽい、艶っぽい、熱っぽい、埃っぽい、骨っぽい、水っぽい、理屈っぽい

「-っぽい」の基体が動詞：
　　飽きっぽい、怒りっぽい、湿っぽい、惚れっぽい、咽っぽい、忘れっぽい

「-っぽい」の基体が形容詞：
　　青っぽい、荒っぽい、粗っぽい、辛っぽい、黒っぽい、白っぽい、

茶っぽい、苦っぽい、安っぽい

-ish に関しては「接尾辞 –ish の機能と生産性について」[3] で分析してあるので、その結果をここに引用し、「-っぽい」の場合と比較・対照してみる。

「-ish」の基体の品詞	名詞	形容詞	副詞	動詞	接続詞	不明	合計
語　　数	323	122	3	3	1	9	461
比　率（%）	70	26.4	0.7	0.7	0.2	2.0	100

「-っぽい」の基体の品詞	名詞	形容詞	副詞	動詞	接続詞	不明	合計
語　　数	15	12	0	6	0	0	33
比　率（%）	45.5	36.3	0	18.2	0	0	100

「-っぽい」の辞書への見出し語化には若干の問題がある。一つは、-ish の場合は基体と結びつくと一つの語として認知され、語彙化されやすいのに対し、「-っぽい」の場合は、慣用化して語として認知されるものと、形態的緊密性に乏しく極端に言えばその場限りの基体との結びつきと考えられるものの二つに分かれ、後者の例も数多く考えられるからである。「色っぽい」、「子供っぽい」などは前者の例で、慣用化して辞書に見出し語として登録されている。ところが「あの人はホームレスっぽい」、「先生っぽい」、「今のボール、アウトっぽかったね」も可能な表現である。しかし、これらは辞書の見出し語扱いを受けるほど語彙化しているわけではない。したがって辞書に登録されている「-っぽい」語は可能な「-っぽい」語のごく一部であり、その場限りの結合からある程度慣用的なものまで、辞書に登録されていない「-っぽい」語がその他数多く存在することは疑いを入れない。それゆえ、上記の「-っぽい」の表は不完全なものであり、「-っぽい」の生産性に関してはこの表だけをもとに論ずることは出来ない。ただし、この表か

ら推察できることは、両接尾辞間に、結びつく基体の品詞にズレがあるということである。-ish の場合、動詞と結びつく例は、全体の 0.7 %で、極端に言えば動詞との結合はほとんどないといってよい。これに対し、「-っぽい」の場合、33 例中 6 例と、動詞との結びつきが全体の 20 %近くを占めている。「-っぽい」が動詞と結びつく例として、先に「飽きっぽい」、「怒りっぽい」、「湿っぽい」、「惚れっぽい」、「咽っぽい」、「忘れっぽい」をあげておいたが、これらに対応する動詞起源の -ish 表現は存在しない。「忘れっぽい」は forgetful であって*forgettish という単語は存在しない。結びつく基体の品詞の違いが対応する表現の有無に関係していると言ってよいであろう。意味的にも、「-っぽい」が動詞と結びつく場合は、殆ど「…しがちである、…する傾向にある」の意味となり、「…の性質を帯びている、…に近い」の意味ではない。この点に関しては、形態的にも意味的にも、両接尾辞の違いが明確に現れる。

このように、基体との結びつきに関しては、「-っぽい」と -ish では動詞と結びつくかどうかが大きな相違点となるが、両者とも名詞と形容詞に結びつくことが多いという点は共通している。特に、色彩形容詞に関しては相関関係が高いと言えよう。冒頭に紹介したように、名詞の場合、childish が「子供っぽい」、amateurish が「素人っぽい」のように一致するものもあるが、bookish ≠* 「本っぽい」、selfish ≠* 「利己っぽい」、「埃っぽい」≠* dustish、「大人っぽい」≠* adultish のように一致しないものが少なからずある。ところが、色彩語は下記の例からも明らかなように、日本語接尾辞「-っぽい」と英語接尾辞「-ish」との間にはほぼ完全な相関関係が成り立つ。

　　青っぽい　　　greenish, bluish
　　赤っぽい　　　reddish
　　白っぽい　　　whitish

黒っぽい	blackish
黄色っぽい	yellowish
茶色っぽい	brownish
灰色っぽい	grayish

　ただし、日本語の「-っぽい」色彩語には含蓄的意味（青っぽい＝「未熟な」、黒っぽい＝「玄人らしい」）が含まれるが、「-ish」色彩語にはそう言う含蓄的意味は含まれず、「-ish」は元の色彩語の意味を和らげる緩衝語的な役割を果たしているに過ぎない。「青っぽい」を例にとると、「青っぽい」には「未熟な」というマイナス評価の意味があるが、greenish にはそういう意味はない。ただ単に「緑がかった」と言う意味に過ぎない。青っぽい＝「未熟な」の意味は 'a green worker'（未熟な労働者）のように green で表される。英語では、色彩語に関しては、-ish 色彩語に含蓄的意味が含まれることはなく、色彩語そのものに含蓄的意味が含まれるのである。
　このような色彩形容詞だけではなく、他の形容詞起源の「-っぽい」語も、-ish 表現と比較的対応しやすい。例えば、「粗っぽい」は roughish、「苦っぽい」は bitterish、「安っぽい」は cheapish といった具合である。しかしながら、この点に関して注意しなければならないのは、-ish の基体が形容詞の場合、-ish には "somewhat"（やや、幾分）という意味を基体に付け加え、基体の属性を幾分弱める機能しかなく、基体の属性を強調したりする機能はないことである。形容詞が基体の場合、純粋に緩衝語的機能しかない -ish 接尾辞に対し、「-っぽい」には緩衝語的接尾辞の機能の他、基体の形容詞の属性を強めたり、比喩的に拡張したりする機能がある。例えば、『大辞林』の「安っぽい」の語義の説明は、以下のようになっている。

やすっ-ぽ・い［４］【安っぽい】（形）
(1) いかにも安物に見える。上等でない。「—・い品物」
(2) 品格がない。品がない。「そんな—・い考えはもっていない」
［派生］——さ（名）

　(1)の語義の説明からは、「やや安い」という緩衝語的意味よりも、「いかにも安い」という幾分強められた意味が感じられる。(2)の場合は、「品を欠いた」という比喩的に拡張された意味に転化している。このように考えると、一見「安っぽい」＝ cheapish という等式は形式的には成り立つように見えても、その意味内容と使用頻度からすると、実質的な等式関係にあるとは言い難くなる。OED によれば cheapish の意味は 'somewhat cheap' であり、比喩的な意味もないし、cheapish と言う単語自体、アメリカ系の辞書の *Webster* や *Random House Unabridged Dictionary* には見出し語として登録すらされていない。使用頻度からすると「安っぽい」と cheapish との間には大きな差があると推測しても間違いではなかろう。わが国の代表的な和英辞典には、以下のように、「安っぽい」に相当する語として cheapish を他の訳語と共に記載してあるものもあるが、そうでないものもある。このことも、cheapish の使用頻度が高くはなく、「安っぽい」の意味を英語で表すときには、他の語のほうが多く使われる確率が高いことを暗に示していると言えよう。

『研究社　新和英大辞典』
やすっぽい　安っぽい
a．《S》cheap (-looking); cheapish; mean; insignificant;
　［安ぴかの］tawdry; gaudy; flashy; gimcrack (y); gingerbread.
　　安っぽい品 trumpery; finery.
　　皆安っぽい品物だ. These goods are not up to much.

『NEW 斎藤和英大辞典』
やすっぽい〔安っぽい〕

〈形〉cheap ; trashy ; tawdry ; worthless ; insignificant
- 安っぽい男だ　He is a cheap-looking man—an insignificant-looking man.
- 人を安っぽく見るものでない　You should not hold men cheap.
- 安っぽい品ばかりだ　There are nothing but trashy articles.
- 安っぽい装飾はかえって無い方が好い　Tawdry ornaments are better done without.
- 安っぽい人間だ　He is a worthless man—an insignificant man.

　「粗っぽい」と roughish、「苦っぽい」と bitterish 等、他の形容詞起源の「-っぽい」語も事情は同じで、形式的には対応しても実質的な対応関係にあるとは言い難い。
　次に基体が名詞の場合はどうであろうか。結びつく基体としては名詞が一番多いのは両接尾辞に共通している。-ish の場合は全体の70％（461例中323例）が名詞を基体にしている。「-っぽい」の場合は、『スーパー大辞林』で見出し語化しているもののうち、動詞は6、形容詞は12、名詞は15となっており、圧倒的多数とは言えないまでも、名詞を基体にしたものが最も多い。「-っぽい」は、前述したように見出し語化していないものも多い。いくつか例をあげてみる。

　　いたずらっぽい、少年っぽい、素人っぽい、女っぽい、男っぽい、夏っぽい、粉っぽい、先生っぽい、不良っぽい、甘っぽい、銀行員っぽい、商売人っぽい、運動選手っぽい

　このうち、「甘っぽい」（基体は［甘い］）以外は、全て名詞を基体に

しているものばかりである。従って、「-っぽい」の場合も、基体は名詞が中心と考えて良いだろう。

　-ish の場合は、基体が形容詞であるか名詞であるかによって、その機能が異なってくる。Quirk 編の *A Comprehensive Grammar of the English Language* では、-ish の定義は、名詞起源の場合は "somewhat like"、形容詞起源の場合は "somewhat" と記されている。[4]この定義では、-ish の機能は基体が名詞の場合と形容詞の場合と殆ど変わりが無いような印象を与える。これでは両者の表面的な意味の共通性のみしか伝わらず、機能的な違いが明らかにならない。単に緩衝語的な機能をはたすに過ぎない形容詞起源の -ish と違い、名詞起源の -ish の場合は、名詞の持つマイナスの属性と結びつき、比喩的な派生語を形成する。例えば、schoolteacher（学校教師）に -ish をつけて schoolteacherish とすると、主観的価値判断を含んだ「（教師のように）こうるさい」と言う意味に転化してしまう。girl のように girlish となると「少女のような」という主観的価値判断を含まない中立的な意味になる場合もあるが、大半の名詞起源の -ish 派生語は主観的価値判断を含んだ、しかもマイナス評価の価値判断を含んだものになる。拙論「接尾辞 -ish の機能と生産性について」での調査結果によると、名詞起源の -ish 派生語 323 のうち、282 が主観的価値判断を伴う語であり、そのうちマイナス評価の対象となるものは 270 を数える。[5]名詞起源の -ish 派生語全体のうち、じつに 85％ が何らかの形でその中にマイナス評価の属性を持った語ということになる。マイナス評価の対象になるのは、「愚かさ」、「愚鈍」の類、「野暮、無骨さ」、「下品、野卑、粗野、無教養」、「四角四面」、「虚偽、みせかけ、インチキ」、「見栄、気取り」、「高慢、自慢」、「尊大さ」、「身勝手、利己主義」、「幼稚さ」、「未熟さ」、「へつらい、追従」、「奇人、変人、風変わり」、「頑固さ」、「荒々しさ、乱暴」、「悪」、「醜くさ」、等の様々な好ましからぬ人間の属性である。こうした

属性が、多種多様な名詞に –ish が付け加えられることによって、比喩的に表現される。

このように名詞起源の –ish 派生語は、意味的に一定の方向性を持っていることは明らかであるが、「っぽい」の場合はどうであろうか。まず、基体の品詞の種類は問わず、先に上げた見出し語化されている「-っぽい」表現と後から付け加えた「-っぽい」表現に限って、主観的価値判断という観点から分類してみる。

見出し語化されている「-っぽい」表現
　基体が名詞：
　　［マイナス評価］　哀れっぽい、気障っぽい、愚痴っぽい、子供っぽい、湿気っぽい、俗っぽい、熱っぽい、埃っぽい、骨っぽい、水っぽい、理屈っぽい
　　［プラス評価］　　婀娜っぽい、色っぽい、艶っぽい、骨っぽい、熱っぽい
　　［中立評価］　　　大人っぽい、
　基体が動詞：
　　［マイナス評価］　飽きっぽい、怒りっぽい、湿っぽい、咽っぽい、忘れっぽい
　　［プラス評価］
　　［中立評価］　　　惚れっぽい、湿っぽい
　基体が形容詞：
　　［マイナス評価］　青っぽい、荒っぽい、粗っぽい、辛っぽい、安っぽい、苦っぽい、
　　［プラス評価］　　黒っぽい
　　［中立評価］　　　青っぽい、黒っぽい、白っぽい、茶っぽい、

見出し語化されていない「-っぽい」表現
　　　［マイナス評価］　いたずらっぽい、少年っぽい、素人っぽい、女っぽい、男っぽい、粉っぽい、不良っぽい、
　　　［プラス評価］　玄人っぽい、
　　　［中立評価］　夏っぽい、先生っぽい、銀行員っぽい、商売人っぽい、外国人っぽい

　基体が形容詞のときには主観的価値判断は中立、名詞のときにはその大半がマイナス評価というように、-ish 派生語の場合、品詞によって主観的価値判断の方向性がかなりはっきり区別されているのに対し、「-っぽい」派生語は、品詞による主観的価値判断の区別はない。たしかに、-ish 派生語と同じく、マイナス評価の「-っぽい」派生語の数はプラス評価、中立評価に比べれば多いが、-ish 派生語とは違い、「-っぽい」派生語は名詞だけではなく、形容詞、動詞が基体であってもマイナス評価の対象となる。
　また、「-っぽい」派生語には、「夏っぽい」のように中立評価に分類される語が少なからずある。加えて、「熱っぽい（やや熱がある／一生懸命な）」「湿っぽい（やや湿った／陰気な）」「青っぽい（やや青い／未熟な）」のようにマイナス評価と中立評価もしくはプラス評価の両方にまたがるものもある。これは、-ish が、名詞と結びつくときにもっぱら基体の名詞が持つマイナス評価の対象となる属性を引き出し、それを比喩的に表現することをその主たる機能としているのに対し、「-っぽい」は、プラス、マイナス、中立の区別なしに、どんな属性のものとも結びつくということを意味している。英語の場合は、どちらかと言うと、基体が名詞の場合には、マイナス評価のものは -ish（childish）で、プラス評価もしくは中立評価のものは -like（childlike）, -ly（manly）で表現され、接尾辞による主観的価値判断の役割がはっきり分かれている。

それに対し、「-っぽい」は、それ自体、プラス・マイナスの主観的価値判断の役割を担っているわけではなく、結びつく基体の属性如何によってプラスの表現になったり、マイナスの表現になったりするのである。-ish は主としてマイナスの属性としか結びつかないので、「-っぽい」がプラスもしくは中立の属性と結びつくときには、それに対応する -ish 表現はないということになる。プラス評価の「玄人っぽい」、「熱っぽい」、「骨っぽい」等の-ish 対応表現がないのはこうした事情によるものと考えられる。(6)

　最後に、「-っぽい」派生語と -ish 派生語の違いを、接尾辞が結びつく基体の直接的意味、周辺的意味及びその比喩性という観点からみてみたい。冒頭に述べたように英語の childish は日本語の「子供っぽい」に、また amateurish は「素人っぽい」に、waterish は「水っぽい」という日本語に相当する。これらは、比較的基体の属性がプロトタイプに近く、直接的である。子供=child は「幼稚」、素人=amateur は「未熟」、水=water は「水っぽい」というマイナスの属性はプロトタイプ的で日英双方に共通である。「-っぽい」派生語と -ish 派生語はこのような場合には一致しやすい。ところが bookish の場合はどうであろうか？「本っぽい」とは言えない。「本」の持つ属性「教養」、「知識」、「学問」、「読書」等に比べれば「本を読んでばかりいる堅物の」とか「堅苦しい」という属性はプロトタイプ的というよりかなり周辺的・間接的意味と考えられる。こういう場合には一致しにくい。-ish には基体の中に隠れているマイナスの属性を引きずり出し、語彙化してしまうという特性があり、プロトタイプからかなり離れたもの、日本人の感覚からは想像できないようなものまでも -ish 表現の対象にしてしまう。例えば、peacockish (〈孔雀のように〉見栄を張る) や scarecrowish (〈案山子のように〉やせこけた)、blockish (〈塊のように〉鈍い、愚鈍な) 等はその良い例である。ところが、「-っぽい」場合は、主観的価値

判断の如何を問わず、基体のプロトタイプ的意味、もしくはプロトタイプに近い周辺的意味ともっぱら結合する。「素人っぽい」の「素人」は未熟さを、「理屈っぽい」は理屈の多さを、「怒りっぽい」は「怒り」をほぼ直接表現する。「女っぽい」でも「女の持つ特性をもっている、女のような」という意味で直接的な表現である。「-っぽい」の場合はプロトタイプからかけ離れた周辺的意味と結びつくことはない。従って、そういう場合には「-っぽい」と「-ish」は一致しない可能性が高くなる。

　直接性、間接性と密接に関連する比喩性という観点からも両接尾辞の性格の違いを説明できよう。-ish 派生語は「-っぽい」派生語に比べその比喩的度合いは高い。peacock（孔雀）で「見栄を張る」、block（塊）で「愚鈍さ」を表現したり、はなはだ暗喩的である。[7]それに対し、「-っぽい」派生語は、「子供っぽい」、「安っぽい」、「飽きっぽい」のようにその比喩的度合いは低く、直喩的である。「夏っぽい」のように比喩の度合いが比較的低い時は summerish のように両接尾辞が一致することもあるが、liverish「肝臓病の、気難しい」のように比喩性が高くなると「肝臓っぽい」のような表現は不可能となる。

　以上、「-っぽい」と「-ish」の類似と相違について検討してきたが、その結果をまとめてみよう。両接尾辞に相関関係が認められるのは、共通の意味素性として「基体の性質を帯びている、またはプロトタイプとしての基体に近い」もしくは「基体が表す行為をする傾向にある」があるからであるが、これだけでは不十分である。両者の相関関係が成立するためには、さらにこの共通の意味素性以外の要素も満たされる必要がある。それらは各々の接尾辞としての特性に関係してくる。第一の要素は結びつく基体の品詞である。「-っぽい」は動詞を基体にすることができるが、「-ish」はできない。従って、結びつく基体の品詞は動詞以外の名詞もしくは形容詞でなければならない。第二の要素は「主観的価値判断」である。「-ish」が名詞と結びつくときは、名詞のもつ「derogatory

(軽蔑的)な意味成分」ともっぱら結びつき、マイナスの主観的価値判断を含んだ表現となるのが大半であるのに対し、「-っぽい」は、基体の名詞の意味成分がプラスであろうとマイナスであろうともしくは中立であろうと、種類を問わず結びつく。従って、「-っぽい」がマイナスの意味成分と結びつくときにのみ、両接尾辞の表現が一致することになる。「素人っぽい」には amateurish という –ish 対応表現があるのに「玄人っぽい」に –ish 対応表現がないのも、「玄人っぽい」がプラスの意味成分を持っているからである。基体が形容詞の場合は、「–ish」は中立的な意味しかもたない。それに対し、「-っぽい」は「安っぽい」に代表されるようにマイナスの価値判断を表す場合もある。それ故、「-っぽい」が中立の意味を表す場合にのみ一致する可能性が出てくる。第三の要素は、結びつく基体の意味成分の直接性・間接性もしくは比喩性である。「-っぽい」がもっぱら「子供っぽい」、「夏っぽい」に代表されるように基体の直接的意味成分とのみ結びつくのに対し、「–ish」は childish のように直接的意味成分とだけではなく、peacockish のように「孔雀の示す派手な特性」という間接的な意味成分と結びつくことがよくある。その場合には一致しにくくなる。このように両接尾辞の表現の直接性・比喩性の違いが相関関係に大きく関わってくる。

　「-っぽい」と「–ish」の相関関係が成り立つためには、以上のような共通の意味特性及び基体の品詞、主観的価値判断それに結びつく基体の意味成分の直接性もしくは比喩性が一致しなければならない。これらの諸要素がすべて一致する確率はそう高いとは思えない。また形式的には相関関係が成り立っても、両語の使用頻度の差、及び英語と日本語の語彙化フィルターの違いに基づく意味の差などの故に、実質的な等価関係にあるとは言い難い例もある。[8]補遺に付した両接尾語の簡易対応表を見ても明らかなように、実質的に等価関係にある組み合わせがそれ程多くないのも、上で述べた諸要素が一致する確率があまり高くないことを

示しているといえよう。

註

単語前のアステリスク（＊）は、その語が「ありえない語」であることを示す。
（1）影山太郎『形態論と意味』（くろしお出版、1999 年）、p .29 参照。
（2）梅原敏弘「接尾辞 -ish の機能と生産性について」『英文学』駒澤短期大学英文科第 30 号、2001 年、p.4.
（3）前掲論文、p.5.
（4）Quirk, et al, *Comprehensive Grammar of the English Language*, Longman, p.1553.
（5）前掲論文, p.13.
（6）「熱っぽい」に関しては feverish という –ish 対応表現があるが、feverish にはプラス評価の「熱っぽい」が意味する「情熱的な、一生懸命な」という意味はない。
（7）peacockish と blockish はそれぞれ 'ostentatious like a peacock,' 'dull or stupid like a block' の意味であろうが、パラフレイズした表現が直喩であるのに対し、peacockish と blockish は暗喩である。
（8）例えば、「俳優っぽい」と形式的に対応するのは actorish である。しかし「俳優っぽい」は「俳優のような感じの」という意味であるのに対し、actorish は「芝居がかった、わざとらしい」というマイナスの主観的意味をもった語であり、両語は形式的には対応しても、実質的な対応関係にあるとは言い難い。

使用辞書

OED : *The Oxford English Dictionary* on Compact Disk, Second Edition, Oxford University Press, 1992.
RHUD : *Random House Unabridged Dictionary.* Second Edition, CD-ROM Version, Random House, 1997.
Webster : *Webster's Third New International Dictionary Unabridged*, Merriam-Webster Inc., 1999.

『CD-ROM 版　リーダーズ・プラス』研究社、2000 年
CD-ROM 版『ランダムハウス英語辞典』小学館、1998 年
『スーパー大辞林』三省堂、1996 年
『広辞苑』第 4 版（マルチメディア版）岩波書店、1997 年
『研究社　新和英大辞典』研究社、2001 年

『NEW 斎藤和英大辞典』研究社、2001 年

補遺：
「-っぽい」と-ish の簡易対応表

* 主に『研究社　新和英大辞典』及び『NEW 斎藤和英大辞典』を参照して作成。
* 「-ish」表現及び複数の評価にまたがる「-っぽい」表現には下線を施してある。

1．見出し語化されている「-っぽい」表現に対応する英語表現
基体が名詞：
[マイナス評価]
哀れっぽい：plaintive; pitiful; piteous; doleful; mournful; <u>mawkish</u>.
気障っぽい：affected
愚痴っぽい：querulous; grumbling.
　¶愚痴っぽい人 a grumbler; a querulous [peevish] person.
子供っぽい：<u>childish</u>
湿気っぽい：<u>dampish</u>
俗っぽい　：vulgar
<u>熱っぽい</u>　：<u>feverish</u>
埃っぽい　：dusty
<u>骨っぽい</u>　：[骨の多い] bony《fish》；[手ごわい] hard to deal with; tough《opponent》.
水っぽい　：watery;（wishy-）washy《tea, soup》; sloppy《food》; <u>waterish</u>

¶水っぽい酒 watery [washy] liquor; wish-wash; slipslop.

¶このスープは水っぽい. This soup is mere wash.

理屈っぽい：argumentative; captious; disputatious.

¶あの男は理屈っぽくて困る. He is too much of a controversialist.

[プラス評価]

婀娜っぽい：<u>coquettish</u>, charming, bewitching, enchanting, captivating, fascinating, ravishing, voluptuous (beauty, etc.).

色っぽい　：amorous; voluptuous; erotic; <u>coquettish</u>; fascinating; seductive; sexy.

艶っぽい　：romantic; spicy; racy; piquant; amorous; <u>coquettish</u>.

¶艶っぽい声 a creamy voice.

¶艶っぽい話 a love story; a racy [an amorous] story.

<u>骨っぽい</u>　：spirited; mettlesome.

<u>熱っぽい</u>　：fervent; warm.; zealous; enthusiastic.

[中立評価]

大人っぽい：<u>mannish</u>, adultlike？precocious，？manlike.

基体が動詞：

[マイナス評価]

飽きっぽい：be fickle; be capricious; get soon tired [wearied] 《of》.

彼は飽きっぽい. He can stick to nothing. / He wearies easily.

怒りっぽい：excitable; irritable; irascible; resentful；？<u>peevish</u>;

querulous; petulant; splenetic; passionate; testy; touchy; tetchy; choleric; peppery; cranky; crusty; feisty; snappish; waspish; snippy; hot- [quick-, short-, ill-] tempered; quick to take offense; liable to lose one's temper [get angry].

湿っぽい　：[陰気な] gloomy; dismal; depressing; funereal.
咽っぽい　：choking; stifling; stuffy; suffocating.
忘れっぽい：forgetful (of things); apt to forget; have a bad [poor, short] memory.

[プラス評価] なし
[中立評価]
惚れっぽい：fond (nature); soft (heart, etc.).
湿っぽい　：[湿気のある] damp; dampish; humid; moist; wet.

基体が形容詞：
[マイナス評価]
青っぽい　：[未熟の] unripe; green;
　　　　　　[経験不足の] green; inexperienced.
荒っぽい　：wild; violent; rude; rough; rough-mannered;《俗》knockabout《performance》;［粗雑な］rough; unsubtle.
粗っぽい　：
辛っぽい　：
　　　　　えがらい え辛い, え辛っぽい a.《S》acrid; pungent; biting to the taste.
安っぽい　：cheap (-looking); ? *cheapish*; mean; insignificant;

[安ぴかの] tawdry; gaudy; flashy; gimcrack(y); gingerbread.

¶安っぽい品 trumpery; finery.

¶皆安っぽい品物だ. These goods are not up to much.

苦っぽい　：bitterish

[プラス評価]

黒っぽい　：玄人（クロウト）らしい。「―・くなってきたな／歌舞伎・小袖曾我」

[中立評価]

青っぽい　：bluish
黒っぽい　：blackish; dark
白っぽい　：whitish
茶っぽい　：brownish

2. 見出し語化されていない「-っぽい」表現

[マイナス評価]

いたずらっぽい：mischievous; naughty; roguish; prankish; full of tricks [mischiefs]; impish; monkeyish.

¶いたずらっぽい眼で with mischievous [impish] eyes.

少年っぽい：boyish
素人っぽい：amateurish
女っぽい　：womanish
男っぽい　：mannish
粉っぽい　：?
不良っぽい：不良［悪者の］wicked;［堕落した］delinquent; depraved.

[プラス評価]

玄人っぽい：professional；*professionalish, *expertish
[中立評価]
夏っぽい　：summerish
先生っぽい：schoolteacherish（こうるさいの意）；*teacherish
銀行員っぽい：bankerish（銀行員のように保守的な）
商売人っぽい：merchantlike *merchantish
運動選手っぽい：sportsmanly, sportsmanlike ；*athletish, *sportsmannish

付記

当論文は『駒澤短期大学研究紀要』第30号（平成14年3月）に発表したものであることをお断わりしておく。

あとがき

　1999年3月31日、中央英米文学会創設30周年記念論文集『読み解かれる異文化』(松柏社) が出版された。2年遅れの32年目の出版であった。今回は、2年早く、8年目 (約2年前から準備) にして40周年記念論文集『問い直す異文化理解』が続編として発刊されることとなった。『読み解かれる異文化』は当学会初めての記念論文集ということもあり、出版にいたるまでに6年間という歳月を要した。かなりのエネルギーを必要とする大事業であったことを覚えている。当時、30周年記念論文集が世に出る苦しみを味わった会員の何人が、8年後に40周年記念論文集が出ることを予測できただろうか。私には32年目にして初めて発刊にいたったこの記念論文集が最初で最後になるかも知れないと思えていたほどだ。

　この間の学会活動は順調であったと言える。かつてアフラ・ベインの『オルーノコウ』の翻訳会をはじめ、「サミュエル・ベケット研究会」や「アメリカ南部作家研究会」といった分科会が行なわれていたように、坂淳一氏や滝澤博氏を中心に、2001年9月から2004年12月まで14回にわたり分科会「英米文化とキリスト教」が成城大学などで行われ、「古典文化研究会」が現在進行中である。また、学会誌『中央英米文学』第40号も2006年12月1日に発行されている。

　しかし、学会の記念論文集を出すということになると、会長、編集担当を中心に、ある程度の個人的犠牲を払うことになるエネルギーが必要となる。30周年記念論文集の「あとがき」の最後に次のようなことを書いた。

同会の構成する細胞の一部であり、器官の一部である老若男女の会員の個々のエネルギーが、編集担当として頭脳部分を司る中林良雄氏を中心に、この 30 周年記念論文集に向けて結集されたのである。

　今回の記念論文集は二度目ということもあるが、前回以上のエネルギーにより藤井健三会長、中林良雄編集担当を中心に準備が進められ、発刊にいたったことを書き添えておかねばならない。
　先の話になるが、それでは 10 年後の 50 周年記念論文集の出版は可能なのかどうか、ということになると、私個人としては、40 周年記念論文集と同じように悲観的であると言わねばならない。しかし、再び私の予測がはずれて、発刊にいたるかも知れないと思っている。なぜなら、この学会の重要な原動力の一つに、いざという時になると責任者をはじめ会員全体が目的に向けて一丸となり、結集し、それを継続するという強い忍耐力があるからだ。40 年前に数人の大学院生が集って同人会として発足した「中央大学大学院英米文学研究会」が紆余曲折を経た後に、昭和 47 年に「中央大学英米文学研究会」と名称を変え、さらに昭和 53 年には同人会から学会「中央英米文学会」へと発展し、現在にいたるという忍耐強く、粘り強い、長い歴史があるからだ。さらに会が継続し、10 年後に、私の予測がはずれ、三冊目の記念論文集が出版されることをただひたすら願うばかりである。　　　　　（幹事　斎藤忠志）

＊

　前回の「30 周年記念論文集」では、《従来の文学研究を文化研究という新しい広場に引き出したこと》（同書「あとがき」）に論集の特徴があった。今回の「40 周年記念論文集」では、異文化としての英語および英語文学世界における特殊性――理解しがたい部分を読み解くことに重点を置いて研究することからさらに一歩進めて、日本人としての私たち研

究者の異文化理解そのものを問い直す姿勢を保持し、前回より一段深めたところにおいて英語および英語文学世界に向い合い、研究するよう努めたことに論集の特徴があると言えようか。もっとも、所期の目的がどこまで達成されているかどうか、読者の判断に俟つよりほかない。とは言え、異文化の基層をなす言語とその結晶体であり、異文化社会を写し出す鏡である文学を日本人とし読み解く作業は、これで完結し終了したわけではない。さらに50周年を期して、研究は継続されなければならないであろう。

　研究会の40年間にわたる歴史は、一会員にとっては、学生時代とそれに続く研究者生活の時代をすべておってあまりあるものである。自ずと感慨なきをえない。40年間を回顧する歴史が編まれてしかるべきところであろう。だが、今、ここにそれをくわしく回顧する暇はない。ただひとつ、論集刊行とのかかわりのなかで忘れえぬ会員のことをここに書き留めておきたい。

　それは栃木県今市市出身、元法政大学教養学部教授、故中島時哉氏のことである。氏は前回30周年記念論文集の執筆者の一人で、米国南部留学時の成果のひとつであろうか、「ナッチェズ・テリトリーの滅びの文化」と題する一文を寄せている。氏が論集刊行の記念パーティー（氏はこの時、公用があって、パーティーには出席できず、二次会に馳せ参じている。忘れもしないが、氏は神田駿河台の中央大学会館前で私たちと合流したのだった）のあと、いく月もたたないうちに、心身とも過労から倒れ、幽明界を異にされたのは今もって痛恨の極み、無念というほかはない。この論集はまず第一に氏にこそ献げられるべきであろう。

　文学を愛し、米国南部を愛し、ウィリアム・フォークナーを愛し、そしてまた若い人たちを愛した中島氏にこの研究会（氏はほかにもいくつかの研究会に所属されていた）で出会ったことで、私は私の教育と研究生活の方向を決定したようなものであった。氏と私とは、専門領域で米

国文学と英国文学の違いこそあれ、専門領域を越えて関心を広く持つことではなにか共通するものがあったらしい。氏の肝煎で立ち上げた分科会「アメリカ南部作家研究会」が箱根の大涌谷やあるいは甲州の笛吹川の畔、石和温泉で開かれ、大学などの分科会場を離れた合宿であるにもかかわらずあまりにも真摯きわまりない勉強会がもたれたことを昨日のことのように思い出し、微笑まざるをえない。今、生きていられたら、なにを寄稿されたであろうか。一字一字がカッチリとした几帳面(きちょうめん)さで書かれた、あの力強い書体の原稿が〆切りに遅れることなく私の手元に送られて来たことであろう。最後にお会いした時は、たしかラフカディオ・ハーンのことを、やや栃木なまりの残る口調で、一語一語を噛んで含めるように、熱っぽく語られていたから、なにかその方面の論考が送り届けられたのではなかったかと想像される。氏はどんなに大学の方の雑務で多忙の日日を送っていても、文学青年の情熱を失わず、寸暇を利用してでも、それもかなりの速筆で論文なり、小説的なエッセイなりを書き上げていたらしい。一度、西武新宿線新宿駅近くのパブに、研究会のあと、連れて行ってもらったことがある。そこでは別のグループとも合流してカラオケを楽しんだのであったが、(これは後日、知ったことである)氏はどうもお酒よりもカラオケで、時には若い人たちと一緒になって、ストレス解消をしていたようだ。

　私たちは、中島氏がやり残した仕事を受け継ぐことはむずかしいとしても、せめて米国文学と文化の研究におけるその志の高さやそこにかけた情熱の熱さだけは学んで、日日精進を重ねたく思わずにいられない。

　研究会40年の活動にはいく変遷があった。最初期には、自分たちのための自分たちが自立するための研究会という趣が強かった。第二期(中間期)においては、後輩たちのための研究会という趣が支配的であった。定例会に出席することはなくなっても忘年会にはかならず出席するという会員がとくに最初期からの会員に多かったように記憶する。それ

とともに、定職を得た若手会員の中には、会をもり上げるため、学界の内外で評価されるような（あるいは、おこがましくも、学界をリードしてやろうとの野心もあったかも知れない）、なにか意味のあることをやろうという意欲に満ちあふれていた時代であり、そこに分科会が生まれ、種種の特集が会誌上で組まれもし、時には旧師に一再ならず助力を乞うということもあった。いずれにせよ、この第二期はなかなか活発な時期であり、次世代を担うべき人たちの参加も多く、彼ら新人の論文が会誌上に続続登場することにもなった。

　そして今、第三期に入ったところであろう。第二期で活躍した者たちは、それぞれの職場で役職につき、多忙となると、研究会のなかでは後景に退くことになり、会の活動も次第に低調になってきていることは否めない。もっとも旧世代の会員が研究を止めてしまったわけではない。それぞれの研究において、中じきりの時期を迎え、少なからざる会員が単行書を刊行していることでそれは証明できるが、どちらかと言えば、個個人の研究が研究会とは離れた所で（それぞれの職場を中心にして、と言うべきか）、進められた結果ということになろうか。それはそれで意味のあることであり、研究会としてはどうしても力をそがれることになったのも止むをえないことであった。第三期は、新世代の人たちのための研究会であるとともに、旧世代のための研究会でもなければならないであろう。今回の論集を見ても、老若の総力を結集した成果となっているように思われる。私たち研究者にはおそらく完成というものはないのであろう。

（編集　中林良雄）

執筆者紹介（掲載順）

齋藤健太郎	中央大学法学部・通信教育部インストラクター
坂　淳一	長野県短期大学多文化コミュニケーション学科助教授
中林良雄	玉川大学文学部教授
滝澤　博	高岡法科大学法学部助教授
桑原俊明	盛岡大学文学部教授
佐藤晴雄	武蔵野大学文学部教授
森　孝晴	鹿児島国際大学国際文化学部教授
長尾主税	中央大学文学部講師
齋藤　久	東京理科大学理工学部教授
齋藤忠志	成城大学社会イノベーション学部教授
藤井健三	中央大学名誉教授
渡部孝治	中央大学文学部講師
岡﨑　浩	日本福祉大学社会福祉学部助教授
金谷博之	中央大学文学部講師
石井康夫	麻布大学獣医学部専任講師
梅原敏弘	駒澤大学総合教育研究部教授

問い直す異文化理解

2007年5月1日　初版発行

編　者　中央英米文学会
　　　　代表　藤井健三
発行者　森　信久
発行所　**株式会社　松柏社**
　　　　〒102-0072　東京都千代田区飯田橋 1-6-1
　　　　TEL 03（3230）4813（代表）
　　　　FAX 03（3230）4857
　　　　e-mail : info@shohakusha.com

装幀　熊澤正人＋中村聡（パワーハウス）
組版・印刷・製本　モリモト印刷（株）
ISBN978-4-7754-0135-4
© 2007 Chuo English and American Literary Society
本書を無断で複写・複製することを禁じます。
落丁・乱丁は送料小社負担にてお取り替え致します。

JPCA 本書は日本出版著作権協会（JPCA）が委託管理する著作物です。
日本出版著作権協会　複写（コピー）・複製、その他著作物の利用については、事前に
http://www.e-jpca.com/ 日本出版著作権協会（電話03-3812-9424, e-mail:info@e-jpca.com）
の許諾を得てください。